Weihnachten

UNSERE SCHÖNSTEN GESCHICHTEN,
GEDICHTE UND GEDANKEN

Weihnachten

UNSERE SCHÖNSTEN GESCHICHTEN,
GEDICHTE UND GEDANKEN

PETERSBERG

PETERSBERG
ist ein Imprint der

HEEL Verlag GmbH
Gut Pottscheidt
53639 Königswinter
Tel.: 02223 9230-0
Fax: 02223 9230-13
E-Mail: info@petersberg-verlag.de
www.petersberg-verlag.de

Umschlaggestaltung: HEEL Verlag GmbH, Christine Mertens
Umschlagmotiv: © The Advertising Archives/Bridgeman Images
Satz: LVD GmbH, Berlin

Printed in Czech Republic

ISBN 978-3-7553-0035-9

Weihnachten
Ein Wort zum Geleit, liebe Leserinnen und Leser

Das Weihnachtsfest ist uns heilig. Ja, die Weihnachtszeit überhaupt. Keine andere Zeit des Jahres ist so untrennbar mit Ereignissen, Stimmungen und Werten verbunden, die uns lieb und teuer sind, die wir bewahren und uns jedes Jahr aufs neue zu eigen machen.

Es ist eine wahrhaft ehrwürdige Zeit voller Rituale. Vor vielen hundert Jahren verband das Christentum heidnische Bräuche der Wintersonnenwende mit dem alles überstrahlenden Ereignis von Christi Geburt. Seither ist die uralte Sehnsucht der Menschen nach Licht und Wärme verknüpft mit der Hoffnung auf Glück, Frieden und familiäre Eintracht in ihrem irdischen Dasein und auf Erlösung von einem schweren Leben. Auch wenn in unserer modernen Zeit die christliche Prägung des Festes ein wenig in den Hintergrund gerückt ist, was kann es Größeres geben als diese Verbindung von naturgegebenen Hoffnungen und dem unbeirrbaren Glauben der Menschen, welche die Weihnachtszeit so einzigartig macht?

Generationen von Dichtern, Philosophen und christlichen Denkern haben mündliche Überlieferungen des Volkes festgehalten, niedergeschrieben und eigene Texte zur Weihnacht verfaßt. Jeder einzelne von ihnen hat damit zur unüberschaubaren Fülle von Liedern, Erinnerungen, Gedichten, Erzählungen, Geschichten, Briefen, Gebeten und Sinnsprüchen beigetragen.

Die vorliegende Anthologie *›Der Weihnachtsmarkt‹* versammelt eine breitgefächerte Auswahl sehr unterschiedlicher, doch der allemal schönsten Texte deutscher Literatur. Sie nimmt uns mit auf eine Entdeckungsreise durch festlich geschmückte Städte und Dörfer, mitten hinein in die pulsierende Zeit weihnachtlicher Vorbereitungen und winterlicher Stimmungen. Sie lädt uns ein zur Einkehr in Bauernstuben, Bürgerwohnungen und zum Blick in feudale Gemächer. Unsere Sammlung hat sich – wie können wir das unerwähnt lassen? – in besonderem Maß unserem Liebsten und Wichtigsten zugewandt: unseren Kindern. Einer

Weihnachtszeit ohne kindlichen Jubel und Trubel fehlt der Zauber. Einem Weihnachtsfest ohne Bescherung der Kinder fehlt das allergrößte Glück.

Der Weihnachtsmarkt ist das Zentrum des vorweihnachtlichen Lebens in Stadt und Land. Von hier aus kehren wir gut beköstigt, vom Glühwein beschwingt und mit Geschenken oder Bastelideen bestens gerüstet heim. Oder wir sind (das wollen wir nicht annehmen) enttäuscht von schlechtem Trank und Speisen, überteuerten Waren oder mißlichen Verhältnissen in unserer Geldbörse. Nun, auch dies war in der Vergangenheit untrennbar mit Weihnachten verbunden – drückende Sorgen und materielle Not, Hader und Zwist, Aufregungen und übersteigerte Erwartungen an ein Fest, das tunlichst alles heilen und alle vereinen sollte.

Die hier versammelten Meister deutscher Sprache wie Eichendorff, Fallada, Goethe, Keller und Lenau, Ringelnatz oder Storm, um nur einige zu nennen, wußten im wahrsten Sinne des Wortes ein Lied von alldem zu singen. Was wäre aber diese Sammlung ohne die Geschichten, Lieder und Gedichte des Volkes? Schauen wir ihm aufs ... Mundwerk und lesen einige Texte, die des Volkes Lust am Fabulieren erlebbar machen. Die seinen unerschöpflichen Drang versinnbildlichen, Gedanken und Gefühle zur Weihnacht für andere auszudrücken. Familien, Freunde und Bekannte hatten daran gewiß ihre Freude, wie auch Sie hier – vielleicht schmunzelnd – davon Kenntnis nehmen werden.

Lassen Sie, liebe Leserinnen und Leser, sich nun von berühmten Dichtern, von Größen des deutschen Geistes und von unbekannt gebliebenen Schreibern begleiten durch die Weihnachtszeit. Sie soll auch heute wie anno dazumal für uns und für Sie ein Fest der Sinne, ein Fest für die Familie, kurz – eine glückliche Zeit sein.

Martin Lorenz

Weihnachtsmarkt

Gottfried Keller

Welch lustiger Wald um das graue Schloß
Hat sich zusammengefunden,
Ein grünes bewegliches Nadelgehölz,
Von keiner Wurzel gebunden!

Anstatt der warmen Sonne scheint
Das Rauschgold durch die Wipfel;
Hier backt man Kuchen, dort brät man Wurst,
Das Räuchlein zieht um die Gipfel.

Es ist ein fröhliches Leben im Wald,
Das Volk erfüllet die Räume;
Die nie mit Tränen ein Reis gepflanzt,
Die fällen am frohsten die Bäume.

Der eine kauft ein bescheidnes Gewächs
Zu überreichen Geschenken,
Der andre einen gewaltigen Strauch,
Drei Nüsse daran zu henken.

Dort feilscht um ein verkrüppeltes Reis
Ein Weib mit scharfen Waffen:
Der dünne Silberling soll zugleich
Den Baum und die Früchte verschaffen.

Mit glühender Nase schleppt der Lakai
Die schwere Tanne von hinnen,
Das Zöfchen trägt ein Leiterchen nach,
Zu ersteigen die grünen Zinnen.

Und kommt die Nacht, so singt der Wald
Und wiegt sich im Gaslichtscheine;
Bang führt die arme Mutter ihr Kind
Vorüber dem Zauberhaine.

Einst sah ich einen Weihnachtsbaum:
Im düstern Bergesbanne
Stand eisbezuckert auf dem Granit
Die alte Wettertanne.

Und zwischen den Ästen waren schön
Die Sterne aufgegangen,
Am untersten Ast sah ich entsetzt
Die alte Schmidtin hangen.

Hell schien der Mond ihr ins Gesicht,
Das festlich still verkläret;
Weil sie auf der Welt sonst nichts besaß,
Hatte sie sich selbst bescheret.

Wenn die Lichter brannten

Gustav Freytag

Viele Wochen vor Weihnachten sind die Knaben in emsiger Tätigkeit, denn als ein Hauptschmuck des Festes wird nach Landesbrauch das Krippel aufgestellt, Bilder der Krippe, in der das Kindlein liegt, mit Maria und Joseph, den heiligen drei Königen, den anbetenden Hirten mit ihren Schafen und darüber der glitzernde Stern und Engel, welche auf einem Papierstreifen die Worte halten: »Gloria in excelsis«. Die Figuren kauften die Kleinen auf Bilderbogen, schnitten sie mit der Schere aus und klebten ein flaches Hölzlein mit Spitze dahinter, damit die Bilder in weicher Unterlage hafteten. Der heiligen Familie aber, dem Ochsen und Eselein wurde ein Papphaus mit offener Vorderseite verfertigt, auf dem Dach Strohhalme in Reihen befestigt, der Stern war von Flittergold. Das Waldmoos zu dem Teppiche, in welchen die Figuren gesteckt wurden, durften wir aus dem Stadtwald holen, dorthin zog an einem hellen Wintertage die Mutter mit den Kindern, begleitet von einem Manne, der auf einer Radeber den Korb für das Moos fuhr. Es war zuweilen kalt und die Schneekristalle hingen am Moose, aber mit heißem Sammeleifer wurden die Polster an den Waldrändern abgelöst und im Korbe geschichtet, daheim auf einem großen Tisch zusammengefügt und an zwei Ecken zu kleinen Bergen erhöht. In der Mitte des Hintergrundes stand die Hütte, über ihr schwebte an seinem Drahte der Stern, auf den beiden Seiten hatten die Hirten und Herden mit den Engeln zu verweilen. Die ganze Figurenpracht wurde durch kleine Wachslichter erleuchtet, welche am Weihnachtsabend zum erstenmal angesteckt wurden.

Wenn die Lichter brannten und die Engel sich bei leichter Berührung wie lebendig bewegten, dann hatten die Kinder zum erstenmal das selige Gefühl, etwas Schönes verfertigt zu haben. Während des Festes wurden dann ähnliche Arbeiten kleiner und erwachsener Künstler besehen, denn fast in jedem Haushalt stand ein Krippel, und mancher wackere Bürger benutzte seine Werkstatt, um dasselbe durch mechanische Erfindungen zu verschönen; man sah auf den Bergen große Windmühlen, deren Flügel durch rollenden Sand eine Zeitlang getrieben wurden, oder ein Bergwerk mit Grubeneinfahrt, in welchem Eimer auf und ab gingen, und häufig stand ganz im Vordergrund ein schwarz und weiß gestrichenes Schilderhaus mit rotem Dach und davor die preußische Schildwache. Aber diese Zusätze waren dem Knaben niemals nach dem Herzen, er hatte die dunkle Empfindung, daß sie sich mit den Engeln und den heiligen drei Königen nicht recht vertragen wollten.

Advent

Rainer Maria Rilke

Es treibt der Wind im Winterwalde
die Flockenherde wie ein Hirt,
und manche Tanne ahnt, wie balde
sie fromm und lichterheilig wird;
und lauscht hinaus. Den weißen Wegen
streckt sie die Zweige hin - bereit,
und wehrt dem Wind und wächst entgegen
der einen Nacht der Herrlichkeit.

Verse zum Advent

Theodor Fontane

Noch ist Herbst nicht ganz entflohn,
Aber als Knecht Ruprecht schon
Kommt der Winter hergeschritten,
Und alsbald aus Schnees Mitten
Klingt des Schlittenglöckleins Ton.

Und was jüngst noch, fern und nah,
Bunt auf uns herniedersah,
Weiß sind Türme, Dächer, Zweige,
Und das Jahr geht auf die Neige,
Und das schönste Fest ist da.

Tag du der Geburt des Herrn,
Heute bist du uns noch fern,
Aber Tannen, Engel, Fahnen
Lassen uns den Tag schon ahnen,
Und wir sehen schon den Stern.

Das Weihnachtsfest war nahe

Marie von Ebner-Eschenbach

Das Weihnachtsfest war nahe, wir konnten die Tage bis zum 24. Dezember schon an den Fingern abzählen, als sich etwas begab, das uns in die größte Aufregung versetzte. Vor unsern Nasen gleichsam verschwanden unsere Puppen. Auf einmal waren alle fort. Eine vollständige Puppenauswanderung hatte stattgefunden.

Das Bett, in das Fritzi gestern noch ihre älteste Tochter, die große Christine, schlafen gelegt hatte – leer. Die Angehörigen Christinens hinweggefegt, als ob sie nie dagewesen wären. Meine blonde Fanchette, die freilich von der Blondheit nur noch den Ruf besaß – denn eine geduldige Friseurin war ich nicht –, ebenfalls unauffindbar. Wir kramten vergeblich nach ihr in unsern Laden, durchforschten alle Schränke und Winkel. Wir liefen ins Kinderzimmer und klagten die armen kleinen Brüder des Raubes unserer Puppen an. Daß wir auch im vorigen Jahre kurze Zeit vor Weihnachten denselben Jammer erlebt und dann unter dem Christbaum ebenso viele Puppen, als wir vermißt hatten, mit glänzend lackierten Gesichtern, reichem Gelock und schön gekleidet sitzen sahen, fiel uns nicht ein. Oh, wir waren dumme Kinder! Ich glaube nicht, daß es heutzutage noch so dumme Kinder gibt.

Pepinka, ärgerlich über die Nachgrabungen, die wir nun auch in dem von ihr beherrschten Reiche zu unternehmen begannen, ließ sich zu einem unvorsichtigen Worte hinreißen. »Geht, geht! sucht eure Puppen dort, wo sie sind.«

»Weißt du, wo sie sind? … Ja, ja, du weißt es! Wo sind sie?« Wir ließen nicht nach, gaben ihr keine Ruhe, bis sie endlich, um uns loszuwerden, sagte: »Die kleine Greislerin hat sie gestohlen. Grad ist sie mit der Christine über die Gasse gelaufen.«

Gestohlen also! unsere Kinder gestohlen! durch die kleine Greislerin – oh, das leuchtete uns ein. Der konnte man alles

Schlechte zutrauen. Ihre Mutter hatte einen Laden, gerade unter einem der Fenster des Kinderzimmers. Wir kauften dort die Glas- und Steinkugeln, mit denen wir eine Art Kriegsspiel spielten. Von der Mutter erhielten wir immer fünf Stück für einen Kreuzer, von der Tochter nur drei. Genügte das nicht, um uns ein Licht aufzustecken über das ganze Wesen dieser Person? Sie, natürlich, war die Puppenentführerin, sie lief herum mit der Christine, an ihr mußte Rache genommen werden. Es mußte! Ich war Feuer und Flamme dafür, und es gelang mir, meine Schwester davon zu überzeugen. Auch die sanfteste Mutter kann grausam werden, wenn es Kindesraub zu bestrafen gilt. Am liebsten würden wir die Missetäterin durchgeprügelt haben - woher aber die Gelegenheit dazu nehmen? Sie bei der Frau Greislerin verklagen? Ach, die tut ihr nichts, die fürchtet sich selbst vor ihr. Was also soll geschehen? Was für ein Gesicht soll unsere Rache haben? Ein schwarzes! machten wir endlich aus. Es war beschlossen, was der Diebin geschehen soll: Wir werden ihr Tinte auf den Kopf gießen.

Pepi war ins Nebenzimmer zu den Kleinen gegangen und hatte die Tür geschlossen; wir glaubten unser nichtsnutziges Vorhaben ungestört ausführen zu können. Ich holte eilends das Fläschchen herbei, das unsern Tintenvorrat enthielt; wir schoben in das Fenster, unter dem der Greislerladen sich befand, einen Schemel und bestiegen ihn. Fritzi öffnete den inneren Fensterflügel und mit Mühe nur ein wenig den äußeren, und ich steckte den mit der Tintenflasche bewaffneten Arm durch den Spalt. Jetzt - hinunter mit dem Guß! Hinunter auf die Greislerin, die natürlich nichts Besseres zu tun hat, als dazustehen und ihm ihr schuldiges Haupt darzubieten.

Die spanische Armada war einst nicht siegesgewisser ausgezogen als wir zu unserer Unternehmung - und ihr Schicksal teilten wir. Die Elemente erhoben sich wider uns. Es stürmte an dem Tage im Rotgäßchen wie anno 1588 auf dem Atlantischen Ozean, und noch dazu gab's ein Gestöber von weichem Schnee. Ein Windstoß entriß meiner Schwester den Fensterflügel und schlug ihn gleich darauf so schnell wieder zu, daß ich kaum Zeit hatte, meinen ausgestreckten Arm zurückzuziehen und das Tintenfläschchen vor dem Sturze zu retten. Sein Inhalt übersprühte die Glasscheibe, tropfte, mit Schnee und Regen vermischt, vom Fenstersimse herab, umhüllte meine Finger mit der Farbe der Trauer.

Laut und lebendig gestaltete sich der Schluß des ganzen Abenteuers. Pepinka mußte etwas von unserm Treiben vernommen haben, denn plötzlich stürzte sie herbei. Ihr Antlitz glich dem rot aufgehenden Monde, ihre Haubenbänder flogen – ich weiß noch recht gut, daß sie eidottergelb waren.

»Ihr Verdunnerten!« rief sie. »Jesus, Maria und Josef! Fenster aufreißen, mitten im Winter! Was fällt euch ein, ihr, ihr …« Der Rest sei Schweigen. Mögen die Ehrentitel, mit denen sie uns ausstattete, der Vergessenheit anheimfallen. Sie bildeten eine relativ milde Einleitung zu den in prophetischem Tone ausgesprochenen Worten: »Ihr könnt euch freuen. Gleich wird die Polizei über euch kommen!«

Da war mit einemmal alles erloschen, jeder Funke des Hasses gegen die Greislerin und bis aufs letzte Flämmchen unsere lodernde Racheglut. Nur noch einen heißen Wunsch hatten wir, nur mit einer Bitte bestürmten wir Pepinka: Nur die Polizei nicht hereinlassen! Nur der Polizei nicht erlauben, daß sie komme, uns »einzuführen«!

Der Niklo

Peter Rosegger

Sankt Nikolaus war ein Bischof, wie es deren wenige gibt. Da ist er in den Winterabenden durch die finsteren Gassen gegangen und hat den Leuten zu den Fenstern hineingeguckt, was sie machen und was sie haben.

Und wo die Armut und die Tugend daheim, da warf er ein Goldstück durch das Fenster.

Sankt Nikolaus wandelt noch heute durch die Welt, er wirft manches Goldstück in die Wohnungen der Armen; und wer noch klein ist und im Berglande der Steiermark wohnt, der kann ihn wohl auch einmal sehen, den heiligen Mann im Ornat, mit Stab und Bischofsmütze, denn der »Niklo«, wie ihn die Städter aus Gebäck und Tannenzapfen haben, zieht draußen auf dem Lande wahrhaftig herum in Fleisch und Blut! Mit den Großen macht er sich nicht viel zu schaffen, er ist ganz Kinderfreund. Gleichwohl ist aus der schönen Sitte ein Zerrbild geworden.

Am Nikolausabend, da wird der Niklo sichtbar und geht in die Häuser und frägt nach den Kindern, ob sie brav sind, fleißig beten und etwas lernen. Diese haben den Besuch wohl erwartet und sind schon seit einigen Tagen her bestrebt gewesen, ihre Tugenden in das günstigste Licht zu stellen; besonders kommen in der Nikolauswoche unter den Kleinen auffällig wenig Händel vor und Kleider und Bücher oder Geräte werden verhältnismäßig sehr geschont.

Es geschieht das aus wichtigen Gründen, denn der Niklo, wenn er kommt, hat nicht bloß rote Äpfel, goldene Nüsse, verzuckerte Zwetschken usw. bei sich, sondern auch einen schwarzen, sehr verdächtigen Begleiter: den »Bartl«, der wie der Teufel aussieht und von dem man nicht weiß, wie der heilige Bischof mit ihm so freundlich sein mag.

So kommen sie beide am Abende, wenn der Span schon angezündet ist. Der Niklo, der ein ehrwürdiger Mann mit schneeweißen Haaren und Bart ist, geht voran und sagt:

»Da Niklo, da Niklo und da Bartl is do.
Und mir schaun,
wo die Kina recht brav sein und wos kinna
(etwas können);
Die Bravn, die kriagn roti Äpfelein,
Die Schlimmen, de foßn mar in die Butten ein!«

Und siehe, da tritt auch schon der Bartl hervor, der hat einen Pelz an und ist kohlschwarz im Gesicht, bis auf die rote Zunge, die heraushängt. Hörner trägt er auch und auf dem Rücken hat er die Butte und eine klirrende Kette!

Da müssen nun die Kinder laut beten oder etwas Gelerntes aufsagen. Der Bartl muß gewöhnlich unverrichteter Dinge abziehen, denn fängt die Sache auch wirklich an, bedenklich zu werden, so führt stets die Mutter ausgleichende Einsprache und die Sache ist geschlichtet. Aber des Bachbauers Hanserl hatte keine Mutter gehabt, die für ihn ein gutes Wort eingelegt hätte, er war ein Waisenknabe, und als der Bartl an dem Knaben seinen Mutwillen ausübte, entsetzte sich dieser so sehr, daß er die Fraisen bekam, und noch heute, nachdem er alt geworden, trägt er die Furcht des Nikolausabends mit sich herum - die fallende Sucht!

Da ist's dem Lechnerbuben glücklicher geraten, der hat den unheimlichen Gesellen, welcher mit dem Niklo gekommen, bei den Hörnern gepackt und ihm dieselben mitsamt der Maske herabgerissen, daß nichts übriggeblieben, als das gutmütige Antlitz des alten Einlegers.

Wenn nun der Niklo und der Bartl wieder fort sind, ist den Kleinen ein Stein vom Herzen und sie wagen wohl gar im geheimen die Bemerkung zu machen, daß der Niklo geradeso eine Warze auf der Nase gehabt, wie der Ochsenknecht. Doch gibt dies keinen Anlaß zu irgendeinem Zweifel an der Heiligkeit des Niklo und es wird im Laufe des ganzen übrigen Abends noch die strengste Sittsamkeit beobachtet.

Just vor dem Schlafengehen werden von jedem die kleinen Schuhe oder eine Kopfbedeckung an das Fenster gestellt, denn der Niklo geht nun in der Nacht zu allen Häusern, und weil er es den Schuhen oder Hüten ansieht, ob deren Eigentümer brav oder schlimm sind - füllt er dieselben je im Verhältnis mit Obst, Lebzelten oder wohl auch mit Steinen und Tannenzapfen und legt obendrein noch eine zierliche geflochtene Birkenrute bei.

Das geht nun für die Kleinen, solange sie daran glauben, was nicht selten über das Kindesalter hinaus geschieht. Ich habe in meinem zehnten Jahre noch die Schuhe an das Fenster gestellt und war stets voll des frommen Preises für den heiligen Bischof Nikolaus, wenn ich meine Schuhe vollgepfropft fand mit Süßigkeiten.

Ich hätte wahrscheinlich noch länger an den Niklo geglaubt, wenn sie mir geglaubt hätten, daß ich noch an ihn glaubte. - Die Schuhe sind aber endlich leer geblieben.

Winternacht

Nikolaus Lenau

1.
Vor Kälte ist die Luft erstarrt,
Es kracht der Schnee von meinen Tritten,
Es dampft mein Hauch, es klirrt mein Bart;
Nur fort, nur immer fortgeschritten!
Wie feierlich die Gegend schweigt!
Der Mond bescheint die alten Fichten,
Die sehnsuchtsvoll zum Tod geneigt,
Den Zweig zurück zur Erde richten.
Frost! friere mir in's Herz hinein,
Tief in das heißbewegte, wilde!
Daß einmal Ruh' mag drinnen sein,
Wie hier im nächtlichen Gefilde!

2.
Dort heult im tiefen Waldesraum
Ein Wolf; - wie's Kind aufweckt die Mutter,
Schreit er die Nacht aus ihrem Traum
Und heischt von ihr sein blutig Futter.
Nun brausen über Schnee und Eis
Die Winde fort mit tollem Jagen,
Als wollten sie sich rennen heiß:
Wach' auf, o Herz, zu wildem Klagen!
Laß deine Toten auferstehn,
Und deiner Qualen dunkle Horden!!
Und laß sie mit den Stürmen gehn,
Dem rauhen Spielgesind' aus Norden!

Märchenhafte Zeit

Ludwig Anzengruber

Wer lobsänge dem Süden mit ungeheuchelter Begeisterung, wenn nicht sein Widerpart der Norden wäre? Was hätte ein ewiger Frühling, über die ganze weite Erde gebreitet, noch Besonderes? Aber da kommen die Kinder des Südens zu uns und hauchen in die Hände und sagen: »O, welch trauriges Land! Ihr habt eigentlich nur eine Jahreszeit, sieben Monate weißen und fünf Monate grünen Winter. Wie ihr das nur aushalten könnt!« Und dann ziehen die Kinder des Nordens mitten im weißen Winter hinab nach dem Süden und sagen begeistert: »Ihr habt nur eine Jahreszeit, den Frühling. Wie glücklich seid ihr!«

Das ist wohl ein wenig übertrieben, der Norden weiß das ganz gut. Er sagte einmal: »Pah, ich will mir eine ordentliche vierte Jahreszeit anschaffen; ich kann mir diesen Luxus erlauben, das riesige Polarmeer habe ich zur Hand, und dort bekomme ich um Billiges, was ich dazu brauche.« Sprach's und ließ sich einen ordentlichen Winter kommen.

Es ist das ein Patron, dem viel Übles nachgesagt wird, nicht mit Unrecht. Anfangs beginnt er die Leute mit dichten Nebeln zu necken, er verhängt ihnen die luftige Ferne, Wege und Stege, Gruben und Rinnen. »So, da findet euch zurecht!« Jeder hat seinen eigenen Schatten verloren und glaubt auf einen entlaufenen fremden zu stoßen, wenn aus dem dichten Grau ein anderer Mensch auf ihn vorsichtig zuschreitet. Dann wieder macht er glatte Wege, um alles zu Fall zu bringen, oder er sagt: »Wie wär's, wenn wir's mit einem trockenen Regen versuchten?« Und da ballt er die Regentropfen zu Sternchen, Kügelchen und Pelzchen und läßt sie herunterrieseln, und das legt sich auf die Hüte, je breiter die Krempe, um so schwerer, auf die Ärmel, als legte der Winter selbst seine Hand auf unsern Arm, um uns recht freundschaftlich an seine Anwesenheit zu erinnern, was ihm jedoch niemand recht Dank wissen will.

Nebel, Eis und Schnee breitet er über Stadt und Land; aber in der ersteren macht er sich kleine Nebenpläsierchen. Da sieht er die großen Fabrikschlote rauchen. »Ach, das ist ja prächtig«, sagt er, »wie hübsch, wenn ich diese braunen Wolken unter meine Nebelmassen steckte.« Und er steckt sie darunter, daß den Leuten die Augen brennen und sie zu ersticken vermeinen. Oder er sieht das schöne Pflaster, ob Würfel oder Platten, Granit oder Klinker, das ist ihm ganz gleich. »Herrlich! Wie nett sich das übereisen läßt!« Er thut's und die Leute rennen aus den Häusern und streuen Asche und Sand auf die Wege.

Aber ganz unausstehlich will er sich doch nicht machen; oft nach einem tüchtigen Schneegestöber läßt er den Himmel hell und rein, die Luft klar und kalt und hält den Menschen die Schlittenbahn bereit. Da jagen diese über Land. Weit – weit liegt alles blendend weiß, ruhig, still, feierlich. Der tiefdunkle Tannenwald hält auf den Ästen weiße Streifen und an den Bärten schimmernde Zapfen, die Häuschen haben Hauben auf, der kleinste Pfahl im Zaune trägt eine solche, Weiher und Teiche sind mattsilberne Spiegel, an den Menschen schmiegt sich die Kälte, drängt das warme Leben mehr nach innen und schränkt es ein, als wollte sie nur die Wärme des Herzens gelten lassen, die man denn auch mit doppeltem Behagen verspürt, und da sagen alle: »Es ist doch schön!«

Es ist doch schön. Der Winter hat etwas Märchenhaftes. Die Welt liegt weit und klar, die Wege sind schmal und Wanderer darauf wenige, man erwartet daher in jedem etwas Besonderes, in jedem Häuschen, das man betritt, ein Abenteuer, denn außen liegt die Welt so still, innen schlägt das Herz so froh, so erwartungsvoll. Je nun, man kann sich täuschen, und man täuscht sich auch, bis zu der Zeit, wo der leuchtende Tannenbaum in die Stube kommt, da lebt jeder ein Märchen. Selbst wenn er den Baum mit eigenen Händen geschmückt hat, wenn er ganz gut weiß, wieviel Thaler, Groschen und Pfennige auf all die Herrlichkeiten darauf gegangen; der Baum rauscht mit seinen Schleifen gar geheimnisvoll, die Herrlichkeiten wollen nicht Ware werden, sie bleiben ganz ungewöhnliche Dinge, die erst im Kinderjubel lebendig werden wollen; in diesem Jubel aber erwacht das Kind noch einmal in jedem, auch der kälteste, trockenste Geselle lebt – für einen Augenblick ein Märchen – seine Kindheit noch einmal!

Sie ist ein Märchen, wie nur eines sein soll. Vor den kaum erschlossenen Sinnen geschieht täglich, stündlich ganz Unerwartetes, immer Geheimnisvolles, aber das Kind beträgt sich, wie man von dem Helden eines Märchens billig erwarten kann, es wird leidvoll oder freudvoll überrascht - sei es auch nur, weil ihm ein böser Schrank eine Beule schlägt, oder weil ein ganz gewöhnliches Stück Holz plötzlich anheimelnde, zum Spielen einladende Gestalt gewinnt - aber es ist nie erstaunt darüber, daß sich irgend etwas ereignen kann, es vermag von den Wundern der Christnacht hingerissen zu werden, aber es wird sie ganz in der Ordnung finden; doch in dem brausenden Kinderjubel klingt in dem Herzen der Erwachsenen die verwandte Saite an.

Nußknacker

Heinrich Hoffmann von Fallersleben

Nußknacker, du machst ein grimmig Gesicht -
Ich aber, ich fürchte vor dir mich nicht:
Ich weiß, du meinst es gut mit mir,
Drum bring' ich meine Nüsse dir.
Ich weiß, du bist ein Meister im Knacken:
Du kannst mit deinen dicken Backen
Gar hübsch die harten Nüsse packen
Und weißt sie vortrefflich aufzuknacken.
Nußknacker, drum bitt' ich dich, bitt' ich dich,
Hast bessere Zähn als ich, Zähn als ich,
O knacke nur, knacke nur immerzu!
Ich will dir zu Ehren
Die Kerne verzehren.
O knacke nur, knack knack knack! immerzu!
Ei, welch ein braver Kerl bist du!

Brief an Clemens Brentano

Bettina von Arnim

[...] Von dem Töpfer will ich Dir was erzählen, was sehr Hübsches, ich hab' seine Bekanntschaft auf dem letzten Weihnachtsmarkt gemacht, er hatte einen ganzen Korb voll Tiere gebacken und bunt glasiert, die bot er zum Verkauf fürs Kindervolk, das seinen Korb umringte und mehr *danach* verlangte, als nach allen andern Spielsachen. - Es war auch nicht von ohne. Zum Beispiel einen Schlitten hat er gemacht, der einen Schwan vorstellt, weiß glasiert mit schwarzem Schnabel, ein Mohr steht hinten drauf, schwarzbraun glasiert mit einem grünen Kittel. Dieses Kunstwerk besitze ich selbst, es steht in meiner Kunstkammer, das heißt unter meinem Bett. - Dem Töpfer hatte ich damals seinen ganzen Tonkunstvorrat abgekauft für die Kinder, jedes ging mit einem Lamm oder Fuchs oder Wolf, Bär, Löwe usw. ab, ich behielt das Hauptstück, den Schlitten; er wollte nun eiligst wieder Neues anfertigen, und ich wollte gern mit ansehen, wie er damit fertig wurde. Und, liebster *Clemente,* ich hab' drei Abende bei dem Mann zugebracht, Frau und Kinder saßen bei der Lampe und machten Tiere, die Gott nachträglich noch schaffen muß, wenn er gerecht sein will, oder seine Unendlichkeit bleibt unerwiesen, denn was die Phantasie der Töpferskinder erfunden hat, ist noch nicht im Naturreich geschaffen, dem Vater war aber alles recht, er gab diesen Geschöpfen einen Schneller und einen Drucker und setzte sie auf Postamente, sie wurden angemalt von einem Kittel mit einem breiten Schlapphut als Kopf, er saß in der Ecke beim Feuer am Herd und warf einen mächtigen Schatten. Wie ich nun sah, daß alles so fix ging, daß keiner zagte, seine Kunstwerke zu fördern, wie keiner eine Kritik übte, wie alles recht war, was da entstand, da schämte ich mich meiner Schüchternheit. Ich saß nun auch am Tisch und machte Tonkünste, ins Tierreich wollte ich mich nicht wagen, ich machte einen Baum, auf seinen Zweigen sitzen Vögel, so recht antik mit wenig Blättern, kannst Du denken. - Kaum fing er an zu werden, so hatte der Schlapphut eine Schlange drum geringelt, und der Töpfer Adam und Eva drunter gestellt. - - [...]

Vorfreude auf Weihnachten

Joachim Ringelnatz

Ein Kind - von einem Schiefertafel-Schwämmchen
Umhüpft - rennt froh durch mein Gemüt.

Bald ist es Weihnacht! - Wenn der Christbaum blüht,
Dann blüht er Flämmchen.
Und Flämmchen heizen. Und die Wärme stimmt
Uns mild. - Es werden Lieder, Düfte fächeln. -

Wer nicht mehr Flämmchen hat,
wem nur noch Fünkchen glimmt,
Wird dann noch gütig lächeln.

Wenn wir im Traume eines ewigen Traumes
Alle unfeindlich sind - einmal im Jahr! -
Uns alle Kinder fühlen eines Baumes.

Wie es sein soll, wie's allen einmal war.

Winter in Wien

Ferdinand von Saar

Sieh, schon wirbeln die Flocken um ragende Dächer; es sausen
Eisige Winde mit Macht durch die rings offene Stadt.
Ja, der Winter ist da! Mit ihm erschienen die Freuden,
Welche der Städter schon längst sommerverdrossen ersehnt.
Alle Theater gefüllt, Applaus erschüttert den Tonsaal –
Und so bewegt sich auch Wien wieder im alten Geleis.
Amt und Geschäft durchkreuzen die Straßen, auf glitschigem Pflaster
Humpelt der Omnibus, rast der Fiaker dahin;
Equipagen dazwischen, von stolzen Trabern gezogen,
Halten vor jedem Palast, wo man Besuche empfängt;
Stattliche Leute zu Fuß vereint der gewohnte Spaziergang,
Wohlig in Pelze gehüllt, schreiten sie über den Ring.
Aber vergnüglicher noch hineilen die Schönen zum Eisplatz,
Wo der geschmeidige Wuchs sich am geschmeidigsten zeigt.
Knapp umschließt ihn die wärmende Jacke; auf braunen und blonden
Häuptern sitzen kokett Mützen und Zobel verbrämt.
Hui, wie fliegt sich's dahin auf leicht einritzendem Schlittschuh,
Den mit bebender Hand kniend der Jüngling geschnallt!
Sieh nur den zierlichen Reigen! Es trennen und flieh'n sich die Paare,
Aber in reizendem Bug kehren sie wieder zurück.
Liebliches Meiden und Finden – gemeinsam wonniges Kreisen,
Bis die Dämmerung webt um das lebendige Bild.
Aber da zuckt auch empor das elektrische Licht und umschimmert
Magisch den spiegelnden Plan und die Gestalten darauf.
Ach, wer entfernte sich jetzt? Erstarren die Finger im Müffchen,
Spürt auch das Näschen den Frost – lodert in Flammen das Herz.

Auf dem Weihnachtsmarkt

Ferdinand von Saar

Muthet auch alles mich an im alten Bezirke der Städter,
Auf der »Freiung« am »Hof« fühl' ich ergriffen mein Herz.
Dort spricht jeglicher Stein zu mir und weckt die Erinnerung –
Längst vergangene Zeit drängt sich lebendig heran.
Sieh': da ragt sie ja noch, die schlichte breitgieb'lige Kirche,
Ragt der Schottenabtei menschendurchwandelter Bau. [...]
O du herrlicher Winter mit lustigem Flockengewirbel!
Und, o Weihnacht, du, schönstes, beglückendstes Fest!
Ha! Da standen sie schon, geräumig, die hölzernen Buden,
Wo die Schätze sich all' wiesen in flitterndem Glanz.
Harzige Bäume und Bäumchen mit farbigen Ketten behangen,
Kerzchen, niedlich und bunt, würziges Zuckergebäck;
Spielzeug jeglicher Art, Hutschpferde und knallende Peitschen,
Schachteln mit bleiernem Krieg, Trommel und Seitengewehr:
Tand, der die Kleinen entzückt, und doch mit begehrlichem Auge
Noch von den Größ'ren gestreift ward bei der hastigen Schau.
Freilich, sie schreckte der »Krampus« nicht mehr, der mit drohender Ruthe,
Fröhlich begafft und belacht, dunkel im Schimmernden stand.
Aber mit Andacht erfüllten uns Alle die lieblichen Ställchen,
Wo in der Krippe das Kind lag, von Maria bewacht;
Es'lein und Oechslein dabei, die Könige und auch die Hirten –
Und aus Rauschgold ein Stern flimmerte über dem Bild.
Heilige Schauer der Kindheit! Unschuldige Wünsche des Knaben,
Welche die Mutter ihm stets freudigen Herzens gewährt!
Selige Zeit, wo bist du? – Ist sie denn wirklich entschwunden?
Nein: wenn frostig der Platz mit dem sich neigenden Jahr;
Wenn der Kastanien Gedüft entsteigt den röstenden Pfannen,
Und die Hök'rin umhüllt sorglicher Busen und Haupt:
Stehen die Buden auch da, und durch die Nebel des Abends
Schimmert das harzige Grün, leuchtet der heilige Christ.
Immer noch giebt es verlangende Kinder und liebende Mütter –
Und im Kreislauf erhält ewig das Leben sich jung!

Weihnachten im Dorf meiner Kindheit

Jean Paul

[...] Die Joditzer Herbstidylle ist durch voriges [Jean Pauls Beschreibung des Dorfes Joditz] fast ausgemalt. Der Herbst führt nämlich die Menschen nach Hause und läßt ihnen sein Füllhorn da, für das Nest des Winters, das sie bauen, wie der Kreuzschnabel im Eismonate Nest und Junge hat. Von damals her muß kommen, daß Paul noch das erste Dreschen, die lauten Krähenzüge in die Wälder, der Zugvögel Schreien oder Blasen zum Aufbruche mit einem nachgebliebenen Vergnügen als die Vorboten der engen häuslichen Wintereinnistung hört; und es tut mir seinetwegen leid, daß er auch die Gänse im Herbste, die dann in Herden gehen, mit ziemlicher Lust schreien hört als Vorsänger und Vorredner der Winterzeit.

[...]

Pauls Weihnachtfest selber zu beschreiben, erlassen mir wohl gern alle die Zuhörer, welchen in Pauls Werken Gemälde davon, die ich am wenigsten übertreffen kann, zu Händen gekommen. Bloß zwei Zusätze dürften nachzuholen sein. Wenn Paul nämlich am Weihnachtmorgen vor dem Lichterbaum und Lichtertische stand und nun die neue Welt voll Gold und Glanz und Gaben aufgedeckt vor ihm lag und er Neues und Neues und Reiches fand und bekam, so war das erste, was in ihm aufstieg, nicht eine Träne - nämlich der Freude -, sondern ein Seufzer - nämlich über das Leben -; mit einem Worte, schon dem Knaben bezeichnete der Übertritt oder Übersprung oder Überflug aus dem wogenden spielenden unabsehlichen Meere der Phantasie an die begrenzte und begrenzende feste Küste sich mit dem Seufzer nach einem größern, schönern Lande. Aber ehe dieser Seufzer sich veratmete und ehe die glückliche Wirklichkeit ihre Kräfte zeigte, so fühlte Paul aus Dankbarkeit, daß er sich im höchsten Grade freudig zeigen müßte vor seiner Mutter; - und diesen Schein nahm er sofort an und auf kurze Zeit, weil sogleich darauf die angebrochnen Morgenstrahlen der Wirklichkeit das Mondlicht der Phantasie auslöschten und entfernten.

Hier mag auch einer väterlichen Eigenheit gedacht werden, welche in dieselbe Minute fiel: der Vater nämlich - immer so froh teilnehmend, jede Freude so bereitwillig gönnend und gebend - kam an dem Christmorgen wie mit einem Trauerflor bedeckt aus seiner Stube in die lustige leuchtende Wohn- und Gesindestube herab; die Mutter selber versicherte ihre Unwissenheit über diese jährliche Traurigkeit, und niemand hatte Mut zur Frage. Auch überließ er der Mutter die ganze Mühe und Freude, die Tafeldeckerin der heiligen Christnacht zu sein, und hier blieb er vielleicht beträchtlich hinter Paul zurück und holte den Sohn nicht ein, welcher immer bei der Weihnachtoper der Kinder seiner Frau viel half, wenn nicht gar sie bloß ihm; denn in der Tat hatte er - zumal früher, da sie dümmer waren - schon Monate vor der Aufführung dieser Zauberoper den Lügenzettelträger, den Theaterdichter und Szenenmaler auf dem Kanapee gespielt und hatte endlich abends als vollständiger Operdirektor und Maschinenmeister alles auf den Tischen und Bäumchen so lichtervoll und verständig ausgebreitet und zusammengeordnet, daß das Ganze glänzte und sein Auge dazu.

Demungeachtet ist der Vater aus dem Sohne und die väterliche Trauer fast [zu] erklären, und zwar daraus, daß [dieser] seit vielen Jahren selber eine ähnliche bei aller äußern Freudigkeit und Tätigkeit zu verhüllen hat. Es ist eben bei beiden nur das von Kirchenstücken und Romanen wunde Wehgefühl der Vergleichung zwischen dem männlichen Herbste der Wirklichkeit und dem kindlichen Frühlinge vor ihnen, in welchem noch dicht aus dem Stamme der Wirklichkeit die Blüten des Ideals ohne Umwege von Blättern und Ästen wachsen.

Bedurfte doch damals sogar der kindliche Honig und Wein der Freude des idealen Ätherzusatzes von dem Glauben an ein darreichendes Christkindchen. Denn sobald er zufällig sich mit Augen überzeugt hatte, daß nur Menschen, nicht Überirdische, die Freudenblüten und Früchte bringen und auf die Tafel legen, so war diesen der Edenduft und Edenglanz ausgegangen und abgewischt und das alltägliche Gartenbeet da. Indes unglaublich ist's, wie er gleich allen Kindern sich gegen die Himmelstürmer seines himmlischen Glaubens gewehrt und wie lange er seine übernatürliche Offenbarung festgehalten gegen alle Einsichten seiner Jahre, gegen alle Winke des Zufalls, bis er endlich sah und siegte weniger als besiegt wurde. So schwer läßt sich der Mensch in allen Religionen zu den Menschen herunterziehen, welche oben im Lufthimmel die gebenden Götter spielen.

[...]

Wir verlassen nun mit ihm das unbekannte Dörfchen; aber ob es sich gleich noch keinen Lorbeerkranz wie so manches anderes Dorf durch eine Schlacht aufgesetzt, so darf er, glaub ich, es doch hoch in seinem Herzen halten und zu ihm, als wenn er heute schiede, sagen: »Liebes Dörflein! du bleibst mir teuer und wert! Zwei kleine Schwestern ließ ich *in* deinem Boden. Mein zufriedener Vater hat *auf* ihm seine schönsten Sonntage gefunden. – Und unter dem Morgenrote meines Lebens sah ich deine Fluren stehen und glänzen. Zwar sind deine bekannten Bewohner, denen ich danken will, längst fortgegangen wie mein Vater; aber ihren unbekannten Kindern und Enkeln geh es wohl, wünscht mein Herz, und jede Schlacht ziehe weit vor ihnen vorbei.«

Der goldene Schlüssel

Gebrüder Grimm

Zur Winterszeit, als einmal ein tiefer Schnee lag, mußte ein armer Junge hinausgehen und Holz auf einem Schlitten holen. Wie er es nun zusammengesucht und aufgeladen hatte, wollte er, weil er so erfroren war, noch nicht nach Haus gehen, sondern erst Feuer anmachen und sich ein bißchen wärmen. Da scharrte er den Schnee weg, und wie er so den Erdboden aufräumte, fand er einen kleinen goldenen Schlüssel. Nun glaubte er, wo der Schlüssel wäre, müßte auch das Schloß dazu sein, grub in der Erde und fand ein eisernes Kästchen. »Wenn der Schlüssel nur passt!« dachte er, »es sind gewiss kostbare Sachen in dem Kästchen.« Er suchte, aber es war kein Schlüsselloch da; endlich entdeckte er eines, aber so klein, daß man es kaum sehen konnte. Er probierte, und der Schlüssel paßte glücklich. Da drehte er einmal herum, und nun müssen wir warten, bis er vollends aufgeschlossen, und den Deckel aufgemacht hat, dann werden wir erfahren, was für wunderbare Sachen in dem Kästchen lagen.

Knecht Ruprecht

Theodor Storm

Von drauß vom Walde komm ich her;
Ich muß euch sagen, es weihnachtet sehr!
Allüberall auf den Tannenspitzen
Sah ich goldene Lichtlein sitzen;
Und droben aus dem Himmelstor
Sah mit großen Augen das Christkind hervor,
Und wie ich so strolcht durch den finstern Tann,
Da rief's mich mit heller Stimme an:
»Knecht Ruprecht«, rief es, »alter Gesell,
Hebe die Beine und spute dich schnell!
Die Kerzen fangen zu brennen an,
Das Himmelstor ist aufgetan,
Alt und Junge sollen nun
Von der Jagd des Lebens einmal ruhn;
Und morgen flieg ich hinab zur Erden,
Denn es soll wieder Weihnachten werden!«
Ich sprach: »O lieber Herre Christ,
Meine Reise fast zu Ende ist;
Ich soll nur noch in diese Stadt,
Wo's eitel gute Kinder hat.«
– »Hast denn das Säcklein auch bei dir?«
Ich sprach: »Das Säcklein, das ist hier:

Denn Äpfel, Nuß und Mandelkern
Fressen fromme Kinder gern.«
– »Hast denn die Rute auch bei dir?«
Ich sprach: »Die Rute, die ist hier:
Doch für die Kinder nur, die schlechten,
Die trifft sie auf den Teil, den rechten.«
Christkindlein sprach: »So ist es recht;
So geh mit Gott, mein treuer Knecht!«

Von drauß vom Walde komm ich her,
Ich muß euch sagen, es weihnachtet sehr!
Nun sprecht, wie ich's hierinnen find!
Sind's gute Kind, sind's böse Kind?

Kirchenfeste

Adalbert Stifter

Unsere Kirche feiert verschiedene Feste, welche zum Herzen dringen. Man kann sich kaum etwas Lieblicheres denken als Pfingsten und kaum etwas Ernsteres und Heiligeres als Ostern. Das Traurige und Schwermütige der Karwoche und darauf das Feierliche des Sonntags begleiten uns durch das Leben. Eines der schönsten Feste feiert die Kirche fast mitten im Winter, wo beinahe die längsten Nächte und kürzesten Tage sind, wo die Sonne am schiefsten gegen unsere Gefilde steht und Schnee alle Fluren deckt, das Fest der Weihnacht. Wie in vielen Ländern der Tag vor dem Geburtsfeste des Herrn der Christabend heißt, so heißt er bei uns der Heilige Abend, der darauffolgende Tag der Heilige Tag und die dazwischenliegende Nacht die Weihnacht. Die katholische Kirche begeht den Christtag als den Tag der Geburt des Heilandes mit ihrer allergrößten kirchlichen Feier, in den meisten Gegenden wird schon die Mitternachtsstunde als die Geburtsstunde des Herrn mit prangender Nachtfeier geheiligt, zu der die Glocken durch die stille, finstere, winterliche Mitternachtluft laden, zu der die Bewohner mit Lichtern oder auf dunkeln, wohlbekannten Pfaden aus schneeigen Bergen an bereiften Wäldern vorbei und durch knarrende Obstgärten zu der Kirche eilen, aus der die feierlichen Töne kommen und die aus der Mitte des in beeiste Bäume gehüllten Dorfes mit den langen beleuchteten Fenstern emporragt.

Mit dem Kirchenfeste ist auch ein häusliches verbunden. Es hat sich fast in allen christlichen Ländern verbreitet, daß man den Kindern die Ankunft des Christkindleins - auch eines Kindes, des wunderbarsten, das je auf der Welt war - als ein heiteres, glänzendes, feierliches Ding zeigt, das durch das ganze Leben fortwirkt und manchmal noch spät im Alter bei trüben, schwermütigen oder rührenden Erinnerungen gleichsam als Rückblick in die einstige Zeit mit den bunten schimmernden Fittichen durch den öden, traurigen und ausgeleerten Nachthimmel fliegt. Man pflegt den Kindern die Geschenke zu geben, die das heilige Christkindlein gebracht hat, um ihnen Freude zu machen. Das tut man gewöhnlich am Heiligen Abende, wenn die tiefe Dämmerung eingetreten ist. Man zündet Lichter und meistens sehr viele an, die oft mit den kleinen Kerzlein auf den schönen grünen Ästen eines Tannen- oder Fichtenbäumchens schweben, das mitten in der Stube steht. Die Kinder dürfen nicht eher kommen, als bis das Zeichen gegeben wird, daß der Heilige Christ zugegen gewesen ist und die Geschenke, die er mitgebracht, hinterlassen hat. Dann geht die Tür auf, die Kleinen dürfen hinein, und bei dem herrlichen, schimmernden Lichterglanze sehen sie Dinge auf dem Baume oder auf dem Tische herumgebreitet, die alle Vorstellungen ihrer Einbildungskraft weit übertreffen, die sie sich nicht anzurühren getrauen und die sie endlich, wenn sie sie bekommen haben, den ganzen Abend in ihren Ärmchen herumtragen und mit sich in das Bett nehmen. Wenn sie dann zuweilen in ihre Träume hinein die Glockentöne der Mitternacht hören, durch welche die Großen in die Kirche zur Andacht gerufen werden, dann mag es ihnen sein, als zögen jetzt die Englein durch den Himmel oder als kehre der Heilige Christ nach Hause, welcher nunmehr bei allen Kindern gewesen ist und jedem von ihnen ein herrliches Geschenk hinterbracht hat.

Wenn dann der folgende Tag, der Christtag, kömmt, so ist er ihnen so feierlich, wenn sie frühmorgens, mit ihren schönsten Kleidern angetan, in der warmen Stube stehen, wenn der Vater und die Mutter sich zum Kirchgange schmücken, wenn zu Mittage ein feierliches Mahl ist, ein besseres als in jedem Tage des ganzen Jahres, und wenn nachmittags oder gegen Abend hin Freunde und Bekannte kommen, auf den Stühlen und Bänken herumsitzen, miteinander reden und behaglich durch die Fenster in die Wintergegend hinausschauen können, wo entweder die langsamen Flocken niederfallen oder ein trübender Nebel um die Berge steht oder die blutrote kalte Sonne hinabsinkt. An verschiedenen Stellen der Stube, entweder auf einem Stühlchen oder auf der Bank oder auf dem Fensterbrettchen, liegen die zaubrischen, nun aber schon bekannteren und vertrauteren Geschenke von gestern abend herum.

Hierauf vergeht der lange Winter, es kömmt der Frühling und der unendlich dauernde Sommer – und wenn die Mutter wieder vom Heiligen Christ erzählt, daß nun bald sein Festtag sein wird und daß er auch diesmal herabkommen werde, ist es den Kindern, als sei seit dem letzten Erscheinen eine ewige Zeit vergangen und als liege die damalige Freude in einer weiten nebelgrauen Ferne.

Weil dieses Fest so lange nachhält, weil sein Abglanz so hoch in das Alter hinaufreicht, so stehen wir so gerne dabei, wenn Kinder dasselbe begehen und sich darüber freuen. – [...]

Mariä Verkündigung

(Lukas 1, 26–38)

Nach der Übersetzung Martin Luthers

Und im sechsten Monat ward der Engel Gabriel gesandt von Gotte in eine Stadt in Galiläa, die heißt Nazareth, zu einer Jungfrau, die vertraut war einem Mann mit Namen Joseph, vom Hause David; und die Jungfrau hieß Maria. Und der Engel kam zu ihr hinein und sprach: Gegrüßet seist du, Hochbegnadete! Der Herr ist mit dir! Sie aber erschrak über seine Rede und dachte bei sich selbst: Welch ein Gruß ist das? Und der Engel sprach zu ihr: Fürchte dich nicht, Maria, du hast Gnade bei Gott gefunden. Siehe, du wirst schwanger werden und einen Sohn gebären, des Namen sollst du Jesus heißen. Der wird groß sein und ein Sohn des Höchsten genannt werden; und Gott der Herr wird ihm den Thron seines Vaters David geben, und er wird ein König sein über das Haus Jakob ewiglich und seines Reichs wird kein Ende sein.

Da sprach Maria zu dem Engel: Wie soll das zugehen, da ich doch von keinem Manne weiß? Der Engel antwortet und sprach zu ihr: Der heilige Geist wird über dich kommen, und die Kraft des Höchsten wird dich überschatten; darum wird auch das Heilige, das von dir geboren wird, Gottes Sohn genannt werden. Und siehe, Elisabeth, deine Verwandte, ist auch schwanger mit einem Sohn in ihrem Alter und geht jetzt im sechsten Monat, von der man sagt, daß sie unfruchtbar sei. Denn bei Gott ist kein Ding unmöglich. Maria aber sprach: Siehe, ich bin des Herrn Magd; mir geschehe wie du gesagt hast. Und der Engel schied von ihr.

An die Jungfrau

Walther von der Vogelweide

Maria, Magd, du hochgelobte Frau, du süße,
hilf mir zu deines Kindes Ruhm, daß ich die Sünden büße.
Hochschwellend Meer der Gnade, Tugend, aller Güte,
der süße Gottesgeist aus deinem edeln Herzen blühte.
Dein Schöpfer, Vater, Kind ist zu dir eingegangen:
Uns allen Heil, daß du ihn hast empfangen!
Denn Höhe, Breite, Tiefe, Läng umfinge nimmermehr,
dein kleiner Leib, mit süßer Keuschheit barg ihn der;
vor allen Wundern ist dies Wunder hehr:
Der Engel Königin, du trugst ihn ohne Schmerz und Bangen.

Weihnachtszeit mit der Base Schlotterbeck

Wilhelm Raabe

[...] Unzertrennliche Genossen waren Hans und die Base während der ersten Lebensjahre des Knaben. Vom frühen Morgen bis zum Abend vertrat die Geisterseherin Mutterstelle bei dem Kinde; ohne ihren Rat und ihren Beistand geschah nichts, was auf dasselbe Bezug hatte; manchen Hunger stillte sie, doch manchen Hunger lernte Johannes Unwirrsch auch durch sie kennen [...]

Hans Unwirrsch war ein frühreifes Kind und lernte das Sprechen fast eher als das Gehen; das Lesen lernte er spielend. Die Base Schlotterbeck verstand die letztere schwere Kunst sehr gut und stolperte nur über allzu lange und allzu ausländische Worte.

Sie las gern laut und mit einem näselnden Pathos, welches den größten Eindruck auf das Kind machte [...]

Die Base Schlotterbeck war ein kunstreiches Weib, welches sich dadurch einen kleinen Nebenverdienst verschaffte, daß es für eine große Spielwarenfabrik Puppen ankleidete, eine Beschäftigung, welche dem Interesse eines Kindes nahe genug lag und wobei Hans bald und gern hülfreich Hand leistete. Herren und Damen, Bauern und Bäuerinnen, Schäfer und Schäferinnen und mancherlei andere lustige Männlein und Fräulein aus allen Ständen und Lebensaltern entstanden unter den Händen der Base, welche wacker mit Leim und Nadel, bunten Zeugstückchen, Gold- und Silberschaum hantierte und jedem sein Teil davon gab, je nach dem Preise. Es war eine philosophische Arbeit, bei welcher man mancherlei Gedanken haben konnte, und Hans Unwirrsch stellte sich gut dazu an, wenn ihm auch die Kinderfreude an diesem Spielzeug natürlich bald verlorenging. Wer in einem Laden voll Hampelmänner aufwächst, den kümmert der einzelne Hampelmann wenig, sei er auch noch so bunt und zappele er auch noch so sehr.

Nach Martini, welcher berühmte Tag leider nicht durch eine gebratene Gans gefeiert werden konnte, begann eine Fabrikation auf eigene Rechnung. Die Base konnte jetzt den größten Nutzen aus ihrem Talent für die plastische Kunst ziehen; sie baute Rosinenmänner auf Weihnachten und für bescheidenere Gemüter Pflaumenkerle. Der erste Bursche letzterer Art, welchen Hans ohne Beihülfe herstellte, machte ihm ein ebenso großes Vergnügen wie dem hoffnungsvollen Kunstjünger die Preisarbeit, welche ihm ein Stipendium zur Reise nach Italien verschafft.

Der Beginn des Weihnachtsmarktes war für den kleinen Bildner ein großes Ereignis. Mancherlei Gefühle beschreibt der Epiker, indem er auseinandersetzt, daß er sie nicht beschreiben könne; die Gefühle Hansens bei dieser Gelegenheit waren von solcher Art, und mit Wonne trug er die Laterne voran, während die Base auf einem kleinen Handwagen ihre Bank, ihren Korb, ihr Feuerbecken und einen kleinen Tisch zum Markt zog.

Die Eröffnung des Etablissements in dem vor dem schärfsten Wind geschützten Häuserwinkel war allein ein wundervolles

Ereignis. Das Zusammenkauern unter dem großen, alten Regenschirm, das Anblasen der Glut in dem Kohlenbecken, das Aufstellen der Handelsartikel, der erste ruhige und doch erwartungsvolle Blick in das Getümmel des Marktes, alles hatte seine herzerschütternden Reize. Der erste Pflaumenkerl, der behandelt, verkauft und gekauft wurde, erweckte einen wahren Wonnesturm in der Brust von Schlotterbeck und Kompanie. Das Mittagsessen, welches ein gutwilliges Kind aus der Kröppelstraße in einem irdenen Henkeltopf brachte, schmeckte ganz anders auf dem freien Markt als in der dunkeln Stube daheim; aber das Beste von allem war der Abend mit seinem Nebel, seinem Lichter- und Lampenglanz und seinem verdoppelten Lärmen, Drängen, Stoßen und Treiben.

Nicht immer konnte das Kind ruhig auf der Bank neben der Alten sitzen. Bezaubert – verzaubert trotz Kälte, trotz Regen und Schnee, unternahm es Streifzüge über den ganzen Markt und schob als Teilhaber der Firma Schlotterbeck und Kompanie sein Kinn jeder andern Firma mit Bewußtsein und Kritik auf den Verkaufstisch. Um acht Uhr kam die Mutter und holte den jüngern Kompagnon des Hauses Schlotterbeck nach Haus; aber nicht ohne Widerstreben, Heulen und Zappeln ging das ab, und nur die Versicherung, daß »morgen wieder ein Tag« sei, konnte den kleinen Großhändler bewegen, der Base das Geschäft bis eilf Uhr allein zu überlassen.

Ein Faktum aus dieser Lebenszeit unseres Helden ist zu berichten. Für den Erlös eines selbstverfertigten Rosinenmannes kaufte er – einen andern von einem Handelshause, welches sich am entgegengesetzten Ende des Marktes etabliert hatte. Ein Zug, welcher von großer Bedeutung für die künftige Entwickelung des Knaben war.

Hans Unwirrsch, welcher die schwarzen Kerle für andere verfertigte, wollte wissen, welch ein Spaß darin liege, solch einen Gesellen selbst zu kaufen. Er ging dem Vergnügen auf den Grund, und natürlich zog er keine Freude aus diesem allzu frühen Analysieren. Als die Pfennige von dem Verkäufer eingestrichen waren und der Käufer das Geschöpf in der Hand hielt, kam die Reue im vollen Maße über ihn. Heulend stand er in der Mitte der Gasse, und zuletzt schleuderte er den Einkauf weit von sich und lief, die bittersten Tränen hinunterschluckend, so schnell als möglich davon. Weder die Base noch die Mutter erfuhren, was aus dem Groschen, wofür man den ganzen Markt hätte kaufen können, geworden war. –

Manche Freuden hatte der Winter, doch führte er auch die größesten Beschwerden mit sich.

Mit sehr armen Leuten haben wir es zu tun, und arme Leute leben gewöhnlich erst mit dem Frühjahr und den Maikäfern wieder auf. Hunderttausende, Millionen könnten jene glücklichen Tiere beneiden, welche die kalten Tage bewußtlos und behaglich durchschlafen. [...]

Dezemberlied

Franz Grillparzer

Harter Winter, streng und rauch,
Winter, sei willkommen!
Nimmst du viel, so gibst du auch,
Das heißt nichts genommen!

Zwar am Äußern übst du Raub,
Zier scheint dir geringe,
Eis dein Schmuck, und fallend Laub
Deine Schmetterlinge,

Rabe deine Nachtigall,
Schnee dein Blütenstäuben,
Deine Blumen, traurig all
Auf gefrornen Scheiben.

Doch der Raub der Formenwelt
Kleidet das Gemüte,
Wenn die äußere zerfällt
Treibt das Innre Blüte.

Die Gedanken, die der Mai
Locket in die Weite,
Flattern heimwärts kältescheu
Zu der Feuer-Seite.

Sammlung, jene Götterbraut,
Mutter alles Großen,
Steigt herab auf deinen Laut,
Segen-übergossen.

Und der Busen fühlt ihr Wehn,
Hebt sich ihr entgegen,
Läßt in Keim und Knospen sehn,
Was sonst wüst gelegen.

Wer denn heißt dich Würger nur?
Du flichst Lebens-Kränze,
Und die Winter der Natur
Sind der Geister Lenze!

Winter auf dem Semmering

Peter Altenberg

Ich habe zu meinen zahlreichen unglücklichen Lieben noch eine neue hinzubekommen -- den *Schnee!* Er erfüllt mich mit Enthusiasmus, mit Melancholie. Ich will ihn zu nichts Praktischem benützen, wie Schneegleiten, Rodeln, Bobfahren; ich will ihn betrachten, betrachten, betrachten, ihn mit meinen Augen stundenlang in meine Seele hineintrinken, mich durch ihn und vermittelst seiner aus der dummen, realen Welt hinwegflüchten in das sogenannte »weiße und enttäuschungslose Zauberreich«! Jeder Baum, jeder Strauch wird durch ihn zu einer selbständigen Persönlichkeit, während im Sommer ein allgemeines Grün entsteht, das die Persönlichkeiten der Bäume und Sträucher verwischt. Ich liebe den Schnee auf den Spitzen der hölzernen Gartenzäune, auf den eisernen Straßengeländern, auf den Rauchfängen, kurz überall da am meisten, wo er für die Menschen unbrauchbar und gleichgültig ist. Ich liebe ihn, wenn die Bäume ihn abschütteln wie eine unerträglich gewordene Last, ich liebe ihn, wenn der graue Sturm ihn mir ins Gesicht nadelt und staubt und spritzt. Ich liebe ihn, wenn er in sonnigen Waldlachen zerrinnt, ich liebe ihn, wenn er pulverig wird vor Kälte wie Streuzucker. Er befriedigt mich nicht, ich will ihn nicht benützen zu Zwecken der süßen Ermüdung und Erlösung, ich will nicht kreischen und jauchzen durch ihn, ich will ihn anstarren in ewiger Liebe, in Melancholie und Begeisterung. Er ist also eine neue letzte »unglückliche Liebe« meiner Seele!

Die Weihnachtsgans Auguste

Friedrich Wolf

Der Opernsänger Luitpold Löwenhaupt hatte bereits im November vorsorglich eine fünf Kilo schwere Gans gekauft - eine Weihnachtsgans. Dieser respektable Vogel sollte den Festtisch verschönen. Gewiß, es waren schwere Zeiten. »Aber etwas muß man doch fürs Herze tun!«

Bei diesem Satz, den Löwenhaupt mit seiner tiefen Baßstimme mehrmals vor sich hin sprach, so daß es wie ein Donnerrollen sich anhörte, mit diesem Satze meinte der Sänger im Grunde etwas anderes. Während er mit seinen kräftigen Händen die Gans an sich drückte, verspürte er sogleich den Geruch von Rotkraut und Äpfeln in der Nase.

Und immer wieder murmelte sein schwerer Baß den Satz durch den nebligen Novembertag: »Aber etwas muß man doch fürs Herze tun!«

Ein Hausvater, der eigenmächtig etwas für den Haushalt eingekauft hat, verliert, sobald er seiner Wohnung sich nähert, mehr und mehr den Mut. Er ist zu Haus schutzlos den Vorwürfen und dem Hohn seiner Hausgenossen preisgegeben, da er bestimmt unrichtig und zu teuer eingekauft hat. Doch in diesem Falle erntete Vater Löwenhaupt überraschend hohes Lob. Mutter Löwenhaupt fand die Gans fett, gewichtig und preiswert. Das Hausmädchen Theres lobte das schöne weiße Gefieder; sie stellte jedoch die Frage, wo das Tier bis Weihnachten sich aufhalten solle?

Die zwölfjährige Elli, die zehnjährige Gerda und das kleine Peterle – Löwenhaupts Kinder – sahen aber hier überhaupt kein Problem, da es ja doch das Bad und das Kinderzimmer gäbe und das Gänschen unbedingt Wasser brauche, sich zu reinigen. Die Eltern entschieden jedoch, daß die neue Hausgenossin im allgemeinen in der Kiste in dem kleinen warmen Kartoffelkeller ihr Quartier beziehen solle und daß die Kinder sie bei Tag eine Stunde lang draußen im Garten hüten dürften.

So war das Glück allgemein.

Anfangs befolgten die Kinder genau diese Anordnung der Eltern. Eines Abends aber begann das siebenjährige Peterle in seinem Bettchen zu klagen, daß »Gustje« – man hatte die Gans aus einem nicht erfindbaren Grunde Auguste genannt – bestimmt unten im Keller friere. Seine Schwester Elli, der man im Schlafzimmer die Aufsicht über die beiden jüngeren Geschwister übertragen hatte, suchte das Brüderchen zu beruhigen, daß Auguste ja ein dickes Daunengefieder habe, das sie aufplustern könne wie eine Decke.

»Warum plustert sie es auf?« fragte Peterle.

»Ich sagte doch, daß es dann wie eine Decke ist.«

»Warum braucht Gustje denn eine Decke?«

»Mein Gott, weil sie dann nicht friert, du Dummerjan.«

»Also ist es doch kalt im Keller!« sagte jetzt Gerda.

»Es ist kalt im Keller!« echote Peterle und begann gleich zu heulen. »Gustje friert! Ich will nicht, daß Gustje friert. Ich hole Gustje herauf zu mir!«

Damit war er schon aus dem Bett und tapste zur Tür. Die große Schwester fing ihn ab und suchte ihn wieder ins Bett zu tragen. Aber die jüngere Gerda kam Peterle zu Hilfe. Peterle heulte: »Ich will zu Gustje!« Elli schimpfte. Gerda entriß ihr den kleinen Bruder.

Mitten in dem Tumult erschien die Mutter. Peterle wurde im Elternzimmer in das Bett der Mutter gelegt und den Schwestern sofortige Ruhe anbefohlen.

Diese Nacht ging ohne weiteren Zwischenfall vorüber.

Doch am übernächsten Tag hatten sich Gerda und Peter, der wieder im Kinderzimmer schlief, verständigt. Abwechselnd blieb immer einer der beiden wach und weckte den anderen. Als nun die älteste Schwester Elli schlief und im Haus alles stille war, schlichen die zwei auf den nackten Zehenspitzen in den Keller und holten die Gans Auguste aus ihrer Kiste, in der sie auf Lappen und Sägespänen lag, und trugen sie leise hinauf in ihr Zimmer. Bisher war Auguste recht verschlafen gewesen und hatte bloß etwas geschnattert wie: »Lat mi in Ruh, lat mi in Ruh!«

Aber plötzlich fing sie laut an zu schreien: »Ick will in min Truh, ick will in min Truh!« Schon gingen überall die Türen auf.

Die Mutter kam hervorgestürzt, Theres, das Hausmädchen, rannte von ihrer Kammer her die Stiegen hinunter. Auch die zwölfjährige Elli war aufgewacht, aus ihrem Bett gesprungen und schaute durch den Türspalt. Die kleine Gerda aber hatte in ihrem Schreck die Gans losgelassen, und jetzt flatterte und schnatterte Auguste im Treppenhaus umher. (Ein Glück, daß der Vater noch nicht zu Hause war!) Bei der nun einsetzenden Jagd durch das Treppenhaus und die Korridore verlor Auguste, bis man sie eingefangen hatte, eine Anzahl Federn. Die atemlose Theres schlug sie in eine Decke, woraus sie ununterbrochen schimpfte:

»Lat mi in Ruh, lat mi in Ruh,
Ick will in min Truh!«

Und da begann auch noch das Peterle zu heulen: »Ich will Gustje haben! Gustje soll bei mir schlafen!«

Die Mutter, die ihn ins Bett legte, suchte ihm zu erklären, daß die Gans jetzt wieder in die Kiste in den Keller müsse.

»Warum muß sie denn in den Keller?« fragte Peterle.

»Weil eine Gans nicht im Bett schlafen kann.«

»Warum kann den Gustje nicht im Bett schlafen?«

»Im Bett schlafen nur Menschen; und jetzt sei still und mach die Augen zu!« Die Mutter war schon an der Tür, da heulte Peterle wieder los: »Warum schlafen nur Menschen im Bett? Gustje friert unten; Gustje soll oben schlafen.« Als die Mutter sah, wie aufgeregt Peterle war und daß man ihn nicht beruhigen konnte, erlaubte sie, daß man die Kiste aus dem Keller heraufholte und neben Peterles Bett stellte. Und siehe da, während Auguste droben in der Kiste noch vor sich hin schnatterte:

»Lat man gut sin, lat man gut sin,
Hauptsache, dat ick in min Truh bin!«

schliefen auch das Peterle und seine Geschwister ein.

Natürlich konnte man Auguste nicht wieder in den Keller bringen, zumal die Nächte immer kälter wurden, weil es schon mächtig auf Weihnachten ging. Auch benahm sich die Gans außerordentlich manierlich. Bei Tag ging sie mit Peterle spazieren und hielt sich getreulich an seiner Seite wie ein guter Kamerad, wobei sie ihren Kopf stolz hoch trug und ihren kleinen Freund mit ihrem Geschlapper aufs beste unterhielt. Sie erzählte dem Peterle, wie man die verschiedenen schmackhaften oder bitteren Gräser und Kräuter unterscheiden könne, wie ihre Geschwister - die Wildgänse - im Herbst nach Süden in wärmere Länder zögen und wie umgekehrt die Schneegänse sich am wohlsten in Eisgegenden fühlten. Soviel konnte Auguste dem Peterle erzählen; und auf all sein »Warum« und »Weshalb« antwortete sie gern und geduldig. Auch die anderen Kinder gewöhnten sich immer mehr an Auguste.

Peterle aber liebte seine Gustje so, daß beide schier unzertrennlich wurden. So kam es, daß eines Abends, als Peterle vom Bett aus noch ein paar Fragen an Gustje richtete, diese zu ihrem Freund einfach ins Bett schlüpfte, um sich leiser und ungestörter mit ihm unterhalten zu können. Elli und Gerda gönnten dem kleinen Bruder die Freude.

Am frühen Morgen aber, als die Kinder noch schliefen, hopste Auguste wieder in ihre Kiste am Boden, steckte ihren Kopf unter die weißen Flügel und tat, als sei nichts geschehen. Doch das Weihnachtsfest rückte näher und näher. Eines Mittags meinte der Sänger Löwenhaupt plötzlich zu seiner Frau, daß es nun mit Auguste »soweit wäre«. Mutter Löwenhaupt machte ihrem

Mann erschrocken ein Zeichen, in Gegenwart der Kinder zu schweigen.

Nach Tisch, als der Sänger Luitpold Löwenhaupt mit seiner Frau allein war, fragte er sie, was das seltsame Gebaren zu bedeuten habe. Und nun erzählte Mutter Löwenhaupt, wie sehr sich die Kinder – vor allem Peterle – an Auguste, die Gans, gewöhnt hätten und daß es ganz unmöglich sei …

»Was ist unmöglich?« fragte Vater Löwenhaupt. Die Mutter schwieg und sah ihn nur an. »Ach so!« grollte Vater Löwenhaupt. »Ihr glaubt, ich habe die Gans als Spielzeug für die Kinder gekauft? Ein nettes Spielzeug! Und ich? Was wird aus mir?«

»Aber Luitpold, verstehe doch!« suchte die Mutter ihn zu beschwichtigen.

»Natürlich, ich verstehe ja schon!« zürnte der Vater. »Ich muß wie stets hintenanstehn!« Und als habe diese furchtbare Feststellung seine sämtlichen Energien entfesselt, donnerte er jetzt los: »Die Gans kommt auf den Weihnachtstisch mit Rotkraut und gedünsteten Äpfeln! Dazu wurde sie gekauft! Und basta!« Eine Tür knallte zu.

Die Mutter wußte, daß in diesem Stadium mit einem Mann, und noch dazu mit einem Opernsänger, nichts anzufangen war. Sie setzte sich in ihr Zimmer über ihre Näharbeit und vergoß ein paar Tränen.

Dann beriet sie mit ihrer Hausgehilfin Theres, was zu tun sei, da bis Weihnachten nur noch eine Woche war. Sollte man eine andere, schon gerupfte und ausgenommene Gans kaufen? Doch dazu reichte das Haushaltungsgeld nicht. Aber was würde man, wenn die Gans Auguste nicht mehr da wäre, den Kindern sagen? Durfte man sie überhaupt belügen?

Und wer im Haus würde es fertigbringen, Auguste ins Jenseits zu senden?

»Soll der Herr es selbst tun!« schlug Theres vor.

Die Mutter fand diesen Rat nicht schlecht, zumal ihr Mann zu der Gans nur geringe persönliche Beziehungen hatte.

Als nun der Sänger Löwenhaupt abends aus der Oper heimkam, wo er eine Heldenpartie gesungen hatte, und die Mutter ihm jenen Vorschlag machte, erwiderte er: »O, ihr Weibervolk! Wo ist der Vogel?«

Theres sollte die Gans herunterholen. Natürlich wachte Auguste auf und schrie aus Leibeskräften:

»Ick will min Ruh, min Ruh,
Lat mi in min Truh!«

Peterle und die Schwestern erwachten, es gab einen Höllenspektakel. Die Mutter weinte, Theres ließ die Gans flattern; diese segelte hinunter in den Hausflur. Vater Löwenhaupt, der jetzt zeigen wollte, was ein echter Mann und Hausherr ist, rannte hinter Auguste her, trieb sie in eine Ecke, griff mutig zu und holte aus der Küche einen Gegenstand; während Mutter die Kinder oben im Schlafzimmer hielt, ging der Vater mit der Gans in die entfernteste, dunkelste Gartenecke, um sein Werk zu vollbringen. Die Gans Auguste aber schrie Zeter und Mordio, indessen die Mutter und Theres lauschten, wann sie endgültig verstummen werde. Aber Auguste verstummte nicht, sondern schimpfte auch im Garten immerzu. Schließlich trat doch Stille ein. Der Mutter liefen die Tränen über die Wangen, und auch Peterle jammerte: »Wo ist meine Gustje? Wo ist Gustje?«

Jetzt knarrte drunten die Haustür. Die Mutter eilte hinunter. Vater Löwenhaupt stand mit schweißbedecktem Gesicht und wirrem Haar da … doch ohne Auguste.

»Wo ist sie?« fragte die Mutter.

Draußen im Garten hörte man jetzt wieder ein schnatterndes Schimpfen:

»Ick will min Ruh!
Lat mi in min Truh!«

»Ich habe es nicht vermocht. Oh, dieser Schwanengesang!« erklärte Vater Löwenhaupt. Man brachte also die unbeschädigte Auguste wieder hinauf zum Peterle, das ganz glücklich seine »Gustje« zu sich nahm und, sie streichelnd, einschlief.

Inzwischen brütete Vater Löwenhaupt, wie er dennoch seinen Willen durchsetzen könnte, wenn auch auf möglichst schmerzlose Art. Er dachte nach, während er sich in bläulichgraue Wolken dichten Zigarrenrauchs hüllte. Plötzlich kam ihm die Erleuchtung. Am nächsten Tage mischte er der Gans Auguste in ihren Kartoffelbrei zehn aufgelöste Tabletten Veronal, eine Dosis, die ausreicht, einen erwachsenen Menschen in einen tödlichen Schlaf zu versetzen. Damit mußte sich auch die Mutter einverstanden erklären.

Tatsächlich begann am folgenden Nachmittag die Gans Auguste nach ihrer Mahlzeit seltsam herumzutorkeln, wie eine Traumtänzerin von einem Bein auf das andere zu treten, mit den Flügeln dazu zu fächeln und schließlich nach einigen langsamen Kreiselbewegungen sich mitten auf den Küchenboden hinzulegen und zu schlafen.

Vergebens versuchten die Kinder sie zu wecken. Auguste bewegte etwas die Flügel und rührte sich nicht mehr.

»Was ist Gustje?« fragte das Peterle.

»Sie hält ihren Winterschlaf«, erklärte ihm der Vater Löwenhaupt und wollte sich aus dem Staube machen. Aber Peterle hielt den Vater fest. »Weshalb hält Gustje jetzt den Winterschlaf?«

»Sie muß sich ausruhen für den Frühling.« Doch Vater Löwenhaupt war es nicht wohl bei dem Examen. Er konnte seinem Söhnchen Peterle nicht in die Augen sehen. Auch die Mutter und das Hausmädchen Theres gingen den Kindern soviel wie möglich aus dem Wege.

Peterle trug seine bewegungslose Freundin Gustje zu sich hinauf in die kleine Kiste. Als die Kinder nun schliefen, holte Theres die Gans hinunter und begann sie, da Vater Löwenhaupt versicherte, die zehn Tabletten würden einen Schwergewichtsboxer unweigerlich ins Jenseits befördert haben – Theres begann, wobei ihr die Tränen über die Wangen rollten, die Gans zu rupfen, um sie dann in die Speisekammer zu legen. Als Vater Löwenhaupt seiner Frau »Gute Nacht« sagte, stellte sie sich schlafend und antwortete nicht. Bei Nacht wachte er auf, weil er neben sich ein leises Schluchzen vernahm.

Auch Theres schlief nicht; sie überlegte, was man den Kindern sagen werde. Zudem wußte sie nicht, hatte sie im Traum Auguste schnattern gehört:

»Lat mi in Ruh, lat mi in Ruh!
Ick will in mi Truh!«

So kam der Morgen. Theres war als erste in der Küche. Draußen fiel in dichten Flocken der Schnee. Was war das? Träumte sie noch? Aus der Speisekammer drang ein deutliches Geschnatter. Unmöglich! Wie Theres die Tür zur Kammer öffnete, tapste ihr schnatternd und schimpfend die gerupfte Auguste entgegen. Theres stieß einen Schrei aus; ihr zitterten die Knie. Auguste aber schimpfte:

»Ick frier, als ob ick kein Federn mehr hätt,
Man trag mich gleich wieder in Peterles Bett!«

Jetzt waren auch die Mutter und Vater Löwenhaupt erschienen. Der Vater bedeckte mit seinen Händen die Augen, als stünde da ein Gespenst.

Die Mutter aber sagte zu ihm: »Was nun?«

»Einen Kognak, einen starken Kaffee!« stöhnte der Vater und sank auf einen Stuhl.

»Jetzt werde ich die Sache in die Hand nehmen«, erklärte die Mutter energisch. Sie ordnete an, daß Theres den Wäschekorb bringe und eine Wolldecke. Dann umhüllte sie die nackte frierende Gans mit der Decke, legte sie in den Korb und tat noch zwei Krüge mit heißem Wasser an beide Seiten.

Vater Löwenhaupt, der inzwischen zwei Kognak hinuntergekippt hatte, erhob sich leise vom Stuhl, um aus der Küche zu verschwinden. Doch die Mutter hielt ihn fest; sie befahl: »Gehe sofort in die Breite Straße und kaufe fünfhundert Gramm gute weiße Wolle!«

»Wieso Wolle?«

»Geh und frage nicht!«

Vater Löwenhaupt war noch so erschüttert, daß er nicht widersprach, seinen Hut und Überzieher nahm und eiligst das Haus verließ.

Schon nach einer Stunde saßen Mutter und Theres im Wohnzimmer und begannen, für Auguste aus weißer Wolle einen Pullover zu stricken. Am Nachmittag nach Schulschluß halfen ihnen die Töchter Elli und Gerda. Peterle aber durfte seine Gustje auf dem Schoß halten und ihr immer den neuen entstehenden Pullover, in dem für die Flügel, den Hals, die Beine und den kleinen Sterz Öffnungen bleiben mußten, anprobieren helfen. Bereits am Abend war das Kunstwerk beendet.

Schnatternd und schimpfend, aber doch nicht mehr frierend,

stolzierte nun Auguste in ihrem wunderschönen weißen Wollkleid durchs Zimmer. Peterle sprang um sie herum und freute sich, daß Gustjes Winterschlaf so schnell zu Ende war, daß er wieder mit ihr spielen und sich unterhalten konnte.

Auguste aber schimpfte:

»Winterschlaf ist schnacke-schnick;
hätt ick mein Federn bloß zurück!«

Als Vater Löwenhaupt zum Essen kam und Auguste in ihrem schicken Pullover mit Rollkragen um den langen Hals dahertappen sah, meinte er: »Sie ist schöner als je! So ein Exemplar gibt es auf der ganzen Welt nicht mehr!«

Die Mutter aber erwiderte hierauf nichts, sondern sah ihn bloß an.

Natürlich mußte man für Auguste noch einen zweiten Pullover stricken, diesmal einen graublauen, zum Wechseln, wenn der weiße gewaschen wurde. Natürlich nahm Auguste als wesentliches Mitglied der Familie groß an dem Weihnachtsfeste teil. Natürlich war Auguste auch das am meisten bewunderte Lebewesen des ganzen Stadtteils, wenn Peterle mit der Gans in ihrem schmucken Sweater spazierenging.

Und als der Frühling kam, war Auguste bereits wieder ein warmer Federflaum gewachsen. So konnte man den Pullover mit den anderen Wintersachen einmotten. Gustje aber durfte jetzt sogar beim Mittagstisch auf dem Schoß vom Peterle sitzen, wo sie ihr kleiner Freund mit Kartoffelstückchen fütterte.

Sie war der Liebling der ganzen Familie. Und Vater Löwenhaupt bemerkte immer wieder stolz: »Na, wer hat euch denn Auguste mitgebracht! Wer?«

Die Mutter sah ihn dann lächelnd an. Peterle jedoch echote: »Ja, wer hat Gustje uns mitgebracht«; und dabei sprang er gerührt auf und umarmte den Vater; dann hob er seine Gustje empor und ließ sie dem Vater »einen Kuß geben«, was bedeutete, daß Auguste dem Vater Löwenhaupt schnatternd mit ihrem Schnabel an der Nase zwickte.

Spätabends aber im Bett fragte Peterle seine Gustje, indem er sie fest an sich drückte: »Warum hast du denn vor Weihnachten den Winterschlaf gehalten?«

Und Gustje antwortete schläfrig: »Weil man mir die Federn rupfen wollte.«

»Und warum wollte man dir die Federn rupfen?«

»Weil man mir dann einen Pullover stricken konnte«, gähnte Gustje, halb im Schlaf. »Und warum wollte man dir einen Pullover …« Und da geht es auch bei Peterle nicht mehr weiter. Mit seiner Gustje im Arm ist er glücklich eingeschlafen.

Altes Kaminstück

Heinrich Heine

Draußen ziehen weiße Flocken
Durch die Nacht, der Sturm ist laut;
Hier im Stübchen ist es trocken,
Warm und einsam, stillvertraut.

Sinnend sitz ich auf dem Sessel,
An dem knisternden Kamin,
Kochend summt der Wasserkessel
Längst verklungne Melodien.

Und ein Kätzchen sitzt daneben,
Wärmt die Pfötchen an der Glut;
Und die Flammen schweben, weben,
Wundersam wird mir zumut.

Dämmernd kommt heraufgestiegen
Manche längst vergeßne Zeit,
Wie mit bunten Maskenzügen
Und verblichner Herrlichkeit.

Schöne Fraun, mit kluger Miene,
Winken süßgeheimnisvoll,
Und dazwischen Harlekine
Springen, lachen, lustigtoll.

Ferne grüßen Marmorgötter,
Traumhaft neben ihnen stehn
Märchenblumen, deren Blätter
In dem Mondenlichte wehn.

Wackelnd kommt herbeigeschwommen
Manches alte Zauberschloß;
Hintendrein geritten kommen
Blanke Ritter, Knappentroß.

Und das alles zieht vorüber,
Schattenhastig übereilt –
Ach! da kocht der Kessel über,
Und das nasse Kätzchen heult.

Weihnachtsvorbereitung in der Parkstraße

Gustav Freytag

Weihnachten war nahe, und die Frauenwelt der Parkstraße fuhr in geheimnisvoller Tätigkeit einher. Der Verkehr mit guten Bekannten wurde unterbrochen, angefangene Bücher lagen im Winkel, Theater und Konzertsaal wiesen leere Plätze, die Akkorde des Flügels und die neuen Bravourarien klangen selten in die rasselnden Wagen der Straße, innere Kämpfe wurden beschwichtigt, und böser Nachbarn wenig gedacht. Was eine Hausfrau oder Tochter zu leisten vermochte, das wurde auch in diesem Jahr auffällig. Vom Morgen bis zum Abend flogen kleine Finger zwischen Perlen, Wolle, Seide, Pinsel und Palette umher, der Tag wurde zu achtundvierzig Stunden ausgeweitet, selbst in den Minuten eines unruhigen Morgenschlummers arbeiteten dienstfertige Heimchen und andere unsichtbare Geister im Solde der Frauen. Je näher das Fest rückte, desto zahlreicher wurden die Geheimnisse, in jedem Schrank steckten Dinge, die niemand sehen sollte, von allen Seiten wurden Pakete in das Haus getragen, deren Berührung verpönt war. Aber während die Hausgenossen geheimnisvoll aneinander vorbeischlüpften, ist die Hausfrau stille Herrscherin in dem unsichtbaren Reich der Geschenke, Vertraute und kluge Ratgeberin aller. Sie kennt in dieser Zeit keine Ermüdung, sie denkt und sorgt für jedermann, die Welt ist ein großer Schrank geworden mit zahllosen Fächern, aus denen sie unablässig herausholt, in die sie Verhülltes nach weisem Plane einstaut. Wenn am Weihnachtsabend der Flitterstern blitzt, der Wachsstock träufelt und die goldene Kugel am Christbaum schimmert, da feiert die Phantasie der Kinder ihre große Stunde, aber die Poesie der Hausfrauen und Töchter füllt schon Monate vorher die Zimmer mit fröhlichem Glanz.

Wenn man das Urteil des Herrn Hummel als gemeingültig betrachten darf, ist leider auch den Männern, welche die Ehre eines Hauses zu vertreten haben, die Begeisterung dieser Wochen nicht vollständig entwickelt. »Glauben Sie mir, Gabriel«, sagte Herr Hummel an einem Dezemberabend, während er einem Jungen nachblickte, der mit Brummteufeln umging, »in dieser Zeit verliert der Mann seine Bedeutung; er ist nichts als ein Geldspind, in dem sich der Schlüsselbart vom Morgen bis zum Abend dreht. Die beste Frau wird unverschämt und phantastisch, alles Familienvertrauen schwindet, eines geht scheu an dem andern vorüber, die Hausordnung wird mit Füßen getreten, die Nachtruhe gewissenlos ruiniert; wenn gegessen werden soll, läuft die Frau auf den Markt, wenn die Lampe ausgelöscht werden soll, fängt die Tochter eine neue Stickerei an. Und ist die lange Not ausgestanden, dann soll man sich gar noch freuen über neue Schlafschuhe, welche einen Zoll zu klein sind, und bei denen man später die grobe Schusterrechnung zu bezahlen hat, und über die Zigarrentasche von Perlen, die platt und hart ist, wie eine gedörrte Flunder. Endlich zu allerletzt, nachdem man goldene Funken gespuckt hat wie eine Rakete, fordern die Frauen noch, daß man auch ihnen selbst durch eine Schenkung sein Gemüt erweist. Nun, die meinigen habe ich mir gezogen.«

»Ich habe doch auch Sie selbst gesehen«, wandte Gabriel ein, »mit Paket und Schachtel unter dem Arm.«

»Dies ist wahr«, versetzte Hummel, »eine Schachtel ist unvermeidlich. Aber, Gabriel, das Denken habe ich mir abgeschafft. Denn das war das Niederträchtigste bei der Geschichte. Ich gehe jedes Jahr zu derselben Putzmacherin und sage: ›Eine Haube für Madame Hummel.‹ Und die Person sagt: ›Zu dienen, Herr Hummel‹, und die Architektur steht reisefertig vor mir. Ich gehe ferner jedes Jahr zu demselben Kaufmann und sage: ›Ein Kleid für meine Tochter Laura, so und so teuer, ein Taler Spielraum nach oben und unten‹, und das Kleid liegt preiswürdig vor mir. Im Vertrauen, ich habe den Verdacht, daß die Frauen hinter meine Schliche gekommen sind, und sich die Sachen vorher selbst aussuchen, denn es ist immer alles sehr nach ihrem Geschmack, während in früheren Jahren Widersetzlichkeit stattfand. Jetzt haben sie die Mühe, den Plunder auszuwählen, und am Abend müssen sie noch heucheln wie die Katzen, auseinanderfalten und anprobieren, sich erstaunt stellen und mein ausgezeichnetes Geschick loben. Das ist meine einzige Genugtuung bei dem ganzen Kindervergnügen. Aber sie ist dürftig, Gabriel.«

So knarrte mißtönend die Prosa des Hausherrn, doch die Parkstraße achtete wenig darauf, und sie wird solchen Sinn immer mit gebührender Mißachtung betrachten, solange es süßer ist für andere zu sorgen als für sich selbst und Freude zu machen seliger als Freudiges zu empfangen.

Auch für Ilse wurde in diesem Jahr das Fest eine große Angelegenheit, sie trug wie eine Biene zusammen, und nicht nur für die Lieben in der Heimat. Denn auch in der Stadt hatten sich viele große und kleine Kinder an ihr Herz genestelt, von den fünf unmündigen Raschkes bis zu den kleinen Barfüßlern mit dem Suppentopf. Auch bei ihr wurden die Sofawinkel unheimlich für den Gatten, für Laura und den Doktor, wenn diese einmal unerwartet eintraten.

Als der Kammerherr einige Zeit vor dem Feste einen Besuch seines Prinzen bei dem neuen Rektor schicklich erachtete, fanden die Herren Ilse und Laura in eifriger Arbeit und den Salon der Frau Rektorin in eine große Marktbude verwandelt. Auf langem Tisch standen Weihnachtsbäumchen, und gefüllte Säcke lehnten ihren schweren Leib an die Tischbeine, die Frauen aber arbeiteten mit Elle und Schere, zerteilten große Wollzöpfe und wickelten Linnenstücke auseinander, wie Kaufleute. Als Ilse den

Herren entgegentrat und ihre Umgebung entschuldigte, bat der Kammerherr dringend, sich nicht stören zu lassen. »Wir dürfen nur hierbleiben, wenn wir das Recht erhalten, uns nützlich zu machen.« Auch der Prinz sagte: »Ich bitte um die Erlaubnis zu helfen, wenn Sie etwas für mich zu tun haben.«

»Das ist freundlich«, versetzte Ilse, »denn bis zum Abend ist noch vieles zu verteilen. Erlauben Ew. Hoheit, daß ich Sie anstelle. Nehmen Sie den Sack mit Nüssen, Sie, Herr Kammerherr, haben die Güte, die Äpfel unter ihre Obhut zu nehmen, du, Felix, erhältst den Pfefferkuchen. Und ich bitte die Herren, kleine Häufchen zu machen, zu jedem zwanzig Nüsse, sechs Äpfel, ein Paket Kuchen.«

Die Herren gingen mit Feuer an die Arbeit. Der Prinz zählte gewissenhaft die Nüsse und ärgerte sich, daß sie immer wieder untereinander fuhren, machte aber die Erfindung, durch zusammengefaltete Papierstreifen die Portionen beisammenzuhalten, die Herren lachten und erzählten, wie sie sich einst in fremdem Lande die deutsche Festfreude verschafft hatten. Der Duft der Fichtennadeln und Äpfel erfüllte die Stube und zog wie eine Festahnung in die Seelen aller Anwesenden.

»Dürfen wir die gnädige Frau fragen, wem unsere angestrengte Tätigkeit zugut kommt?«, sagte der Kammerherr, »ich halte hier einen ungewöhnlich großen Apfel, durch den ich gern einen ihrer Lieblinge bevorzugen möchte. Jedenfalls tun wir, was armen Kindern Freude machen soll.«

»Zuletzt wohl«, versetzte Ilse, »aber das geht uns nichts an, wir geben schon heut ihren Müttern. Denn die größte Freude einer Mutter ist doch, ihren Kindern selbst einzubescheren, das Christbäumchen zu putzen und zu arbeiten, was die Kleinen gerade bedürfen. Diese Freude soll man ihr nicht nehmen, und deshalb wird ihnen der Stoff unverarbeitet geschenkt. Auch das Weihnachtsbäumchen kaufen sie am liebsten allein, jede nach ihrem Geschmack; die hier stehen, sind nur für solche Kinder, denen die Mutter fehlt. Und diese Bäumchen werden auch von uns ausgeputzt. Heut zum Feierabend wird alles aus dem Haus getragen, damit die Leutchen zu guter Zeit das ihre erhalten und sich danach einrichten.«

Der Prinz sah auf den Kammerherrn. »Würden Sie uns erlauben«, begann er zögernd, »auch etwas für die Bescherung zu kaufen?«

»Sehr gern«, erwiderte Ilse freudig. »Wenn Hoheit befehlen, kann unser Diener das sogleich besorgen. Er weiß Bescheid und ist zuverlässig.«

»Ich möchte selbst mit ihm gehen«, sagte der Prinz. Der Kammerherr hörte verwundert auf diesen Einfall seines jungen Herrn, da der Einfall aber löblich und nicht gegen die Instruktion war, so lächelte er respektvoll. Gabriel wurde gerufen. Der Prinz ergriff freudig seinen Hut. »Was wollen wir kaufen?«, fragte er aufbrechend.

»Kleine Wachsstöcke fehlen uns«, versetzte Ilse, »dann von Spielzeug Puppen, für die Knaben Bleisoldaten und für die Mädchen ein Kochgeschirr, aber alles hübsch handfest und sparsam.« Gabriel verließ mit einem großen Korbe hinter dem Prinzen das Haus.

»Sie haben gehört, was die gnädige Frau befohlen hat«, sagte der Prinz auf der Straße zu Gabriel. »Zuerst die Wachsstöcke, Sie suchen aus, und ich bezahle, wir sollen sparsam einkaufen, geben Sie Achtung, daß wir nicht betrogen werden.«

»Das haben wir nicht zu fürchten, Ew. Hoheit«, versetzte Gabriel tröstend. »Und wenn wir ja einmal einige Pfennige zuviel bezahlen, das kommt wieder andern Kindern zugut.«

Nach einer Stunde kehrte der Prinz zurück, Gabriel mit hochbeladenem Korb, auch der Prinz trug unter beiden Armen Puppen und große Tüten mit Naschwerk. Als der junge Herr so belastet eintrat, mit geröteten Wangen, selbst glücklich wie ein Kind, sah er so gut und liebenswert aus, daß sich alle über ihn freuten. Emsig packte er seine Schätze vor der Frau Professorin aus und schüttete zuletzt die Zuckertüten auf den Tisch.

Seine Befangenheit war verschwunden, er spielte in kindlichem Behagen mit den hübschen Dingen, wies den andern die kunstvolle Arbeit an Marzipanpflaumen, bat Laura, einen Tempelherrn aus Zucker für sich zu behalten, und wirtschaftete zierlich und behend um den Tisch, bis die andern ihm bewundernd zusahen und in seine Kinderscherze einstimmten. Als die Frauen den Ausputz der Fichtenbäumchen begannen, erklärte der Prinz, auch er werde dabei helfen. Er setzte sich vor die Untertasse mit

Eiweiß, ließ sich die Handgriffe zeigen und wälzte die bestrichenen Früchte in Gold- und Silberplättchen. Ilse setzte als Preis für den Herrn, der am meisten und besten arbeiten würde, eine große Dame von Pfefferkuchen mit Reifrock und Glasaugen, und es entstand ein löblicher Wetteifer unter den Herren, die besten Stücke zu liefern. Der Professor und der Kammerherr wußten alte Kunstfertigkeit zu verwenden, der Prinz aber arbeitete als Neuling etwas liederlich, es blieben einzelne leere Stellen, und an andern bauschte das Schaumgold. Er war mit sich unzufrieden, aber Ilse ermunterte ihn: »Nur müssen Ew. Hoheit sparsamer mit dem Golde sein, sonst reichen wir nicht.« Zuletzt erhielt der Kammerherr die Dame mit Reifrock, und der Prinz als außerordentliche Belohnung für seine Strebsamkeit ein Wickelkind, das aber auch durch zwei Glaskorallen in die Welt starrte.

Draußen auf dem Weihnachtsmarkt standen die kleinen Kinder um die Tannenbäumchen und Weihnachtsbuden und schauten ahnungsvoll und begehrlich auf die Schätze, und in Ilses Zimmer saßen die großen Kinder am Tische, spielend und glücklich; auch hier kam kein kluges Wort zutage, und der Prinz malte sich zuletzt mit Eiweiß die Umrisse eines Gesichtes auf die Handfläche und vergoldete sie mit den Metallblättchen.

Als der Erbprinz aufbrach, fragte der Professor: »Darf ich fragen, wo Ew. Hoheit den Weihnachtsabend verbringen?«

»Wir bleiben hier«, versetzte der Prinz.

»Da seltene Musikaufführungen in Aussicht stehen«, fügte der Kammerherr hinzu, »hat des Fürsten Hoheit auf die Freude verzichtet, den Prinzen zum Fest in seiner Nähe zu haben, wir werden also stille Weihnacht im Quartier halten.«

»Wir wagen nicht einzuladen«, fuhr der Professor fort, »falls aber Ew. Hoheit an diesem Abend nicht in anderer Gesellschaft verweilen, würde uns große Freude sein, wenn die Herren bei uns vorlieb nähmen.«

Ilse sah dankbar auf den Gatten, und der Prinz überließ nicht dem Kammerherrn die Antwort, sondern nahm mit Wärme die Einladung an.

Liebste Mamma!

Friedrich Hölderlin

Liebste Mamma!

Wann diesmal mein Brief etwas verworrener ist als sonst, so müssen Sie eben denken, mein Kopf sei auch von Weihnachtsgeschäften eingenommen, wie der Ihrige, - doch differieren sie ein wenig: meine sind, ohne das heutige Laxier, Plane auf die Rede, die ich am Johannistage bei der Vesper halte, tausend Entwürfe zu Gedichten, die ich in denen Zessationen (vier Wochen, wo man bloß für sich schafft) machen will und machen muß (NB. auch lateinische), ganze Pakete von Briefen, die ich, obschon das N. Jahr wenig dazu beiträgt, schreiben muß, z. E. Hrn. Helfer, Hrn. Klemm, Hrn. Bilfinger, nach Altona, und was die Sachen als sind, und die Ihrige sind, - was sie eben sind.

Was die Besuche in den Weihnachten betrifft, so bin ich eher so frei, Sie hieher einzuladen, weil mich das Geschäft am Johannistage, wie gesagt, nicht leicht abkommen läßt. Die 1. Geschwisterige werden sich wieder recht freuen; aber, im Vertrauen gesagt, mir ists halb und halb bange, wie sie von mir beschenkt werden sollen. Ich überlasse es Ihnen, liebste Mamma, wanns ja so ein wenig unter uns beim alten bleiben soll, so ziehen Sie's mir ab und schenkens ihnen in meinem Namen. Der 1. Frau Großmamma mein Kompliment, und ich wolle ihr auch ein Weihnachtsgeschenk machen - ich wolle dem 1. Gott mit rechter Christtagsfreude danken, daß er Sie mir auch dieses beinahe vollendete Jahr wieder so gesund erhalten habe. Ohnerachtet meines Laxiers bin ich doch im übrigen recht wohl. Bei mir ists zwar nicht zu spät, wie bei Ihnen, doch weiß ich eben nichts mehr zu schreiben, als daß ich bin

meiner liebsten Mamma
gehorsamster Sohn
Hölderlin

Weihnachts-Wiegenlied

Volksdichtung, um 1900

Schlaf, mein Kind, schlaf ein!
Bald wird Weihnacht sein!
Mutter putzt schon Püppchen aus,
Tantchen schickt ein Kleid ins Haus,
Patchen läßt nach Kindchen fragen,
Vater baut am Puppenwagen,
Christkind horcht am Fensterlein:
Schlaf, mein Kind, schlaf ein!

Schlaf, schön Herzchen mein!
Ruprecht kehrt sonst ein!
Macht ein fürchterlich Gesicht,
Hebt die Rut' und fackelt nicht,
Setzt dich in Frau Holles Wagen,
Wirst in dunkle Nacht getragen –
Schnell verbirg das Köpfchen dein:
Herzchen, schlafe ein!

Liebchen mein, schlaf ein!
Bald lacht Christbaumschein!
Ist's auch draußen rauh und kalt,
Engel schaffen schon im Wald
Tragen grüne Tannenbäume
Still in Liebchens Weihnachtsträume,
Setzten schon die Lichter ein:
Liebchen mein, schlaf ein!

Schlaf, mein Kind, schlaf ein!
Bald wirst froh du sein!
Balde strahlt dir Kerzenschein,
Weihnachtslust ins Herz hinein.
O, die vielen schönen Sachen,
Herz, wie wird dein Mündchen lachen!
Balde wirst du glücklich sein:
Schlaf, mein Kind, schlaf ein!

An Katharina Kippenberg

Johannes R. Becher

Berlin, den 18. Dezember 1916
6 pt., Spessartstraße

Liebste gnädige Frau: So schreibe ich Ihnen tiefst nachts; ich sehne mich nach Ihnen: dem Streichen Ihrer unendlichen mütterlichen Hände, was tuts: Ich muß es Ihnen gestehn. Ich habe Sie immer gleich von Anfang her sehr lieb gehabt: Doch war ich zuerst verliebt in Sie: nun sind Sie ganz groß vor mir aufgewachsen, mit vielen spiralenförmigen Schemen um das Haupt: liebe, liebste Mutter und Frau. Unantastbare. Ich lag krank und durch ein Versehen Kesslers fünf Tage ohne Brot: Da ruf ich Sie; aber ich konnte Ihnen nicht schreiben.

Nun schreibe ich Ihnen, weil die trauerigste meiner Zeiten naht: Weihnachten. Du liebe Mutter, die mich geboren, Du kennst Deinen Sohn nicht mehr: er ist der Pfahl in Deinem Auge: der böse Kerl. Und doch bin ich Dein Kind geblieben, liebe süße alte Mutter. Doch wir können uns nimmermehr finden.

Liebe gnädige Frau: Sie sind so gut zu mir. Außer Ihnen habe ich nur noch wenige Menschen: Däubler, Frau Hadwiger, Kessler, Herzfelde, Dr. Buek, Dr. Gumbel: gerade sieben Menschen. Sieben Menschen, die ich liebe. Und nun habe ich mich mit der Schwester Däublers verlobt. Langsam unerbittlich arbeite ich: Seien Sie nicht bös: Das strömende Blut legt mir ungeheuerste Verantwortung auf. Ich arbeite

1.) Das Neue Gedicht
2.) Die Schlacht
3.) Zwei Novellen.
    a.) Die Stadt
    b.) Der Krieg 1914–?
4.) ein Schauspiel.

Nur arbeiten: nur zeugen! Nur produktiv sein.

Ja, es ging mir in München sehr schlecht. Ich leide augenblicklich an einer ziemlich ausgedehnten Rippenfellreizung, die bei meinem Leben schwer zu beheben ist: Doch werde ich im Januar mich völlig auskurieren!

Oh –: gesund sein! Fundament und Postulat aller Kunst!

Ich habe großes Vertrauen zu Ihnen: O ich fühle fabelhafte Herrlichkeiten: Haben Sie ein wenig Geduld: Ich kann Ihnen nur *Werke* anbieten.

O ja: Herr Keller war so lieb und sandte mir 100 Mark. Der gute. Wieviel habe ich ihm abzubitten.

Oh –: liebe gnädige Frau, unser aller Weihnachten wird so karg, so elend sein, daß ich Sie um zwei Dinge bitte: 1. Schicken Sie mir die Januar-Rate zum Fest, damit ich noch ein wenig Freude machen kann, und schicken Sie mir ein paar Bücher: am liebsten die ganze bisher erschienene Inselbücherei, oder sonstwas: Zola. Ach, Gott, ich vergeß ja, mit wem ich rede. Ich verehre Sie, ich achte Sie –: Sie verpflichten mich unendlich, haben Sie Dank.

Meine Braut ist einfach, schlicht, gesund und liebt mich. Wir lieben uns.

Oh –: daß den armen Soldaten ein weiches Nest komme, eine süße Apfelwange, die milde den stachlichten Backenbart beträuft. Schlittengeläute und das Kerzengewimmel der Bäumchen: alte Zeit! alte Zeit: die du nach angebrannten Äpfeln duftest: welch eine Süße. Ganz bin ich an sie hinversunken.

Doch was schreib ich da, alles wie im Traum. Ich weiß nicht, was ich Ihnen schreiben wollte. Sehen wir uns mal?

Unser Weihnachten ist elend, aber in meiner Phantasie erlebe ich die Throne aller Reiche, die in ihren Fundamenten zittern. Ich bin reich. O schicken Sie mir auch einen Brief: Sie können sich denken, ich hänge daran. Innige Grüße Ihrem Mann.

Ihr Becher

Weihnachten der Pechvögel

Hans Fallada

Ich möcht wirklich gern mal wissen, wie das bei andern Leuten mit ihren Festtagen und besonders mit Weihnachten ist, ob da alles wirklich immer klappt? Natürlich tun wir stets so, als sei auch bei uns alles in Ordnung, aber ich hab noch kein Weihnachtsfest erlebt, wo's glatt ging bei uns. Daß eines von uns zum Fest todsterbenskrank wird, das ist noch 'ne Kleinigkeit, aber was meint ihr zu 'nem Heiligen Abend, wo 'ne halbe Stunde vor der Bescherung uns Einbrecher alle Geschenke einschließlich Baum und Festbraten klauten? Oder ein Fest mit Stubenbrand, Feuerwehr und Wasserschaden? Oder ein bunter Teller, auf den ein von uns nie entdeckter Witzbold zwischen die Süßigkeiten Laxinkonfekt geschmuggelt hatte, und wir mußten die ganzen Festtage laufen, laufen, laufen –?!!

Das kommt natürlich alles daher, daß wir »Pech« heißen; wer Pech heißt, muß Pech haben, sagt Vater immer. Vater hat noch 'ne ganze Menge solcher verschrobenen Redensarten, zum Beispiel sagt er oft, auch wenn alle Leute dabei sind, ganz laut: »Auf mir trampeln se alle egalweg rum!« oder: »Ich bin ja nur ein Wurm!« oder wenn ihm wer die Hand geben will: »Achtung! Wer Pech anfaßt, besudelt sich!«

Ihr macht euch aber ein ganz falsches Bild von Vatern, wenn ihr euch einbildet, Vater ist ein solch demütiger, schleichender Waschlappen; im Gegenteil, Vater ist ein Mann, auf den jeder Junge stolz sein kann, und das bin ich auch! Vater hat sich bloß daran gewöhnt, an das Pech, das uns zustößt und das jeden andern längst zum Selbstmord getrieben hätte, einfach komisch zu nehmen. Ja, manchmal denke ich, Vater mag es gar nicht, wenn irgendwas bei uns so glatt geht wie bei andern Leuten. Da wird er ganz unruhig! Wenn Vater sich morgens rasiert, singt er immer ein selbstgedichtetes und selbstkomponiertes Lied, in dem so 'ne Zeilen vorkommen: »Dem Schicksal meine zottige Brust!« und »Gelobt seist du Pech, du machst mich nur frech! Ich winsele nie, werde kein demütiges Vieh!«

Ich selbst heiße Peter Pech, gehe in die Obertertia und bin wirklich gespannt darauf, ob ich dieses Mal versetzt werde. Voriges Mal bin ich klebengeblieben, aber das lag wirklich weder an meinen Geistesgaben noch an meinem Fleiß, sondern allein an meinem Pech – aber das ist eine ganz andere Geschichte, wie Kipling sagt.

Diese Geschichte aber, wie's vorige Weihnachten 1945 bei uns zuging, erzähle ich, der Obertertianer Peter Pech, nur darum, um sie an eine Zeitung zu verkaufen. Ich brauche nämlich Geld, nicht nur so dringend wie immer, sondern diesmal extraextra dringend, weil ich nämlich all meine für Geschenke gesparten Piepen an Vater abgeliefert habe. Davon und von sonstigen milden Gaben der Familie hat er die Gebühren für einen neuen Gasanschluß bezahlt – wir haben nämlich endlich Gas in unsere Hausruine gekriegt, was ja an sich erfreulich ist, aber warum wird so was grade vierzehn Tage vor dem Fest kassiert –?! Aber natürlich: Pech der Pechvögel!

Schon lange vorm Fest bestimmt Vater immer, wer was zu besorgen hat, auf mich fiel 1945 der Tannenbaum mit seinen grünen Blättern. Wir hatten uns natürlich lange überlegt, ob wir überhaupt Weihnachten feiern sollten. Der Zusammenbruch lag uns noch schwer in den Gliedern, und in unserer trauten Ruine fehlte es uns auf vielen Gebieten noch an dem Nötigsten. Aber dann haben wir an unsere Zwillinge gedacht, an Palma und Petta, wie wir unsere beiden sechsjährigen Pechösen, meine Schwestern, nennen – die ohne Weihnachtsmann und Lichterbaum zu lassen, wäre zu gemein gewesen!

Ich sollte also einen Baum besorgen. In den Zeitungen stand nun freilich zu lesen, daß es Bäume zu kaufen geben würde …, zwar nicht für alle …, aber bestimmt für kinderreiche Familien …, und zu sechs Geschwistern sind wir ziemlich kinderreich. Aber so ein glatter Weg kommt für Pechens nie in Frage: sich auf so etwas zu verlassen, wäre eine Herausforderung des Himmels gewesen!

Viele fuhren ja auch einfach mit der Bahn und organisierten sich 'ne Tanne: bei so was aber wäre ein Pech stets reingefallen. Dasselbe war gegen eine bildschöne Blautanne zu sagen, die hinter einer ausgebombten Villa ziemlich in unserer Nähe stand –

mein Herr Bruder, der Quartaner Paul Pech, hatte mich auf dies Bäumchen aufmerksam gemacht. (Übrigens: Vater hat uns Kindern allen Vornamen mit »P« gegeben, er meint, wir machen die Leute am besten gleich auf unser Pe-Pech aufmerksam!)

»Nee, Paule«, habe ich zu meiner brüderlichen Liebe gesagt. »Nich in die Lamäng! Wenn ick – un ick will die Blautanne holen, denn isse bestimmt schon wech, un außerdem schnappen die mir, un immer feste rin ins Loch – nee, is nich! Un drittens, un übahaupt: wat heeßt hier Blautanne?! Sind wa Pechs etwa blaublütich –?! Wie kommen wa zu sowat feenet?! Fichte, sa' ick dir, schlichte Fichte, aus die se dermaleinstens unser schlichtet Jrabjehäuse zimmern wern; Fichte is Pechens ihre Parole!«

Auf dem Pennal haben wir in unserer Klasse einen bärtigen Knaben gehabt, dessen Vetter, von dem der Vatersbruder, also so was wie 'n Stiefonkel, der ist Förster bei Falkensee in der Drehe. Mit dem Knaben bin ich schnell handelseins geworden; er lieferte mir 'ne Fichte von 3 m 20, und ich lieferte ihm ein halbes Jahr lang alle deutschen Aufsätze, im vorbildlichen Pechstil. Als Liefertermin – denn ich bin ein Pech, das heißt ein vorsichtig-mißtrauischer Mensch – war der 1. Dezember vorgesehen. Aber bereits um den 7. herum begriff ich, daß mein Knabe hinreichend langsamen Geistes war, um mir bestenfalls zum 1. Dezember 1946 besagte Fichte zu liefern – seine Gangschaltung war nicht in Ordnung, für diese Zeiten kam der Frühbebartete zu langsam auf Touren.

Mußte ich also 'nen andern Lieferanten finden, und allmählich, das heißt so am 8. Dezember, wurde es ja auch an der Zeit. Zu meinen Ämtern gehörte es auch, Bier aus unserer Eckkneipe zu holen, wenn Pechens sich gerade mal Bier spendierten. So 'ne Eckkneipe ist heutzutage ein komischer Ort – aber welchem Berliner muß ich das erst noch weitläufig deklarieren?! Kurz, durch die Eckkneipe ergab sich die Möglichkeit, einen Tannenbaum zu erwerben.

Unsere Wirtin Qualle (von wegen ihrer Wabbligkeit so getauft) machte mich mit einem biederen Greis bekannt, einem Alten, Besitzer sowohl eines graugelbweißen Schnauzbartes als auch eines Dauer-Nasen-Tropfens, der immer zu drippen drohte und doch nie fiel. Der Alte besaß, wie Qualle gehört haben wollte, in

Buchholz ein Baugrundstück, auf dem er ..., aber lassen wir den ehrlichen Alten selber sprechen!

»Weeßte, junger Mann«, sprach der Greis und funkelte diamanten unter der Nase, »weeßte, ick ha' da noch an de Stücker een Dutzend Christbäume stehen. Ick broochte dir nicht, aba ick ha't int Kreuze, ick kann mir nicht bücken. Daderdrum, vastehste?! Du machst Stücker viere ab und schleppst se bei Muttan, und daderfor sollste eenen von die viere kriejen, ohne Spesen!«

»Ick wer meenen Bruder Paule mitnehmen!« sagte ich.

»Nischt!« antwortete der weißgelbgraue Schnauz. »Nischt wie Beil un Büjelsäje. Nee, Säje, kannste ooch sparen, Beil jenügt. Un knöpp et dir untan Überzieha, sonst latschen uns jleich sechse nach, un ick bin meene Bäume los!«

»Ick wert Beil in 'ne Aktentasche tun«, schlug ich vor. »Aber Paule könnte trajen helfen!«

»Nischt!« sprach der trutzige Greis von altem Schrot und Korn. »Nur wa zwee beede. Sonst nischt. Um sechse früh uff en Sonntag bei die Pankower Kirche!«

»Um sechse is doch noch dunkel!«

»Nischt! Eh wa raus sind, ist helle!«

Am Sonntag hat mich der Biedere versetzt und sich am Dienstag, als ich ihn glücklich in der Eckkneipe erwischte, mit Reißmatüchtich entschuldigt. Er konnte erst wieder am kommenden Sonntag – und das war verdammt knapp von wegen direkt drohendem Fest. Zu Haus haben mich sämtliche Pechvögel schon verastet, Paulus verstärkte, wie er sagte, seine Pupille auf die Blautanne, Mutter jammerte ein bißchen wegen der Festfreude von Palma und Petta, und Vater sagte: »Auf uns trampeln se eben alle rum!«

Aber am Sonntag, der kam, fuhren wir wirklich mit der 49 nach Buchholz raus, der Schnauz hatte mich nicht versetzt diesmal. Nasentröpfchen rauchte aus einer halblangen Porzellanpiepe, auf deren Kopf Seine Majestät der Kaiser noch in Kürassieruniform residierte, gewaltige Wolken stinkenden Eigenbaus blasend, als wir, es wurde grade dämmrig, durch Buchholzens Kleingärten marschierten. Erst kam Kolonie Ertragreich, ihr folgte Kolonie Parkheim. Dann gingen wir um viele Ecken, ich war ganz verbiestert.

Schließlich hielt der rüstig fürbaß Schreitende inne. Es war ein mächtig feines Grundstück, groß, mit alten Bäumen und viel Gebüsch und einem durablen Drahtzaun rum. Ich fragte: »Und das Grundstück gehört Ihnen. Das muß ja ein paar Hunderttausend wert sein!«

»Nischt!« antwortete er wieder einmal. »Meenem Sohn seine Frau. Aba ick ha' de Vawaltung!«

Er kramte in seinen Taschen nach dem Schlüssel und rauchte dabei wie eine Enttrümmerungslokomotive. Er kramte ziemlich länglich.

»Na –?« fragte ich schließlich.

»Nischt!« antwortete er und gab's auf. Er nannte mich und mein Schicksal beim Namen, ohne es zu wissen. »Pech!« nannte er's. »Ich ha' den Schlüssel noch uffen Tisch jepackt. Un nu doch vajessen! Hilft nischt! Müssen wa noch mal raus! Nächsten Freitag kann ick!«

Ich war maßlos enttäuscht. »Freitag is ville zu spät! Können wa nich jleich heut noch ma?!«

»Nischt! Vaabredung!«

»Aber ich muß endlich einen Baum kriegen! Ich hab mich fest auf Sie verlassen!« (Vor Verzweiflung sprach ich richtig Deutsch!)

»Un ick valaß dir nich! Freitag. Pankower Kirche. Sechse!«

»Das ist zu spät!« rief ich wieder. Ich dachte an die Zwillinge Petta und Palma, auch an den Flachs von Paul, Pamela, Petra und Vater. »Ach was!« rief ich. »Helfen Sie mir rüber! Ich schaff es schon!«

»Wenn de meenst du schaffst det!«

Ich kletterte schon am Zaun hoch, mit einem Fuß stand ich auf der Klinke. Es ging – ich kam ganz glatt auf die Erde.

»Reichen Sie mir mal die Aktentasche rüber! – Wo stehen die Bäume denn?«

»Imma de Neese lang, Hauptwech runter! Denn rechts ab, bis de det Glasdach vont Jewächshaus sehen tust. Denn links – da stehn se. Nimm de vier besten; ick wart denn hier!«

Ich gehe los; einmal habe ich mich auch verbiestert, aber dann habe ich doch hingefunden – es wurde jetzt langsam hell. Die vier besten habe ich nicht nehmen können, die waren für die

Elektrische viel zu groß; ich habe die vier kleinsten genommen, die waren auch noch schön genug. Überhaupt war's eigentlich schade darum, sie waren wie 'ne richtige Mauer um eine Bank rum gepflanzt, hoffentlich war die Schwiegertochter von dem Alten wirklich mit dem Abhauen einverstanden. Aber das war nicht meine Sache.

Also, ich hab sie abgehauen und bin grade dabei, die Zweige mit Bindfaden, den ich mir eingesteckt hatte, ein bißchen zusammenzubinden, da krieg ich einen Schlag ins Genick, daß mir schwarz vor den Augen wird und ich glatt auf meine Fichten fliege. Ich rappel mich gleich wieder, stehe auf, da kriege ich einen Schwinger, daß ich wieder zur Erde muß – sie hätten mich auszählen können. Schließlich war ich soweit, daß ich die beiden Kerle wütend anschreien konnte: »Laßt das mal gefälligst! Ich hab Erlaubnis!«

»So!« sagte einer in einer grünen Joppe. »Erlaubnis –? Von wem haste denn die Erlaubnis, Sehnchen?«

»Von dem –« Fällt mir doch ein, daß ich von dem Alten nicht mal den Namen weiß. »Na – von dem Schwiegervater der Besitzerin doch!«

»Ach nee?« grinst nun der andere in braunen Manchesterhosen. »Schwiegervater von der Besitzerin – gibt's so was auch? Wer ist denn das?«

»Namen weiß ich keinen«, sag ich immer noch wütend und steh auf. Mein Gesicht brannte wie Feuer. »Aber Sie müssen den Alten doch kennen! Hat 'ne Porzellanpfeife mit dem Kaiser drauf und immer einen Tropfen an der Nase!«

Der Manchesterne will was sagen, aber der Grüne läßt ihn nicht zu Worte kommen, sondern fragt: »Wo haste denn den Schwiegervater mit dem Nasentroppen?«

Ich beschrieb ihnen genau, wo er stehen mußte.

Die Joppe sagte: »Hol dir noch Ernst und Willi zu und sieh, daß du den Alten fängst – wenn's den überhaupt gibt. Mit dem Sehnchen hier werde ich schon allein fertig.« Der Manchesterne zog ab, und die Joppe sagte: »Sehnchen, das werden teure Weihnachtsbäume! Da kommste ohne Kittchen nich von ab!«

Bei den Worten wurde mir erst klar, in welch verdammter Mausefalle ich steckte. Ich dachte an Vater, an das Pennal – über die

Familie würde ich Schande bringen, und auf dem Pennal würde man mich schassen! Ich überlegte rasch: Ich hatte nichts bei mir, was mich verraten konnte (damals gab's die Kennkarten noch nicht). Wenn ich ihnen meinen Namen nicht nannte, wenn ich unter dem Namen Schmidt oder Schulze meine Strafe abbrummte, würden die Eltern sich schreckliche Sorgen machen, aber mehr als zwei Wochen konnte ich auch im Höchstfalle eigentlich nicht kriegen, und dann waren Ehre und Schulbesuch gerettet. Ich durfte nur meinen pechösen Pechnamen nie verraten.

Während ich so überlegte, habe ich meine Kleider so einigermaßen wieder in Ordnung gebracht, und mein Bewacher sagt nun: »Na, denn nimm die Bäume und kommt mit!«

Ich tat, wie er gesagt hatte. Wir mußten nur um ein paar struppig-dichte Gebüsche herumgehen, da standen wir schon vor einer Gebäudegruppe. »Großgärtnerei und Baumschulen Hoppe & Co.« las ich. Nur ein vollendeter Trottel wie der alte »Nischt« konnte auf die Idee kommen, so in nächster Nähe von bewohnten Gebäuden auf die Tannenbaumernte zu gehen, die mußten den Klang meines Beiles in ihren Stuben gehört haben! Aber, fiel mir ein, so ein vollendeter Trottel war der Alte gar nicht, der lief, da ich nichts von ihm wußte, nicht das geringste Risiko: Wenn ich was brachte, war's gut; fiel ich aber rein, fiel ich allein rein!

Auf dem Hof der Gärtnerei, von dem auch der Hauptausgang zur Straße war, standen an ein Dutzend Leute, auch Frauen darunter, und sie schienen nicht übel Lust zu haben, mir noch eine kräftige Abreibung zu verpassen, als ich meine Tannenbäume ablud. Aber mein Begleiter hinderte sie daran. Ich wurde in ein Büro gebracht und dort von zwei jungen Gärtnergehilfen bewacht, während mein Begleiter den Chef wecken ging. Unterdes kam die Manchesterhose mit Willi und Ernst zurück; wie ich schon gefürchtet hatte, war Nasentröpfchen verschwunden. Ich beschwor sie, rasch einen Radfahrer zur Endhaltestelle der 49 zu schicken – aber sie glaubten mir kein Wort mehr von dem Alten. Das war der große Unbekannte, auf den sich anscheinend alle Verbrecher rausreden.

Dann kam der Chef; er hatte ein nettes, offenes Gesicht, aber jetzt war er sehr ärgerlich: Ich hatte den Lieblingsplatz seiner Frau grausam geschändet. Sie fingen an, mich zu vernehmen, später kam jemand von der Polizeiwache und vernahm mich auch. Aber eigentlich war nichts zu vernehmen. Ich gab an, Hans Schmidt zu heißen, in der und der Straße zu wohnen und den Alten in einer Kneipe, an die ich mich nicht erinnerte, kennengelernt zu haben. Ich hatte mit gutem Gewissen die Tannenbäume holen wollen. Das war alles, was ich zu wissen vorgab, und nach drei Stunden Vernehmung waren sie noch nicht weiter: Ich kann auch mächtig dickköpfig sein!

So schafften sie mich denn auf die Wache und vernahmen mich dort mit dem gleichen Mißerfolg weiter. Am Abend war ich im Hauptpolizeigefängnis gelandet, und am nächsten Tage wurde ich von einem richtigen Kriminalbeamten vernommen. Aber der erreichte auch nicht mehr als die andern. Ich dachte immer nur an die Schande, die ich meiner Familie machen würde, und an den Rausschmiß aus der Schule. Dazu hatte ich noch irgendwelche Kriminalromane im Kopf, nach denen es sehr gut möglich war, sich unter einem falschen Namen verurteilen zu lassen und unter einem falschen Namen seine Haftstrafe abzubüßen.

Es dauerte sehr lange, bis ich begriff, daß so was – vielleicht! – woanders möglich ist, aber nicht bei uns. Bei uns würde man mich so lange in Polizeihaft halten, bis sie meinen richtigen Namen raushatten, und wenn das Wochen dauerte! Aber ich war damals begriffsstutzig, es wollte nicht in meinen Kopf rein. Dabei machte mich die Haft und das herannahende Weihnachtsfest immer trübsinniger, ich dachte ständig an die zu Hause, die Todesangst, die sie um mich ausstehen mußten, das völlig verdorbene Fest. Ich war der Pechöseste aller Pechs, noch keinem Pech hatte das Schicksal so mitgespielt wie mir. Ich kam, als es nun wirklich der Tag vom Heiligen Abend geworden war, sogar soweit, daß ich die Heizungsrohre in der Zelle prüfend anschaute und die Schlafdecke, erst mal in Gedanken, in Streifen zerriß; ich spielte mit dem Selbstmord.

Aus diesen düsteren Gedanken wurde ich wieder mal zu meinem Kommissar zur Vernehmung geholt, und wie ich da die Stube betrete, sagt eine geliebte Stimme: »Richtig, Herr Kommissar! Dieser Hans Schmidt ist recte ein Peter Pech –

Peter, du Unglücksrabe, komm zu deinem alten Vater!«

Ich bin Vatern in die Arme gestürzt und habe geheult, geheult habe ich! Und mit meinen Tränen habe ich all meine Blindheit und Torheit fortgewaschen, und als ich mein Gesicht endlich wieder abgetrocknet hatte, fing ich zu erzählen an, die Wahrheit, die ganze Wahrheit, nichts als die Wahrheit, von der Eckkneipe, der Qualle, von Nasentröpfchen, dem Besitzer eines Nasentröpfchens, dem Schwiegervater, einem großen Baugrundstück mit altem Parkgrundstück …

»Ja, so wird ein Schuh draus!« sagte der Kommissar und machte ein zufriedenes Gesicht. »Und hören Sie mal zu, mein Sohn …«

Und dann hielt er mir eine gepfefferte Strafpredigt über all die Mühe und Arbeit und die Kosten, die ich währenddes dem Vater Staat gemacht hatte. Worauf ich mit Vater gehen durfte. Himmel, wie mir zumute war, als ich die Straße betrat, endlich frei! Ich dachte an all die Unglücklichen, für die kein Vater grade zur rechten Stunde am Weihnachtstag einsprang, sie in Fest und Freiheit zu führen, und ich dachte auch daran, wie ich durch meine eigene Dummheit beinahe um all dies gekommen wäre.

Vater sagte mir das auch. Er meinte, grade wenn man ein Pech sei und heiße, habe man die Pflicht, einem widrigen Schicksal entgegenzuwirken und es nicht durch Unbedachtheit und Torheit zu unterstützen. Ich möge gefälligst einmal an die Todesangst denken, die ich der ganzen Familie Pech, der Mutter zuvor, eingejagt hätte; und daß sie auf den Gedanken gekommen wären, den als vermißt gemeldeten Sohn erst einmal unter den Polizeigefangenen zu suchen, das hätte ich allein meinem Bruder Paul zu verdanken, dem grade zur rechten Zeit meine Weihnachtsbaumbesorgung eingefallen sei!

Daß unser Weihnachtsfest 1945 kein voller Erfolg war, kann sich jeder denken. Petta und Palma fanden, daß ein Tannenzweig, mit drei Lichtlein besteckt, kein Ersatz für einen funkelnden Weihnachtsbaum ist, und wir Großen standen alle noch zu sehr unter dem Eindruck der Angst, die wir in den letzten zwei Wochen ausgestanden hatten. Ich denke, Weihnachten 1946 wird in jeder Hinsicht ein größerer Erfolg werden.

Mir selbst war es gar nicht so unrecht, daß es keinen Weihnachtsbaum gab, ich hätte ihn nicht ohne Selbstvorwürfe ansehen können. In diesem Jahre haben wir, da ich diese Zeilen schreibe, bereits unser Bäumchen – von Pamela besorgt. Es steht, damit die Zwillinge es nicht vor der Zeit sehen, um die Ecke herum auf dem Küchenbalkon, und ich besuche das Fichtchen dann und wann, mein Herz an seinen Anblick zu gewöhnen. Dann denke ich an den Lieblingsplatz von Frau Gärtnereibesitzerin Hoppe, der durch mich seiner geschlossenen Schutz- und Zierwand beraubt ist, und ich schwöre mir wieder einmal zu, mehr Obacht auf die Schlingen zu geben, die das Leben auch dem Redlichen, besonders heute, stellt.

Aber ich hätte – trotz alles mir fehlenden Weihnachtsgeldes – diese kleine Geschichte nicht erzählen dürfen, wenn ich ihr nicht auch in einem andern Punkte einen Abschluß geben könnte. Ja, ich habe im Jahre 1946 an zwei Tagen dem Schulunterricht fernbleiben müssen, wie man sagt, aus Gründen, die nicht gesundheitlicher Natur waren. An einem Tage mußte ich wieder mal ins Polizeigefängnis, und dort wurde mir ein alter Schnauz gezeigt –: »Er ist es!« rufe ich, denn auch das Nasentröpfchen fehlte nicht, obwohl wir Juni schrieben.

»Nischt!« sagte Nasentröpfchen gekränkt. »Den jungen Mann kenn ick jar nich! Nie jesehn!« Und auch als ich auf Wunsch des Kriminalbeamten noch einmal die ganze blamable Geschichte erzählt hatte, blieb er bei seinem »Nischt«.

Das zweitemal blieb ich dem Unterricht fern im August, um der Verhandlung gegen Nasentröpfchen beizuwohnen. Ich habe dieser Verhandlung von der ersten bis zur letzten Minute gelauscht, soweit dies meine Zeugeneigenschaft zuließ, und ich habe dabei erfahren, welch häßlicher Wolf im Schafspelz dieser Alte war.

Das einzige Mal, daß Nasentröpfchen etwas tat und sagte, was meine Zustimmung fand, war, als der Richter ihn am Schluß der Verhandlung fragte, was er etwa zur Entlastung vorzubringen habe.

»Nischt!« antwortete Nasentröpfchen.

Weihnachten macht alles gut

Friedrich Nietzsche

Pforta, 5. Dezember 1861

Liebe Mamma! oder Liebe Lisbeth! wer gerade den Brief zuerst liest.

Du konntest Dir denken, daß ich mich nach so vielen Veränderungen meiner Wünsche noch einmal anders entschließen könnte, und so ist es denn auch wirklich gekommen. Ich bin auch wieder zur Musik zurückgekehrt, denn ich kann mir eine Bescherung gar nicht recht ohne etwas Musikalisches denken. Ich hoffe, die Wahl ist gut, auch für Dich. Ebenso ist das Buch höchst interessant, vielleicht auch für Dich. Auf der andern Seite werde ich beides so aufschreiben, daß der abgerissne Zettel dem Buchhändler gezeigt werden kann. Eine Änderung ist jetzt gar nicht mehr möglich, schon der Zeit wegen nicht. Der Gedanke kam mir über Nacht, denn ich schwankte sehr heftig. [...]

Sonnabend über zwei Wochen! Es ist ein entzückender Gedanke! Ihr glaubt nicht, wie ich mich auf Weihnachten freue, das wunderschöne Weihnachten! Jetzt sind noch ziemlich arbeitsvolle Wochen. Aber dann! Sonnabend früh als nur irgend möglich, komme ich, es wird herrlich! Nicht wahr, der Onkel Burkhardt ist mit den kleinen Kusinen doch auch mit da? Ist die Mamma wieder zurückgekommen? Schreibt mir nur recht bald!

Euer Fritz

Eine große Neuigkeit! Heute ist Donnerstag und morgen wird deshalb – Freitag sein –

Wir verreisen doch nicht etwa Weihnachten? Vorigen Sonntag bin ich noch etwa sieben Minuten bei Gustav gewesen, der mich dann nach Pforta begleitete. – Erkältungen sind jetzt überaus häufig. Die Krankenstube ist übervoll, es sollen neue Räume eingerichtet werden, Breithaupt ist auch drüben. Ich leide an Heiserkeit und Schnupfen. Weihnachten macht alles gut!

Übrigens habe ich noch einen Wunsch, nämlich irgendeine Photographie eines lebenden berühmten Mannes, z. B. Liszt oder Wagner oder eine Photographie aus dem Shakespearealbum des berühmten Kaulbach (z. B. zu Macbeth) eine einzelne kostet allerdings 27 ½ Srg. Es soll eine Zierde für mein Album sein. Sie sind großes Format.

Ihr seht jedenfalls, daß ich die mannigfachsten Wünsche habe. Ihr müßt mir nun aber auch so schreiben, was Ihr Euch wünscht.

Weihnachtsausstellung

Heinrich von Kleist

Eine der interessantesten Kunstausstellungen für das bevorstehende Weihnachtsfest, wert, daß man sie besuche und auch wohl, daß man etwas darin kaufe, ist vielleicht die Warenausstellung der, zum Besten der verschämten Armen beiderlei, doch vorzüglich weiblichen Geschlechts errichteten Kunst- und Industriehandlung, von Mad. Henriette Werkmeister, Oberwallstraße No. 7. Es hat etwas Rührendes, das man nicht beschreiben kann, wenn man in diese Zimmer tritt; Scham, Armut und Fleiß haben hier, in durchwachten Nächten, beim Schein der Lampe, die Wände mit allem was prächtig oder zierlich oder nützlich sein mag, für die Bedürfnisse der Begüterten, ausgeschmückt. Es ist, als sähe man die vielen tausend kleinen niedlichen Hände sich regen, die hier, vielleicht aus kindlicher Liebe, eines alten Vaters oder einer kranken Mutter wegen, oder aus eigner herben dringenden Not, geschäftigt waren: und man möchte ein Reicher sein, um das ganze Putzlager, mit allen Tränen, die darauf gefallen sein mögen, zu kaufen, und an die Verfertigerinnen, denen die Sachen doch wohl am besten stehen würden, zurückzuschenken.

Zu den vorzüglichsten Sachen gehören:

1) Ein Korb mit Blumen, in Chenille gestickt, mit einer Einfassung; etwa als Kaminschirm zu gebrauchen. Die Stickerei ist, auf

taftnem Grund, eine Art von Basrelief; ein Büschel Rosen tritt, fast einen Zoll breit, so voll und frisch, daß man meint, er duftet, aus dem Taftgrunde hervor. Zu wünschen bleibt, daß auch die anderen Blumen und Blätter, die aus dem Korb vorstrebend, darin verwebt sind, verhältnismäßig hervorträten, das würde das Bild eines ganz lebendigen Blumenstraußes geben. Eine edle Dame hat dies Kunst- und Prachtwerk bereits für 15 Louisdor erkauft; und nur auf die Bitte der Vorsteherin befindet es sich noch hier, um die Ausstellung, während des Weihnachtsfestes, als das wahre Kleinod derselben, zu schmücken.

2) Eine Garnitur geklöpfelter Uhrbänder. Die Medaillen an dem Ende der Bänder stellen, in Seide gewirkt, Köpfe, Tiere und Blumen dar; so fein und zierlich, daß man sie für eine Art von Miniatur-Mosaik halten möchte.

3) Ein, in Wolle, angeblich ohne Zeichnung gestickter, Fußteppich. Ein ganzer Frühling voll Rosen schüttet sich, in der lieblichsten Unordnung, darauf aus; und auch die Arabeskeneinfassung ist zierlich und geschmackvoll.

4) Ein Rosenstrauß, auf englischem Manchester gemalt, mit einer Einfassung von Winden, gleichfalls als Kaminschirm zu gebrauchen.

5) Ein ganz prächtiges Taufzeug.

Vieler Kleider, unter welchen ein gesticktes Musselinkleid obenan, Tücher, Hauben, eine immer schöner als die andere, Strick-, Geld- und Tabaksbeutel, in allen Provinzen des Reichs zusammengearbeitet, das Ganze mehr denn 10 000 Tl. an Wert, nicht zu erwähnen. – Wir laden die jungen Damen der Stadt, die begüterten sowohl als die unbegüterten ein, diese Anstalt zu besuchen, und glauben verbürgen zu können, daß sie diesen Gang weder in dem einen noch in dem andern Fall, umsonst tun werden.

Die hohen Tannen atmen heiser

Rainer Maria Rilke

Die hohen Tannen atmen heiser
im Winterschnee, und bauschiger
schmiegt sich sein Glanz um alle Reiser.
Die weißen Wege werden leiser,
die trauten Stuben lauschiger.

Da singt die Uhr, die Kinder zittern:
Im grünen Ofen kracht ein Scheit
und stürzt in lichten Lohgewittern, -
und draußen wächst im Flockenflittern
der weiße Tag zur Ewigkeit.

Der Weihnachtsmarkt

Julius Stinde

Zu den vielen ausgesuchtesten Rätseln der Natur gehören, wie man so um Michaelis herum jedesmal in den Zeitungen liest, die Wandervögel, welche schon lange vor der Erfindung des Kompasses schnurgerade nach den fremden Ländern fliegen, und bei den Schwalben trifft es ja auch auf Datum und Stunde zu. Unerklärlich ist mir allerdings, daß sie sämtlich auf einmal abziehen; aber warum sie sich überhaupt aufmachen, das kann einem einigermaßen anschlägigen Kopfe keineswegs unergründlich sein: sie gehen der Annehmlichkeit nach, da der Mensch sich genau ebenso verhält. Im Frühling, sobald der erste wärmende Sonntag lockt, wandert er in die Umgebung, am Karfreitag muß er nach dem Spandauer Bock, Pfingsten wandert er in den Grunewald, ein andermal wandert er nach Stralau oder Treptow, und sobald das Eis hält, ist die Rousseau-Insel im Tiergarten sein Wanderziel. Das liegt ihm so von klein auf in den Gehorganen. Kommt nun aber die Weihnachtszeit, dann halten ihn keine vier Pferde, dann zieht es ihn mit unerklärlicher Gewalt nach dem Weihnachtsmarkt. Genau ebenso kann man es sich mit den Wandervögeln denken, obgleich der Weihnachtsmarkt nicht ausschließliche Annehmlichkeiten bietet, zumal wenn ein Tauwetter dazwischenfährt und man einen Rand am Zeuge mitbringt, als wäre man von höherer Gewalt durch den Glitsch gezogen.

Wir hatten uns diesmal gemeinschaftlich mit Doktors, Onkel Fritz und Krauses verabredet, obgleich Doktoren wegen ihrer Praxis ziemlich unsichere Kantonisten sind, aber wir taten es hauptsächlich um Krauses willen, die der Aufheiterung bedurften, denn ihr Eduard hat ihnen zuviel Verdruß bereitet. Kann es auch wohl etwas Bitterlicheres geben, als wenn der Vater, der doch selbst Lehrer ist, seinen eigenen Jungen zu einem Kollegen schicken muß, damit er bei dem seine Schularbeiten macht, was Eduard zu Hause nicht einfiel? I bewahre! Anstatt Lateinisch zu lernen, war er ausgerückt und hatte mit den Jungens Räuber und Soldat im Friedrichshain gespielt oder war auf der Straße umhergestrolcht, und wenn er eingesperrt wurde, hatte er mit der Lampe gekokelt, daß es leicht hätte Brandstiftung geben können. Und wenn sie glaubten, daß er wirklich fleißig sei, weil er sich still und ruhig verhielt, dann hatte er einen heimlichen Robinson oder sonst ein Geschichtenbuch bei sich gehabt, und seine Aufgaben bestanden aus Fehlern und Tintenklecksen. Unbegreiflich war nur, daß die Mutter den Jungen immer noch in Schutz nahm. Wollte sie denn nicht sehen, daß er die ersten Kinderschuhe bereits ausgetreten hatte und kein Samtkittelchen und keine weißen Höschen mehr trug? »Es ist unrecht, das Kind mit so schweren Arbeiten zu quälen«, sagte sie, sogar wenn der Junge dabei war. Eduard brauchte nur zu gnauen, das Lateinische mache ihm Kopfweh, dann kajolierte sie ihn und sagte: »Papa wird dir einen Entschuldigungszettel schreiben, daß dir nicht ganz gut war, mein Engel«, worauf Edechen in den Wiegestuhl kroch und sich schunkelte, um die Zeit doch nur irgend womit zu vertreiben. Herr Krause durfte natürlich keine Einwendungen machen, denn sie hatte sofort die Überbürdung der Schuljugend auf dem Tapet, und er mußte schweigen wie ein schlecht geputzter Rekrut. Solche Jammerbolle von Mann!

Etwas Zerstreuung und Erheiterung war Krauses daher mehr als paßlich und eine Weihnachtswanderung ihnen sehr willkommen. Wir erwarteten sie zu um Sechsen bei uns, wie verabredet worden war, aber sie kamen erst um halb sieben. Die Krausen entschuldigte sich damit, sie hätte bemerkt, daß ihr japanisches Tablett weg wäre, und das hätte sie erst gesucht, ohne es jedoch finden zu können. Ich sagte, so etwas verkröche sich manchmal oder verstäche sich hinter ein Möbel, es würde sich schon morgen oder sonst gelegentlich wieder angeben. Es fand sich auch an, aber anders als wir gedacht hatten und, wie ich sagen muß, in niederschmetternder Weise. Doch alles zu seiner Zeit.

Wir zögerten nun nicht lange, als wir komplett waren, und wanderten dem Schloßplatz zu, denn da ist doch der Hauptmarkt; indessen, wir kamen nur langsam vorwärts, teils wegen der Menschenmenge auf der Straße, teils wegen der Läden, die betrachtet werden sollten. Einer machte den anderen auf das aufmerksam, was ihm am besten gefiel. »Nein, sieh bloß dies hier! … Oh, das möchte ich haben … Seht doch nur, wie prachtvoll!« Und so ging es in einer Tour. Mancher Laden überbot sich auch wirklich selbst. In einem hatten sie sogar eine stilvolle Burg aus lauter Pfefferkuchen aufgebaut, mit gleichfalls stilvollen Pflaumenmännern als Ritter.

Und nun erst die Stoff- und Porzellangeschäfte, die Bronzeläden und Seidenwarenhandlungen: alle miteinander hatten sich geputzt, indem sie das Feinste zum Vorschein brachten. Es ist alles prunkhaft um diese Zeit, als wenn Illumination wäre, sämtliche Gasflammen und Lampen, die nur brennen können, haben sie im Gange, und was irgend glitzert und blänkert, liegt in den Schaufenstern aus: man kann eben nicht vorbeikommen. Da wird immer so viel von den Schätzen des Orients geredet und von den Basaren, die sie dort haben. Was will das sagen? Vor Weihnachten ist das ganze Berlin mit seinen stundenlangen, gasstrahlenden Straßen ein einziger, ungeheuerer Basar.

Zwischen all dieser neuen Pracht liegt der Weihnachtsmarkt,

wie die gute alte Zeit. So war es damals, als meine Eltern mich das erstemal mitnahmen, und so ist es geblieben bis auf den heutigen Tag. Das sind dieselben schmalen, langen Budenreihen; dieselben Spielsachen liegen aus, die Verkäufer haben ebenso rotgefrorene Nasen und ebensolche warme Kappen auf wie damals, und die Kinder mit den Dreierschäfken, den Sägemännern, Waldteufeln, Hampelmännern und womit sie sonst ihr kleines Handelsgeschäftchen betreiben, haben noch ebensolche dünnen Stimmen wie damals. Und wie balsamisch duften die dunklen Tannenbäume, von denen ganze Wälder umherstehen, dazu die maigrünen Pergamiten, aufgeputzt mit buntem Flitter und besteckt mit Lichtern. Und wie anheimelnd riecht es nach frischen Pfannkuchen und Schmalzgebackenem! Und die vielen Menschen, groß und klein, ergötzen sich, als hätten sie solche Herrlichkeiten nie zuvor gesehen, und bewundern aufs neue, was sie eigentlich doch schon kennen sollten. Die Spaßvögel kommen noch immer aus demselben Neste, sie sind rot und gelb und grün gemalt, mit einer Feder auf dem Kopf, und wenn an der Strippe gezogen wird, klappen sie ebenso zusammen wie in all den Jahren. Dazu wird immer noch gerufen: »Vorne nickt er, hinten pickt er – nur einen Groschen der schöne Spaßvogel. Kaufen Sie, Madameken, es ist der letzte!« Das klingt so vertraut, wie aus der fernen Jugendzeit. Mein alter lieber Weihnachtsmarkt!

Was von jeher einen unbeschreiblichen Eindruck auf mich machte, das ist das ernste, schweigende Königsschloß, welches wie ein Riese die Zwerggezelte des Marktes überragt. Da summt es von Menschengewirr, da schimmert es rötlich von tausenden Lichtlein um das stille, dunkle Schloß herum, als wenn die kribbelnde, wibbelnde Gegenwart keinen geschützteren Platz finden könnte als bei der unverrückbaren Vergangenheit …

Wir waren jedoch auf den Markt gezogen, um nützliche Sachen einzukaufen. Die Handelsleute wollen ihre Ware absetzen, deshalb kommen sie von nah und fern, und gerade für den Hausstand wird Brauchbares in großer Auswahl feilgeboten. Wir verteilten uns daher und gingen an das Geschäftliche.

Derweile ich und Emmi eine Reibesatte einhandelten, die ihr so notgedrungen fehlt und die das Erbspüree, an dem der Doktor sich so gern donnerstags mit Eisbein labt, doch bedeutend erleichtert, ging Onkel Fritz an eine Bude und kaufte Honigkuchen mit Inschriften ein, um sie uns zu verehren; aber er hätte es lieber unterlassen sollen, denn auf meinem stand: »Olle, brumme nicht!« – und auf Emmis: »Ewig will ich an dir kleben, Klacks!« Der Doktor steckte den ihm gespendeten errötend in den Paletot.

»Fritz«, sagte ich mit einem Anhauch von Mißmut, »ich kann nicht behaupten, daß mir diese Zuckerguß-Poesie behagt.«

»Dann kratze sie ab«, erwiderte er, »und lasse dir einen frischen Vers von Leuenfels daraufdichten. Dem Kuchen schadet das nicht.«

Er ist eben unverbesserlich.

Nun wollten wir noch nach der Breiten Straße und Rudolph Hertzogs Auslage betrachten, einmal weil sie das Glanzvollste ist, was man beaugenscheinen kann, und zweitens, weil mein Karl einzelne Phantasieartikel für dies immense Geschäft lieferte, die er extrafein weben läßt; aber so gut der Gedanke war, das Hinkommen hatte seine Schwierigkeit, denn solche Drängelbergerei wie an der Ecke vom Schloßplatz und der Breiten Straße gibt es nirgends. Aber wir kamen durch, weil der Berliner bei derartigem Festgedränge stets zur rechten Seite geht und nur der Fremdling gegen den Strom will, bis ihm einer zuruft: »Sie da mit's Jesichte, halten Sie sich rechts, sonst werden Ihnen die Plätteisen abjetreten!« Das hilft prompt. Als wir frei aufatmen konnten und uns in unzerdrücktem Zustande wieder vorfanden, mußten wir eine lange Reihe von kleinen Verkäufern passieren.

»Hier wird gekauft«, sagte Onkel Fritz, »ich gebrauche allerlei, und ihr werdet auch gewiß in eurer Nachbarschaft Leute kennen, die wohl Kinder, aber sonst nichts übrig haben. Denkt nur nach.«

Und merkwürdig, jeder von uns konnte sich besinnen. Wie das Geschäft blühte, als wir alle miteinander in die Portemonnaies griffen, das war vergnüglich. Onkel Fritz ramschte gleich ganze Reste, und ein Junge schrie: »Hurra, reeller Ausverkauf – wird meine Mutter aberscht kieken!« Und fort rannte er. Für die paar Nickel solche Freude!

Aber noch ein Junge rannte fort, und die Krausen stand da, mit einem japanischen Tablett in der Hand, sprachlos und entsetzt, wie eine versteinerte Salzstange. Herr Krause rannte ebenfalls davon, hinter dem Ausreißer drein.

»Liebe!« rief ich. »Was ist Ihnen, was bedeutet das?«

»Unser Tablett«, stöhnte sie. »O Eduard!«

Sie wankte. Onkel Fritz sprang ihr bei und gab ihr seinen Arm, indem er sagte: »Kommen Sie nur zu sich und nehmen Sie die Sache von der heiteren Seite.« Das tat sie aber nicht, sondern zog das Taschentuch und machte eine hysterische Szene. Mittlerweile erschien Herr Krause wieder. »Er ist entwischt«, rief er zornig.

»Wer?« fragte ich.

»Eduard«, stieß er hervor, »der Junge! Zigarren hat er mir ausgeführt und verkauft sie hier auf dem Weihnachtsmarkt. Auch das Tablett hat er genommen, Löcher hineingebohrt … Schnur durchgezogen … sich umgehängt. Steht hier mitten zwischen den armen Kindern. Wie ich ihn erblicke und glaube, ich fasse ihn schon … er den Kopf aus der Schlinge gezogen und fort. Die Polizei soll ihn verhaften.«

»Wie kannst du so unmenschlich sein?« fing nun die Krausen an. »Komm, laß uns nach Hause gehen, er wird sich gewiß ängstigen.«

»Nein«, sagte Herr Krause, »ich bleibe, ich würde zu strenge mit ihm ins Gericht gehen. Morgen früh soll er seinen Lohn haben.«

»Du wirst ihn doch nicht schlagen?« jammerte die Krausen.

»Ich werde ihm verkünden«, erwiderte Herr Krause weicher, »daß er jeden Tag eine Strafarbeit zu liefern hat und«, fügte er mit wehmutsverquollener Stimme hinzu, »daß er nichts zu Weihnachten bekommt.«

»Aber doch einen Baum?« schrie sie.

»Keinen Baum«, seufzte Herr Krause.

»Wenn das Wort 'ne Brücke wäre, ich ginge nicht darüber«, flüsterte mein Karl mir zu.

»In drei Tagen ist alles vergessen«, antwortete ich, »er müßte meiner Meinung nach den Bengel so verbimsen, daß nur noch die Knopflöcher von seiner Jacke zu gebrauchen wären, sonst wird aus dem nie etwas Vernünftiges.« Ich bin prinzipiell gegen jegliche Prügelstrafe, weil sie unaufgeklärt und inhuman ist, aber Keile muß sein.

Für die Besichtigung der übrigen Weihnachtsherrlichkeiten, die aus den Fenstern der Läden leuchteten, war kein rechtes Interesse nach diesem Ereignis mehr vorhanden, und so folgten wir denn Onkel Fritz, der uns Revanchierens halber nach Dressel eingeladen hatte, da er in seiner eigenen Wohnung nicht auf Gegenseitigkeitsgesellschaften eingerichtet ist.

Wir hätten sehr amüsant zusammen sein können, wenn Krauses nicht in zu großer Zerknirschung gewesen wären: er mit den Zornfalten vor dem Kopf und sie mit dem verruinierten Tablett und ziemlich verweint. Onkel Fritz hatte mit Dresseln ein opulentes Abendbrot mit verschiedenen Seltenheiten abgekartet, die sich in die einfache bürgerliche Küche nicht hineinverirrten. Er kann es ja, da sein Geschäft flotter geht als zu irgendeiner Zeit und er von Hause aus spendabel veranlagt ist.

Onkel Fritz konnte deshalb nicht umhin, auszurufen: »Himmel, sind wir vergnügt und haben es gar nicht nötig!«

Zum Schluß stießen wir darauf an, im nächsten Jahre wieder eine Weihnachtswanderung zu unternehmen …

An die Braut Constanze Esmarch in Segeberg

Theodor Storm

Montag, den 22. Dezember 1845, vormittags 10 Uhr. Husum.

Soeben, meine süße, geliebte Constanze, habe ich Deine Sendungen erhalten. Du hast dich ja recht angegriffen, um für alle zu bescheren. Die Mützchen für die beiden Schwestern find' ich so überaus zierlich, daß ich mein süßes Kind auch wohl in einem solchen sehen möchte, versteht sich aber dunkelrot, auch der Schal und Großmutters Schuhe sind sehr passend und angenehm; nur – verzeih mir, meine kleine Frau! – was mir vorzüglich am Herzen lag, der Beutel für Vater ist nicht recht nach meinem Sinn. Die Farben sind freilich ausnehmend schön, aber der Beutel ist nicht groß genug für Vater. Du hättest bedenken sollen, daß er die Börse vorzugsweise auf seinen Reisen, zunächst auf der Umschlagsreise gebraucht, da hätte sie dann auch wohl, was überdies Vaters Liebhaberei ist, von etwas derberer Seide sein müssen; ferner gehören zu dieser schönen blauen Schattierung notwendig silberne Ringe; die Dinger, die Du darangemacht hast, liebe Dange – verzeih mir diesen starken Ausdruck! – sehen doch ein bißchen gar zu ordinär aus; der Fehler ist indes noch zu bessern, ich habe sogleich einen Satz bei Lützen bestellt und schließe die Note darüber an; hab's denn für meine kleine Frau bezahlt. Wenn ordentliche Ringe daran sind, so wird der Beutel sich jedenfalls sehr fein und zierlich ausnehmen; mit diesen häßlichen Ringen mag ich ihn Vater aber wirklich nicht überreichen, zumal in Woldsens und Simons Gegenwart. Zur Rettung der Ehre Deines Geschmacks verzeihe diese etwas gewalttätige Maßregel! Deine Bitte, die Sachen vor Mittwoch niemand sehen zu lassen, konnte ich in Rücksicht auf den Beutel wenigstens in bezug auf Helene nicht erfüllen, denn – wie konnte meine ordentliche Dange, zumal bei einem Geschenk für Vater, dazu kommen? – es hingen wiederum eine Menge langer Fäden an dem Beutel, auch waren hier und da mehrere Maschen aufgelaufen. Das alles muß H. doch notwendig erst bessern. Wenn wir den Beutel erst zurechtgedoktert haben, wird er Dir Weihnachtsabend gewiß Ehre machen.

[24. Dezember 1845]

Mittwoch nachmittag 3 Uhr

Nein, meine allerliebste Dange, wie zierlich der Geldbeutel für Vater sich jetzt ausnimmt, nachdem silberne Ringe und Lilienglöckchen daraufgekommen sind, das glaubt mein Herzchen kaum. Es ist der geschmackvollste, den ich noch gesehen habe, so wie er jetzt aussieht. Aber wie kamst Du dazu, diesen abscheulichen Aufputz daranzumachen? Diese entsetzliche Geschmackssünde tut mir ordentlich weh; so sollte ein Frauenzimmer das Schöne niemals verfehlen können. Und dann meine Dange, die einen so geschmackvollen Liebsten hat! Geschmacklosigkeiten von Frauen, zumal von schönen, sind echte Sünden wider den heiligen Geist. So – dixi!, d. h. ich habe es gesagt, und die römischen Redner pflegten mit diesem Wort ihre glänzenden Vorträge zu schließen. – Leider werde ich Vater Dein Angebinde heute abend auf dem Bett überreichen müssen, denn während Mutter wieder auf den Beinen ist, so hat ihn seit gestern morgen eine starke Erkältung aufs Bett geworfen, er hat heute noch phantasiert. Woldsen und Lorenzen sind deshalb auch abgesagt, und wir werden einen etwas einsamen Weihnachten verleben müssen. Cäcilie liegt auch zu Bett. Das heißt, mein geliebtes Kind, ich fühle mich in mir nicht einsam, ich bin froh und zufrieden, daß die Liebste auf der Welt so ganz mein eigen ist. Die Zukunft liegt mir fast beängstigend glücklich im Sinn. Dazu mehren sich meine Geschäfte seltsam genug gerade seit dem Augenblick, daß ich selbst den frohen Mut gefaßt habe. Nur meine Gesundheit ist nicht recht, ich leide wieder am Hals und an aufsteigender Hitze. Ich weiß freilich wohl, daß es nur Erkältung ist, die sich dahin geworfen, und ich nehme mich auch gewiß in acht. – Jetzt soll ich nach oben; Johannes, Rieke, Helene und Emil sind oben zum Kaffee bei L., dem jetzt schon beschert ist, vom Vater ein Lehnstuhl, wie meiner, von Großmutter eine Lampe. Es ist indes wohl nicht interessant zwischen zwei zärtlichen Paaren.

5 ½ Uhr.

Noch immer bin ich hier, meine einzige Liebe, und habe seit einer Stunde emsig an einer Armensache gearbeitet, die auch wirklich ein christliches Werk ist, denn meine Gegenpartei ist ein Schuft. – Tante Brick sitzt einsam in ihrer kleinen Kammer und weint über ihre Verlassenheit am Weihnachtsabend; ihre einzige Erinnerung ist der Tod ihrer Mutter, der am Weihnachtsabend um zwölf erfolgte; nun sitzt sie und durchlebt noch einmal alles, jede Minute bis zur Todesstunde, dann geht sie zu Bett. [...]

8 Uhr.

Wir haben unseren kleinen Weihnachten gehabt; ich danke Dir, mein geliebtes Mädchen, für Dein hübsches und nützliches Geschenk, es steht schon neben meinem Schreibtisch und wird mir hoffentlich die Ordnung etwas erleichtern; sonst habe ich nichts von Vater und Mutter erhalten, es war so für uns alle vorher ausgemacht. Deine Sachen verbreiten viel Freude und freundliche Empfindung für Dich; die Mützchen gefielen namentlich so, daß Rieke, die nachher kam, sich auch gleich eine machen wollte. Bei Vater war's auch recht getroffen; er war so fiebrig, daß er kaum die Augen auftun mochte; als er aber den Geldbeutel sah, sagte er in seiner Weise: »Deuwel ja, das paßt just in meinen Kram, da sag' ich vielen Dank, meiner war gerade auf.« – Jetzt spielen sie alle, natürlich außer Vater, Vingt-un. Ich hatte eben erst Deinen Brief bekommen und konnte mich nicht überwinden, teilzunehmen. Ich hatte schon die Zeit, als der Baum brannte, mit so bitterer Sehnsucht Dein gedacht.

Weihnachtslied

Theodor Storm

Vom Himmel in die tiefsten Klüfte
Ein milder Stern herniederlacht;
Vom Tannenwalde steigen Düfte
Und hauchen durch die Winterlüfte,
Und kerzenhelle wird die Nacht.

Mir ist das Herz so froh erschrocken,
Das ist die liebe Weihnachtszeit!
Ich höre fernher Kirchenglocken
Mich lieblich heimatlich verlocken
In märchenstille Herrlichkeit.

Ein frommer Zauber hält mich wieder,
Anbetend, staunend muß ich stehn;
Es sinkt in meine Augenlider
Ein goldner Kindertraum hernieder,
Ich fühl's, ein Wunder ist geschehn.

Die Biblische Weihnachtsgeschichte

(Lukas 2,1-20)

Nach der Übersetzung Martin Luthers

Es begab sich aber zu der Zeit, daß ein Gebot vom Kaiser Augustus ausging, daß alle Welt geschätzet würde. Und diese Schätzung war die allererste und geschah zu der Zeit, da Cyrenius Landpfleger in Syrien war. Und jedermann ging, daß er sich schätzen ließe, ein jeglicher in seine Stadt. Da machte sich auch auf Joseph aus Galiläa, aus der Stadt Nazareth, in das jüdische Land, zur Stadt Davids, die da heißt Bethlehem, darum, daß er aus dem Hause und Geschlecht Davids war, auf daß er sich schätzen ließe mit Maria, seinem vertrauten Weibe, die war schwanger. Und als sie daselbst waren, kam die Zeit, daß sie gebären sollte. Und sie gebar ihren ersten Sohn, und wickelte ihn in Windeln, und legte ihn in eine Krippe, denn sie hatten sonst keinen Raum in der Herberge.

Und es waren Hirten in derselben Gegend auf dem Felde bei den Hürden, die hüteten des Nachts ihre Herde. Und siehe, des Herrn Engel trat zu ihnen, und die Klarheit des Herrn leuchtete um sie, und sie fürchteten sich sehr. Und der Engel sprach zu ihnen: Fürchtet euch nicht; siehe, ich verkündige euch große Freude, die allem Volk widerfahren wird; denn Euch ist heute der Heiland geboren, welcher ist Christus der Herr, in der Stadt Davids. Und das habt zum Zeichen: ihr werdet finden das Kind in Windeln gewickelt und in einer Krippe liegen. Und alsbald war da bei dem Engel die Menge der himmlischen Heerscharen, die lobten Gott und sprachen: Ehre sei Gott in der Höhe und Friede auf Erden und den Menschen ein Wohlgefallen.

Und da die Engel von ihnen gen Himmel fuhren, sprachen die Hirten untereinander: Laßt uns nun gehen nach Bethlehem und die Geschichte sehen, die da geschehen ist, die uns der Herr kundgetan hat. Und sie kamen eilend und fanden beide, Maria und Joseph, dazu das Kind in der Krippe liegen. Da sie es aber gesehen hatten, breiteten sie das Wort aus, welches zu ihnen von diesem Kinde gesagt war. Und alle, vor die es kam, wunderten sich der Rede, die ihnen die Hirten gesagt hatten. Maria aber behielt alle diese Worte und bewegte sie in ihrem Herzen. Und die Hirten kehrten wieder um, priesen und lobten Gott um alles, was sie gehört und gesehen hatten, wie denn zu ihnen gesagt war.

Andreasnacht

Volkssage, aufgeschrieben von den Gebrüdern Grimm

Es ist Glaube, daß ein Mädchen in der Andreasnacht, Thomasnacht, Christnacht und Neujahrsnacht seinen zukünftigen Liebsten einladen und sehen kann. Es muß einen Tisch für zwei decken, es dürfen aber keine Gabeln dabei sein. Was der Liebhaber beim Weggehen zurückläßt, muß sorgfältig aufgehoben werden, er kommt dann zu derjenigen, die es besitzt, und liebt sie heftig. Es darf ihm aber nie wieder zu Gesicht kommen, weil er sonst der Qual gedenkt, die er in jener Nacht von übermenschlicher Gewalt gelitten, und er des Zaubers sich bewußt wird, wodurch großes Unglück entsteht.

Ein schönes Mädchen in Österreich begehrte einmal um Mitternacht, unter den nötigen Gebräuchen, seinen Liebsten zu sehen, worauf ein Schuster mit einem Dolche dahertrat, ihr denselben zuwarf und schnell wieder verschwand. Sie hob den nach ihr geworfenen Dolch auf und schloß ihn in eine Truhe. Bald kam der Schuster und hielt um sie an. Etliche Jahre nach ihrer Verheiratung ging sie einstmals sonntags, als die Vesper vorbei war, zu ihrer Truhe, etwas hervorzusuchen, das sie folgenden Tag zur Arbeit vornehmen wollte. Als sie die Truhe geöffnet, kommt ihr Mann zu ihr und will hineinschauen; sie hält ihn ab, aber er stößt sie mit Gewalt weg, sieht in die Truhe und erblickt seinen verlornen Dolch. Alsbald ergreift er ihn und begehrt kurz zu wissen, wie sie solchen bekommen, weil er ihn zu einer gewissen Zeit verloren hätte. Sie weiß in der Bestürzung und Angst sich auf keine Ausrede zu besinnen, sondern bekennet frei, es sei derselbe Dolch, den er ihr in jener Nacht hinterlassen, wo sie ihn zu sehen begehrt. Da ergrimmte der Mann und sprach mit einem fürchterlichen Fluch: »Hur! So bist du die Dirne, die mich in jener Nacht so unmenschlich geängstiget hat!« und stößt ihr damit den Dolch mitten durchs Herz.

Diese Sage wird an verschiedenen Orten von andern Menschen erzählt. Mündlich: Von einem Jäger, der seinen Hirschfänger zurückläßt; in dem ersten Wochenbett schickt ihn die Frau über ihren Kasten, Weißzeug zu holen, und denkt nicht, daß dort das Zaubergerät liegt, das er findet und womit er sie tötet.

Frau Holla zieht umher

Volkssage, aufgeschrieben von den Gebrüdern Grimm

In der Weihnacht fängt Frau Holla an herumzuziehen, da legen die Mägde ihren Spinnrocken aufs neue an, winden viel Werg oder Flachs darum und lassen ihn über Nacht stehen. Sieht das nun Frau Holla, so freut sie sich und sagt:

»So manches Haar,
so manches gutes Jahr.«

Diesen Umgang hält sie bis zum großen Neujahr, das heißt den heiligen Dreikönigstag, wo sie wieder umkehren muß nach ihrem Horselberg; trifft sie dann unterwegens Flachs auf dem Rocken, zürnt sie und spricht:

»So manches Haar,
so manches böses Jahr.«

Daher reißen feierabends vorher alle Mägde sorgfältig von ihren Rocken ab, was sie nicht abgesponnen haben, damit nichts dran bleibe und ihnen übel ausschlage. Noch besser ist's aber, wenn es ihnen gelingt, alles angelegte Werg vorher im Abspinnen herunterzubringen.

Die Weihe der Nacht

Christian Friedrich Hebbel

Nächtliche Stille!
Heilige Fülle,
Wie von göttlichem Segen schwer,
Säuselt aus ewiger Ferne daher.

Was da lebte,
Was aus engem Kreise
Auf ins Weitste strebte,
Sanft und leise
Sank es in sich selbst zurück
Und quillt auf in unbewußtem Glück.
Und von allen Sternen nieder
Strömt ein wunderbarer Segen,
Daß die müden Kräfte wieder
Sich in neuer Frische regen,
Und aus seinen Finsternissen
Tritt der Herr, soweit er kann,
Und die Fäden, die zerrissen,
Knüpft er alle wieder an.

Lüttenweihnachten

Hans Fallada

Tüchtig neblig heute«, sagte am 20. Dezember der Bauer Gierke ziellos über den Frühstückstisch hin. Es war eigentlich eine ziemlich sinnlose Bemerkung, jeder wußte auch so, daß Nebel war, denn der Leuchtturm von Arkona heulte schon die ganze Nacht mit seinem Nebelhorn wie ein Gespenst, das das Ängsten kriegt.

Wenn der Vater die Bemerkung trotzdem machte, so konnte sie nur eines bedeuten. »Neblig –?«, fragte gedehnt sein dreizehnjähriger Sohn Friedrich.

»Verlauf dich bloß nicht auf deinem Schulwege«, sagte Gierke und lachte.

Und nun wußte Friedrich genug, und auf seinem Zimmer steckte er schnell die Schulbücher aus dem Ranzen in die Kommode, lief in den Stellmacherschuppen und »borgte« sich eine kleine Axt und eine Handsäge. Dabei überlegte er: Den Franz von Gäbels nehm ich nicht mit, der kriegt Angst vor dem Rotvoß. Aber Schöns Alwert und die Frieda Benthin. Also los!

Wenn es für die Menschen Weihnachten gibt, so muß es das Fest auch für die Tiere geben. Wenn für uns ein Baum brennt, warum nicht auch für Pferde und Kühe, die doch das ganze Jahr unsere Gefährten sind? In Baumgarten jedenfalls feiern die Kinder vor dem Weihnachtsfest Lüttenweihnachten für die Tiere, und daß es ein verbotenes Fest ist, von dem der Lehrer Beckmann nichts wissen darf, erhöht seinen Reiz. Nun hat der Lehrer Beckmann nicht nur körperlich einen Buckel, sondern er kann auch sehr bösartig werden, wenn seine Schüler etwas tun, was sie nicht sollen. Darum ist Vaters Wink mit dem nebligen Tag eine Sicherheit, daß das Schulschwänzen heute jedenfalls von ihm nicht allzu tragisch genommen wird.

Schule aber muß geschwänzt werden, denn wo bekommt man einen Weihnachtsbaum her? Den muß man aus dem Staatsforst an der See oben stehlen, das gehört zu Lüttenweihnachten. Und weil man beim Stehlen erwischt werden kann und weil der

Förster Rotvoß ein schlimmer Mann ist, darum muß der Tag neblig sein, sonst ist es zu gefährlich. Wie Rotvoß wirklich heißt, das wissen die Kinder nicht, aber er ist der Förster und hat einen fuchsroten Vollbart, darum heißt er Rotvoß.

Von ihm reden sie, als sie alle drei etwas aufgeregt über die Feldraine der See entgegenlaufen. Schöns Alwert weiß von einem Knecht, den hat Rotvoß an einen Baum gebunden und so lange mit der gestohlenen Fichte geschlagen, bis keine Nadeln mehr daran saßen. Und Frieda weiß bestimmt, daß er zwei Mädchen einen ganzen Tag lang im Holzschauer eingesperrt hat, erst als Heiligenabend vorbei war, ließ er sie wieder laufen.

Sicher ist, sie gehen zu einem großen Abenteuer, und daß der Nebel so dick ist, daß man keine drei Meter weit sehen kann, macht alles noch viel geheimnisvoller. Zuerst ist es ja sehr einfach: Die Raine auf der Baumgartener Feldmark kennen sie: Das ist Rothspracks Winterweizen, und dies ist die Lehmkule, aus der Müller Timm sein Vieh sommers tränkt.

Aber sie laufen weiter, immer weiter, sieben Kilometer sind es gut bis an die See, und nun fragt es sich, ob sie sich auch nicht verlaufen im Nebel. Da ist nun dieser Leuchtturm von Arkona, er heult mit seiner Sirene, daß es ein Grausen ist, aber es ist so seltsam, genau kriegt man nicht weg, von wo er heult. Manchmal bleiben sie stehen und lauschen. Sie beraten lange, und als sie weitergehen, fassen sie sich an den Händen, die Frieda in der Mitte. Das Land ist so seltsam still, wenn sie dicht an einer Weide vorbeikommen, verliert sie sich nach oben ganz in Rauch. Es tropft sachte von ihren Ästen, tausend Tropfen sitzen überall, nein, die See kann man noch nicht hören. Vielleicht ist sie ganz glatt, man weiß es nicht, heute ist Windstille.

Plötzlich bellt ein Hund in der Nähe, sie stehen still, und als sie dann zehn Schritte weitergehen, stoßen sie an eine Scheunenwand. Wo sie hingeraten sind, machen sie aus, als sie um eine Ecke spähen. Das ist Nagels Hof, sie erkennen ihn an den bunten Glaskugeln im Garten.

Sie sind zu weit rechts, sie laufen direkt auf den Leuchtturm zu, und dahin dürfen sie nicht, da ist kein Wald, da ist nur die steile, kahle Kreideküste. Sie stehen noch eine Weile vor dem Haus, auf dem Hof klappert einer mit Eimern, und ein Knecht pfeift im Stall: Es ist so heimlich! Kein Mensch kann sie sehen, das große Haus vor ihnen ist ja nur wie ein Schattenriß.

Sie laufen weiter, immer nach links, denn nun müssen sie auch vermeiden, zum alten Schulhaus zu kommen - das wäre so schlimm! Das alte Schulhaus ist gar kein Schulhaus mehr, was soll hier in der Gegend ein Schulhaus, wo keine Menschen leben - nur die paar weit verstreuten Höfe ... Das Schulhaus besteht nur aus runtergebrannten Grundmauern, längst verwachsen, verfallen, aber im Sommer blüht hier herrlicher Flieder. Nur, daß ihn keiner pflückt. Denn dies ist ein böser Platz, der letzte Schullehrer hat das Haus abgebrannt und sich aufgehängt. Friedrich Gierke will es nicht wahrhaben, sein Vater hat gesagt, das ist Quatsch, ein Altenteilhaus ist es mal gewesen. Und es ist gar nicht abgebrannt, sondern es hat leergestanden, bis es verfiel. Darüber geraten die Kinder in großen Streit.

Ja, und das nächste, dem sie nun begegnen, ist grade dies alte Haus. Mitten in ihrer Streiterei laufen sie grade darauf zu! Ein Wunder ist es in diesem Nebel. Die Jungens können's nicht lassen, drinnen ein bißchen zu stöbern, sie suchen etwas Verbranntes. Frieda steht abseits auf dem Feldrain und lockt mit ihrer hellen Stimme. Ganz nah, wie schräg über ihnen, heult der Turm, es ist schlimm anzuhören. Es setzt so langsam ein und schwillt und schwillt, und man denkt, der Ton kann gar nicht mehr voller werden, aber er nimmt immer mehr zu, bis das Herz sich ängstigt und der Atem nicht mehr will -: »Man darf nicht so hinhören ...«

Jetzt sind es höchstens noch zwanzig Minuten bis zum Wald. Alwert weiß sogar, was sie hier finden: erst einen Streifen hoher Kiefern, dann Fichten, große und kleine, eine Wildnis, grade, was sie brauchen, und dann kommen die Dünen, und dann die See. Ja, nun beraten sie, während sie über einen Sturzacker wandern: erst der Baum oder erst die See? Klüger ist es, erst an die See, denn wenn sie mit dem Baum länger umherlaufen, kann sie Rotvoß doch erwischen, trotz des Nebels. Sind sie ohne Baum, kann er ihnen nichts sagen, obwohl er zu fragen fertigbringt, was Friedrich in seinem Ranzen hat. Also erst See, dann Baum.

Plötzlich sind sie im Wald. Erst dachten sie, es sei nur ein Grasstreifen hinter dem Sturzacker, und dann waren sie schon zwischen den Bäumen, und die standen enger und enger. Richtung? Ja, nun hört man doch das Meer, es donnert nicht grade, aber gestern ist Wind gewesen, es wird eine starke Dünung sein, auf die sie zulaufen.

Und nun seht, das ist nun doch der richtige Baum, den sie brauchen, eine Fichte, eben gewachsen, unten breit, ein Ast wie der andere, jedes Ende gesund – und oben so schlank, eine Spitze so hell, in diesem Jahre getrieben. Kein Gedanke, diesen Baum stehenzulassen, so einen finden sie nie wieder. Ach, sie sägen ihn ruchlos ab, sie bekommen ein schönes Lüttenweihnachten, das herrlichste im Dorf, und Posten stellen sie auch nicht aus. Warum soll Rotvoß grade hierherkommen? Der Waldstreifen ist über zwanzig Kilometer lang. Sie binden die Äste schön an den Stamm und dann essen sie ihr Brot, und dann laden sie den Baum auf, und dann laufen sie weiter zum Meer.

Zum Meer muß man doch, wenn man ein Küstenmensch ist, selbst mit solchem Baum. Anderes Meer haben sie näher am Hof, aber das sind nur Bodden und Wieks. Dies hier ist richtiges Außenmeer, hier kommen die Wellen von weit, weit her, von Finnland oder von Schweden oder auch von Dänemark. Richtige Wellen …

Also, sie laufen aus dem Wald über die Dünen.

Und nun stehen sie still.

Nein, das ist nicht mehr die Brandung allein, das ist ein seltsamer Laut, ein wehklagendes Schreien, ein endloses Flehen, tausendstimmig. Was ist es? Sie stehen und lauschen.

»Jung, Manning, das sind Gespenster!«

»Das sind die Ertrunkenen, die man nicht begraben hat.«

»Kommt, schnell nach Haus!«

Und darüber heult die Nebelsirene.

Seht, es sind kleine Menschentiere, Bauernkinder, voll von Spuk und Aberglauben, zu Haus wird noch besprochen, da wird gehext und blau gefärbt. Aber sie sind kleine Menschen, sie laden ihren Baum wieder auf und waten doch durch den Dünensand dem klagenden Geschrei entgegen, bis sie auf der letzten Höhe stehen, und –

Und was sie sehen, ist ein Stück Strand, ein Stück Meer. Hier über dem Wasser steht es ein wenig, der Nebel zieht in Fetzen, schließt sich, öffnet den Ausblick. Und sie sehen die Wellen, grüngrau, wie sie umstürzen, weißschäumend draußen auf der äußersten Sandbank, näher tobend, brausend. Und sie sehen den Strand, mit Blöcken besät, und dazwischen lebt es, dazwischen schreit es, dazwischen watschelt es in Scharen …

»Die Wildgänse!« sagen die Kinder. »Die Wildgänse –!«

Sie haben nur davon gehört, sie haben es noch nie gesehen, aber nun sehen sie es. Das sind die Gänsescharen, die zum offenen Wasser ziehen, die hier an der Küste Station machen, eine Nacht oder drei, um dann weiterzuziehen, nach Polen oder wer weiß wohin, Vater weiß es auch nicht. Da sind sie, die großen wilden Vögel, und sie schreien, und das Meer ist da und der Wind und der Nebel, und der Leuchtturm von Arkona heult, und die Kinder stehen da mit ihrem gemausten Tannenbaum und starren und lauschen und trinken es in sich ein –

Und plötzlich sehen sie noch etwas, und magisch verführt gehen sie dem Wunder näher. Abseits, zwischen den hohen Steinblöcken, da steht ein Baum, eine Fichte wie die ihre, nur viel, viel höher, und sie ist besteckt mit Lichtern, und die Lichter flackern im leichten Windzug …

»Lüttenweihnachten«, flüstern die Kinder. »Lüttenweihnachten für die Wildgänse …«

Immer näher kommen sie, leise gehen sie, auf den Zehen – oh, dieses Wunder! –, und um den Felsblock biegen sie. Da ist der Baum vor ihnen in all seiner Pracht, und neben ihm steht ein Mann, die Büchse über der Schulter, ein roter Vollbart …

»Ihr Schweinekerls!« sagt der Förster, als er die drei mit der Fichte sieht.

Und dann schweigt er. Und auch die Kinder sagen nichts. Sie stehen und starren. Es sind kleine Bauerngesichter, sommersprossig, selbst jetzt im Winter, mit derben Nasen und einem festen Kinn, es sind Augen, die was in sich reinsehen. Immerhin, denkt der Förster, haben sie mich auch erwischt beim Lüttenweihnachten. Und der Pastor sagt, es sind Heidentücken. Aber was soll man denn machen, wenn die Gänse so schreien und der Nebel so dick ist und die Welt so eng und so weit und Weihnachten vor der Tür … Was soll man da machen …?

Man soll einen Vertrag machen auf ewiges Stillschweigen, und die Kinder wissen ja nun, daß der gefürchtete Rotvoß nicht so schlimm ist, wie sich die Leute erzählen.

Ja, da stehen sie nun: ein Mann, zwei Jungen, ein Mädel. Die Kerzen flackern am Baum, und ab und zu geht auch eine aus. Die Gänse schreien, und das Meer braust und rauscht. Die Sirene heult. Da stehen sie, es ist eine Art Versöhnungsfest, sogar auf die Tiere erstreckt, es ist Lüttenweihnachten. Man kann es feiern, wo man will, am Strande auch, und die Kinder werden es nachher in ihres Vaters Stall noch einmal feiern.

Und schließlich kann man hingehen und danach handeln. Die Kinder sind imstande und bringen es fertig, die Tiere nicht unnötig zu quälen und ein bißchen nett zu ihnen zu sein. Zuzutrauen ist ihnen das.

Das ganze aber heißt Lüttenweihnachten und ist ein verbotenes Fest, der Lehrer Beckmann wird es ihnen morgen schon zeigen!

Es gibt so wunderweiße Nächte

Rainer Maria Rilke

Es gibt so wunderweiße Nächte,
drin alle Dinge Silber sind.
Da schimmert mancher Stern so lind,
als ob er fromme Hirten brächte
zu einem neuen Jesuskind.

Weit wie mit dichtem Demantstaube
bestreut, erscheinen Flur und Flut,
und in die Herzen, traumgemut,
steigt ein kapellenloser Glaube,
der leise seine Wunder tut.

An Clara Rilke-Westhoff

Rainer Maria Rilke

Capri, Villa Discopoli, am 19. Dez. [1906] abends

[…] kann man am Abend Weihnachten einen Brief lesen; aber vor allem: wie soll man vier Tage vorher einen schreiben, der an diesem Abend gelesen werden kann? Ich schreibe nicht an Ruth. Nicht ich bin es ja, der zu ihr reden soll, auch Du bist es nicht, obwohl Du neben ihr sein wirst und ihr feines weiches Haar an Deiner Wange fühlen wirst, wenn Ihr zusammen in den Baum hineinschauen werdet, der zu Euch reden soll, zu ihr vor allem, dem lieben, lieben Kind, das nun, wenn Du sie wiedersiehst, schon ein wenig weiter an Dir emporreichen wird und tiefer in Deine Hand hinein. Sieh sie gut wieder […] sieh sie nicht allein mütterlich wieder, sieh sie auch mit Deinen ernsten Arbeitsaugen an: dann wirst Du ganz froh sein können. Vor diesen Augen wird dieser Abend vollkommen sein, und es wird Dir, wenn Du Dich nicht verwirren läßt, nicht befremdlich und nicht bange scheinen, daß ich nicht wirklich neben Euch stehe: […] nichts, nichts kann mich ja hindern, um Euch zu sein, so daß Ihr mich empfindet; und wenn ich wirklich da war sonst, so war doch (von jenem ersten Weihnachtsabend in Westerwede abgesehen) immer vieles von mir, was nur vorwurfsvoll dabeistand, was, wenn auch nicht im letzten Augenblick, so doch noch eine Stunde vorher, gerne hätte allein sein mögen, fern, weiß Gott wo. Dieses Gesicht, das Deinem begegnete und von Ruths lieben kleinen Händen manchmal genommen und an eine feste, warme, frohe Wange gehalten worden war, dieses Gesicht fühlte sich so unfertig auch an jenem Abend, und war es ja auch. Dieses Gesicht müßte in Einsamkeit sein, viel hinter seinen Händen, viel im Dunkel. Es müßte für seine Gedanken da sein und aus seinen Gedanken hinausschauen zu niemandem hin, ein Stück Himmel findend, einen Baum, einen Weg, etwas Einfaches, wobei es anfangen kann, etwas, was ihm noch nicht zu schwer ist; wie oft, wenn Ihr es ansaht […] ist es ein in seiner Unfertigkeit zerstreutes gewesen, eines, das nicht tief genug nach innen und nicht weit genug nach außen gegangen war, ein auf halbem Wege stehen gebliebenes Gesicht, wie ein nur teilweise belegter Spiegel, an manchen Stellen spiegelnd, an anderen durchsichtig, und Ihr habt nie darin die Größe Eueres Vertrauens und das Ganze Euerer Liebe gesehen, das aufzunehmen es nicht fähig war. Aber wenn es Euch einmal besser soll zurückgegeben werden, so muß noch lange, Nacht und Tag, daran gearbeitet werden. Für diese Weihnachten ist es nicht fertig geworden. Aber es ist in guten Händen, und wenn es ein wenig weiter ist, sollt Ihrs wiedersehen, und dann wird jedesmal auch etwas wie Weihnachten sein; jedesmal, auch mitten im Jahre.

Erinnerst Du [...] unsere beiden verhaltenen Weihnachtsabende? (den in der rue de l'Abbée de l'Epée, den im römischen Studio al Ponte, die beide ja so viel weniger gültig waren, weil keiner von uns bei Ruth an der Stelle sein konnte, wo alles von selbst zu Weihnachten wird, wenn die Stunde kommt) - wie sehr haben wir damals schon gefühlt, daß wir unsere Arbeit so tief mit uns vermischen müssen, daß ihre Werktage aus sich heraus zu Festen führen, zu unseren eigentlichen Festen. Alles andere ist ja nur ein Stundenplan, wie wir ihn in der Schule gehabt haben; lauter, lauter Festgesetztes und die leeren Stellen für den Sonntag und für Weihnachten und Ostern. Leere Stellen, die man mit etwas anfüllt, was zu dem Anderen, Ausgemachten in Widerspruch steht; und so ein bißchen als Ferien, haben wir alle jene Gezeiten immer noch aufgenommen, die mit dem Kalender heraufkamen, uns zerstreuend an ihnen und das Ende immer gerne hinausschiebend, obwohl wir doch schon ein Vorgefühl hatten jener aus dem eigenen Herzen stammenden Feste, die kein Widerspruch sind zu den Wochen, die sie unmerklich herbeiführen, und keine Zerstreuung und kein Hinzögern unbestimmter Tage. Nur einmal vielleicht, seit wir zusammen sind, fiel beides in dieselbe Zeit. Du weißt wann. Am zwölften hab ich jenes unbeschreiblich Weihnachtliche so stark wieder durchlebt, das damals unser einsames Haus erfüllte und nicht aufhörte, darin zuzunehmen, so daß man hätte glauben mögen, es müsse schon weit darüber hinausreichen in die kalten Tage hinein, in die langen Adventnächte; es müsse sichtbar sein selbst für die, die ferne vorüberfahren, und alles verändert haben, so daß Menschen von weit herüberkommen und schauen. Aber niemand kam, und was da stand, war nichts als ein kleines Haus, mit einem riesigen dichten Dach überhäuft, das den Menschen alltäglich schien, von dem die Engel aber vielleicht wußten, daß es die richtigen Maße habe, die, mit denen der große Raum, der es umgab, von ihnen durchmessen wird. Es war wie der kleinste Teil jenes unendlichen Maßstabes, die Maßeinheit, die immer wieder kommt und mit der man bis ans Ende reichen kann, ohne etwas anderes hinzuzufügen als immer wieder dasselbe.

Du weißt [...] was mir in meiner frühen Kindheit Weihnachten war; selbst noch dann, als die Militärschule mir ein wunderloses, hartes, unbegreiflich boshaftes Leben so glaubhaft vortäuschte, daß mir keine andere neben jener unverschuldeten Wirklichkeit möglich schien; selbst dann noch war Weihnachten wirklich und war das, was mit einer Erfüllung herankam, die über alle Wünsche hinausging, und wenn es über die äußersten letzten nie noch gewünschten hinaus war, dann begann es erst recht, dann faltete es, das bisher gegangen war, Flügel aus und flog, flog, bis es nicht mehr zu sehen war und man nur noch die Richtung wußte, in dem großen fließenden Licht.

Und alles das hatte noch immer, immer noch Macht über mich. Und in jedem dieser Jahre, wenn ich für uns oder für Ruth ein Weihnachten aufbaute, so verachtete ich ein wenig mein Gebautes, weil es so weit hinter jenem Wunder zurückblieb, von dem ich wußte, daß es in meiner Phantasie nicht willkürlich und hemmungslos gewachsen war: so groß, so unbeschreiblich war es schon immer gewesen.

Und nun saß ich am zwölften lange und dachte; dachte an die ganze tiefe Gnadenzeit, die damals durch unsere Herzen ging. Fühlte den Vorabend wieder im Wohnzimmer; den Morgen, den frühen erst, bei der Kerze, in dem das Neue anstieg, wie eine Überschwemmung Angst verbreitend und Schrecken; dann den späteren Morgen im Winterlicht mit seiner völlig neuen Ordnung, mit seiner Ungeduld, seiner bis ans Äußerste angespannten Erwartung, die an den kleinen, momentanen und greifbaren Erfüllungen zu immer stärkerer Spannung wuchs; dann dieser ganze steile Vormittag, als ob man einen Berg rasch, viel zu rasch hinanmüßte, und endlich in all dem Unwissen, nicht Vorstellbaren, nicht Möglichen: etwas Wirkliches, eine Wirklichkeit, die in unerhörter Weise mit dem Wunderbaren verbunden, von ihm kaum zu unterscheiden war und doch wirklich. Und danach endlich, allmählich sich ausbreitend, eine Erleichterung, die erst wie jene Erleichterung aufgenommen wurde, die kommt, wenn ein Schmerz aussetzt, und doch eine ganz andere, andauernde war, wie sich später zeigte. Und nun plötzlich ein Leben, auf dem man stehen konnte; nun trug es einen und wußte von einem, während es trug. Was wäre ich ohne die Stille, die damals in mir entstand; was ohne dieses ganze Erlebnis, in dem Wirklichkeit und Wunder dasselbe geworden waren; was ohne diese Wochen der Hingabe, bei der ich zum ersten Mal nicht verlor; was ohne diese schlichten Dienste, die eine Bereitschaft in mir aufweckten, von der ich nicht wußte; was ohne diese Nachtwachen: wenn die Nacht, die Winternacht, mir kalt auf den Augen lag, die ich schloß, einen fernen Stern draußen durch das Rankenwerk der Weinlaube mit hereinziehend in dieses Schließen; wenn einfach Stille war, Stille von jener größten Stille, die ich noch nicht kannte, während vor diesem Hintergrund die kleinsten der unbegreiflich neuen Geräusche sich mit klarer Deutlichkeit abzeichneten.

Kaum je hat einer, der nicht arbeitete, mit so viel Recht und Eifer, mit so inständigem Stillhalten gewacht, wie ich damals, da, wie ich jetzt weiß, an mir gearbeitet wurde. Wie eine Pflanze, die ein Baum werden soll, ward ich damals aus dem kleinen Gefäß herausgenommen, vorsichtig, während Erde abfloß und etwas Licht zu meinen Wurzeln kam, und wurde endgültig eingesetzt an meine Stelle, dort, wo ich stehen bleiben sollte bis in mein Alter, in die große, ganze, wirkliche Erde.

Und als ich dann am zwölften weiterdachte, und dachte, daß dann Weihnachten kam, da fiel mir nur dieses Weihnachten ein, die Diele nur, die so groß und helldunkel war bis an den hellen, großen Baum heran, zu dem Du eine Weile herantratest, schnell, mit einer Unsicherheit, die wieder ganz mädchenhaft war, mädchenhafter als alles, das kleine Köpfchen an Dein schönes Gesicht haltend und mit ihm in den Glanz hinein, den Ihr beide nicht sehen konntet, jedes von seinem eigenen Leben erfüllt und von dem des anderen.

Da erst merkte ich, daß mir dieses Weihnachten noch da war und nicht wie eines, das einmal war und vergangen ist, sondern wie ein immerwährendes, ewiges Weihnachtsfest, zu dem das innere Gesicht sich hinwenden kann, sooft es seiner bedarf. Auf einmal war Freude und Seligkeit und Erwartung der anderen klein geworden dahinter; als wären das mehr meines treuen guten Vaters Weihnachten gewesen, seines besorgten, fürsorgenden Herzens eigenstes Fest. Dieses aber war meines: in seinem Helldunkel, seiner Stelle und Unwiederholbarkeit [...]

Aus diesem allem entstand mir auch die Fähigkeit, diese Weihnachten einmal allein und doch nicht bange oder traurig zu sein. Nun schreibe ich nicht weiter, sondern denke nur noch, und Ihr werdet es fühlen.

Der Heiland ist tot

H. Nerwald

Kauft Schäfchen, kauft, zehn Pfennig nur das Stück.« – Die Kleine ruft es mit schriller Kinderstimme und späht nach Käufern, doch die gehen alle achtlos vorüber an dem armen Tand und an dem Kinde, das mit blauem Näschen, vor Kälte zitternd hinterm Tische kauert.

Es ist Weihnachtsheiligabend, jeder eilt, daß er nach Hause komme zu den Seinen, das Fest der Liebe fröhlich dort zu feiern. Und keiner sieht die großen Kinderaugen, die bang ins bunte Christmarkttreiben starren.

Es dämmert schon, und stiller wird es rings. Des Kindes zage Hoffnung flackert neu, denn eine Dame aus dem Dome drüben, den Weihrauchduft noch in den Kleiderfalten, kommt rasch herüber, bleibt wie suchend stehen und sieht die Kleine mit den Schäfchen dort. »Zehn Pfennig nur das Stück, kauft, liebe Dame, wir sind so arm, wir haben nichts zu essen, und kalt ist unsre Stube, bitte kauft, seid gütig, heut ist Weihnachten ja für Euch!«

»Und für dich nicht?« Sie beugt sich zu dem Kinde. »Dich kenn' ich doch, ich sah dich in dem Saale, als wir die armen Kinder bescherten; dich merkt' ich mir, denn du bekamst das Kleid, das ich gemacht. Wann war doch die Bescherung?«

»Es ist lange her; noch im November war es. Armeleute-Weihnachtsfeiern sind so früh, damit die Reichen nicht mehr gestört werden in ihren Freuden, sagte Vater mir.«

»Gab man dir nicht ein Bäumchen mit, voll Äpfeln und bunten Kugeln, damit du dich heute, am Weihnachtsabend, noch daran erfreuen kannst?«

»Die Äpfel haben wir gleich aufgegessen, die bunten Kugeln sind verkauft, und das Bäumchen hat alle seine Nadeln längst verloren, es hat uns die Stube geheizt …«

»Das Geld, die Kohlen«, fragt streng die Dame, »und das Kleidchen, sprich?«

»Ach, Geld und Kohlen sind schon lang verbraucht.«

»Nun, und das Kleid, das selber ich genäht, es war so hübsch, was fingst du damit an?«

»Der Vater hat es versetzt –«

»Unwürdige Leute! Man wird ein andermal wohl besser wählen!«

Die Dame ruft es empört und wendet sich dann wieder zu dem Kinde, salbungsvoll: »Auch für dich ist der Heiland heut geboren –«

»Der Heiland, der ist tot!« Die Kleine sagt es so vor sich hin.

»Wie, solltest du nichts wissen von der Geburt des Herrn?«, fragt streng die Dame.

»Ich weiß es wohl, der Heiland ist geboren, vor vielen, vielen, vielen hundert Jahren zu Bethlehem in einem armen Stall, und Ochs und Esel, die wärmten ihn. Und als er groß war, gab er mitleidsvoll den Armen alles, was er nur besaß; war mild und gütig, segnete die Kinder, brach mit den Hungrigen sein Brot und teilte den Dürftigen von seinem Tranke mit, und wo er ging, da sprossen Blumen auf, des Mitleids und der Liebe reine Blüten, so sprach mein Mütterlein, doch böse Menschen, die haben ihn gekreuzigt, er ist tot.«

»Doch stand er nach drei Tagen wieder auf.«

»Nein, er ist tot, mein Mütterlein starb auch, ich herzte und küßte ihr weißes Angesicht und bat so inniglich: ›Sei doch nicht tot!‹ Mein kleiner Bruder schrie: ›O wach doch auf! Lieb Mütterlein, o wach doch wieder auf!‹ Allein sie blieb so kalt, so starr, so stumm, und schwarze Männer trugen sie uns fort und senkten in die Erde sie hinunter. Dort schläft sie und steht nie wieder auf.«

»Du töricht Kind!«, ruft da die Dame zornig. »Die Mutter war ein Mensch, jedoch der Heiland ist Gott, er fuhr zum Himmel auf und wird in Glanz und Herrlichkeit einst wiederkommen.«

»Der Heiland starb im fernen Morgenland, wo es immer Sommer ist und Blumen blühen, wenn Schnee und Eis bei uns die Erde bedecken; wo man nicht friert, und wo man süße Feigen und Datteln von den Bäumen essen kann. Dort, sprach mein Mütterlein, dort ruht der Heiland, und Palmen rauschen über seinem Grab.«

»Du lernst den Katechismus nicht, mein Kind, und deine Mutter wird sich wenig freuen wenn sie dich hört, wenn sie herunter schaut vom hohen Himmelssaal, wo sie in Freuden und Herrlichkeit an Gottes Tische sitzt und nie mehr Frost und nie mehr Hunger leidet.«

»Die Mutter ißt nicht, wenn wir Kinder hungern, sie freut sich nicht, wenn wir so elend sind. Wäre sie im Himmel, flöge sie hernieder und trocknete uns die Tränen und brächte uns Brot und Himmelsfrüchte.« Die Kleine ruft es fast laut und freudig, senkt ihr Köpfchen dann und seufzt schwer: »Die Mutter ist nicht dort, sie liegt im Grab, tief unten in der Erde.« Die Dame zuckt die Schultern, murmelt was von »starrem Eigensinn« und »schlecht erzogen« und wendet sich und geht – vergißt die Schäflein. Da schrickt das Kind zusammen; bangen Tones, mehr wie ein Hilferufen, klingt es wieder hin über den Christmarkt, der schon fast geleert: »Kauft Schäfchen, kauft, zehn Pfennig nur das Stück.«

Nun wird es dunkel, schärfer weht der Wind. Die Kleine sammelt ihren Kram ins Körbchen und schleicht davon. An ihr vorüber zieht die bunte Menge in den hellen Straßen. Ein Spielzeugladen hier voll Herrlichkeit – und Kinder stehen davor und jubeln laut. Mit glücklichen, erwartungsfrohen Augen erzählen sie, was sie vom Christkind sich erhoffen. Und alles eilt und drängt und achtet nicht auf das arme Kind, das, vom Frost geschüttelt, vor

Hunger krank, sich mühsam weiter schleppt. Schon brennen Christbaumkerzen hier und dort, bald hinter diesen, hinter jenen Scheiben. Wie goldene Sterne, die man nur von weitem bewundern kann, erscheinen sie der Kleinen.

In finstre Gassen, wo die Armut wohnt, führt jetzt ihr Weg; von fern noch hört sie es aus jenem lichten Paradies der Freude klingen, ein jubelnd Weihnachtslied: Christ ist geboren! Da schüttelt sie das Köpfchen, hebt den Blick, den tränenschweren, auf zum dunkeln Himmel und flüstert bang: »Der Heiland, der ist tot.«

Weihnachten

Joachim Ringelnatz

Liebeläutend zieht durch Kerzenhelle,
Mild, wie Wälderduft, die Weihnachtszeit,
Und ein schlichtes Glück streut auf die Schwelle
Schöne Blumen der Vergangenheit.

Hand schmiegt sich an Hand im engen Kreise,
Und das alte Lied von Gott und Christ
Bebt durch Seelen und verkündet leise,
Daß die kleinste Welt die größte ist.

Weihnacht!

Karl May

Weihnacht! Welch ein liebes, liebes inhaltreiches Wort! Ich behaupte, daß es im Sprachschatz aller Völker und aller Zeiten ein zweites Wort von der ebenso tiefen wie beseligenden Bedeutung dieses einen weder je gegeben hat noch heute gibt. Dem gläubigen Christen ist es der Inbegriff der heißersehnten Erfüllung langen Hoffens auf die Erlösung aller Kreatur, und auch für den Zweifler bedeutet es eine alljährlich wiederkehrende Zeit allgemeiner Festlichkeit, der Familienfreude und der strahlenden Kinderaugen. Jenem leuchtet in der tiefsten Tiefe seines Herzens der Wahrspruch »Jesus Christus gestern und heute und derselbe in alle Ewigkeit!« und dieser stimmt wohl unwillkürlich auch mit ein oder läßt wenigstens seine Kinder einstimmen in den Frohgesang.

»Welt ging verloren,
Christus ward geboren;
Freue dich, o Christenheit!«

Unter Palmen ging der längst erwartete Zweig Isais, des Bethlehemiten, auf, und über Bethlehem strahlte der Stern, welcher die Weisen aus dem Morgenlande zu der Weihnachtskrippe leitete. »Ehre sei Gott in der Höhe!« sangen die himmlischen Heerscharen über diese Stadt, von welcher ein Strahl des Lichtes ausgegangen ist, der alle Welt erleuchten und beglücken soll. »Friede auf Erden!«, erklang es nach dem himmlischen Gloria, und der Friede, dessen Sinnbild noch heut die Palmen sind, hat sich von dorther ausgebreitet über alle Länder und in alle Herzen, welche seinem Einzuge offen standen. Und wo im Norden keine Palmen wehen, da haben ihre Wedel sich in Tannenzweige verwandelt, welche Sterne und Lichter tragen in der schönen seligen Zeit, welcher die Worte des Propheten gelten: »Mache dich auf, und werde Licht, denn dein Licht kommt, und die Herrlichkeit des Herrn geht über dir auf!« Da glänzt der Weihnachtsbaum im Palaste und in der Hütte; da schallen Glockenklänge, um die Geburt des Erlösers zu verkünden, durch die stille Nacht, und von allen Kanzeln und Altären, von Mund zu Mund erklingt der Engelsruf: »Siehe, ich verkündige Euch große Freude, die allen Nationen widerfahren wird, denn Euch ist heute der Heiland geboren, welcher ist Christus, der Herr in der Davidsstadt!«

Zwei Bibelworte sind es vorzugsweise, welche, als ich noch ein kleiner Knabe war, aus dem Munde der alten, frommen Großmutter einen tiefen, unauslöschlichen Eindruck auf mich machten. Lag es an der Erzählerin oder an dem Inhalte dieser Worte selbst, ich weiß es nicht, aber Tatsache ist, daß diese Verse noch heut zu meinen Lieblingsbibelsprüchen zählen. Der eine Spruch lautet Hiob 19, 25: »Ich weiß, daß mein Erlöser lebt, und er wird mich aus dem Grabe auferwecken«, und der zweite ist eben die Verkündigung des Engels: »Siehe, ich verkündige Euch große Freude - denn Euch ist heute der Heiland geboren ...«

Der Eindruck dieser Stellen auf mich war ein solcher, daß ich - in noch ganz unreifem Alter - beide komponiert und über die zweite auch noch ein Gedicht - fast möchte ich sagen, verbrochen habe.

Daß ich dies hier nicht etwa erwähne, um mich zu brüsten, habe ich durch die Altersangabe und das Wort »verbrochen« bewiesen, vielmehr werden meine lieben Leserinnen und Leser bald bemerken, daß diese Erwähnung einen ganz andern und zwar bessern Zweck verfolgt. Einstweilen sei nur gesagt, daß die Worte »Ich verkündige Euch große Freude« mir damals auch in ganz besonderer Beziehung zu einer wahren Weihnachtsbotschaft wurden.

Ich, der ärmste unter den Schülern meiner Klasse, liebte die Musik glühend und nahm außer dem gewöhnlichen Unterrichte noch Privatstunden in der Harmonielehre, was mich auf trockenes Brot setzte, denn ich ernährte mich durch Unterrichtgeben à Stunde 50 Pfennige und mußte also die Stunde Harmonielehre zu einem Taler mit sechs Stunden meiner Privatzeit bezahlen. Das tat ich aber gern, und der Hunger von damals hat mir bis heute noch nichts geschadet.

In der Theorie - nicht etwa praktischen Komposition - bei der Motette angelangt, setzte ich mich eines Tages mit der nur durch meine Jugend zu entschuldigenden Idee hin, über das Lieblingsthema »Ich verkündige Euch große Freude« eine Weihnachtsmotette zu komponieren. Wie gedacht, so getan! Das opus operatum sollte freilich tiefes Geheimnis bleiben, war aber schon bald nach seiner Vollendung aus meinem Kasten verschwunden. Später erfuhr ich, daß ein mir übelwollender Mitschüler es mir wegstibitzt und, um mich zu blamieren, es meinem Lehrer, einem alten, braven Kantor, durch die Post zugeschickt hatte. Ich suchte lange nach dem verlorenen Heiligtume und gab es endlich auf, es jemals wiederzufinden.

Wie nun selten ein Unglück allein kommt – und das eigenmächtige Überschreiten der einem Schüler gezogenen geistigen Grenzen kann leicht zum Unglück für ihn werden –, kam mir grad zu jener Zeit ein Unterhaltungsblatt zu Gesicht, in welchem eine Konkurrenz, ein Weihnachtsgedicht betreffend, mit drei Preisen zu 30, 20 und zehn Talern ausgeschrieben wurde. Mein Lieblingsthema, meine Armut und wer weiß was sonst noch für gute oder nicht gute Gründe, »drückten mir«, wie berufene Dichter zu sagen pflegen, »die Feder in die Hand«; ich setzte mich abermals hin und brachte ein Gedicht von 32, schreibe und sage mit Worten: zweiunddreißig vierzeiligen Strophen zu Papier. Es ist jedermann, besonders aber jedem Redakteur bekannt, daß ein Gedicht, je länger es ist, desto leichter in den Papierkorb wandert, und auch ich wußte wenigstens, daß der Wert eines Poems nicht mit seiner Länge zu wachsen pflegt; aber nach der Disposition, die ihm zu Grunde lag, hatte es eben nicht kürzer werden können; im Gegenteile, wenn ich alle Gedanken, die mir gekommen waren, niedergeschrieben hätte, wären es wohl tausend Zeilen geworden. Ich fertigte also das verlangte Motto an, steckte dieses mit dem Gedichte in ein Couvert für 3 Pfennige, siegelte es mit für 5 Pfennige Rotlack zu, klebte mein letztes Geld in Gestalt von Briefmarken in die Ecke rechts über der Adresse der Redaktion und trug den Brief in höchst feierlicher Stimmung bis zur übernächsten Straße, wo der Briefkasten hing. Als er mit hohlem Geräusch hineingefallen war, sah ich den Kasten noch lange an. Er kam mir jetzt ganz anders vor, als er früher ausgesehen hatte. Das war aber auch sehr leicht zu erklären, denn zweiunddreißig Strophen auf einmal zu verschlingen, das hatte wohl noch kein vernünftiger Mensch von ihm verlangt.

Aber auch mit mir ging eine Veränderung vor. Wer mich beobachtete, der mußte bemerken, daß ich ein schlechtes Gewissen hatte. Meine Haltung kam mir unmännlich und mein Gang schlotterig vor; die Augen verloren ihre bisher nach vorn gerichtete Direktion und begannen, sich vorzugsweise und verstohlen bald nach rechts und bald nach links zu richten, ob mir die zweiunddreißig Strophen vielleicht anzusehen seien. Kein Brot, selbst das ganz trockene, wollte mir mehr schmecken; der Schlaf streikte, und wenn er seine Pflicht einmal tat, so träumte ich von allerlei Ungeheuerlichkeiten, z. B. von einem großen Briefkasten, welcher in Gestalt einer blauen Riesenkröte auf mein Bett gekrochen kam und mich so lange drückte, bis ich mit einem Schrei erwachte.

Meine Arbeiten fertigte ich mit derselben Gewissenhaftigkeit wie vorher, aber sie wurden mir schwerer als früher; meine roten Wangen wurden blaß; ich magerte ab und wurde wortkarg wie eine Stimmgabel, die auch nur dann erklingt, wenn man ihr einen Stoß versetzt. Es war eine schwere, eine schlimme Zeit! Und sie dauerte übermäßig lang. Ende Juli hatte ich dem Briefkasten mein Schicksal vorzeitig anvertraut, denn die »Galgenfrist« ging erst am ersten Oktober zu Ende, und am ersten November sollte die Entscheidung fallen. Wenn ich doch meine »Zweiunddreißig« wieder hätte; ich wollte nicht nur auf jeden, selbst den dritten Preis verzichten, sondern das heilige Versprechen ablegen, nie wieder einen Reim zu schreiben! Das war viel, sehr viel gesagt, weil Reime mir nicht die geringste Schwierigkeit bereiten und mir auch der dritte Preis, zehn harte blanke Taler, als ein kleiner Schatz erschienen wäre.

Daß mir nichts beschieden sei, also eines negativen Erfolges, war ich vollständig überzeugt, aber diese Angelegenheit konnte auch eine positive und zwar sehr unangenehme Wirkung für mich haben. Ich konnte nämlich den Gedanken nicht los werden, daß die »löbliche« Redaktion mein Gedicht nicht an mich zurücksenden, sondern es mit einigen besonderen Randbemerkungen unserem strengen »Alten« zur Nachachtung zustellen werde. Wer Gymnasiast entweder war oder noch ist, der weiß, wen ich mit diesem »Alten« meine, und wird mein heimliches Grauen zwar nicht ermessen und nachfühlen aber doch wenigstens ahnen können. Seiner Gestrengen hatte mir zwar immer wohlgewollt und manche Härten meiner Lage zu mildern gesucht; er ließ mich sogar seinem Sohne wöchentlich zwei Stunden Nachhilfsunterricht erteilen, wofür ich sonnabends in der Küche Reis mit Rindfleisch bekam und dann als Nachgenuß der Lieblingskatze seiner Frau den Rücken krabbeln durfte; aber falls die »Löbliche« meine Befürchtung zur Wahrheit werden ließ, so war für nichts mehr, weder für Reis noch für die Katze einzustehen!

So also türmten sich die Wetterwolken immer schwärzer und drohender über mir zusammen, und als der erste November kam, war er, wie ich heut noch weiß, ein zwar kalter aber sonniger Herbsttag, in meinem Innern aber schneite es schwere, große Flocken, nicht hellen Schnee, sondern es war ein ganz anderer und viel dunklerer Stoff. Nun konnte ich die Tage, nein, die Stunden zählen; sie wurden mir zu Ewigkeiten; aber irdische Ewigkeiten gehen vorüber, diese also auch. Und nun kommt es – es ist da; das fürchterliche Verhängnis nämlich!

Es war am sechsten November, nach der letzten Vormittagsstunde, als ich zum »Alten« gerufen wurde. Zwei Treppen hinauf, jede zwanzig Stufen, auf jede zwanzig Schläge meines Herzens, macht Summa achthundert; weniger sind es wahrscheinlich nicht gewesen. Ich klopfte an, trat ein und – sah nichts, weil meine Augen nebelten. Es vergingen einige Augenblicke; der Nebel teilte sich, und ich sah den Gewaltigen mit Augen, als ob er mich durchbohren wolle, vor mir stehen.

»May!« erklang es in seinem tiefsten Baß.

Ich verbeugte mich. Was ich für ein Gesicht gemacht habe, das weiß ich nicht, denn nur er hat es gesehen und mir nichts darüber angedeutet.

»May!«

Ich verbeugte mich wieder.

»May!!!«

Dritte Verbeugung; aber nun war ich entschlossen, mich nicht mehr zu bücken.

»Sie – sind – ja – ein – ganz –«

Ich sah ihn so scharf an, daß er innehielt; beleidigen wollte ich mich auf keinen Fall lassen. Da lachte er und fuhr in einem ganz andern Tone fort:

»Geht mich eigentlich nichts an, ganz und gar nichts; ist nur Ihre Privatsache, wenn Sie sich mit Blamagen herumriskieren. Warum auch nicht? Sie sprechen ja stundenlang in Knüppelversen, und Ihr Deutsch – hm! Aber Sie hätten es mir doch wenigstens vorher zur Durchsicht geben können!«

»Das Gedicht?« frage ich.

»Natürlich! Ich hätte die Fehler angestrichen, die noch drinstecken und von dem Redakteur gar nicht bemerkt worden sind. So ein Mensch weiß ja gar nicht, was zu einem guten Gedicht gehört; woher sollte er es auch wissen?! Kuh – Muskate –!«

»Es ist also zurückgeschickt worden?«

»Ja, im Probedruck, so was man Korrektur oder Revision nennt. Dabei ein Brief, nicht an Sie, sondern an mich. Sie bekommen ihn natürlich nicht zu lesen – fällt mir gar nicht ein! Ich werde antworten, daß zwar Ihr Name, aber sonst weiter gar nichts unter das Gedicht gesetzt werden darf; Sie verfallen sonst dem Tintenteufel, der der schlimmste von allen Teufeln ist. Haben mehr zu tun, als Gedichte zu machen! Junges Bürschchen!«

Ich holte tief, tief Atem. Also meine Zweiunddreißig waren angenommen worden! Dritter Preis zehn Taler –! Mir wollte es wieder vor den Augen nebeln! Da fuhr er fort:

»Was ich sagen wollte: Werde Ihnen die Nachhilfsstunden von jetzt an bar bezahlen, zweimal fünf, also zehn Groschen. Den Sonnabendstisch behalten Sie trotzdem. Werde Sie wegen Ihrer Kühnheit und dem Gedichte später noch extra vornehmen; habe jetzt keine Zeit; muß zu Tische gehen. Hier ist das Geld. Nun gehen Sie!«

Es gab mir ein Couvert in die Hand. Ich bedankte mich mit vor Aufregung heiserer Stimme und schoß zur Tür hinaus, nachdem ich eine ganz besonders tiefe Verbeugung gemacht hatte, der ich doch vorhin fest entschlossen gewesen war, keine mehr zu machen.

Wie ich die Treppe hinunter und dann in meine »Bude« gekommen bin, das weiß ich selbst heut noch nicht. Ich öffnete das Couvert. Was war darin? Ein kurzes Schreiben der Redaktion – drei Zehntalernoten! Die schreckliche, große, blaue Kröte hatte, wie jede Kröte im Märchen, Geld für mich bedeutet – nicht den dritten, sondern den ersten Preis.

Was ich tat, als ich wieder ruhig geworden war? Die Antwort ist nicht nötig! Ich habe weder in guten noch in schlimmen Lagen jemals vergessen, daß das Gebet eine heilige Pflicht ist und Erleichterung bringt.

Und wie es – wenigstens dem Sprichworte nach – mit dem Unglücke ist, so ist's auch mit dem Glücke; es kommt niemals allein. Als ich am Nachmittag zum Unterricht bei meinem alten Kantor erschien, zeigte er sich außerordentlich aufgeräumt. Er war zwar stets ein lieber, alter, munterer Herr, heut aber zeigte er sich besonders heiter und gesprächig und ließ einige Andeutungen über »gute Arbeit« und »Buchhändlergeld« fallen, so daß ich mir im stillen sagte, daß er mit dem »Alten« über meinen Glücksfall gesprochen haben müsse. Als ich nach der Stunde, wie ich gewöhnlich tat, denn ich borgte nie, den Taler auf die gewohnte Stelle legte, sagte er: »Ist nicht nötig, lieber May! Sie können Ihren sauer verdienten Taler behalten.«

»Dieser hier ist nicht sauer verdient, Herr Kantor.«

»Nicht? Wieso? Vielleicht ein Geschenk?«

»Nein, kein Geschenk. Er ist verdient, aber nicht sauer. Ich habe dreißig Stück bekommen; das wissen Sie doch!«

Er sah mich erstaunt an und fragte:

»Dreißig Stück, dreißig Taler! Sie Krösus, Sie! Und ich soll es wissen? Keinen Laut, keine Note, keine halbe, keine Sechzehntelnote habe ich davon gehört!«

»Aber Sie haben doch vorhin davon gesprochen!«

»Ich? Nicht daß ich wüßte!«

»Sie sprachen von Buchhändlergeld!«

»Ja, das habe ich freilich getan; aber das ist etwas, wovon Sie noch gar nichts wissen. Was hat es denn für eine Bewandtnis mit Ihren dreißig Talern? Oder dürfen Sie es nicht erzählen?«

»Natürlich darf ich es! Und grad Sie, Herr Kantor, sind der, dem ich es am liebsten erzähle!«

Er lief, indem ich es tat, ganz aufgeregt in seinem kleinen Zimmer hin und her und rief, als ich zu Ende war: »Dreißig Taler, dreißig schwere Taler für ein Gedicht, für – wieviel Strophen waren es?«

»Zweiunddreißig vierzeilige.«

»Auch noch bloß vierzeilige! Das macht achtundzwanzig Groschen pro Strophe und sieben Groschen für jede Zeile, für jeden Vers! Dazu noch die Ehre, den ersten Preis errungen zu haben! Und ich habe Wunder gedacht, was ich da – na, warten Sie noch! Haben Sie Ihr Gedicht im Kopfe?«

»Ja.«

»Her damit! Ich will auch einmal ein Preisgedicht für dreißig Taler hören!«

Während er immer noch lebhaft hin und her wanderte, stellte ich mich in die einzige freie Ecke und deklamierte:

Ich verkünde große Freude,
Die Euch widerfahren ist,
Denn geboren wurde heute
Euer Heiland Jesus Christ!

Jubelnd tönt es durch die Sphären,
Sonnen künden's jedem Stern;
Weihrauch duftet auf Altären,
Beter knieen nah und fern.

Horch, da schallt vom nahen Dome
Feierlich der Glocke Klang,
Und im majestätschen Strome
Schwingt sich auf der Chorgesang:

Herr, nun lässest du in Frieden
Deinen Diener zu dir gehn,
Denn sein Auge hat hienieden
Deinen Heiland noch gesehn! …

»Halt, halt!« unterbrach er mich da eifrig. »Das Gedicht scheint ja gut, ganz gut zu sein, aber zweiunddreißig Strophen, das ist mir zu lang, viel zu lang. Ich muß Ihnen etwas sagen und kann nicht damit warten, bis Sie zu Ende sind. Da, sehen Sie sich einmal das hier an! Kennen Sie das?«

Er hielt mir ein gedrucktes Notenheft hin und sah mir dabei mit dem Ausdrucke größter Spannung in das Gesicht. Es war die Partitur einer Motette, in welcher die separat gedruckten Stimmen lagen. Ich las den Anfang des Textes: »Siehe, ich verkündige Euch große Freude …«

»Nicht hier lesen, nicht hier, sondern den Titel, den Titel!« drängte er ungeduldig.

Ich tat es und erschrak, aber in freudiger Weise, denn es war meine Motette, die mir auf eine so unerklärliche Art abhanden gekommen war.

»Nicht wahr, das ist etwas, das ist auch etwas?« fragte er triumphierend. »Eine gedruckte Komposition ist mehr, viel mehr wert als ein gedrucktes Gedicht. Ein Gedicht kann jeder machen, der die Reime dazu aus der Luft greift; aber eine Komposition, das ist etwas ganz anderes; das kommt nicht aus der Luft, sondern wo anders her! Da muß man etwas gelernt und ganz besonders einen tüchtigen Lehrer gehabt haben. Und gute, tüchtige Lehrer können nur die Herren Kantores sein, welche die Orgel schlagen und den Kirchengesang leiten. Der Kirchengesang ist die höchste …«

»Aber bitte, Herr Kantor«, unterbrach ich seinen Redefluß; »Sie sehen mich im höchsten Grade erstaunt. Diese Motette habe ich nicht komponiert, daß sie gedruckt werden soll; sie ist eine Übungsarbeit, die im Kasten liegen bleiben sollte; plötzlich aber war sie weg. Wie ist sie in Ihre Hände gekommen, und woher wissen Sie, daß sie von mir ist? Auf dem Originale hat mein Name nicht gestanden.«

»Das ist wahr, sehr wahr«, lachte er. »Aber denken Sie denn wirklich, daß ich Ihre Handschrift nicht kenne und auch die von Krüger nicht?«

»Krüger?« fragte ich. »Welchen Krüger meinen Sie?«

»Dumme Frage! Natürlich Krüger, der Ihnen damals wegen Ihrer Arbeit über die Quintseptaccorde die erste Zensur abtreten mußte. Er hat sich rächen wollen, wird aber nun durch mich bestraft, daß er sich blauärgern soll!«

»Ich verstehe Sie noch nicht.«

»Immer noch nicht? Sie sind doch sonst nicht so schwer von Begriffen. Da muß ich Ihnen doch gleich noch zweierlei zeigen, worüber Sie sich, wenigstens über das eine, wahrscheinlich wundern oder aber auch ärgern werden. Da, zunächst das. Wessen Handschrift ist das?« Er gab mir ein großes, abgestempeltes Couvert, auf welchem sein Name stand. Ich brauchte nur einen Blick darauf zu werfen, um antworten zu können:

»Das hat Krüger geschrieben; man sieht es sofort.«

»Ja; der Kerl hat sich nicht einmal Mühe gegeben, seine Hand zu verstellen. Er hat wahrscheinlich gedacht, daß ich das Couvert wegwerfe, ohne es anzusehen. Nun aber das. Sehen Sie es sich genau an!«

Es war meine Partitur der Motette. Indem ich die Systeme nur flüchtig überblickte, fand ich nicht, was er meinte; da machte er mich darauf aufmerksam:

»Halten Sie das Papier gegen das Licht, so werden Sie die radierten Stellen finden.«

»Was! Er hat radiert?«

»Ja, er hat radiert, um Fehler hineinzumachen; die Absicht können Sie sich wohl denken!«

»Das wäre eine Schlechtigkeit, eine Gemeinheit, die –«

»Lassen Sie das!« unterbrach er mich. »Ich habe die Sache schon selbst in die Hand genommen. Ich habe ihn vorgehabt, und er hat es eingestehen müssen; die Sache wird noch vor die Konferenz kommen. Inzwischen habe ich eine Abschrift, natürlich ohne die hineingemachten Fehler, genommen und die Motette dann dem Buchhändler geschickt, Ihnen zuliebe und diesem Krüger zum Ärger. Er hat sie angenommen, und wissen Sie, welches Honorar er Ihnen zahlt?«

»Honorar? Also Geld, auch hier Geld?«

»Natürlich! Geschriebene Noten gegen Banknoten oder klingende Münze; anders tue ich es nicht. Er hat einstweilen fünfhundert gedruckt und dafür fünfundzwanzig Taler bezahlt. Sie bekommen also zwar bloß fünfzehn Pfennige für das Exemplar, aber das ist doch immer besser, als wenn die Motette in Ihrem Kasten läge und gar nichts brächte. Er schickte Papiergeld; ich habe es aber umgewechselt, weil Silber besser klingt. Es ist ein ganzer großer Haufen Geld. Da haben Sie ihn! Lassen Sie nichts davon fallen!«

Er zog den Tischkasten auf, griff mit beiden Händen hinein und hielt sie mir dann, gefüllt mit Talerstücken hin. Ich war beinahe bestürzt über diese zweite, so ganz unerwartete Gabe des Glückes.

Er schob mir das Geld lachend hüben und drüben in die Hosentaschen und rief dabei:

»Nehmen Sie nur, nehmen Sie! Wer weiß, ob Ihnen in Ihrem ganzen Leben wieder einmal eine Komposition auch nur einen Groschen einbringt; drum greifen Sie jetzt zu; Sie können es ja brauchen! Übrigens wird die Motette eingeübt und hier in der Kirche gesungen; der Krüger muß platzen vor Ärger, das heißt, wenn er nicht schon vorher fort muß, denn die Gemeinheit, welche er hier bewiesen hat, verdient eine so exemplarische Bestrafung, daß ich überzeugt bin ...«

»Bitte, Herr Kantor«, fiel nun ich ihm einmal in die Rede. »Sie sind mir immer freundlich gesinnt gewesen, und ich denke, daß Sie mir auch jetzt die Erfüllung eines Herzenswunsches nicht abschlagen werden.«

»So? Hm, ich ahne schon! Was ist das für ein Wunsch?«

»Bringen Sie Krüger nicht vor die Konferenz! Ich bin heute so glücklich und würde die ganze Freude an diesem Glück verlieren, wenn er in Strafe käme.«

»Ist das nicht zuviel verlangt?«

»Wohl nicht. Er ist ja die eigentliche Ursache der frohen Überraschung, die Sie mir bereitet haben. Sie hätten gewiß keinen Verleger für die Motette gesucht, wenn er sie Ihnen nicht eingeschickt hätte, um mich in Ihrer Meinung herabzusetzen.«

Da gab er mir die Hand und sagte, jetzt ernster als vorher:

»Sie machen mir eine doppelte Freude. Nämlich erstens, daß Sie für Krüger bitten. Ich habe ihn nur deshalb noch nicht zur Anzeige gebracht, um ihn mit meinem Verweise und einem tüchtigen Ärger davonkommen zu lassen. Darum habe ich gewartet, bis die Motette gedruckt worden ist. Hätten Sie die Anzeige gewollt, so wäre sie erfolgt; nun aber soll er noch einen kräftigen Rüffel unter vier Augen bekommen und dabei erfahren, daß er die übrige Straflosigkeit nur Ihrer Fürbitte verdankt. Er wird sich blau und schwarz darüber ärgern, daß die Motette im Druck erschienen ist, daß sie Ihnen Geld eingebracht hat und daß er sie sogar mitsingen muß.«

»Soll er das?«

»Ja; anders tue ich es nicht; er hat eine gute Stimme und soll sogar, grad zu seinem Ärger, ein Solo bekommen, nämlich, wissen Sie, den dreistimmigen Solosatz in As-dur mit dem Texte: ›Drum gehet hin nach Bethlehem; da werdet Ihr finden das Jesuskind in einer Krippe liegen.‹ Das war der erste Punkt, über den ich mich um Ihretwillen freue. Der andere Punkt bezieht sich auf Ihre Einsicht, daß ich Ihre Komposition ohne den angegebenen Grund wohl keinem Verleger angeboten hätte.«

Brief an Marie von Frisch

[20.12.1875]

Gottfried Keller

Höchst verehrungswürdige Frau Professorin und Mama!

Ich beglückwünsche Sie nachträglich noch eifrigst wegen Ihres Söhnleins in der Hoffnung, es stehe noch alles gut mit demselben, die Gesundheit vortrefflich, die Schönheit unvergleichlich, die Gescheitheit über jeden Vergleich erhaben.

Um aber auf dem Pfade der Tugend eine rechtzeitige Einwirkung zu erzielen und das junge Männlein zu einem männlich tüchtigen Kumpan heranbilden zu helfen, übersende ich ihm hiemit ein erstes Trinkgeschirrchen; er wird es freilich noch nicht regieren können. Bis dahin aber müssen wir einen Notbehelf erfinden. Dazu dienen die Basler Leckerli, welche Sie in altem Rotwein einweichen, in Lutschbeutel (schweizerisch: Nüggi) packen und auf diese Weise dem Sprößling ins Mäulchen stecken müssen, damit er sich an den Wein gewöhnt.

Hiemit wünsche ich Euch insgesamt fröhliche Weihnacht und ein glückseliges Neujahr! [...]

Befolgen Sie meinen Rat mit den Lutschbeuteln, damit keine Zeit verloren geht und, bis Sie ein zierliches Matrönlein mit weißen Haaren sind, der Sohn ein tapferer ältlicher Weinzapf mit purpurner Nase geworden sein wird, der das Mütterchen ehrt und schätzt und immer noch eines trinkt, wenn er sie nur ansieht!

Ich selber saufe leider nicht mehr viel; bleibe wochenlang in meinem Hochsitz abends zu Hause und trinke Tee. Nächstes Jahr habe ich vorläufig vor, meine Schreiberstelle zu quittieren und ganz den sogenannten Musen zu leben. Ich bin nun so alt, daß es nicht mehr so schlimm gehen kann ohne eine solche Philisterversorgung, und die schönen langen Tage und Wochen fangen mich doch an zu schmerzen, wenn ich immer vom Zeug weg ans Geschäft laufen muß.

Wenn ich dann schön Geld verdiene mit meinen herrlichen Werken, so reise ich öfter herum und komme ab und zu nach Wien und schleppe den filium in die Konditorei und wo es schön ist.

Ein Winterabend

Georg Trakl

2. Fassung

Wenn der Schnee ans Fenster fällt,
Lang die Abendglocke läutet,
Vielen ist der Tisch bereitet
Und das Haus ist wohlbestellt.

Mancher auf der Wanderschaft
Kommt ans Tor auf dunklen Pfaden.
Golden blüht der Baum der Gnaden
Aus der Erde kühlem Saft.

Wanderer tritt still herein;
Schmerz versteinerte die Schwelle.
Da erglänzt in reiner Helle
Auf dem Tische Brot und Wein.

Der allererste Weihnachtsbaum

Hermann Löns

Der Weihnachtsmann ging durch den Wald. Er war ärgerlich. Sein weißer Spitz, der sonst immer lustig bellend vor ihm auf lief, merkte das und schlich hinter seinem Herrn mit eingezogener Rute her.

Er hatte nämlich nicht mehr die rechte Freude an seiner Tätigkeit. Es war alle Jahre dasselbe. Es war kein Schwung in der Sache. Spielzeug und Eßwaren, das war auf die Dauer nichts. Die Kinder freuten sich wohl darüber, aber quieken sollten sie und jubeln und singen, so wollte er es, das taten sie aber nur selten.

Den ganzen Dezembermonat hatte der Weihnachtsmann schon darüber nachgegrübelt, was er wohl Neues erfinden könne, um einmal wieder eine rechte Weihnachtsfreude in die Kinderwelt zu bringen, eine Weihnachtsfreude, an der auch die Großen teilnehmen würden. Kostbarkeiten durften es auch nicht sein, denn er hatte so und soviel auszugeben und mehr nicht. So stapfte er denn auch durch den verschneiten Wald, bis er auf dem Kreuzwege war, dort wollte er das Christkindchen treffen. Mit dem beriet er sich nämlich immer über die Verteilung der Gaben.

Schon von weitem sah er, daß das Christkindchen da war, denn ein heller Schein war dort. Das Christkindchen hatte ein langes, weißes Pelzkleidchen an und lachte über das ganze Gesicht. Denn um es herum lagen große Bündel Kleeheu und Bohnenstiegen und Espen- und Weidenzweige, und daran taten sich die hungrigen Hirsche und Rehe und Hasen gütlich. Sogar für die Sauen gab es etwas, Kastanien, Eicheln und Rüben.

Der Weihnachtsmann nahm seinen Wolkenschieber ab und bot dem Christkindchen die Tageszeit. »Na Alterchen, wie geht's?« fragte das Christkind, »hast wohl schlechte Laune?« Damit hakte es den Alten unter und ging mit ihm. Hinter ihnen trabte der kleine Spitz, aber er sah gar nicht mehr betrübt aus und hielt seinen Schwanz kühn in die Luft.

»Ja«, sagte der Weihnachtsmann, »die ganze Sache macht mir so recht keinen Spaß mehr. Liegt es am Alter oder an sonst was, ich weiß nicht, ich hab kein Fiduz mehr dazu. Das mit den Pfefferkuchen und den Äpfeln und Nüssen das ist nichts mehr. Das essen sie auf und dann ist das Fest vorbei. Man müßte etwas Neues erfinden, etwas, das nicht zum Essen und nicht zum Spielen ist, aber wobei Alt und Jung singt und lacht und fröhlich wird.«

Das Christkindchen nickte und machte ein nachdenkliches Gesicht; dann sagte es: »Da hast du recht, Alter, mir ist das auch schon aufgefallen. Ich habe daran auch schon gedacht, aber das ist nicht so leicht.«

»Das ist es ja gerade«, knurrte der Weihnachtsmann, »ich bin zu alt und zu dumm dazu. Ich habe schon richtiges Kopfweh von dem allen Nachdenken, und es fällt mir doch nichts Vernünftiges ein. Wenn es so weiter geht, schläft allmählich die ganze Sache ein, und es wird ein Fest wie alle anderen, von dem die Menschen dann weiter nichts haben als Faulenzen, Essen und Trinken.«

Nachdenklich gingen beide durch den weißen Winterwald, der Weihnachtsmann mit brummigem, das Christkindchen mit nachdenklichem Gesichte. Es war so still im Walde, kein Zweig rührte sich, nur, wenn die Eule sich auf einen Ast setzte, fiel ein Stück Schneebehang mit halblautem Ton herab. So kamen die beiden, den Spitz hinter sich, aus dem hohen Holze auf einen alten Kahlschlag, auf dem große und kleine Tannen standen. Das sah nun wunderschön aus. Der Mond schien hell und klar, alle Sterne leuchteten, der Schnee sah aus wie Silber und die Tannen standen darin, schwarz und weiß, daß es eine Pracht war. Eine fünf Fuß hohe Tanne, die allein im Vordergrunde stand, sah besonders reizend aus. Sie war regelmäßig gewachsen, hatte auf jedem Zweig einen Schneestreifen, an den Zweigspitzen kleine Eiszapfen, und glitzerte und flimmerte nur so im Mondenschein.

Das Christkindchen ließ den Arm des Weihnachtsmanns los, stieß den Alten an, zeigte auf die Tanne und sagte: »Ist das nicht wunderhübsch?«

»Ja«, sagte der Alte, »aber was hilft mir das?«

»Gib ein paar Äpfel her«, sagte das Christkindchen, »ich habe einen Gedanken.«

Der Weihnachtsmann machte ein dummes Gesicht, denn er konnte es sich nicht recht vorstellen, daß das Christkind bei der Kälte Appetit auf die eiskalten Äpfel hatte. Er hatte zwar noch einen guten alten Schnaps in seinem Dachsholster, aber den mochte er dem Christkindchen nicht anbieten.

Er machte sein Tragband ab, stellte seine riesige Kiepe in den Schnee, kramte darin herum und langte ein paar recht schöne Äpfel heraus. Dann faßte er in die Tasche, holte sein Messer heraus, wetzte es an einem Buchenstamm und reichte es dem Christkindchen.

»Sieh, wie schlau du bist«, sagte das Christkindchen. »Nun schneid' mal etwas Bindfaden in zweifingerlange Stücke, und mach mir kleine spitze Pflöckchen.«

Dem Alten kam das alles etwas ulkig vor, aber er sagte nichts, und tat, was das Christkind ihm sagte. Als er die Bindfadenenden und die Pflöckchen fertig hatte, nahm das Christkind einen Apfel, steckte ein Pflöckchen hinein, band den Faden daran und hängte den an einen Ast.

»So«, sagte es dann, »nun müssen auch an die anderen welche und dabei kannst du helfen, aber vorsichtig, daß kein Schnee abfällt!«

Der Alte half, obgleich er nicht wußte, warum. Aber es machte ihm schließlich Spaß, und als die ganze kleine Tanne voll von rotbäckigen Äpfeln hing, da trat er fünf Schritte zurück, lachte und sagte: »Kiek, wie niedlich das aussieht! Aber was hat das alles für'n Zweck?«

»Braucht denn alles gleich einen Zweck zu haben?« lachte das Christkind. »Paß auf, das wird noch schöner. Nun gib mal Nüsse her!«

Der Alte krabbelte aus seiner Kiepe Walnüsse heraus und gab sie dem Christkindchen. Das steckte in jedes ein Hölzchen, machte einen Faden daran, rieb immer eine Nuß an der goldenen Oberseite seiner Flügel und dann war die Nuß golden, und die nächste an der silbernen Unterseite seiner Flügel, und dann hatte es eine silberne Nuß, und hängte die zwischen die Äpfel.

»Was sagst' nun, Alterchen?« fragte es dann, »ist das nicht allerliebst?«

»Ja«, sagte der, »aber ich weiß immer noch nicht –«

»Kommt schon!« lachte das Christkindchen. »Hast du Lichter?«

»Lichter nicht«, meinte der Weihnachtsmann, »aber'n Wachsstock!«

»Das ist fein«, sagte das Christkind, nahm den Wachsstock, zerschnitt ihn und drehte erst ein Stück um den Mitteltrieb des Bäumchens und die anderen Stücke um die Zweigenden, bog sie hübsch gerade und sagte dann: »Feuerzeug hast du doch?«

»Gewiß«, sagte der Alte, holte Stein, Stahl und Schwammdose heraus, pinkte Feuer aus dem Stein, ließ den Zunder in der Schwammdose zum Glimmen kommen und steckte daran ein paar Schwefelspäne an. Die gab er dem Christkindchen. Das nahm einen hellbrennenden Schwefelspan und steckte damit erst das oberste Licht an, dann das nächste davon rechts, dann das gegenüberliegende, und rund um das Bäumchen gehend, brachte es so ein Licht nach dem andern zum Brennen.

Da stand nun das Bäumchen im Schnee; aus seinem halbverschneiten dunklen Gezweig sahen die roten Backen der Äpfel, die Gold- und Silbernüsse blitzten und funkelten und die gelben Wachskerzen brannten feierlich. Das Christkindchen lachte über das ganze rosige Gesicht und patschte in die Hände, der alte Weihnachtsmann sah gar nicht mehr so brummig aus, und der kleine weiße Spitz sprang hin und her und bellte.

Als die Lichter ein wenig heruntergebrannt waren, wehte das Christkindchen mit seinen goldsilbernen Flügeln, und da gingen die Lichter aus. Es sagte dem Weihnachtsmann, er solle das Bäumchen vorsichtig absägen. Das tat der, und dann gingen beide den Berg hinab und nahmen das bunte Bäumchen mit.

Als sie in den Ort kamen, schlief schon alles. Beim kleinsten Hause machten die beiden Halt. Das Christkind machte leise die Tür auf und trat ein; der Weihnachtsmann ging hinterher. In der Stube stand ein dreibeiniger Schemel mit einer durchlochten Platte, den stellten sie auf den Tisch und steckten den Baum hinein. Der Weihnachtsmann legte dann noch allerlei schöne Dinge, Spielzeug, Kuchen, Äpfel und Nüsse unter den Baum, und dann verließen beide das Haus ebenso leise, wie sie es betreten hatten.

Als der Mann, dem das Häuschen gehörte, am andern Morgen

erwachte und den bunten Baum sah, da staunte er und wußte nicht, was er dazu sagen sollte. Als er aber an dem Türpfosten, den des Christkinds Flügel gestreift hatte, Gold- und Silberflimmer hängen sah, da wußte er Bescheid. Er steckte die Lichter an dem Bäumchen an und weckte Frau und Kinder.

Das war eine Freude in dem kleinen Hause, wie an keinem Weihnachtstage. Keines von den Kindern sah nach dem Spielzeug und nach dem Kuchen und den Äpfeln, sie sahen nur alle nach dem Lichterbaum. Sie faßten sich an die Hände, tanzten um den Baum und sangen alle Weihnachtslieder, die sie wußten, und selbst das Kleinste, was noch auf dem Arme getragen wurde, krähte, was es krähen konnte.

Vor dem Fenster aber standen das Christkindchen und der Weihnachtsmann und sahen lächelnd zu.

Als es hellichter Tag geworden war, da kamen die Freunde und Verwandten des Bergmanns, sahen sich das Bäumchen an, freuten sich darüber und gingen gleich in den Wald, um sich für ihre Kinder auch ein Weihnachtsbäumchen zu holen. Die anderen Leute, die das sahen, machten es nach, jeder holte sich einen Tannenbaum und putzte ihn an, der eine so, der andere so, aber Lichter, Äpfel und Nüsse hängten sie alle daran.

Als es dann Abend wurde, brannte im ganzen Dorfe Haus bei Haus ein Weihnachtsbaum, überall hörte man Weihnachtslieder und das Jubeln und Lachen der Kinder.

Von da aus ist der Weihnachtsbaum über ganz Deutschland gewandert und von da über die ganze Erde. Weil aber der erste Weihnachtsbaum am Morgen brannte, so wird in manchen Gegenden den Kindern morgens beschert.

Weihnachten

Arno Holz

Und wieder nun läßt aus dem Dunkeln
die Weihnacht ihre Sterne funkeln!
Die Engel im Himmel hört man sich küssen,
und die ganze Welt riecht nach Pfeffernüssen ...

So heimlich war es die letzten Wochen,
die Häuser nach Mehl und Honig rochen,
die Dächer lagen dick verschneit,
und fern, noch fern schien die schöne Zeit.
Man dachte an sie kaum dann und wann.
Mutter teigte die Kuchen an,
und Vater, dem mehr der Lehnstuhl taugte,
saß daneben und las und rauchte.
Da, plötzlich, eh man sichs versah,
mit einmal war sie wieder da.

Mitten im Zimmer steht nun der Baum!

Man reibt sich die Augen und glaubt es kaum...
Die Ketten schaukeln, die Lichter wehn,
Herrgott, was gibts da nicht alles zu sehn!
Die kleinen Kügelchen und hier
die niedlichen Krönchen aus Goldpapier!
Und an all den grünen, glitzernden Schnürchen
all die unzähligen, kleinen Figürchen:
Mohren, Schlittschuhläufer und Schwälbchen,
Elefanten und kleine Kälbchen,
Schornsteinfeger und trommelnde Hasen,
dicke Kerle mit roten Nasen,
reiche Hunde und arme Schlucker
und alles, alles aus purem Zucker!
Ein alter Herr mit weißen Bäffchen
Hängt grade unter einem Äffchen.

Und hier gar schält sich aus seinem Ei
Ein kleiner, geflügelter Nackedei.
Und oben, oben erst in der Krone!
Da hängt eine wirkliche, gelbe Kanone
und ein Husarenleutnant mit silbernen Tressen –
ich glaube wahrhaftig, man kann ihn essen!

In den offenen Mäulerchen ihre Finger,
stehn um den Tisch die kleinen Dinger,
und um die Wette mit den Kerzen
puppern vor Freuden ihre Herzen.
Ihre großen, blauen Augen leuchten,
indes die unsern sich leise feuchten.
Wir sind ja leider schon längst »erwachsen«,
uns dreht sich die Welt um andre Achsen
und zwar zumeist um unser Bureau.
Ach, nicht wie früher mehr macht uns froh
aus Zinkblech eine Eisenbahn,
ein kleines Schweinchen aus Marzipan.
Eine Blechtrompete gefiel uns einst sehr,
der Reichstag interessiert uns heut mehr;
auch sind wir verliebt in die Regeldetri
und spielen natürlich auch Lotterie.
Uns quälen tausend Siebensachen.
Mit einem Wort, um es kurz zu machen,
wir sind große, verständige, vernünftige Leute!

Nur eben heute nicht, heute, heute!

Über uns kommt es wie ein Traum,
ist nicht die Welt heut ein einziger Baum,
an dem Millionen Kerzen schaukeln?
Alte Erinnerungen gaukeln
aus fernen Zeiten an uns vorüber,
und jede klagt: Hinüber, hinüber!
Und ein altes Lied fällt uns wieder ein:
O selig, o selig, ein Kind noch zu sein!

Weihnachtsbescherung

Egon Erwin Kisch

Umherzuschauen bestellt«, so erklärt Faust der schönen Helena die Aufgabe seines Türmers, »scharf zu überspähn, was etwa da und dort sich melden mag.« Meine Aufgabe war die gleiche.

Mochte sich da und dort nur melden, was kaum eine kurze Notiz ergeben hätte, dann machte ich lange Berichte daraus, indem ich es mit Schilderungen des polizeilichen Alltagslebens auffüllte. Einen Raufhandel unter Prostituierten spannte ich in den Rahmen des Sittenpolizeibetriebs, anläßlich der Einlieferung eines Taschendiebs schilderte ich die anthropometrische und daktyloskopische Kartothek sowie das Verbrecheralbum, aus dem Blutfleck auf einer gefundenen Jacke ergab sich das Kriminalogische Laboratorium und aus dem Abtransport von Bettlern der Fahrplan und die Reisevorschriften des Gefangenenwagens.

Sogar die Redaktion des »Polizei-Anzeigers der k. k. Polizeidirektion Prag« versuchte ich zu beschreiben. Ich sage »sogar« und »versuchte«, weil diese Zeitung unbeschreiblich war, nämlich unbeschreiblich langweilig – der Tatsache zum Trotz, daß sie einen beneidenswert ausgedehnten Telegrammdienst hatte, der sich auf Verbrechen und Vergehen bezog. Aber die Nachrichten bestanden nur aus Aufzählungen, Namen, Abkürzungen und Nummern; im Inlandsteil standen die Verzeichnisse verlorener und gestohlener Gegenstände und die Personalbeschreibungen von Landstreichern, Geflügeldieben und dergleichen, im Auslandsteil die Steckbriefe, die mittels Zirkulartelegramm automatisch von allen Polizeibehörden Europas einlangten.

[…]

Wochentags ging ich nur einmal täglich zur Polizei, umherzuschauen, scharf zu überspähn, was etwa da und dort sich melden mag, am Sonnabend jedoch erschien ich zweimal und überspähte noch schärfer, denn es war Ehrensache, am Sonntag einen Solokarpfen im Topf zu haben.

Begreiflicherweise wollte ich einen besonders fetten in der Weihnachtsausgabe auftischen, aber keiner ließ sich angeln, so nahe auch das Fest heranrückte. Alle Abteilungen der Polizei hatte ich bereits überspäht, vergeblich. Mehr aus Verzweiflung denn aus Hoffnung kehrte ich in der langweiligen Redaktion des langweiligen »Polizei-Anzeigers« ein.

»Nichts Neues«, sagte der Kommissar-Redakteur, und ich wollte eben gehen, als ihm ein Telegramm gebracht wurde.

Das ist meine Weihnachtssensation, durchzuckte es mich. Es konnte mich leicht durchzucken, da ich nichts anderes gefunden, was mich hätte durchzucken können. Ich fragte nach dem Inhalt der Depesche. Der Kommissar reichte sie mir mit boshafter Bereitwilligkeit, denn es war nur eine jener zahllosen Zirkulardepeschen, die selbst der emsigste Reporter verschmäht. Sie lautete: »nachtrag zu sechzehn doppelpunkt körpergröße wolodarski nicht ungefähr hundertsechzig sondern hundertsiebzig polizeidirektion przemyśl.«

Dennoch verlangte ich den Fahndungsbefehl sechzehn zu sehen, den das Telegramm richtigstellte, und fand ihn seltsamerweise nicht unter dem Schlagwort »Wolodarski«, sondern unter dem Schlagwort »Wasinski« in einer vierzehn Tage alten Nummer des »Polizei-Anzeigers«. Der Fahndungsbefehl begann mit folgenden Daten: 16. September: E., Steueramt Przemyśl; 4. Oktober: E., Stadtkasse Kaschau; 20. Oktober: E. mit Wg. (2 T.), Regierungsgebäude Teschen; 6. Dezember: E., Finanzamt Olmütz. (»E.« bedeutet Einbruchdiebstahl, »Wg.« Waffengebrauch und »T.« Totschlag.)

Unter diesen Angaben dehnte sich ein Tümpel von Ziffern und Buchstaben, auf dem wie Inseln einige Namen lagen. Die »Dechiffrierung« ergab, daß der fünfundzwanzig Jahre alte ehemalige Eisendreher Wassili Wasinski aus Przemyśl (besondere Kennzeichen: Daumen und Zeigefinger an der linken Hand fehlen) eine Einbrecherbande von sieben bis acht Männern befehligte: den ehemaligen Schmied und Wanderathleten Franz Adamski, geboren in Złoczew, dreißig Jahre alt, ein Meter zweiundneunzig groß, pockennarbig, Tätowierung auf dem rechten Oberarm, darstellend zwei Hanteln und ein Herz mit dem Namen »Wanda«; den etwa zweiundzwanzigjährigen Handelsangestellten Boris Brünner aus Lemberg, schwarzes oder dunkelbraunes Schnurrbärtchen, spricht polnisch, deutsch und russisch; den siebzehnjährigen Gelegenheitsarbeiter Paul Szafranski, hellrotes Haar, linkes Ohr verstümmelt; drei oder vier unbekannte Männer und jenen ungefähr hundertsechzig – nein, hundertsiebzig Zentimeter langen, achtundzwanzig Jahre alten Schlosser Wladimir Wolodarski aus Kolomea, dem die Nachtragsdepesche galt.

Die Einbrüche der Wasinski-Bande waren Ereignisse im fernen Osten der Monarchie, ich aber bedurfte eines Prager Lokalfalles und mußte daher die Verbrechergruppe auf irgendeine Weise mit Prag in Zusammenhang bringen, wenigstens in der Form, daß die Prager Polizei vor ihr gewarnt worden sei. (Daß die Warnung an alle Polizeibehörden Europas ging, brauchte ich ja nicht zu erwähnen.)

Die Nummern der Przemyśler, Kaschauer, Teschener und Olmützer Zeitungen, in denen über die Amtseinbrüche berichtet wurde, waren leicht beschafft, und ich studierte sie. In jeder Stadt hatte sich mein dortiger Kollege selbstverständlich nur mit dem dortigen Ereignis befaßt. Der Przemyśler Reporter hatte noch nicht gewußt, daß der Einbruch im Steueramt von der Wasinski-Bande verübt wurde, hingegen verfügte er über eine Personenbeschreibung von zweien der Täter. Genauere Angaben brachte die Kaschauer Zeitung; sie stammten von einem Bürger, dessen Mieter, Polen, plötzlich verschwunden waren, unmittelbar nach dem Raub in der Stadtkasse. In Teschen war die Kolonne im Regierungsgebäude überrascht worden, konnte aber entkommen, nachdem sie zwei ihrer Verfolger durch Kopfschüsse getötet und die anderen eingeschüchtert hatte. Vor dem Gebäude des Olmützer Finanzamts war am Tage des Einbruchs ein etwa sechzehnjähriger Bursche mit Pelzmütze aufgefallen, der dort mehrere Stunden lang gewartet hatte.

Summiert ergaben der Steckbrief und die Zeitungsberichte aus den vier Städten ziemliche Klarheit über die Rollenverteilung und die Taktik der Einbrecher. Sie hatten zum erstenmal ihre Tätigkeit aus Galizien in ein Nachbarland verlegt; daß sie hier der Landessprache unkundig waren und deshalb auffallen mußten, schien ihnen kein so arger Nachteil wie der, daheim allzu polizeibekannt zu sein. Dieses Prinzip bauten sie aus: Nach der ungarischen Stadt Kaschau wählten sie, anstatt irgendeinen nahen Ort in Ungarn heimzusuchen, das schlesische Teschen zum Arbeitsgebiet und nachher das mährische Olmütz, um nicht wieder in dem Land aufzutreten, in dem ihr letztes Verbrechen die Behörden und Zeitungen noch beschäftigte. Nie kehrten sie in einem Hotel ein, sondern mieteten eine oder zwei private Wohnungen unter den Namen Kriwow, Elsnerowicz, Dembitzky und Radowicz, auf welche ihre Papiere lauteten. Mit den Vorarbeiten zum Einbruch begannen sie an Samstagabenden, um zur eigentlichen Ausplünderung die sonntägliche Amtsruhe zu benützen.

Mein Artikel gipfelte in dem Schluß, der Trupp, von Przemyśl über Kaschau nach Teschen und Olmütz kommend, könne als nächste Station nur Prag gewählt haben. »Da Wasinski und seine Leute«, so schloß ich, »mit Vorliebe am Samstag und Sonntag arbeiten, werden sie gewiß die Stille des Heiligen Abends zur Vorbereitung eines großen Coups benutzen und gegebenenfalls vor einer Bluttat nicht zurückschrecken, so daß die Prager Detektive diesmal keine Weihnachtsruhe werden halten können.«

Es ist wahr, diese Folgerung war eigentlich die Voraussetzung meines Artikels. Ohne sie hätte ich mir nicht die Mühe gemacht, ihn zu schreiben, hätte irgendeinen Bericht über irgendeinen Vorfall aus irgendeinem ausländischen Blatt ausschneiden können. Nur durch diese Konklusion war der Artikel zu einem lokalen gestempelt, erst durch sie war seine Ausführlichkeit begründet.

Aber so apodiktisch wurde ich nur, weil sich, während ich schrieb, die Glieder der Verbrechenreihe lückenlos ineinanderfügten und die logische Folge sich mit solcher Selbstverständlichkeit ergab, daß ich schließlich überzeugt war, die galizischen Einbrecher seien bereits in Prag und mitten in ihrer Arbeit. Zum erstenmal erlebte ich das Phänomen, durch schriftliche Festlegung eines Sachverhalts, durch graphische Deduktion zu einer Lösung des Problems zu gelangen.

Am Weihnachtsabend wird in allen Zeitungsdruckereien die Festnummer um sechs Uhr abends fertiggestellt, und Arbeiter und Angestellte verlassen den Betrieb, um im Kreise der Ihren an der Bescherung teilzunehmen. Ich aber ging, sosehr ich mich über mich lustig machte, zur Kleinseite hinüber, dem Stadtteil der Ämter, in der Hoffnung, einer Gruppe polnisch sprechender Männer zu begegnen oder vor der Staatskasse einen jungen Mann, die Pelzmütze über ein beschädigtes Ohr und rotes Haar gestülpt, Schmiere stehen zu sehen. Selbstverständlich traf ich, so scharf ich auch den wirbelnden Schnee durchspähte, nichts dergleichen an. Nur eilende Menschen mit Geschenken und die letzten Spielzeugverkäufer sah ich und den Abtransport unverkaufter Tannenbäumchen.

Am nächsten Morgen erschien die Weihnachtsnummer der »Bohemia«, Leser und Leserinnen lasen meine Prophezeiung für den gestrigen Abend, als sie durch den Ruf »Extra-Ausgabe« unterbrochen wurden …

In der stillen Heiligen Nacht hatte sich nämlich folgendes begeben: In einem Hause nahe dem Hauptpostamt ging gegen acht Uhr abends eine Köchin in den Keller, um Wein zu holen. Unten vernahm sie Axtschläge, die ihr am Weihnachtsabend besonders verdächtig vorkamen, und sie alarmierte die Nachbarn. Als diese in den Keller hinabsteigen wollten, knallten ihnen Schüsse entgegen. Erschreckt liefen die Hausbewohner, darunter zwei als Weihnachtsmänner verkleidete Familienväter, auf die Straße. Sie sahen zu ihrem Staunen einige Männer aus dem - Nachbarhaus herausstürzen und eilten ihnen nach. Die Flüchtigen schossen und verletzten vier ihrer Verfolger.

Zufällig kam der Gefängnisaufseher des Strafgerichts, Kautsky (ein Vetter des sozialistischen Theoretikers Karl Kautsky), des Weges; mit beruflichem Griff packte er einen der Fliehenden an der Schulter, aber dieser feuerte eine Revolverkugel auf Kautsky ab, riß sich los und verschwand im Neubau eines Eckhauses. Ein anderer, ein Hüne, stolperte und stürzte zu Boden. Bevor er sich aufzurichten vermochte, umklammerten Passanten seine Arme und Beine und hielten ihn fest, bis die Polizei ihm Handschellen anlegte. Die übrigen entkamen.

Auf dem Bürgersteig vor dem Neubau lag röchelnd Gefängnisaufseher Kautsky und starrte auf die beiden über ihn gebeugten Greise mit Bärten aus Schnee und sternbesäten Mänteln. Ein Arzt stellte fest, daß für Kautsky keine Hilfe mehr möglich sei, und wandte sich den anderen vier Verletzten zu. Aus allen Fenstern schauten Menschen auf die Straße hinab, und hinter ihnen glitzerte der Glasschmuck der Weihnachtsbäume.

In dem Neubau, in dem der Mörder Kautskys verschwunden war, suchten Polizeimänner und Polizeihunde die Gerüste ab, die Materialaufzüge, die Ziegel- und Bretterhaufen. Ebenso wurde das Haus durchforscht, in dessen Keller die Männer überrascht worden waren; sie hatten die Wände zu den Kellern der beiden Nachbarhäuser durchbrochen, um im Falle einer Entdeckung nach verschiedenen Seiten flüchten zu können. Aus dem an die Hauptpost grenzenden Privathaus war ein Weg zum Kassenraum der Post freigelegt. Dort, wo viermal hunderttausend Kronen in bar und Postwertzeichen für etwa eine halbe Million Kronen lagen, hatten die Einbrecher während der Feiertage ihr Werk tun wollen.

Der gestolperte und festgenommene Mann war auf die Polizeiwachstube gebracht worden. Als ich dort ankam, hörte ich, wie man in allen Sprachen auf ihn einredete, denn aus einigen unverständlichen Worten, die die Fliehenden einander zugerufen, schloß man, daß es sich um Ausländer handle. Aber der flachstirnige Riese reagierte auf keines der englischen, italienischen und französischen Worte, teilnahmslos schaute er ins Leere. Neben einem verlöschten Christbaum saß er, den Rücken an die Stuhllehne gepreßt, den Kopf steif hochgereckt, die Beine gefesselt, die Hände mit Handschellen vor dem Bauch aneinandergeschlossen. Er sah aus wie ein Entfesselungskünstler bei Beginn der Vorstellung, und das Wort »Wanderathlet« fiel mir ein, das ich heute in meinem Artikel verwendet hatte.

Hinter dem Weihnachtsbaum stehend, rief ich: »Adamski.«

Im gleichen Augenblick vernahm man das Klirren aneinanderschlagenden Metalls. Polizisten sprangen auf den Verhafteten zu und packten ihn an den Armen, denn sie dachten nichts anderes, als daß er seine Fesseln gesprengt habe. Aber er hatte sich nur jäh umgewandt.

Was also hatte so unheimlich geklirrt? Man tastete ihn nun gründlich ab und entdeckte sechs je einen Meter lange Eisenstäbe, die er auf den Rücken geschnallt trug, und eine Stahlschere. Die Stöcke ließen sich ineinanderschrauben, so daß die Hebellänge der Schere sechs Meter betrug. Eine Maulstange von dieser Länge, deren Handhabung mehrere Männer erforderte, war noch niemals bei Geldschrankknackern gefunden worden, selbst Papacosta, der Bahnbrecher der modernen Einbruchstechnik, hatte mit einer Maulstange von nur zweieinhalb Metern gearbeitet.

Während der Besichtigung dieses erstaunlichen Instruments wandte sich Regierungsrat Olitsch an mich: »Was haben Sie denn gerufen?«

»Ich habe seinen Namen genannt.«

»Seinen Namen? Welchen Namen? Wieso wissen Sie seinen Namen?«

»Der Mann heißt Franz Adamski, ist ein Meter zweiundneunzig groß, dreißig Jahre alt, gewesener Schmied und Wanderathlet aus Złoczew und gehört der Einbrecherbande Wasinski an.«

Regierungsrat Olitsch fragte den Gefesselten: »Franz Adamski?« Der Riese hatte seinen Blick ins Leere wiedergefunden. »Tlupa Wasinski?« Er blieb stumm.

Ich ging an ihn heran und wies auf seinen Oberarm. »Wanda?« Aus pockennarbigem Gesicht richteten sich fassungslose, drohende Augen gegen mich. Man löste die Handschellen (an ihre Stelle traten mindestens zwölf Polizistenhände) und entblößte seinen Arm: zwei gekreuzte Hanteln und ein flammendes Herz mit dem Namen »Wanda«.

»Der von uns angekündigte Amtseinbruch in der Weihnachtsnacht – die Bluttat Wasinski wirklich verübt«, stand großspurig als Überschrift auf der Extra-Ausgabe, die wir am Weihnachtsmorgen herausbrachten. Als Motto war der Schluß meines gestrigen Artikels gewählt, und der Bericht begann so: »Diese Worte haben wir gestern geschrieben. Unsere Voraussage hat sich wörtlich erfüllt. Die Prager Detektive konnten keine Weihnachtsruhe halten. Sie forschen nach der Bande Wasinskis, die den von uns angekündigten ›großen Coup‹ am Heiligen Abend mitsamt der von uns prophezeiten Bluttat in Prag verübte …« […]

Weihnachtsschnee

Paula Dehmel

Ihr Kinder, sperrt die Näschen auf,
Es riecht nach Weihnachtstorten,
Knecht Ruprecht steht am Himmelsherd
Und bäckt die feinsten Sorten.

Ihr Kinder, sperrt die Augen auf,
Sonst nehmt den Operngucker:
Die große Himmelsbüchse, seht,
Tut Ruprecht ganz voll Zucker.

Er streut - die Kuchen sind schon voll -
Er streut - na, das wird munter:
Er schüttelt die Büchse und streut und streut
Den ganzen Zucker runter.

Ihr Kinder, sperrt die Mäulchen auf,
Schnell! Zucker schneit es heute;
Fangt auf, holt Schüsseln - ihr glaubt es nicht?
- Ihr seid ungläubige Leute!

Die Feuersbrunst

Theodor Fontane

Hilde lebte sich ein, und es waren glückliche, helle Tage, so hell wie der Schnee, der draußen lag. Alle Morgen mußte Martin in die Schule, zweimal auch zu Sörgel, aber wenn er dann eine Stunde vor Essen wiederkam und seine Mappe mit der Schiefertafel in das Brotschapp gestellt hatte, so ging es mit der ihn schon erwartenden Hilde rasch in die Winterfreude hinaus, die jeden Tag eine andere wurde. Die größte aber war, als sie sich auf dem Hofe eine Schneehütte gebaut und die Höhle darin mit Stroh und Heu ausgepolstert hatten. Da saßen sie halbe Stunden lang, sprachen kein Wort und hielten sich nur bei den Händen. Und Martin sagte, sie seien verzaubert und säßen in ihrem Schloß und der Riese draußen ließe niemand ein. Dieser Riese aber war ein Schneemann, dem Joost eine Perücke von Hobelspänen aufgesetzt und anfänglich ein Schwert in die Hand gegeben hatte, bis einige Tage später aus dem Schwert ein Besen und mit Hülfe dieses Tausches aus dem Riesen selbst ein Knecht Ruprecht geworden war. Das war um die Mitte Dezember. Als aber bald danach die letzte Woche vor dem Fest anbrach, da fingen auch die Heimlichkeiten an, und Martin war stundenlang fort, ohne daß Hilde gewußt hätte, wo. Und wenn sie dann fragte, so hörte sie nur, er sei bei Sörgel oder bei Melcher Harms oder bei dem alten Drechsler Eickmeier, der in der Weihnachtszeit außer seinen Pfeifen und seinem Schwamm auch noch Bilderbogen verkaufte. Mehr aber konnte niemand sagen, und erst am Heiligabende selbst mußte der Geheimnisvolltuende von seinem Geheimnis lassen, um sich ebenso der Zustimmung des Vaters wie der Hülfe Grissels zu versichern. Und diese letztere half denn auch wirklich und freute sich, daß es etwas Schönes werden würde, worüber ihr keinen Augenblick ein Zweifel kam. Und als es nun dunkelte und drüben von der Kirche her die kleine Glocke zu läuten anfing, da war alles fertig, und der Heidereiter selbst führte Hilden in seine Stube, drin unter dem Christbaum neben anderen Geschenken auch die ganze Stadt Bethlehem mit all ihren Hirten und Engeln aufgebaut worden war. Alles leuchtete hell, weil hinter dem geölten Papier eine ganze Zahl kleiner Lichter brannte; am hellsten aber leuchtete der Stern, der über dem Kripplein und dem Jesuskinde stand. Hilde konnte sich nicht satt sehen daran, und als endlich der Lichterglanz in der Stadt Bethlehem erloschen war, trat sie vor den Heidereiter hin, um ihm für alles, was ihr der heilige Christ beschert hatte, zu danken.

»Und nun sage mir«, sagte dieser, »was hat dir am besten gefallen?«

Sie wies auf die Stadt.

»Dacht ich's doch!« lachte Baltzer Bocholt, »die Stadt! Aber die Stadt ist nicht von mir, Hilde, die hat dir der Martin aufgebaut und hat seine Sparbüchse geplündert. Und der alte Melcher Harms hat ihm geholfen, und alles, was in Holz geschnitzt ist und auf vier Beinen steht, das ist von ihm. Ja, das versteht er. Aber der Martin hat doch das Beste getan, und wenn du wem danken willst, so weißt du jetzt, wohin damit.«

Und dabei wies er auf Martin, der scheu neben dem Ofen stand.

Hilden selbst aber war alle Scheu geschwunden, und sie lief auf Martin zu und gab ihm einen herzhaften Kuß, so herzhaft, daß der alte Heidereiter ins Lachen kam und immer wiederholte: »Das ist recht, Hilde, das ist recht. Ihr sollt euch liebhaben, so recht von Herzen und wie Bruder und Schwester. Ja, so will ich's, das hab ich gern.«

Und danach ging es zu Tisch, und alle ließen sich den Weihnachtskarpfen schmecken und waren guter Dinge, nur Hilde nicht, die noch immer in fieberhafter Erregung nach dem dunkelgewordenen Bethlehem hinübersah und endlich froh war, als sie gute Nacht sagen und in die Giebelstube hinaufsteigen konnte. Hier stellte sie, was ihr unten beschert worden war, auf das oberste Brett ihres Schrankes und sagte zu Grissel, während sie den Binsenstuhl an das Bett derselben heranrückte: »Nun erzähle.«

»Wovon, Kind?«

»Von der Jungfrau Maria.«

»Und von dem Jesuskindlein?«

»Ja. Von dem Kindlein auch. Aber am liebsten von der Jungfrau Maria. War es seine Mutter?«

»Ach, du Herr des Himmels!« entsetzte sich Grissel. »Hast du denn nie gelernt: ›Geboren von der Jungfrau Maria‹? Kind, Kind! Ach, und deine Mutter, die Muthe, hat sie dir denn nie das zweite Stück vorgesagt? Wie? Sage!«

»Sie hat mir immer nur ein Lied vorgesagt.«

»Und wovon?«

»Von einem jungen Grafen.«

»Und nichts von Gott und Christus? Und weißt auch nicht, was Weihnachten ist? Und bist am Ende gar nicht getauft? Und da läßt der Pastor dich umherlaufen, sagt nichts und fragt nichts, und der Böse geht um, und ist keiner, der ihm widerstände, der nicht den Glauben hat an Jesum Christum, unseren Herrn und Heiland. Ach, du mein armes Heidenkind …! Aber nimm dir ein Tuch um und wickele dich ein, denn es ist kalt, und dann höre zu, was ich dir sagen will.«

Und Grissel erzählte nun von Joseph und Maria und von Bethlehem, und wie das Christkind allda geboren sei.

»Von der Jungfrau Maria?«

»Ja, von *der.* Denn das Kind, das sie gebar, das war nicht des Josephs Kind, das war das Kind des Heiligen Geistes.«

Es war ersichtlich, daß Hilde nicht verstand und verlegen war. Aber sie wollte nicht weiter fragen und sagte nur: »Und wie kam es dann?«

»Ei, dann kam es so, wie du's heute gesehen hast und wie Martin und Joost es dir aufgebaut haben. Und meinetwegen auch der alte Melcher. Erst kam der Stern und stand über dem Hause still, und dann erschienen die Hirten und zuletzt kamen die drei Könige von Morgenland und brachten Gold und Gaben und köstliche Gewänder, und alles war Licht und himmlische Musik, und der Himmel war offen, und die Engel Gottes stiegen auf und nieder. Und es war Freud im Himmel und auf Erden, denn unser Heiland war geboren. Und dieser Geburtstag unseres Heilandes ist unser Weihnachtstag.«

Hildes Augen waren immer größer geworden, und sie sagte jetzt: »Ah, das ist schön und wird einem so weit! Erzähle mir immer mehr. Ich seh es alles und höre die himmlische Musik, und dazwischen ist es wie Glockenläuten. Ernst und schwer. Und ist immer derselbe Ton ...«

Indem aber hatte sich Grissel aufgerichtet, hielt ihre Hand ans Ohr und sagte: »Hilde, Kind, was ist das ...? Immer ein Ton, freilich. Und immer derselbe ... Das ist die Feuerglocke ... Horch!«

Und sie war aus dem Bett gesprungen, warf ihren Friesrock über und sah hinaus. Aber im Dorfe war kein Feuerschein, und so lief sie nach der anderen Giebelstube hinüber, wo Martin schlief, und riß das Fenster auf. Und da sah sie die Glut, nicht unten im Tal, aber oben, und wenn nicht alles täuschte, so mußt es auf Kunerts-Kamp sein, hart am Walde, denn die Rückseite von Ellernklipp stand angeglüht im Widerschein. Und sie flog treppab, um den Heidereiter zu wecken. Aber der stand schon auf der Diele, den Hirschfänger an der Koppel, und rief ihr zu: »Meinen Hut; rasch! Verdammte Wirtschaft! Wer hat den Hut vom Ständer genommen?« – »Er hängt ja, weiß Gott, Baltzer, Ihr habt wieder Euren Koller und kein Aug im Kopf. Hier.« Und er riß ihr den Hut aus der Hand. In der Tür aber wandt er sich noch einmal zurück und sagte scharf und bestimmt: »Und daß du mir das Haus hütest, Grissel. Ich befehl es. Ein Feuer wie das ist kein Küchenfeuer. Und Hilde soll ins Bett. Und Martin auch.«

Damit war er die Treppenstufen hinunter und ging auf Diegels Mühle zu, von der er dann, als auf dem nächsten Wege, nach Ellernklipp hinauf wollte.

Mittlerweile war auch Hilde die Treppe herabgekommen und stellte sich mit auf die zugige Diele, denn Vor- und Hintertür standen weit offen. Und nicht lange, so rollte von Emmerode her über den hartgetretenen Schnee die Dorfspritze heran. Allerhand junges Volk hatte sich vorgespannt, andere schoben, und Grissel, die bis auf die Vortreppe hinausgetreten war, fragte: wo es sei.

»Auf Kunerts-Kamp. Der Muthe Rochussen ihr Haus brennt.«

Und damit ging es weiter. Aber ehe noch die Spritze zwischen den Erlen verschwunden war, erklärte Hilde, die jedes Wort gehört hatte, daß sie gehen und das Feuer sehen wolle.

»Du darfst nicht.«

Aber sie bat weiter, und als Grissel unerbittlich blieb, sagte sie:

»Gut, so geh ich allein. Du wirst mich doch nicht halten wollen?« Und damit lief sie fort und kam erst zurück und beruhigte sich erst wieder, als ihr die bang und ängstlich nachstürzende Grissel ein Mal über das andere zugesichert hatte, sie nicht einsperren oder mit Gewalt festhalten, ihr vielmehr in allem zu Willen sein zu wollen. Und wirklich, sie hielt Wort; und als sie die vor Erregung immer noch zitternde Hilde wohl verwahrt und in ihre Weihnachtspelzkappe gesteckt hatte, gingen sie, rechts um das Haus biegend, einen mit lockerem Schnee gefüllten Graben hinauf, der unmittelbar neben dem Heckenzaun hin auf die Höhe zulief. Eine Zeitlang war es ihnen, als ob oben alles erloschen sei, denn sie sahen keinen Schein mehr. Aber kaum daß der anfänglich tiefe Graben etwas flacher geworden war, so lag auch das Feuer vor ihnen, wie mit Händen zu greifen, und die Glutmasse wirbelte immer heftiger in die Höhe. Hilde stand wie gebannt. Endlich aber sagte sie: »Komm, wir wollen näher.«

Und damit hielten sie sich auf einen hohen Grenzstein zu, der zwischen Kunerts-Kamp und den Sieben-Morgen lag und das verschneite Heidekraut weit überragte. Auf den stellten sie sich und sahen hinüber in die Flamme.

Die Spritze war schon da, trotzdem man sie stückweise hatte herauftragen müssen, aber Wasser fehlte. Denn der Ziehbrunnen, der zu dem Hause gehörte, lag schon im Bereiche des Feuers, und niemand konnte mehr heran. Es schien aber doch, als ob Wasser von irgendwoher erwartet werde, denn eine lange Kette hatte sich bis Ellernklipp hin aufgestellt, und nur der Heidereiter achtete weit mehr auf das, was an der entgegengesetzten Seite vorging, weil er vor allem seinen Wald zu retten wünschte. Der lag freilich noch gute hundert Schritte zurück, aber gerade da, wo die Muthe gewohnt hatte, schob er eine lange Spitze vor, deren vorderstes Gezweig bereits bis über die Gartenzäunung hing. Es war klar, daß der Wald in äußerster Gefahr schwebte, wenn es nicht gelang, einen breiten Zwischenraum zu schaffen, und Baltzer Bocholt, der wohl erkannte, daß er um des Ganzen willen einen Einsatz nicht scheuen dürfe, wies jetzt, als er seine Holzschläger und Schindelspeller um sich versammelt sah, auf die Stelle hin, wo seiner Meinung nach der Schnitt gemacht und die vorspringende Spitze von dem eigentlichen Gebreite des

Waldes abgetrennt werden mußte. »Vorwärts!« Und nicht lange, so hörte man den Schlag der Axt und das Krachen und Stürzen der Bäume, die, wenn kaum erst halb angeschlagen, an langen Stricken niedergerissen wurden. Und eine kleine Weile noch, so gab es auch Wasser oder doch die Gelegenheit dazu, denn aus dem Tale herauf, von Diegels Mühle her, erschien eben jetzt eine Schlittenschleife, die mit Schaufeln und Spaten, mit Eimern und Kesseln und überhaupt mit allem bepackt worden war, dessen man unten in der Eile hatte habhaft werden können; und während einige der Leute sofort sich anschickten, mit Stangen und Feuerhaken ein paar brennende Balken aus der Feuermasse herauszureißen, schleppten andere die Kessel, große und kleine, vom Schlitten her in die Glut und schippten den umherliegenden Schnee hinein. Und wieder andere waren, die hockten um die Kessel her und trugen den Schnee, wenn er geschmolzen, in Butten und Eimern an die nebenstehende Spritze, deren erster Strahl eben jetzt in die Glutmasse niederfiel. Aber der Heidereiter, unschwer erkennend, daß an der Muthe Haus wenig gelegen und noch weniger zu retten war, schrie mit lauter Stimme dazwischen: »Unsinn! hierher!«, und gehorsam seinem Kommando, packten alle, die zur Hand waren, nach der Spritzendeichsel und jagten über die verschneiten Baumstubben fort, bis sie dicht an der Waldecke hielten, an eben jener bedrohtesten Stelle, wo der angeglühte Schnee bereits von den Zweigen zu tropfen anfing.

Und Hilde starrte wie benommen in das mit jedem Augenblicke sich neu gestaltende Bild, das, alles sonstigen Wechsels ungeachtet, in drei fest und unverändert bleibenden Farbenstufen vor ihr lag: am weitesten zurück die schwarze Schattenmasse des Waldes, *vor* dem Walde das Feuer und vor dem Feuer der Schnee.

Über dem Ganzen aber der Sternenhimmel.

Und sie sah hinauf, und die Engel stiegen auf und nieder. Und es war wieder ein Singen und Klingen, und die Wirklichkeit der Dinge schwand ihr hin in Bild und Traum.

Und so stand sie noch, als sie drüben ein Rufen und Schreien hörte, vor dem ihr Traum zerrann, und als sie wieder hinblickte, sah sie, daß das brennende Haus in ein Wanken und Schwanken kam und im nächsten Augenblicke jäh zusammenstürzte.

Die Funken flogen himmelan und verloren sich in den Sternen.

Eine Minute lang folgte sie noch wie geblendet dem Schauspiel, während sie zugleich das in die Höhe gerichtete Auge mit ihrer Hand zu schützen suchte. Dann aber ließ sie die Hand wieder fallen und sagte: »Komm, Grissel, mich friert. Und es ist nun alles vorbei.«

Vom Honigkuchenmann 22. Dezember 1873

Heinrich Hoffmann von Fallersleben

Keine Puppe will ich haben –
Puppen gehn mich gar nichts an.
Was erfreun mich kann und laben,
Ist ein Honigkuchenmann,
So ein Mann mit Leib und Kleid
Durch und durch von Süßigkeit.

Stattlicher als eine Puppe
Sieht ein Honigkerl sich an,
Eine ganze Puppengruppe
Mich nicht so erfreuen kann.
Aber seh ich recht dich an,
Dauerst du mich, lieber Mann.

Denn du bist zum Tod erkoren –
Bin ich dir auch noch so gut,
Ob du hast ein Bein verloren,
Ob das andre weh dir tut:
Armer Honigkuchenmann,
Hilft dir nichts, du mußt doch dran!

Hans kehrt heim

Wilhelm Raabe

[Jahre nach seinen Kindheitserlebnissen, die in »Weihnachtszeit mit der Base Schlotterbeck« nachzulesen sind, begibt sich der erwachsene Hans erstmals mit seiner geliebten Franziska auf die Reise in sein Heimatdorf]

Es war der vierundzwanzigste Dezember, und alle die jungen Damen, welche Pantoffeln und Zigarrentaschen und Polster und Kissen für den Rücken gestickt hatten, die Seelen der Männer, der jungen und alten, zu fangen, nach dem Wort des Propheten Ezechiel im dreizehnten Kapitel, Vers siebenzehn und achtzehn, waren fertig mit ihrer Arbeit und erwarteten ihrerseits die Dinge, die da kommen sollten. Es warteten sehr viele Leute - große und kleine - auf kommende gute Dinge; - der Himmel war am Morgen und Mittag so blau, wie man es sich nur wünschen mochte, die Sonne bestrahlte glitzernd die weiße Weihnachtswelt und färbte sich erst am Nachmittag blutrot, als sie in den aufsteigenden Nebel herabsank. Es schien, als ob die Sonne es wisse, daß hunderttausend Christbäume auf ihren Niedergang warteten, und es schien, als ob sie gutmütig-froh ihren Lauf beschleunige. Um fünf Minuten nach vier Uhr war das letzte Stückchen feuriges Gold hinter den Horizont hinabgesunken - der Heilige Abend war da, war endlich gekommen, nachdem sich Millionen Kinderherzen so lange nach ihm gesehnt hatten. Um fünf Uhr läuteten alle Glocken im Lande den morgenden Festtag ein, und die Kuchen waren fertig; es wurde Friede in der Brust auch der scheuereifrigsten Hausfrau. Um sechs Uhr stand jeder festlich geschmückte Tannenbaum in vollem Lichterglanz, und wer noch froh und glücklich sein konnte, der war es gewißlich um diese Stunde, in welcher sich das Himmelreich derer, die da sind wie die Kinder, auch dem trübsten Blick öffnet und das dunkelste Herz hell macht.

Das war ein Reisetag! Das war ein Tag, um der Heimat zuzueilen! Hans Unwirrsch und Fränzchen Götz bedurften keines

Zaubermantels, keines übernatürlichen Beförderungsmittels mehr; der Postwagen oder vielmehr Postschlitten, der sie gen Freudenstadt führte, war selber ein zauberhaftes Vehikel, welches dreist mit Oberons fliegender Muschel, mit dem fliegenden Koffer der arabischen Märchen, mit dem hölzernen Gaul, auf welchem der Ritter Peter mit dem silbernen Schlüssel und die schöne Magelone ritten, es aufnehmen konnte. Hans hatte sich als der trefflichste Reisemarschall erwiesen, sowohl während der Eisenbahnfahrt als auch am vergangenen Abend im Gasthof zu ***, wo er das Fränzchen unter den speziellen Schutz der vornehmen Frau Wirtin stellte und die freundliche Versicherung erhielt, daß das Fräulein unter keinem Dach in der Welt sicherer und behaglicher schlafen solle. Richtig wurde es ihm am andern Morgen vergnüglich und wohlbehalten überliefert; sie nahmen Abschied von der wackern Frau Wirtin, welche dem Fränzchen noch einen Sack mit heißem Sande »der kalten Füße wegen« nach dem Posthofe schickte; sie fanden ihre Plätze auf dem Postschlitten und fuhren hinein in den vierundzwanzigsten Dezember, ohne die Lerchen am klaren, hellblauen Himmel zu vermissen.

Wahrlich war die Post und der Weg nach Freudenstadt verzaubert. Hans Unwirrsch, der doch beides ziemlich genau kennengelernt hatte, erkannte beides nicht wieder. Die Juden schienen bei solcher Kälte nicht zu reisen, und die Passagiere, welche unterwegs ein- und ausstiegen, waren mit ihren mannigfaltigen Paketen, Schachteln und Körben in heiterster Weihnachtsstimmung, und der alte joviale Herr, welchem der Harlekin, der den Enkel am Abend erfreuen sollte, aus der Brusttasche guckte, konnte allein die Reise zu einem Vergnügen machen.

Der Weg war vortrefflich, und kein grober Bauer brauchte mit seinen Gäulen Vorspann zu leisten. Auf der glatten Bahn flog der Schlitten pfeilschnell dahin, und die Postillone wurden nicht müde, ihre Weihnachtsstimmung durch Peitschengeknall und wohlgemeinte Hornmusik kundzugeben. Durch alle Orte, durch welche die Post fuhr, war vor ihr der Weihnachtsmann geschritten, und jedermann sah aus, als ob er ihm so lange als möglich nachgesehen habe. Auch der bösartigste Stallknecht vor den Posthaltereien hatte sein Gesicht zu einem Grinsen verzogen, dessen letzte Ursache nicht etwa in einem extraordinär nobeln Trinkgeld zu suchen war.

An solchem Tage mußten die letzten Gedanken an die trübe Vergangenheit mit ihren Kirchhofskreuzen aus der Brust entweichen. Die reine weiße Decke des Schnees hatte sich über die Gräber gebreitet, und der Sonnenschein glitzerte darauf; – die Toten feierten die ewige Weihnacht jenseits der niedern Hügel und auch jenseits des Sonnenscheines. Anton und Christine Unwirrsch, die Base Schlotterbeck, der Oheim Grünebaum, der Geheime Rat Theodor Götz, Felix Götz und des Fränzchens Mutter hatten nichts dagegen, daß Hans und Fränzchen am Fest der Kinder froh und selig wie Kinder der irdischen Weihnachtsfreude die Herzen öffneten.

Da waren die großen Nadelholzwälder und sahen heute ganz anders aus als an jenem dunkeln Tage, an welchem der Kandidat sie zum erstenmal durchfuhr. Das wilde Schwein, welches vom Rande des Forstes grunzend in den Schatten zurücktrabte, die Hasen, welche komisch eilig über den Schnee hüpften, der Zug Schneegänse, welcher mit Geschrei über den Wald zog – alles machte einen angenehmen Eindruck auf das Gemüt. Und vergnüglich war's, heute dem Fränzchen die Stelle zu zeigen, an welcher während der ersten Reise nach Grunzenow der Wagen im Schlamm steckenblieb und wo der erzürnte Vorspannbauer erst den Juden durchprügelte und dann das Wort Gottes, den Kandidaten Hans Unwirrsch, am Kragen nahm.

Welch ein ander Ding war die Heide im sonnbeglänzten Weihnachtsschnee als die Heide, über welcher der Novembernebel lag! Welch ein ander Ding war die Stadt Freudenstadt am vierundzwanzigsten Dezember als am trüben Tage des Wind- und Reifmonats, an welchem der Kandidat Unwirrsch zum erstenmal die Ehre hatte, ihren Kirchturm am Horizont auftauchen zu sehen!

Ja, das war die Stadt Freudenstadt, und vor dem Tor stand wachehaltend ein mächtiger Schneemann, und sämtliche versammelte Jugend begrüßte die heranklingelnde Post mit langhallendem Jubelgeschrei. Auch durch das Tor von Freudenstadt war der Weihnachtsmann den Reisenden vorangeschritten, und jedes Gesicht, welches hinter den Fenstern der Gasse, durch welche das königliche Posthorn erschallte, erschien und neugierig der Post nachsah, mußte ihn gesehen haben. Da war der Marktplatz von Freudenstadt; – »Frisch auf, Kameraden, aufs Pferd, aufs Pferd!« blies der Schwager und – hielt mit einem Ruck die Gäule zehn Minuten vor der durch den Postzettel dem Publikum kundgemachten Zeit an; – es war der vierundzwanzigste Dezember.

Hans Unwirrsch hatte keine Zeit, an die merkwürdige Pünktlichkeit der Freudenstädter um zwölf Uhr mittags zu denken und das Fränzchen damit bekannt zu machen.

Wer stand im Schnee vor der Tür der Posthalterei?

Ein Mann, der ganz und gar aussah wie der Weihnachtsmann und jedenfalls ein Vetter oder sonst ein naher Verwandter von ihm war! Ein Mann in hohen Wasserstiefeln, Pelzrock und Pelzmütze. Ein Mann mit Pelzhandschuhen und einer qualmenden, kurzen Tabakspfeife, ein Mann, welcher beim Anblick des Kandidaten Unwirrsch unzweifelhafte Zeichen ungemeiner Befriedigung und hohen Vergnügens zu erkennen gab, ein Mann, bei dessen Anblick der Kandidat Unwirrsch, die Hand Franziskas fassend, rief:

»Der Herr Oberst von Bullau!«

»Ja, er selbsten! Hurra, wo ist mich das Wurm? Das ist es? Komm raus, Herzenskind! Komm her, Liebchen! Das ist das Fränzchen Götz? Vivat, nochmals und abermals! Gott grüß dir, Liebchen, und sei tausendmal willkommen und – Tausendschwerenot, vom Erdboden stammst du wohl nicht?«

Die letzte Frage war sehr erklärlich; – der Oberst hatte den Schlag des Postschlittens aufgerissen, hatte das Fränzchen in die Arme gefaßt, um ihr einen Kuß zu geben und ihr das Aussteigen zu ersparen. Nun hielt er die leichte Last hoch in den Lüften und verwunderte sich, ehe er sie auf den Boden absetzte, und das Fränzchen sträubte sich gar nicht gegen seine rauhen Liebesbezeugungen.

»Schätzchen, Schätzchen, haben wir dir?« rief der Oberst von Bullau: »Das ist eine Weihnachtsgabe. Ein Hurra für den Lieutenant Rudolf Götz und das Fränzchen! Schreit mit, ihr Dickköpfe!«

An das versammelte Volk von Freudenstadt war die Aufforderung gerichtet, und das Volk schrie mit.

Der Oberst drückte nun auch dem Kandidaten die Hand, gab

ihm einige wohlmeinende, vielsagende Ellenbogenstöße und verkündete, daß der Onkel Rudolf »wohl bis aufs Pedal« sei und mit Grips das Haus Grunzenow auf den Kopf stelle. Er verkündete, daß das Frühstück bereit sei im Polnischen Bock und daß der Schlitten von Grunzenow ebendaselbst warte. Mit ritterlicher Grazie führte er das Fränzchen über den Marktplatz von Freudenstadt, und alle Honoratioren von Freudenstadt gerieten in die größtmöglichste Aufregung über den alten Krieger und die fremde Dame. Die seltsamsten Vermutungen wurden darüber angestellt; alle Damen einigten sich jedoch sehr bald dahin, daß der Oberst des ehelosen Lebens müde geworden und daß die arme, junge Braut gekommen sei, »sich die Heidenwirtschaft zu Grunzenow anzusehen«. Die guten Seelen bedauerten das Fränzchen sehr; und hätten ihre Meinungen dem Oberst im Polnischen Bock den Appetit verderben können, so würde der wackere Kriegsmann gewiß nicht so seelenvergnügt von Freudenstadt abgefahren sein, wie er daselbst ankam.

Nun aber zeigte es sich, weshalb der Wirt zum Polnischen Bock einen solchen Respekt vor dem Namen des Obersten von Bullau hatte. Ein solcher Gast mußte ein Segen für jedes Wirtshaus in der Welt sein, ein solcher Gast fuhr nicht alle Tage vor, um Küche und Keller zu revidieren.

Der Polnische Bock befand sich in einer Aufregung wie ein Ameisenhaufen, welchen ein Stockschlag oder Fußtritt traf. Es roch gut und nahrhaft im Polnischen Bock; es war aber kein Wunder, wenn Hans und Franziska über das Frühstück des Obersten von Bullau ein wenig erschraken: der Oberst hatte ihren Hunger sehr überschätzt.

Weihnacht! Weihnacht! Wir lassen das Fränzchen und den Obersten genauere Bekanntschaft machen bei diesem trefflichen Frühstück, um ihnen und dem Kandidaten vorauszueilen nach Grunzenow an der See, wo der Lieutenant Rudolf vor Ungeduld vergehen will und dem treuen Grips das Leben sauer macht.

Das Meer im Weihnachtssonnenschein ist auch eine Vorstellung, welche das Herz weiter machen kann. Auch durch das Dorf Grunzenow war der Weihnachtsmann geschritten und hatte grüne Tannenzweige vor den Hütten des seefahrenden Volkes verloren. Der Rauch, welcher aus den Schornsteinen in die kalte Luft stieg, sah aus, als ob er mehr als an andern Tagen zu bedeuten habe; die Seevögel, die Kinder, die Alten und der Pastor Ehrn Josias Tillenius, der, durch das Dorf schreitend, fast vor jeder Tür stehenblieb, wußten, was sie von *diesem* Tage zu halten hatten.

Wenn wir, das Dorf verlassend und hinter dem Pfarrherrn her zu dem Herrenhause emporsteigend, den Hof desselben betreten, so dürfen wir – starr stehenbleiben vor Verwunderung.

Auch auf dem Hofe von Grunzenow stand ein riesenhafter Schneemann und hielt Wacht vor einer aus grünen Tannenbäumen und Tannenzweigen künstlich errichteten Ehrenpforte, über welcher noch ein dunkles Transparent das Fränzchen und den Kandidaten Unwirrsch willkommen hieß. Das Hausgesinde schien das Fieber zu haben, die Hunde wußten augenscheinlich, daß etwas Außergewöhnliches im Werke sei; die Exaltation des Lieutenants Götz aber kannte keine Grenzen und mußte jedem mit den Verhältnissen Unbekannten nicht wenig bedenklich erscheinen.

Der körperliche Zustand des Lieutenants hatte sich so weit gebessert, daß der biedere Krieger mit Hülfe eines Krückstockes in wohlwattierten Pelzstiefeln umherhinken konnte, und das war ein großes Glück, denn in seinem Rollsessel hätte er es an dem heutigen Tage nicht ausgehalten. Seit vier Uhr morgens war er auf den Beinen, um das, was in dem Kastell noch auf dem Kopfe stand, auf die Füße zu stellen, wobei ihm Grips an der Spitze des verwilderten Hausvolks hülfreich zur Hand ging, während der Oberst sich zur Fahrt nach Freudenstadt rüstete.

Haus Grunzenow war nicht wiederzuerkennen seit dem Tage, an welchem Hans Unwirrsch es verlassen hatte, um das Fränzchen zu holen. Man hatte »das Weibervolk hereingelassen«, und es war gekommen mit Besen und Bürsten, mit Lauge und Seife, mit warmem und kaltem Wasser und mit dem besten Willen, dem Greuel, der Sünde und der Schande ein Ende zu machen. Als das Aufgebot ins Dorf gelangte, wäre Grips, der es hinabtrug, fast ein Opfer desselben geworden. Die Frauen hätten ihn fast erdrückt, sie stürzten sich auf ihn wie das Tagesgevögel auf die Eule, welche unvorsichtigerweise um Mittag ihren Schlupfwinkel verließ. Sie wollten und konnten nicht glauben, was er ihnen verkündete, und er, der mit großem Ekel vor ihrem Geschrei sich die Ohren verstopfte, war nicht imstande, mit seinen erhobenen Ellenbogen sich gegen den übermächtigen Andrang zu wehren. Glücklicherweise erschien Ehrn Josias Tillenius zu seiner Hülfe, und in langem Zuge zogen die Weiber bewaffnet, wie wir bereits schilderten, nach dem Hofe, und es bewährte sich für den Oberst und den Lieutenant wieder einmal das schöne, alte Sprichwort vom Teufel, dem man den kleinen Finger gab.

Es war keine Kleinigkeit, das Haus Grunzenow zu scheuern! – Wenn das Alter ehrwürdig macht, so waren der Schmutz, der Staub, der Schimmel, das Wurmmehl und die Spinnengewebe gewiß im höchsten Grade ehrwürdig, sie wichen aber auch nur den hartnäckigsten Angriffen. Von allen Treppen rauschten die Wasserströme, in allen Gemächern wirbelte der Staub; die Hunde verkrochen sich heulend in die entlegensten Winkel, um den Besenstielen zu entgehen, das Hausgesinde kroch fluchend in den Ställen zusammen, und der Oberst und der Lieutenant, welche sich »die Sache doch nicht so vorgestellt hatten«, retteten sich mit einem wohlgefüllten Flaschenkorb und einem immensen Knastervorrat in das Pfarrhaus und ließen Grips wie den grimmigsten aller Tritonen unter den Wasserweibern zurück, mit dem Auftrag, »Meldung zu tun«, wenn »die Arche wieder auf dem Trockenen sitze«! Zwei Tage hindurch saß Grips auf dem Treppengeländer, seinen Trost in diesem Jammer weniger an einem Muschelhorn als an einer dickbäuchigen Flasche echten alten Genevers findend. Am Ende des zweiten Tages sanken die Wasser, und gegen den Mittag des dritten Tages meldete sich der »Faktotus« auf der Pfarre und zeigte an, »daß das Haus rein, die Bestialität zu Ende und das Frauengezimmer abgezogen sei«.

»Gott straf mir, meine Herrens«, sagte Grips, »schöne ist's, aber besser roch es doch sonst! Grüne Seife, Herr Oberst – Regimentswäsche, Herr Lieutenant! Sehr schöne, meine Herren – kein Hund wagt mehr fest aufzutreten.«

»Grips«, sagte der Oberst von Bullau, »Grips, der Herrgott weiß am besten, was 'nem Menschen und 'nem alten Soldaten gut ist. Propperté ist 'ne angenehme Tugend.«

»Mit Maß – zu Befehl, Herr Oberst!« erwiderte Grips gravitätisch. Der Lieutenant wurde samt dem leeren Flaschenkorb wieder in den Schlitten gehoben; die beiden alten Herren zogen in Begleitung des Pastors wieder in das alte Kastell ein, alle zwei- und vierfüßigen Hausbewohner krochen mit Graus und Gewinsel aus ihren Schlupflöchern hervor.

»Alle Hagel! Alle Hagel!« rief der Oberst einmal über das andere, als er aus einem Gemache in das andere schritt.

»Alle alten Herrens möchten sich an der Wand umdrehen!« seufzte Grips, wehmütig zu den Ahnenbildern des Hauses Bullau empornickend.

»Aber die Damen, Grips, aber die Damen!« lachte Ehrn Josias Tillenius fröhlich und rieb sich die Hände. »Seht die Damen, Grips! Sie haben noch nie, seit ich die Ehre habe, sie zu kennen, so frisch und vergnügt ausgesehen. Wahrlich, Bullau, es tat Eurem Bau not, daß einmal in solcher Art Kehraus gemacht wurde!«

»An der Hofmauer liegt's«, seufzte Grips. »Drei Fuder – und ein Scheffel Tabaksasche drunter; – ist 'n Elend und Jammer, aber auch eine Merkwürdigkeit!«

»Eine Prinzessin könnte auf dem Fußboden niedersitzen«, schrie der Oberst, plötzlich in Ekstase geratend. »Hurra, Rudolf, jetzt kann das Mädel mit dem Schwarzrock einrücken! Hurra, jetzt wird's Tag auf Grunzenow!«

Der Lieutenant stand auf den Füßen, als kenne er das Podagra noch nicht einmal dem Namen nach; er schwang den Krückstock und die Kappe und schrie ebenfalls hurra aus vollem Halse; aber die Tränen standen ihm in den Augen. Der Pastor sah auch mit glänzenden Augen von dem Boden zur Decke und von einem der beiden greisen Kriegsgefährten auf den andern.

»Es ist uns eine gute Stätte bereitet für unsere alten Tage«, sagte er leise. »Schlagt ein, Kameraden! Wir haben gut zusammengehalten, und es soll so bleiben bis zum letzten.«

Die drei alten Hähne schüttelten sich energisch die Hände, und dann erkundigte sich der Oberst, ob die Weiber auch nicht über den Keller geraten seien, und erhielt von Grips die beruhigende Versicherung, daß *der* Schlüssel *nicht* aus seiner Tasche gekommen sei. Bei einer dampfenden Bowle Punsch wurde die Reinigung des Hauses Grunzenow gefeiert und bei ebenderselben ein Kriegsrat gehalten über die Frage, was nunmehr weiter zu beginnen sei, um dem Fränzchen den Aufenthalt in der Wüste behaglich zu machen. Jetzt war der Pastor der Mann, dessen Meinung den Ausschlag gab. Er bezeichnete das Eckzimmer, von welchem aus man den weitesten Blick über Land und Meer hatte, als das Gemach, in welchem sich das Fränzchen am heimischsten fühlen würde. Er bezeichnete die Möbeln, mit welchen dieses Zimmer auszufüllen sei, und versprach, aus seinem Pfarrhause einen Beitrag dazu zu liefern.

Des Lieutenants Hirn siedete und kochte; auch er brachte mancherlei Vorschläge zur Verschönerung und Wohnlichmachung des Kastells an den Tag; aber gleich den Plänen des Obersten litten diese Vorschläge meistenteils an einer Abenteuerlichkeit, welche dem Pfarrherrn öfters ein höchst behagliches Lächeln entlockte.

Grips wurde nach Freudenstadt gesendet, um allerlei notwendige Dinge zu holen. Mit hochbepacktem Schlitten kam er zurück und bewies, daß er ein Mann von Geschmack, aber doch ein wenig zu sehr »für das Bunte« sei. Es wurde viel geklopft und gehämmert auf Haus Grunzenow; der weibliche Hausstand wurde vermehrt und verbessert. Am dreiundzwanzigsten Dezember war alles zum Empfang des Fränzchens bereit, und das Stübchen, welches der Kandidat und demnächstige Adjunktus, Hans Unwirrsch, auf der Hungerpfarre bewohnen sollte, war ebenfalls aufs beste ausgekehrt und eingerichtet.

Am Morgen des vierundzwanzigsten Dezember fuhr der Oberst nach Freudenstadt, das ankommende Paar daselbst in Empfang zu nehmen, während der Lieutenant, der Pastor und Grips die Errichtung des Schneemanns und der Ehrenpforte beaufsichtigten und andere wichtige Vorbereitungen trafen.

In zappelnder Ungeduld, Hast und Aufregung verbrachte der Lieutenant Götz den Tag. Die Vorstellung, daß nunmehr sein Fränzchen ihm wiedergegeben werden sollte, der Gedanke, daß sich nun niemand mehr trennend zwischen ihn und das arme Kind drängen dürfe, trieben ihn alle Augenblicke von seinem Sessel in die Höhe, jagten ihn alle Augenblicke ans Fenster oder vor die Tür. Der Rollsessel war ein überwundener Standpunkt oder vielmehr Sitzpunkt; es zeigte sich wieder, »daß die Hoffnung und die Freude die besten Ärzte sind«. Der Lieutenant Rudolf Götz war außer sich, und seine Unruhe brachte nicht nur den

Pastor Tillenius, sondern sogar den praktischen, unbeweglichen Grips aus dem Gleichgewichte.

Vergeblich zitierte der Pfarrherr aus der Pfarrbibliothek und ermahnte zur Selbstbeherrschung, Fassung und Geduld; – vergeblich erklärte Grips, daß sich die Zeit »nicht vorschieben« lasse, daß die Laterne im Kopf des Schneemanns, die Lampen hinter dem Transparent, die Lichter an der Weihnachtstanne im großen Saal zum Anzünden bereit, daß die Böller geladen und Petersen und Gerd Classen zum Losbrennen gerüstet seien. Weder die Ermahnungen des Pastors noch die Versicherungen des Hausmeiers von Grunzenow brachten den Lieutenant zur Ruhe, und als ihm gar noch um drei Uhr des Nachmittags einfiel, daß das Fränzchen den jungen Papen habe »ablaufen« lassen und daß der Oberst von Bullau »solus« von Freudenstadt heimkehren werde, da bedurfte Ehrn Josias Tillenius seiner ganzen Beredsamkeit und Überzeugungskraft, um den Onkel Rudolf vom Haarausraufen zurückzuhalten.

Hussa! Die Rappen des Obersten von Bullau wurden im Polnischen Bock mit derselben Aufmerksamkeit behandelt wie ihr Herr, welcher noch dazu gewohnt war, selbst im Stall ihre Verpflegung zu überwachen. Hussa! Mit freudigem Wiehern galoppierten sie über die glatte Bahn, ohne das Geknall der Schlittenpeitsche und das Hallo des Obersten für eine Drohung zu nehmen.

Das war eine andere Fahrt als jene auf dem elenden Marterfuhrwerk des Wirtes zum Polnischen Bock. Der Oberst befand sich in der allerbesten Stimmung; auch seine ganze Seele hatte das Fränzchen bereits gewonnen; er nannte es sein Kind, sein Liebchen, sein Lamm; er fragte es einmal über das andere, ob es ihm auch niemals gereuen werde, ihm und dem Onkel Rudolf und »dem da« in ein so wildes, wüstes Nest zu folgen; – er schalt es, daß es ihn, den Oberst, und den Onkel Rudolf und den Pastor Tillenius so lange bei den Seelöwen und Klabautermännern allein habe sitzenlassen. Er stieß alle fünf Minuten den Herrn Kandidaten Unwirrsch in die Rippen und nannte ihn einen »ganz merkwürdigen Burschen«; er zog ihn am Ohr und erinnerte ihn grinsend an die Rede, welche er neulich dem Lieutenant gehalten habe; – es war ein Wunder, daß der Oberst von Bullau den

Schlitten nicht um- und den Kandidaten und das Fränzchen in den Schnee warf.

Nun war der Augenblick da, in welchem die rote Sonnenscheibe hinter der weißen Heide versank.

»O sieh, sieh, Johannes, wie schön!« rief Franziska. Es stieg der Mond hinter dem Hünengrabe empor, und wie im Traum sprach Hans Unwirrsch:

»Viele Menschen und Könige sind da geschlachtet – in der Riesenzeit von den Riesen.«

Und wieder erschallte durch die Dämmerung die große Stimme des Meeres; erst dumpf in weiter Ferne, dann immer näher und lauter.

Nun war die Stunde, in welcher alle Christbäume im Lande aufflammten – die rechte Stunde, um in ein neues, glückliches Dasein mit freudig-vollem, dankbarbewegtem Herzen einzuziehen. Nun saß die Freude nieder an jedem Herd, an welchem sie nicht bereits die Sorge, die Krankheit, den Haß, den Neid und den Tod sitzend fand: wahrlich, es war die Zeit, um, hungernd nach Frieden und Liebe, die Heimat zu erreichen!

Das böse Moor lag hinter den Reisenden, schnaufend arbeiteten die Pferde die letzten Hügelreihen hinan. Hans hatte den Arm um das Fränzchen gelegt, es war allmählich sehr kalt geworden, und die Luft war so rein, der Mond schien so hell, daß weithin jeder Gegenstand sich aufs schärfste von der schneebedeckten Erde abhob.

Auf dem letzten Dünenhügel dicht am Wege stand eine dunkle Gestalt und –

»Kreuzhimmeldonnerwetter!« schrie der Oberst von Bullau, die Zügel mit aller Kraft fassend. Ein Blitz und ein Knall! Das war einer der Böller des Hauses Grunzenow, und die dunkle Gestalt war der Posten, welchen Grips aufgestellt hatte, das Nahen des Schlittens zu verkünden.

Die Gäule bäumten sich und schlugen aus; es bedurfte aller Geschicklichkeit des rossekundigen Obersten, um sie zu beruhigen. –

»Hier mal 'ran! Wer war denn der knallende Satan?« rief der Oberst, und die dunkle Gestalt kam im kurzen Trab an den Schlitten, um sich zu melden.

»Hurra für Grunzenow!« schrie der Oberst; eine Rakete stieg jenseits des Hügelrückens auf; Grips mit den Seinigen meldete sich ebenfalls; – der Schlitten erreichte die Höhe des Weges, und das weiße Ufer, das Meer im Mondenschein und die hellen Hüttenfenster von Grunzenow lagen vor den Blicken des Fränzchens.

»Da sind wir! Willkommen daheim, mein Liebling!« rief der Oberst und gab dem jungen Mädchen wiederum einen herzhaften Kuß, gegen welchen es sich wiederum nicht wehrte. Hügelabwärts ging's; – durch das Dorf klingelte der Schlitten; – Weihnacht, Weihnacht! – Glanz und Lichter der Weihnacht aus allen Fenstern.

Weit auf stand das Hoftor von Grunzenow, an welchem Hans Unwirrsch einst so lange hämmern mußte. Grimmig leuchtete die Laterne aus den Augen und dem Maul des Schneemanns. – Willkommen! rief mit feurigen Lettern der Triumphbogen des Tausendkünstlers Grips; – Willkommen! brüllte aus rauhen Kehlen das Hofgesinde. Die Böller krachten, die Hunde bellten – der Lieutenant Rudolf Götz hielt das Fränzchen in den Armen und hätte es fast erdrückt und erstickt; Ehrn Josias Tillenius hatte sich des Kandidaten Unwirrsch bemächtigt und schrie ihm ins Ohr:

»Eheu, eheu, sudores et cruces Johannis Unwirrschii! Ei, ei – ei, ei, das ist sie? Das ist sie? Gott segne dich, Hans – das ist sie?«

»Jaja, das ist sie!« rief Hans Unwirrsch, und der Lieutenant Rudolf wiederholte dasselbe und legte das Fränzchen in die Arme des alten Pfarrherrn von Grunzenow.

Der Oberst schritt von einem zum andern und schüttelte sich und den Freunden fast die Hand ab. Grips zog grinsend den Mund bis zu beiden Ohren auseinander und beleuchtete die Gruppe als gerührter Statist. –

Da war der große, alte Saal des Hauses Grunzenow! Die beiden riesenhaften holländischen Kachelöfen glühten – ein riesenhafter Christbaum glänzte im Schein von hundert Wachslichtern – Weihnacht, Weihnacht! Ein solches Weihnachtsfest hatte das Haus Grunzenow seit hundert Jahren nicht erlebt.

Unter der Weihnachtstanne saß Fränzchen Götz, umgeben von den drei greisen Männern, und ein liebliches Bild war's. Die altersschwarzen Jägerbilder auf den Tapeten schienen zu lächeln, es lächelten aus ihren dunkeln Rahmen die grimmigen Herren und die zierlichen Frauen von Bullau, und Hans Unwirrsch lächelte auch, aber durch Tränen.

Viel war nun zu bereden - Vergangenes und Zukünftiges -, doch jetzt mußte sich ja eine Zeit für alles finden, für Leben und Tod, wie der Oberst von Bullau sagte! Weihnacht, Weihnacht - das Fränzchen unter dem Christbaum zu Grunzenow an der Ostsee! Wenn der Kandidat Unwirrsch am nächsten Morgen nicht in der Grinsegasse [seine alte Junggesellenwohnung] vier Treppen hoch unter dem Dach erwachte, so hatte sich der Ring seines Glückes geschlossen.

Weihnachtserwartung

Volksdichtung, um 1900

Ach, was wird uns heute bringen
Wohl der heil'ge Christ zumal?
Sicher doch vor allen Dingen
Einen Baum im Kerzenstrahl.

Und darunter ausgebreitet,
Was uns Elternlieb beschert,
Die das ganze Jahre uns leitet,
Sind wir so viel Liebe wert?

Ach, nicht immer! Laßt, ihr Lieben
Mich beschämt es eingestehn;
Doch ihr seid euch gleich geblieben,
Was auch immer ist gescheh'n.

Heute nun am Weihnachtstage
Möcht' ich euch so gern erfreu'n,
Drum erlaubt, daß ich euch sage:
Immer will ich artig sein.

Frohe Stunden nur bereiten
Will ich euch, Papa, Mama,
Künftig bin zu allen Zeiten
Nur zu eurer Freud' ich da.

Doch für heut ein kleines Zeichen,
Daß mein Herz ganz euer ist,
Laßt mich jetzt euch überreichen
Dies Geschenk zum heil'gen Christ.

Nächstes Jahr wird mir gelingen
Wohl schon größre Handarbeit,
Jetzt kann leider ich nur bringen,
Was ich fertig bracht' für heut.

Eine folgenschwere Offenbarung

Eduard von Keyserling

In der Herrschaftsküche mit den blau und weißen Kachelwänden wurde die Weihnachtspastete gebacken. Herr Miespeck, der Küchenchef, litt am Magen und war sehr nervös. Wenn er es mit Trine, der Küchenmagd, gar nicht aushalten konnte, ging er in einen kleinen Nebenraum und spielte die Flöte. In der allgemeinen Küche war es lauter. Frau Mandelkoch befahl hier. Beständig kamen Leute, die hier nichts zu tun hatten, um zu sehen, zu riechen, sich zu wärmen und die Mägde zu kneifen. Amelie, die Zofe, stand vor dem Feuer und starrte vor sich hin. Die anderen störten sie nicht, man sah sie zuweilen an und flüsterte.

Beckmann erschien in seiner schwarzgoldenen Livree, mit seinen dicken Waden und dem weißen Engländergesicht. Unnahbar durchschritt er den Raum und verschwand in der Herrschaftsküche. Amelie schaute auf, folgte ihm mit Augen, die blank vor Bewunderung wurden. Dann seufzte sie, strich ihre kleine Schürze glatt und ging hinaus. Als Beckmann den finsteren Gang hinuntereilte, der zur Außentür führte, faßte jemand ihn am Rockaufschlag und zog ihn auf die Schwelle. »Auf dich wart ich«, sagte Amelie. Beckmanns starres Gesicht verzerrte sich. »Na – was denn? Hier doch nich.«

»Jawoll«, meinte Amelie. »Ich muß dich sprechen.«

Beckmann blieb stehen, steckte das Kinn tief in den hohen Hemdkragen, und seine Waden in den weißen Strümpfen zitterten vor Kälte. »Na – los«, brummte er. Amelie lehnte sich an ihn, strich mit ihren kleinen roten Händen über seinen Rockärmel. »Ich muß doch wissen, was nu sein wird.«

»Immer die alte Jacke«, schnarrte Beckmann, »das Vergnügen wollt ihr, und später sind wir schuld.«

»Wer sagt denn von Schuld, Beckmann«, flehte Amelie. »Ich frag nur, was is nu? Die anderen sprechen schon. Ich geh zur Frau Gräfin.«

Die weiße Lakaiennase hob sich streng zu den Sternen auf.

»Von mir kein Wort«, befahl er.

»Aber Beckmann, ich muß doch sagen, wer der Vater zu dem Kind is.« Amelie weinte nur leise.

»Kein Wort«, wiederholte Beckmann.

Jetzt schüttelte das Weinen den ganzen, runden Mädchenkörper.

»Hör«, sagte Beckmann mit seiner diskreten, leblosen Dienerstimme, »das Flennen hilft so nichts. Wenn du von mir nichts sagst - hm - verstehst du? Wenn du mir nicht den Dienst verdirbst, nachher geb ich das Geld, damit du im Dorfe deine Sache abmachst. Das wird hübsch kosten.« Amelie drängte sich noch an ihn heran, sie lächelte, nahm seine Hand und stützte ihre tränenfeuchte Wange darauf. »Und später - Beckmann - sag - später?« hauchte sie.

»Von später weiß ich nichts«, meinte Beckmann kühl. »Jetzt muß ich gehen.« Er wandte sich ab, als bemerkte er nicht, wie das Mädchen sich auf die Fußspitzen stellte, um mit dem Gesicht an seine schmalen, bleichen Lippen zu reichen.

Als Beckmann fort war, wischte Amelie sich mit der Schürze die Augen und starrte trübselig auf den Hof hinaus, der in der bleichen Schneedämmerung sehr still zwischen den hohen, weißen Häusern lag. Ein grellgoldener Schein fiel auf den Schnee. Drüben bei Inspektors wurde der Weihnachtsbaum angesteckt. Amelie wandte sich ab.

Das Herz war ihr voll Zorn gegen die Herrschaft, die sie fürchten mußte, und so voll von Liebe zu Beckmann, daß sie wieder weinte.

Am ersten Weihnachtstage saß Beate in ihrem Ankleidezimmer und wartete auf Amelie. Der letzte Abendschein war schon hinter den Parkbäumen verglommen. Beate war in einen leichten Halbschlummer verfallen. Als jemand in das Zimmer trat, fragte sie: »Sind Sie es, Amelie? Dann stecken Sie die Lampe an.« Da es still und finster blieb, sagte Beate: »Machen Sie doch Licht. Ich muß mich ankleiden.«

Jetzt rauschte etwas neben ihr auf den Teppich nieder, ein nasses Gesicht legte sich auf ihre Hände. »Sind Sie's, Amelie?« fragte Beate. »Warum weinen Sie? Haben Sie etwas getan?«

»Schlecht - schlecht hab ich getan!« schluchzte das Mädchen. »Und die Schande jetzt. Was soll ich tun? Frau Gräfin werden Erbarmen haben - verzeihen - ach! ach!«

Während Amelie sprach, fühlte sie, wie Beate allmählich vor ihr zurückwich, die Hand, das Knie, das Amelie umschlungen hielt, fortzog. »Stehen Sie auf«, sagte Beate leise, und das geschulte Zofenohr hörte aus diesen Worten doch Strenge und Widerwillen heraus. »Wie konnten Sie das tun - Sie wissen doch …«

Amelie schluchzte unter ihrer Schürze, die sie über den Kopf geschlagen hatte: »Ja - ja - ich weiß. Sünde is - aber es kommt man so -«

Beate schwieg. Sie empfand Mitleid mit dem weinenden Mädchen. Mein Gott! Die Welt ist so voll Sünde und Elend; aber sie empfand auch Groll gegen Amelie. Was hatte sie ihre unreinliche Liebesgeschichte hier zu ihr, Beate, hereinzutragen! »Stecken Sie das Licht an!« befahl Beate. Als die Lampe brannte und Beate vor dem Spiegel saß, machte Amelie sich daran, ihre Herrin zu frisieren. Sobald Beate jedoch die Hände des Mädchens in ihren Haaren spürte, bog sie den Kopf zur Seite, wie von Ekel erfaßt.

»Lassen Sie«, sagte sie hastig. »Ich mach das selbst. Gehen Sie hinaus, gehen Sie.«

Amelie schlug wieder die Schürze über den Kopf und verließ laut jammernd das Zimmer.

Um die Zeit des Sonnenunterganges saß Beate im Ahnensaal und ruhte. Günther war abwesend. Seneïde, die Arme über der Brust verschränkt, ging im Saale auf und ab, dunkel und schmal in dem roten Lichte.

Peter brachte einen Brief. »Aus dem Dorf, von der Amelie«, sagte er.

»Oh - von der!« meinte Seneïde und zog die Augenbrauen empor. Beate sah den Brief mit Widerwillen an, wie wir ein unangenehmes Insekt anschauen, und schloß dann wieder die Augen.

Später im Wohnzimmer wurde die Lampe angesteckt. Die drei Frauen saßen um den runden Tisch. Die schweren, dunklen Vorhänge wurden vor die Fenster gezogen, die alten dunklen Türen geschlossen.

Wieder einmal schien die Außenwelt mit ihrer Unreinlichkeit

und Feindseligkeit ausgesperrt zu sein. Die Meierin kam und sprach von einer kranken Kuh. Beate öffnete widerwillig den Brief und las:

»Gnädige Frau Gräfin, Ziepe sagt, ich darf im Dorfe nicht bleiben. Er sagt, er muß mich rausschmeißen. Ich hab nur getan, was andere Mädchen hier auch tun. Wer is denn so heilig? Wohin soll ich denn gehen? Wie 'n räudiges Vieh soll ich hier raus, sagt Ziepe, der so aufgeblasen ist, daß er bersten wird. Gott geb es! Ich muß raus, und die Eve Mankow darf bleiben und warten, daß der Herr Graf bei Nacht zu ihr rausfährt. Und dann prahlt das freche Mensch noch damit. Das ist Sünde. Ich fahre zu meiner Tante nach Stolpe, die wird christlicher sein als die Herrschaft. Adjö. Amelie Miller.«

Beate schaute auf. Die Meierin erzählte noch von der kranken Kuh. Das Zimmer lag im Lampenschein friedlich und wohlverwahrt da … und doch etwas Fremdes, Entsetzliches war hereingekommen, war da. Beate fröstelte. Hastig mit zwei Fingern faßte sie den Brief und warf ihn in den Kamin. Wie das Papier aufflammte, wie es sich krümmte und wand! Jetzt war nur ein wenig schwarzer Staub übrig, der eilig in den Schlot hinauffuhr. Bleich lehnte sich Beate in den Sessel zurück. So – war's vernichtet – das – dem sie mit ihren Gedanken zu nahen – nicht wagte.

Erst als sie schlaflos im Bette lag, konnte sie dem Entsetzlichen nicht entrinnen. Sie sah beständig Eve Mankow vor sich, das große, hochbusige Mädchen, mit den grellen Augen. Ekel schüttelte sie; Ekel vor ihrem eigenen Körper, der wie Eve nach Günther verlangte, der Günther dasselbe bot wie Eve. – Beate fuhr auf, als müßte sie etwas abwehren, sich von einer quälenden Gemeinschaft befreien.

»Es ist nicht wahr!« flüsterte sie in das Dunkel hinein. Das beruhigte, das leuchtete ein. So etwas kann ja nicht wahr sein! Wie konnten die Even und Amelies an ihre, Beates, Ehre rühren! Nein, so etwas durfte, konnte nicht in ihr Leben hinein; das war ihr fester Wille. So etwas durfte nicht wahr sein. Und um ihre Seele ganz zu befreien, badete sie dieselbe in der Ekstase eines langen Gebetes. […]

Einsiedlers Heiliger Abend

Joachim Ringelnatz

Ich hab' in den Weihnachtstagen –
Ich weiß auch, warum –
Mir selbst einen Christbaum geschlagen,
Der ist ganz verkrüppelt und krumm.

Ich bohrte ein Loch in die Diele
Und steckte ihn da hinein
Und stellte rings um ihn viele
Flaschen Burgunderwein.

Und zierte, um Baumschmuck und Lichter
Zu sparen, ihn abends noch spät
Mit Löffeln, Gabeln und Trichter
Und anderem blanken Gerät.

Ich kochte zur heiligen Stunde
Mir Erbsensuppe mit Speck
Und gab meinem fröhlichen Hunde
Gulasch und litt seinen Dreck.

Und sang aus burgundernder Kehle
Das Pfannenflickerlied.
Und pries mit bewundernder Seele
Alles das, was ich mied.

Es glimmte petroleumbetrunken
Später der Lampendocht.
Ich saß in Gedanken versunken.
Da hat's an die Türe gepocht,

Und pochte wieder und wieder.
Es konnte das Christkind sein.
Und klang's nicht wie Weihnachtslieder?
Ich aber rief nicht: »Herein!«

Ich zog mich aus und ging leise
Zu Bett, ohne Angst, ohne Spott,
Und dankte auf krumme Weise
Lallend dem lieben Gott.

In der Christnacht

Peter Rosegger

In unserer Stube, an der mit grauem Lehm übertünchten Ofenmauer, stand jahraus, jahrein ein Schemel aus Eichenholz. Er war immer glatt und rein gescheuert, denn er wurde, wie die anderen Stubengeräte, jeden Samstag mit feinem Bachsande und einem Strohwisch abgerieben. In der Zeit des Frühlings, des Sommers und des Herbstes stand dieser Schemel leer und einsam in seinem Winkel, nur an jedem Tag zur Abendzeit zog ihn die Ahne etwas weiter hervor, kniete auf denselben hin und verrichtete ihr Abendgebet. Auch an den Samstagen, wenn der Vater an dem Tisch die Feierabendandacht vorbetete, kniete die Ahne auf dem Schemel.

Als aber der Spätherbst kam mit den langen Abenden, an welchen die Knechte in der Stube aus Kienscheiten Leuchtspäne schnitzten, und die Mägde sowie auch meine Mutter und Ahne Wolle und Flachs spannen, und als die Adventszeit kam, in welcher an solchen Span- und Spinnabenden alte Märchen erzählt und geistliche Lieder gesungen wurden, da saß ich beständig auf dem Schemel am Ofen.

Ich hörte von da aus den Geschichten und Gesängen zu, und wenn solche schauerlich wurden und sich meine kleine Seele aufzuregen und zu fürchten begann, rückte ich den Schemel näher der Mutter und begann mich ängstlich an ihr Kleid zu halten, und ich konnte gar nicht mehr begreifen, wie die anderen über mich oder über ihre schrecklichen Geschichten noch zu lachen vermochten. Zuletzt als es zum Schlafengehen kam und mir die Mutter mein Ladbettchen hervorzog, wollte ich schon gar nicht mehr allein in das Bett gehen, und es mußte die Ahne neben mir liegen, bis die fürchterlichen Bilder in mir vergingen und ich einschlief.

Aber die langen Adventsnächte waren bei uns immer sehr kurz. Bald nach zwei Uhr begann es im Hause unruhig zu werden. Oben auf dem Dachboden hörte man die Knechte, wie sie sich ankleideten und umhergingen, und in der Küche brachen die Mägde Späne ab und schürten am Herde. Dann gingen sie alle auf die Tenne zum Dreschen.

Auch die Mutter war aufgestanden und hatte in der Stube Licht gemacht; bald darauf erhob sich der Vater, und sie zogen Kleider an, die nicht ganz für den Werktag und auch nicht ganz für den Feiertag waren. Dann sprach die Mutter zur Ahne, die im Bette lag, einige Worte, und wenn ich, erweckt durch die Unruhe, auch irgendeine Bemerkung tat, so gab sie mir bloß zur Antwort: »Sei du nur schön still und schlaf!« – Dann zündeten meine Eltern eine Laterne an, löschten das Licht in der Stube aus und gingen aus dem Hause. Ich hörte noch die äußere Tür gehen, und ich sah an den Fenstern den Lichtschimmer vorüberflimmern, und ich hörte das Ächzen der Tritte im Schnee, und ich hörte noch das Rasseln des Kettenhundes. – Dann wurde es wieder ruhig, nur war das dumpfe, gleichmäßige Pochen der Drescher zu vernehmen, dann schlief ich wieder ein.

Der Vater und die Mutter gingen in die fast drei Stunden entfernte Pfarrkirche zur Rorate. Ich träumte ihnen nach, ich hörte die Kirchenglocken, ich hörte den Ton der Orgel und das Adventslied: Maria sei gegrüßet, du lichter Morgenstern! Und ich sah die Lichter am Hochaltare, und die Engelein, die über demselben standen, breiteten ihre goldenen Flügel aus und flogen in der Kirche umher, und einer, der mit der Posaune über dem Predigtstuhl stand, zog hinaus in die Heiden und in die Wälder und blies es durch die ganze Welt, daß die Ankunft des Heilands nahe sei.

Als ich erwachte, strahlte die Sonne schon lange zu den Fenstern herein, und draußen glitzerte und flimmerte der Schnee, und die Mutter ging wieder in der Stube umher und war in Werktagskleidern und tat häusliche Arbeiten. [...] Die Ahne kam nun von der Küche herein und half mir die Höschen anziehen und wusch mein Gesicht mit kaltem Wasser, daß ich aus Empfindsamkeit zugleich weinte und lachte. Als dieses geschehen war, kniete ich auf meinen Schemel hin und betete mit der Ahne den Morgensegen:

In Gottes Namen aufstehen,
Gegen Gott gehen,
Gegen Gott treten,
Zum himmlischen Vater beten,
Daß er uns verleih'
Lieb' Englein drei:
Der erste, der uns weist,
Der zweite, der uns speist,
Der dritt', der uns behüt' und bewahrt,
Daß uns an Leib und Seel' nichts widerfahrt.

Nach dieser Andacht erhielt ich meine Morgensuppe, und nach derselben kam die Ahne mit einem Kübel Rüben, die wir nun zusammen zu schälen hatten. […] Aber bei dem Schälen der Rüben konnte ich die Ahne nie vollkommen befriedigen; ich schnitt stets eine zu dicke Schale, ließ sie aber stellenweise doch wieder ganz auf der Rübe. Wenn ich mich dabei gar in den Finger schnitt und sofort zu weinen begann, so sagte die Ahne immer sehr unwirsch: »Mit dir ist wohl ein rechtes Kreuz, man soll dich frei hinauswerfen in den Schnee!« Dabei verband sie mir die Wunde mit unsäglicher Sorgfalt und Liebe.

So vergingen die Tage des Advents, und ich und die Ahne sprachen immer häufiger und häufiger von dem Weihnachtsfeste und von dem Christkinde, das nun bald kommen werde zu den Menschen.

Je mehr wir dem Feste nahten, um so unruhiger wurde es im Hause. Die Knechte trieben das Vieh aus dem Stalle und gaben frische Streu hinein und stellten die Barren und Krippen zurecht; der Halterbub striegelte die Ochsen, daß sie ein glattes Aussehen bekamen; der Futterbub mischte mehr Heu in das Stroh als gewöhnlich und bereitete davon einen ganzen Stoß in der Futterkammer. Die Kuhmagd tat das gleiche. Das Dreschen hatte schon einige Tage früher aufgehört, weil man durch den Lärm die nahen Feiertage zu entheiligen geglaubt hätte.

Im ganzen Hause wurde gewaschen und gescheuert, selbst in die Stube kamen die Mägde mit ihren Wasserkübeln und Strohwischen und Besen hinein. Ich freute mich immer sehr auf dieses Waschen, weil ich es gern hatte, wie alles drunter und drüber gekehrt wurde, und weil die Glasbilder im Tischwinkel, die braune Schwarzwälderuhr mit ihrer Metallschelle und andere Dinge, die ich sonst immer nur von der Höhe zu sehen bekam, herabgenommen und mir näher gebracht wurden, so daß ich alles viel genauer und von verschiedenen Seiten betrachten konnte. Freilich war mir nicht erlaubt, dergleichen Dinge anzurühren, weil ich noch zu ungeschickt und unbesonnen dafür wäre und die Gegenstände leicht beschädigen könne. Aber es gab doch Augenblicke, in welchen man im eifrigen Waschen und Scheuern nicht auf mich achtete.

In einem solchen Augenblick kletterte ich einmal über den Schemel auf die Bank und von der Bank auf den Tisch, der aus seiner gewöhnlichen Stellung gerückt war und auf dem die Schwarzwälderuhr lag. Ich machte mich an die Uhr, von der die Gewichte über den Tisch hingen, sah durch ein offenes Seitentürchen in das messingene, sehr bestaubte Räderwerk hinein, tupfte einigemal an die kleinen Blätter des Windrädchens und legte die Finger endlich selbst an das Rädchen, ob es denn nicht gehe; aber es ging nicht. Zuletzt rückte ich auch ein wenig an einem Holzstäbchen, und als ich das tat, begann es im Werk fürchterlich zu rasseln. Einige Räder gingen langsam, andere schneller, und das Windrädchen flog, daß man es kaum sehen konnte. Ich war unbeschreiblich erschrocken, ich kollerte vom Tisch über Bank und Schemel auf den nassen, schmutzigen Boden hinab. [...] Das Rasseln in der Uhr wollte gar nicht aufhören, und zuletzt nahm mich die Mutter mit beiden Händen und trug mich in das Vorhaus und schob mich durch die Tür hinaus in den Schnee und schlug die Tür hinter mir zu. Ich stand wie vernichtet da, ich hörte von innen noch das Greinen der Mutter, die ich sehr beleidigt haben mußte, und ich hörte das Scheuern und Lachen der Mägde, und ich hörte noch immer das Rasseln der Uhr.

Als ich eine Weile dagestanden und geschluchzt hatte, und als gar niemand gekommen war, der mich wieder in das Haus gerufen hätte, ging ich fort nach dem Pfade, der in den Schnee getreten war, und ich ging über den Hausanger und über das Feld dem Walde zu. Ich wußte nicht, wohin ich wollte, ich bildete mir nur ein, daß mir ein großes Unrecht geschehen sei, und daß ich nun nicht mehr in das Haus zurückkehren könne.

Aber ich war noch nicht zu dem Walde gekommen, als ich hinter mir ein grelles Pfeifen hörte. Das war das Pfeifen der Ahne, wie sie es machte, wenn sie zwei Finger in den Mund nahm und die Zunge spitzte und blies: »Wo willst du denn hin, du dummes Kind«, rief sie, »wart, wenn du so im Wald herumlaufen willst, so wird dich schon die Mooswaberl abfangen, wart nur!«

Auf dieses Wort kehrte ich augenblicklich um, denn die Mooswaberl fürchtete ich unsäglich.

Ich ging aber immer noch nicht in das Haus, ich blieb im Hofe stehen, wo der Vater und zwei Knechte gerade ein Schwein aus dem Stalle zogen, um es abzustechen. Über das ohrenzerreißende Schreien des Tieres und über das Blut, das ich nun sah, und das eine Magd in einen Topf auffing, vergaß ich auf das Vorgefallene, und als der Vater im Vorhause das Schwein abhäutete, stand ich schon wieder dabei und hielt die Hautzipfel, die er mit einem großen Messer von dem speckigen Fleisch immer mehr und mehr lostrennte. Als später die Eingeweide herausgenommen waren und die Mutter Wasser in das Becken goß, sagte sie zu mir: »Geh weg da, sonst wirst du ganz angespritzt!«

Aus diesen Worten entnahm ich, daß die Mutter mit mir wieder versöhnt sei, und nun war alles gut, und als ich wieder in die Stube kam, um mich ein wenig zu erwärmen, stand da alles an seinem gewöhnlichen Platz. Boden und Wände waren noch feucht, aber rein gescheuert, und die Schwarzwälderuhr hing wieder an der Wand und tickte. Und sie tickte viel lauter und heller durch die neu hergestellte Stube als früher.

Endlich nahm das Waschen und Scheuern und Glätten ein Ende, im Hause wurde es ruhiger, fast still, und der Heilige Abend war da. Das Mittagsmahl am Heiligen Abend wurde nicht in der Stube eingenommen, sondern in der Küche, wo man das Nudelbrett als Tisch eignete und sich um dasselbe herum setzte und das einfache Fastengericht still, aber mit gehobener Stimmung verzehrte.

Der Tisch in der Stube war mit einem schneeweißen Tuche

bedeckt, und vor dem Tische stand mein Schemel, auf welchen sich zum Abend, als die Dämmerung einbrach, die Ahne hinkniete und still betete.

Mägde gingen leise durch das Haus und bereiteten ihre Festtagskleider vor, und die Mutter tat in einen großen Topf Fleischstücke, goß Wasser daran und stellte sie zum Herdfeuer. Ich schlich in der Stube auf den Zehenspitzen herum und hörte nichts als das lustige Prasseln des Feuers in der Küche. Ich blickte auf meine Sonntagshöschen und auf das Jöppel und auf das schwarze Filzhütlein, das schon an einem Nagel der Wand hing, und dann blickte ich durch das Fenster in die hereinbrechende Dunkelheit hinaus. Wenn kein ungestümes Wetter eintrat, so durfte ich in der Nacht mit dem Großknecht in die Kirche gehen. Und das Wetter war ruhig, und es würde auch, wie der Vater sagte, nicht allzu kalt werden, weil auf den Bergen Nebel lag.

Unmittelbar vor dem »Rauchengehen«, in welchem Haus und Hof nach alter Sitte mit Weihwasser und Weihrauch besegnet wird, hatten der Vater und die Mutter einen kleinen Streit. Die Mooswaberl war dagewesen, hatte glückselige Feiertage gewünscht, und die Mutter hatte ihr für den Festtag ein Stück Fleisch geschenkt. Darüber war der Vater etwas ungehalten; er war sonst ein Freund der Armen und gab ihnen nicht selten mehr, als unsere Verhältnisse erlauben wollten, aber der Mooswaberl sollte man seiner Meinung nach kein Almosen reichen. Die Mooswaberl war ein Weib, welches gar nicht in die Gegend gehörte, welches unbefugt in den Wäldern umherstrich, Moos und Wurzeln sammelte, in halbverfallenen Köhlerhütten Feuer machte und schlief. Daneben zog sie bettelnd zu den Bauernhäfen, wollte Moos verkaufen, und da sie keine Geschäfte machte, weinte sie und verfluchte das Leben. […]

Der Richter hatte die Mooswaberl schon mehrmals aus der Gemeinde gewiesen, aber sie war immer wieder zurückgekommen. »Sie würde nicht immer zurückgekommen sein«, sagte mein Vater, »wenn sie in dieser Gegend nichts gebettelt bekäme. So wird sie hier verbleiben, und wenn sie alt und krank ist, müssen wir sie auch hegen und pflegen; das ist ein Kreuz, welches wir uns selbst an den Hals gebunden haben.«

Die Mutter sagte nichts zu solchen Worten, sondern sie gab der Mooswaberl, wenn sie kam, immer das gewohnte Almosen, und heute noch etwas mehr, zu Ehren des hohen Festes.

Darum also war der kleine Streit zwischen Vater und Mutter, der aber allsogleich verstummte, als zwei Knechte mit dem Rauch- und Weihwassergefäß in das Haus kamen. [...]

Nach dem Abendmahle sang die Mutter ein Hirtenlied. So wonnevoll ich sonst diesen Liedern lauschte, aber heute dachte ich nur immer an den Kirchgang, und ich wollte durchaus schon das Sonntagskleidchen anziehen. Man sagte, es sei noch später Zeit dazu, aber endlich gab die Ahne meinem Drängen doch nach und zog mich an. Der Stallknecht kleidete sich sehr sorgsam in seinen Festtagsstaat, weil er nach dem Mitternachtsgottesdienst nicht nach Hause gehen, sondern im Dorfe den Morgen abwarten wollte.

Gegen neun Uhr waren auch die anderen Knechte und Mägde bereit und zündeten am Kerzenlicht eine Spanlunte an. Ich hielt mich an den Großknecht, und meine Eltern und meine Großmutter, welche daheim blieben, um das Haus zu hüten, besprengten mich mit Weihwasser und sagten, daß ich nicht fallen und nicht erfrieren möge.

Dann gingen wir. [...]

Der Traum

1. Dezember 1842

Heinrich Hoffmann von Fallersleben

Ich lag und schlief, da träumte mir
Ein wunderschöner Traum:
Es stand auf unserm Tisch vor mir
Ein hoher Weihnachtsbaum.

Und bunte Lichter ohne Zahl,
Die brannten rings umher,
Die Zweige waren allzumal
Von goldnen Äpfeln schwer.

Und Zuckerpuppen hingen dran:
Das war mal eine Pracht!
Da gab's, was ich nur wünschen kann
Und was mir Freude macht.

Und als ich nach dem Baume sah
Und ganz verwundert stand,
Nach einem Apfel griff ich da,
Und alles, alles schwand.

Da wacht ich auf aus meinem Traum,
Und dunkel war's um mich:
Du lieber, schöner Weihnachtsbaum,
Sag an, wo find ich dich?

Da war es just, als rief' er mir:
»Du darfst nur artig sein,
Dann steh ich wiederum vor dir –
Jetzt aber schlaf nur ein!

Und wenn du folgst und artig bist,
Dann ist erfüllt dein Traum,
Dann bringet dir der Heilge Christ
Den schönsten Weihnachtsbaum.«

Brief an Sophie Löwenthal

[Weihnachten 1836]

Nikolaus Lenau

(Mit einem Edelmardermuff)

Schöne Frau! die ich verehre,
Wenn ich ein Naturgeist wäre,
Würd ich heut zur Weihnachtspende
Für die vielgelobten
Kunst- und fleißerprobten
Blumenschöpferischen Hände
Nicht das Fell des Marders geben;
Nein! zum Schutz vor Frostesqualen
Würde ich aus Frühlingssonnenstrahlen
Einen Zaubermuff dir weben.

Als ich Christtagsfreude holen ging

Peter Rosegger

In meinem zwölften Lebensjahre wird es gewesen sein, als am Frühmorgen des heiligen Christabends mein Vater mich an der Schulter rüttelte: ich solle aufwachen und zur Besinnung kommen, er habe mir etwas zu sagen. Die Augen waren bald offen, aber die Besinnung! Als ich unter der Mithilfe der Mutter angezogen war und bei der Frühsuppe saß, verlor sich die Schlaftrunkenheit allmählich, und nun sprach mein Vater: »Peter, jetzt höre, was ich dir sage. Da nimm einen leeren Sack, denn du wirst was heimtragen. Da nimm meinen Stecken, denn es ist viel Schnee, und da nimm eine Laterne, denn der Pfad ist schlecht, und die Stege sind vereist. Du mußt hinabgehen nach Langenwang. Den Holzhändler Spreitzegger zu Langenwang, den kennst du, der ist mir noch immer das Geld schuldig, zwei Gulden und sechsunddreißig Kreuzer für den Lärchbaum. Ich laß ihn bitten drum; schön höflich anklopfen und den Hut abnehmen, wenn du in sein Zimmer trittst. Mit dem Geld gehst nachher zum Kaufmann Doppelreiter und kaufst zwei Maßel Semmelmehl und zwei Pfund Rindschmalz und um zwei Groschen Salz, und das tragst heim.«

Jetzt war aber auch meine Mutter zugegen, ebenfalls schon angekleidet, während meine sechs jüngeren Geschwister noch ringsum an der Wand in ihren Bettchen schliefen. Die Mutter, die redete drein wie folgt: »Mit Mehl und Schmalz und Salz allein kann ich kein Christtagsessen richten. Ich brauch' dazu noch Germ (Bierhefe) um einen Groschen, Weinbeerln um fünf Kreuzer, Zucker um fünf Groschen, Safran um zwei Groschen und Neugewürz um zwei Kreuzer. Etliche Semmeln werden auch müssen sein.«

»So kaufst es«, setzte der Vater ruhig bei. »Und wenn dir das Geld zu wenig wird, so bittest den Herrn Doppelreiter, er möcht die Sachen derweil borgen, und zu Ostern, wenn die Kohlenraitung (Verrechnung) ist, wollt' ich schon fleißig zahlen. Eine Semmel kannst unterwegs selber essen, weil du vor Abend nicht heimkommst. Und jetzt kannst gehen, es wird schon fünf Uhr, und daß du noch die Achte-Messe erlangst zu Langenwang.«

Das war alles gut und recht. Den Sack band mir mein Vater um die Mitte, den Stecken nahm ich in die rechte Hand, die Laterne mit der frischen Unschlittkerze in die linke, und so ging ich davon, wie ich zu jener Zeit in Wintertagen oft davongegangen war. Der durch wenige Fußgeher ausgetretene Pfad war holperig im tiefen Schnee, und es ist nicht immer leicht, nach den Fußstapfen unserer Vorderen zu wandeln, wenn diese zu lange Beine gehabt haben. Noch nicht dreihundert Schritt war ich gegangen, so lag ich im Schnee, und die Laterne, hingeschleudert, war ausgelöscht. Ich suchte mich langsam zusammen, und dann schaute ich die wunderschöne Nacht an. Anfangs war sie ganz grausam finster, allmählich hub der Schnee an, weiß zu werden und die Bäume schwarz, und in der Höhe war helles Sternengefunkel. In den Schnee fallen kann man auch ohne Laterne, so stellte ich sie seithin unter einen Strauch, und ohne Licht ging's nun besser als vorhin.

In die Talschlucht kam ich hinab, das Wasser des Fresenbaches war eingedeckt mit glattem Eis, auf welchem, als ich über den Steg ging, die Sterne des Himmels gleichsam Schlittschuh liefen. Später war ein Berg zu übersteigen; auf dem Paß, genannt der »Höllkogel«, stieß ich zur wegsamen Bezirksstraße, die durch Wald und Wald hinabführt in das Mürztal. In diesem lag ein weites Meer von Nebel, in welches ich sachte hineinkam, und die feuchte Luft fing an, einen Geruch zu haben, sie roch nach Steinkohlen; und die Luft fing an, fernen Lärm an mein Ohr zu tragen, denn im Tal hämmerten die Eisenwerke, rollte manchmal ein Eisenbahnzug über dröhnende Brücken.

Nach langer Wanderung ins Tal gekommen zur Landstraße, klingelte Schlittengeschelle, der Nebel ward grau und lichter, so daß ich die Fuhrwerke und Wandersleute, die für die Feiertage nach ihren Heimstätten reisten, schon auf kleine Strecken weit sehen konnte. Nachdem ich eine Stunde lang im Tale fortgegangen war, tauchte links an der Straße im Nebel ein dunkler Fleck auf, rechts auch einer, links mehrere, rechts eine ganze Reihe – das Dorf Langenwang.

Alles, was Zeit hatte, ging der Kirche zu, denn der Heilige Abend ist voller Vorahnung und Gottesweihe. Bevor noch die Messe anfing, schritt der hagere, gebückte Schulmeister durch die Kirche, musterte die Andächtigen, als ob er jemanden suche. Endlich trat er an mich heran und fragte leise, ob ich ihm nicht die Orgel »melken« wolle, es sei der Mesnerbub krank. Voll Stolz und Freude, also zum Dienste des Herrn gewürdigt zu sein, ging ich mit ihm auf den Chor, um bei der heiligen Messe den Blasebalg der Orgel zu ziehen. Während ich die zwei langen Lederriemen abwechselnd aus dem Kasten zog, in welchen jeder derselben allemal wieder langsam hineinkroch, orgelte der Schulmeister, und seine Tochter sang:

»Tauet, Himmel, den Gerechten,
Wolken, regnet ihn herab!
also rief in bangen Nächten
einst die Welt, ein weites Grab.
In von Gott verhaßten Gründen
herrschten Satan, Tod und Sünden,
fest verschlossen war das Tor
zu dem Himmelreich empor.«

Ferner erinnere ich mich, an jenem Morgen nach dem Gottesdienst in der dämmerigen Kirche vor ein Heiligenbild hingekniet zu sein und gebetet zu haben um Glück und Segen zur Erfüllung meiner bevorstehenden Aufgabe. Das Bild stellte die Vierzehn Nothelfer dar – einer wird doch dabeisein, der zur Eintreibung von Schulden behilflich ist. Es schien mir aber, als schiebe während meines Gebetes auf dem Bilde einer sich sachte hinter den andern zurück.

Trotzdem ging ich guten Mutes hinaus in den nebeligen Tag, wo alles emsig war in der Vorbereitung zum Fest, und ging dem Hause des Holzhändlers Spreitzegger zu. Als ich daran war, zur vorderen Tür hineinzugehen, wollte der alte Spreitzegger, soviel ich mir später reimte, durch die hintere Tür entwischen.

Es wäre ihm gelungen, wenn mir nicht im Augenblick geschwant hätte: Peter, geh nicht zur vorderen Tür ins Haus wie ein Herr, sei demütig, geh zur hinteren Tür hinein, wie es dem Waldbauernbub geziemt. Und knapp an der hinteren Tür trafen wir uns.

»Ah, Bübel, du willst dich wärmen gehen«, sagte er mit geschmeidiger Stimme und deutete ins Haus, »na, geh dich nur wärmen. Ist kalt heut!« Und wollte davon.

»Mir ist nicht kalt«, antwortete ich, »aber mein Vater läßt den Spreitzegger schön grüßen und bitten ums Geld.«

»Ums Geld? Wieso?« fragte er. »Ja richtig, du bist der Waldbauernbub. Bist früh aufgestanden heut, wenn du schon den weiten Weg kommst. Rast nur ab. Und ich laß deinen Vater auch schön grüßen und glückliche Feiertage wünschen; ich komm' ohnehin ehzeit einmal zu euch hinauf, nachher wollen wir schon gleich werden.«

Fast verschlug's mir die Rede, stand doch unser ganzes Weihnachtsmahl in Gefahr vor solchem Bescheid.

»Bitt' wohl von Herzen schön ums Geld, muß Mehl kaufen und Schmalz und Salz, und ich darf nicht heimkommen mit leerem Sack.«

Er schaute mich starr an. »Du kannst es!« brummte er, zerrte mit zäher Gebärde seine große, rote Brieftasche hervor, zupfte in den Papieren, die wahrscheinlich nicht pure Banknoten waren, zog einen Gulden heraus und sagte: »Na, so nimm derweil das, in vierzehn Tagen wird dein Vater den Rest schon kriegen. Heut hab' ich nicht mehr.«

Den Gulden schob er mir in die Hand, ging davon und ließ mich stehen.

Ich blieb aber nicht stehen, sondern ging zum Kaufmann Doppelreiter. Dort begehrte ich ruhig und gemessen, als ob nichts wäre, zwei Maßel Semmelmehl, zwei Pfund Rindschmalz, um zwei Groschen Salz, um einen Groschen Germ, um fünf Kreuzer Weinbeerln, um fünf Groschen Zucker, um zwei Groschen Safran und um zwei Kreuzer Neugewürz. Der Herr Doppelreiter bediente mich selbst und machte mir alles hübsch zurecht in Päckchen und Tütchen, die er dann mit Spagat zusammen in ein einziges Paket band und so an den Mehlsack hängte, daß ich das Ding über der Achsel tragen konnte, vorn ein Bündel und hinten ein Bündel.

Als das geschehen war, fragte ich mit einer nicht minder tückischen Ruhe als vorhin, was das alles zusammen ausmache.

»Das macht drei Gulden fünfzehn Kreuzer«, antwortete er mit Kreide und Mund.

»Ja, ist schon recht«, hierauf ich, »da ist derweil ein Gulden, und das andere wird mein Vater, der Waldbauer in Alpel, zu Ostern zahlen.«

Schaute mich der bedauernswerte Mann an und fragte höchst ungleich: »Zu Ostern? In welchem Jahr?«

»Na, nächst Ostern, wenn die Kohlenraitung ist.«

Nun mischte sich die Frau Doppelreiterin, die andere Kunden bediente, drein und sagte: »Laß ihm's nur, Mann, der Waldbauer hat schon öfter auf Borg genommen und nachher allemal ordentlich bezahlt. Laß ihm's nur.«

»Ich laß ihm's ja, werd' ihm's nicht wieder wegnehmen«, antwortete der Doppelreiter. Das war doch ein bequemer Kaufmann! Jetzt fielen mir auch die Semmeln ein, welche meine Mutter noch bestellt hatte.

»Kann man da nicht auch fünf Semmeln haben?« fragte ich.

»Semmeln kriegt man beim Bäcker«, sagte der Kaufmann.

Das wußte ich nun gleichwohl, nur hatte ich mein Lebtag nichts davon gehört, daß man ein paar Semmeln auf Borg nimmt, daher vertraute ich der Kaufmännin, die sofort als Gönnerin zu betrachten war, meine vollständige Zahlungsunfähigkeit an. Sie gab mir zwei bare Groschen für Semmeln, und als sie nun noch beobachtete, wie meine Augen mit den reiffeuchten Wimpern fast unlösbar an den gedörrten Zwetschgen hingen, die sie einer alten Frau in den Korb tat, reichte sie mir auch noch eine Handvoll dieser köstlichen Sache zu: »Unterwegs zum Naschen.«

Nicht lange hernach, und ich trabte, mit meinen Gütern reich und schwer bepackt, durch die breite Dorfgasse dahin. Überall in den Häusern wurde gemetzgert, gebacken, gebraten, gekellert; ich beneidete die Leute nicht; ich bedauerte sie vielmehr, daß sie nicht ich waren, der, mit so großem Segen beladen, gen Alpel zog. Das wird morgen ein Christtag werden! Denn die Mutter kann's, wenn sie die Sachen hat. Ein Schwein ist ja auch geschlachtet worden daheim, das gibt Fleischbrühe mit Semmelbrocken, Speckfleck, Würste, Nieren-Lümperln, Knödelfleisch mit Kren, dann erst die Krapfen, die Zuckernudeln, das Schmalzkoch mit Weinbeerln und Safran! – Die Herrenleut da in Langenwang haben so was alle Tag, das ist nichts, aber wir haben es im Jahr einmal und kommen mit unverdorbenem Magen dazu, *das* ist was! – Und doch dachte ich auf diesem belasteten Freudenmarsch weniger noch ans Essen als an das liebe Christkind und sein hochheiliges Fest.

Am Abend, wenn ich nach Hause komme, werde ich aus der Bibel davon vorlesen, die Mutter und die Magd Mirzel werden Weihnachtslieder singen; dann, wenn es zehn Uhr wird, werden wir uns aufmachen nach Sankt Kathrein und in der Kirche die feierliche Christmette begehen bei Glock', Musik und unzähligen Lichtern. Und am Seitenaltar ist das Krippel aufgerichtet mit Ochs und Esel und den Hirten, und auf dem Berg die Stadt

Bethlehem und darüber die Engel, singend: Ehre sei Gott in der Höhe! – Diese Gedanken trugen mich anfangs wie Flügel. Doch als ich eine Weile die schlittenglatte Landstraße dahingegangen war, unter den Füßen knirschenden Schnee, mußte ich mein Doppelbündel schon einmal wechseln von einer Achsel auf die andere.

In der Nähe des Wirtshauses »Zum Sprengzaun« kam mir etwas Vierspänniges entgegen. Ein leichtes Schlittlein, mit vier feurigen, hochaufgefederten Rappen bespannt, auf dem Bock ein Kutscher mit glänzenden Knöpfen und einem Buttenhut. Der Kaiser? Nein, der Herr Wachtler vom Schlosse Hohenwang saß im Schlitten, über und über in Pelze gehüllt und eine Zigarre schmauchend. Ich blieb stehen, schaute dem blitzschnell vorüberrutschenden Zeug eine Weile nach und dachte: Etwas krumm ist es doch eingerichtet auf dieser Welt: da sitzt ein starker Mann drin und läßt sich hinziehen mit so viel überschüssiger Kraft, und ich vermag mein Bündel kaum zu schleppen.

Mittlerweile war es Mittagszeit geworden. Durch den Nebel war die milchweiße Scheibe der Sonne zu sehen; sie war nicht hoch am Himmel hinaufgestiegen, denn um vier Uhr wollte sie ja wieder unten sein, zur langen Christnacht. Ich fühlte in den Beinen manchmal so ein heißes Prickeln, das bis in die Brust hinaufstieg, es zitterten mir die Glieder. Nicht weit von der Stelle, wo der Weg nach Alpel abzweigt, stand ein Kreuz mit dem lebensgroßen Bilde – des Heilands. Es stand, wie es heute noch steht, an seinem Fuß Johannes und Magdalena, das Ganze mit einem Bretterverschlag verwahrt, so daß es wie eine Kapelle war. Vor dem Kreuze auf die Bank, die für kniende Beter bestimmt ist, setzte ich mich nieder, um Mittag zu halten. Eine Semmel, die gehörte mir, meine Neigung zu ihr war so groß, daß ich sie am liebsten in wenigen Bissen verschluckt hätte. Allein das schnelle Schlucken ist nicht gesund, das wußte ich von anderen Leuten, und das langsame Essen macht einen längeren Genuß, das wußte ich schon von mir selber.

Also beschloß ich, die Semmel recht gemächlich und bedächtig zu genießen und dazwischen manchmal eine gedörrte Zwetschge zu naschen.

Es war eine sehr köstliche Mahlzeit; wenn ich heute etwas recht Gutes haben will, das kostet außerordentliche Anstrengungen aller Art; ach, wenn man nie und nie einen Mangel zu leiden hat, wie wird man da arm!

Und wie war ich so reich damals, als ich arm war!

Als ich nach der Mahlzeit mein Doppelbündel wieder auflud, war's ein Spaß mit ihm, flink ging es voran. Als ich später in die Bergwälder hinaufkam und der graue Nebel dicht in den schneebeschwerten Bäumen hing, dachte ich an den Grabler-Hansel.

Das war ein Kohlenführer, der täglich von Alpel seine Fuhre ins Mürztal lieferte. Wenn er auch heute gefahren wäre! Und wenn er jetzt heimwärts mit dem leeren Schlitten des Weges käme und mir das Bündel auflüde! Und am Ende gar mich selber! Daß es so heiß sein kann im Winter! Mitten in Schnee und Eisschollen schwitzen! Doch morgen wird alle Mühsal vergessen sein. - Derlei Gedanken und Vorstellungen verkürzten mir unterwegs die Zeit.

Auf einmal roch ich starken Tabakrauch. Knapp hinter mir ging - ganz leise auftretend - der grüne Kilian. Der Kilian war früher einige Zeit lang Forstgehilfe in den gewerkschaftlichen Waldungen gewesen, jetzt war er's nicht mehr, wohnte mit seiner Familie in einer Hütte drüben in der Fischbacher Gegend, man wußte nicht recht, was er trieb. Nun ging er nach Hause. Er hatte einen Korb auf dem Rücken, an dem er nicht schwer zu tragen schien, sein Gewand war noch ein jägermäßiges, aber hübsch abgetragen, und sein schwarzer Vollbart ließ nicht viel sehen von seinem etwas fahlen Gesicht. Als ich ihn bemerkt hatte, nahm er die Pfeife aus dem Mund, lachte laut und sagte: »Wo schiebst denn hin, Bub?«

»Heim zu«, meine Antwort.

»Was schleppst denn?«

»Sachen für den Christtag.«

»Gute Sachen? der Tausend sapperment! Wem gehörst denn zu?«

»Dem Waldbauer.«

»Zum Waldbauer willst gar hinauf? Da mußt gut antauchen.«

»Tu's schon«, sagte ich und tauchte an.

»Nach einem solchen Marsch wirst gut schlafen bei der Nacht«, versetzte der Kilian, mit mir gleichen Schritt haltend.

»Heut wird nicht geschlafen bei der Nacht, heut ist Christnacht.«

»Was willst denn sonst tun, als schlafen bei der Nacht?«

»Nach Kathrein in die Mette gehen.«

»Nach Kathrein?« fragte er, »den weiten Weg?«

»Um zehn Uhr abends gehen wir vom Haus fort, und um drei Uhr früh sind wir wieder daheim.«

Der Kilian biß in sein Pfeifenrohr und sagte: »Na, hörst du, da gehört viel Christentum dazu. Beim Tag ins Mürztal und bei der Nacht in die Metten nach Kathrein! So viel Christentum hab ich nicht, aber das sage ich dir doch: Wenn du dein Bündel in meinen Buckelkorb tun willst, daß ich es dir eine Zeitlang trage und du dich ausrasten kannst, so hast ganz recht, warum soll der alte Esel nicht auch einmal tragen!«

Damit war ich einverstanden, und während mein Bündel in seinen Korb sank, dachte ich: Der grüne Kilian ist halt doch ein besserer Mensch, als man sagt.

Dann rückten wir wieder an, ich huschte frei und leicht neben ihm her.

»Ja, ja, die Weihnachten!« sagte der Kilian fauchend, »da geht's halt drunter und drüber. Da reden sich die Leut in eine Aufregung und Frömmigkeit hinein, die gar nicht wahr ist. Im Grund ist der Christtag wie jeder andere Tag, nicht einen Knopf anders. Der Reiche, ja, der hat jeden Tag Christtag, unsereiner hat jeden Tag Karfreitag.«

»Der Karfreitag ist auch schön«, war meine Meinung.

»Ja, wer genug Fisch und Butter und Eier und Kuchen und Krapfen hat zum Fasten!« lachte der Kilian.

Mir kam sein Reden etwas heidentümlich vor. Doch was er noch weiteres sagte, das verstand ich nicht mehr, denn er hatte angefangen, sehr heftig zu gehen, und ich konnte nicht recht nachkommen. Ich rutschte auf dem glitschigen Schnee mit jedem Schritt ein Stück zurück, der Kilian hatte Fußeisen angeschnallt, hatte lange Beine, war nicht abgemattet – da ging's freilich voran.

»Herr Kilian!« rief ich. Er hörte es nicht. Der Abstand zwischen uns wurde immer größer, bei Wegbiegungen entschwand er mir manchmal ganz aus den Augen, um nachher wieder in größerer Entfernung, halb schon von Nebeldämmerung verhüllt, aufzutauchen. Jetzt wurde mir bang um mein Bündel. Kamen wir ja doch schon dem Höllkogel nahe. Das ist jene Stelle, wo der Weg nach Alpel und der Weg nach Fischbach sich gabeln. Ich hub an zu laufen; im Angesichte der Gefahr war alle Müdigkeit dahin, ich lief wie ein Hündlein und kam ihm näher. Was wollte ich aber anfangen, wenn ich ihn eingeholt hätte, wenn ihm der Wille fehlte, die Sachen herzugeben, und mir die Kraft, sie zu nehmen? Das kann ein schönes Ende werden mit diesem Tag, denn die Sachen lasse ich nicht im Stich, und sollte ich ihm nachlaufen müssen bis hinter den Fischbacher Wald zu seiner Hütte!

Als wir denn beide so merkwürdig schnell vorwärtskamen, holten wir ein Schlittengespann ein, das vor uns mit zwei grauen Ochsen und einem schwarzen Kohlenführer langsam des Weges schliff. Der Grabler-Hansel! Mein grüner Kilian wollte schon an dem Gespann vorüberhuschen, da schrie ich von hinten her aus Leibeskräften: »Hansel! Hansel! Sei so gut, leg mir meine Christtagsachen auf den Schlitten, der Kilian hat sie im Korb, und er soll sie dir geben!«

Mein Geschrei muß wohl sehr angstvoll gewesen sein, denn der Hansel sprang sofort von seinem Schlitten und nahm eine tatbereite Haltung ein. Und wie der Kilian merkte, ich hätte hier einen Bundesgenossen, riß er sich den Korb vom Rücken und schleuderte das Bündel auf den Schlitten. Er knirschte noch etwas von »dummen Bären« und »Undankbarkeit«, dann war er auch schon davon.

Der Hansel rückte das Bündel zurecht und fragte, ob man sich draufsetzen dürfe. Das, bat ich, nicht zu tun.

So tat er's auch nicht, wir setzten uns hübsch nebeneinander auf den Schlitten, und ich hielt auf dem Schoß sorgfältig mit beiden Händen die Sachen für den Christtag. So kamen wir endlich nach Alpel. Als wir zur ersten Fresenbrücke gekommen waren, sagte der Hansel zu den Ochsen: »Oha!« und zu mir: »So!« Die Ochsen verstanden und blieben stehen, ich verstand nicht und blieb sitzen.

Aber nicht mehr lange, es war ja zum Aussteigen, denn der

Hansel mußte links in den Graben hinein und ich rechts den Berg hinauf.

»Dank dir's Gott, Hansel!«

»Ist schon gut, Peterl.«

Zur Zeit, da ich mit meiner Last den steilen Berg hinanstieg gegen mein Vaterhaus, begann es zu dämmern und zu schneien. Und zuletzt war ich doch daheim.

»Hast alles?« fragte die Mutter am Kochherd mir entgegen.

»Alles!«

»Brav bist. Und hungrig wirst sein.«

Beides ließ ich gelten. Sogleich zog die Mutter mir die klingendhart gefrorenen Schuhe von den Füßen, denn ich wollte, daß sie frisch eingefettet würden für den nächtlichen Mettengang. Dann setzte ich mich in der warmen Stube zum Essen.

Aber siehe, während des Essens geht es zu Ende mit meiner Erinnerung. – Als ich wieder zu mir kam, lag ich wohlausgeschlafen in meinem warmen Bette, und zum kleinen Fenster herein schien die Morgensonne des Christtages.

Weihnacht

Hugo von Hofmannsthal

Weihnachtsgeläute
Im nächtigen Wind …
Wer weiß, wo heute
Die Glocken sind,
Die Töne von damals sind?

Die lebenden Töne
Verflogener Jahr',
Mit kindischer Schöne
Und duftendem Haar,
Und tannenduftigem Haar,

Mit Lippen und Locken
Von Träumen schwer? …
Und wo kommen die Glocken
Von heute her,
Die wandernden heute her?

Die kommenden Tage,
Die weh'n da vorbei. –
– Wer hört's, ob Klage,
Ob lachender Mai
Ob blühender, glühender Mai?

Der Stern

Wilhelm Busch

Hätt einer auch fast mehr Verstand,
Als wie die drei Weisen aus Morgenland,
Und ließe sich dünken, er wär wohl nie
Dem Sternlein nachgereist wie sie;
Dennoch, wenn nun das Weihnachtsfest
Seine Lichtlein wonniglich scheinen läßt,
Fällt auch auf sein verständig Gesicht,
Er mag es merken oder nicht,
Ein freundlicher Strahl
Des Wundersternes von dazumal.

Hofrat Näcke

Wilhelm von Kügelgen

Die gerichtliche Ausfertigung eines Freibriefs hatte meine Eltern in Berührung mit einem Manne gebracht, der bald nebst seiner ganzen Familie zu den besten Freunden unseres Hauses zählte. Dies war der Hofrat Näcke, Chef des Dresdener Justizamtes, ein guter, treuer Mensch und sehr geachteter Beamter. Von ihm erzählte man sich folgendes:

Näcke stand in früheren Jahren als Justitiarius in Freiberg, war lange Junggesell geblieben und wegen der amtlichen Erfahrungen, die er in Ehesachen gemacht, bei dem Entschlusse angelangt, auch Junggesell zu bleiben. Wie ist es möglich – mochte er denken –, sich für sein ganzes Leben blindlings an ein Ding zu ketten, das man nicht kennt, genau genommen niemals gesehen hat; denn daß die Liebe blind macht, wußten schon die Heiden. Und bliebe man denn wenigstens noch blind; aber zur Unzeit gehen einem doch die Augen auf, und man findet sein Täubchen als Geier wieder, der einem die Leber abfrißt.

Nun trug sich's zu, daß dieser Ehrenmann an einem Weihnachtsabend aus der Kirche kam. Ein kalter Schneesturm tobte durch die Gassen Freibergs, daß man kaum aus den Augen sehen, kaum atmen konnte, daher sich Näcke fest in seinen Pelz gewickelt hatte. Wie er nun dem Unwetter entgegen gedankenlos so vor sich hinkämpfte, mochte es sich zutragen, daß sein Blick für einen Augenblick vom Schnee und Eise frei ward: kurz, er bemerkte ein kleines notdürftig gekleidetes Mädchen, das, vom Sturm um und um gedreht, sich in hilflosester Lage befand. Das Kind hatte, sein Gesangbüchelchen unter dem Arm, die Hände in die Schürze gewickelt und schien sich vergebens anzustrengen, gegen die Gewalt des Wetters standzuhalten. Hunderte von Kirchgängern wirbelten teilnahmslos vorüber; unser Freund aber, der trotz seiner abgeschmackten Ehestandsbegriffe doch ein gutes Herz hatte, griff zu, schlug seinen Pelz um die Kleine und führte sie halb, halb trug er sie nach der entlegenen Wohnung, die sie ihm angab. Das Mägdlein war vom Frost so durchgeschüttelt, daß sie kaum reden konnte, doch fühlte Näcke ihren Dank auf seiner Hand, die sie mit Inbrunst küßte.

Das arme Würmchen! am Heiligen Abend so zu frieren! – Der menschenfreundliche Beamte schickte ihr auf der Stelle zum Weihnachtsangebinde einen Mantel und einen Stollen. Da kam sie denn am andern Morgen sich zu bedanken – ein überraschend hübsches Mädchen – und war so zutraulich, so niedlich und bescheiden, daß Näcke, der sich in eine längere Unterhaltung mit ihr eingelassen, den Vorsatz faßte, sich der elternlosen Waise, die bei unbemittelten Verwandten an allem Mangel litt, tatkräftig anzunehmen. Er setzte sich mit jenen in Vernehmen, und man gestattete es mit Freuden, daß er sein Pflegetöchterchen in einem anständigen, ihm befreundeten Hause unterbrachte und jede weitere Sorge auf sich nahm. Von jetzt an sah sie Näcke täglich, leitete selbst ihren Unterricht und schloß die Kleine, welche mit unbegrenzter Liebe und Verehrung an ihrem Wohltäter hing, dermaßen in sein Herz, daß ihm der Gedanke unerträglich wurde, jemals wieder von ihr getrennt zu werden.

Dazu gab es aber nur ein einziges Mittel, und er ergriff es. Als das Töchterchen herangewachsen war, schlug Näcke seine Junggesellenweisheit in die Schanze und machte sie zu seiner Frau. Es hat ihn das auch niemals gereut, denn nun wurde sie erst recht zum Stern seines Lebens und lehrte ihn die Möglichkeit von guten Ehen. [...]

Onkel Leis

[...] Obgleich noch ein junger Mann, lebte Leis kränklichkeitshalber doch sehr zurückgezogen. In seinem Dachstübchen war er immer anzutreffen, studierend oder für Journale schreibend, in Mußestunden aber oder des Abends suchte er Aufheiterung in unserem Familienkreise und gab sich dann namentlich gern mit mir ab. Er machte Feuerwerk, Papierlaternen, Drachen, lehrte mich Kartenschlösser bauen, mit der Armbrust schießen und dergleichen Kurzweil mehr. Das Beste entstand jedoch an traulichen Winterabenden. Während meine Mutter vorlas und mein Vater kleine Götter- und Heroengestalten aus Wachs modellierte, pappte Leis für mich eine elegante Ritterrüstung, die er mit Silberpapier beklebte und welche sehr viel schöner ausfiel als alles, was man damals für Geld kaufen konnte. Dazu wurden Schwert und Lanze und ein ausgelassenes Steckenpferd gefertigt, das nur mit Mühe zu regieren war.

So ausgerüstet pflegte Onkel Leis den jungen Ritter des Abends durch dunkle Zimmer und Gänge nach den entferntesten Regionen der Wohnung auszusenden, um gewisse Ungeheuer, die sich dort aufhalten sollten, zu erlegen. Dann freute er sich an den lebendig dargestellten Erlebnissen des allezeit siegreich Zurückkehrenden und war unerschöpflich in neuen Aufträgen und Erfindungen.

Meine Mutter warnte des öfteren aus mehrfachem Grunde. Ihr waren die kolossalen Lügen, zu denen ich gewissermaßen genötigt wurde, sehr bedenklich; besonders aber fürchtete sie eine zu frühzeitige Überreizung der Phantasie, wie ihr denn überhaupt jede aufregende Unterhaltung für Kinder nachteilig zu sein schien. Leis bestritt ihre Gründe als Pädagog vom Fach. Er wollte ja nur Mut und Nerven stählen und behauptete, daß das Edelste im Menschen, der schaffende Geist, nicht frühzeitig genug und am besten spielend zu wecken sei. So nahmen denn jene abendlichen Unterhaltungen ihren Fortgang, und Leis teilte schließlich das Schicksal der meisten gelehrten Pädagogen seiner Zeit, indem er so ziemlich das Gegenteil von dem erreichte, was er wollte.

Ich ritt allabendlich meine dunklen Wege mit größter Zuversicht, weil ich sehr wohl wußte, daß alles doch nur Spiel war und die Feinde, die ich zu bestehen hatte, nicht existierten; doch wurde meine Phantasie in unnatürliche Spannung gesetzt, und es fehlte fortan nur ein Anstoß, sie vollends krank zu machen. Diesen herbeizuführen, stand auch Leis nicht lange an.

Als ich eines Abends von meiner abenteuerlichen Fahrt zurückkehrend ein dunkles Zimmer zu passieren hatte, barst plötzlich jener Mentor aus einem Verstecke vor, grunzend und auf allen vieren laufend wie ein wilder Eber. Er mochte erwartet haben, daß ich sogleich vom Leder ziehen und ihm zu Leibe gehen würde; statt dessen aber bestand ich die Probe schlecht und hatte fast den Tod vor Schreck. Von da an blieb ich lange

Zeit ein Hase. Ich traute mich in kein dunkles Zimmer mehr und war unvermögend, des Abends einzuschlafen oder auch nur in meinem Bette auszudauern, wenn nicht jemand bei mir blieb. Ja mehr noch: das Edelste im Menschen, jener schaffende Geist, war wie mit einem Zauberschlage geweckt, die Bilder meiner Phantasie objektivierten sich, und häufig sah ich mich umgeben von Schreck- und Spukgestalten, die mir das lebhafteste Entsetzen einflößten. [...]

Hauslehrer Senff

[...] Unsere künstlerische Tätigkeit beschränkte sich übrigens nicht bloß aufs Zeichnen, wir schnitzten auch aus Holz und kneteten allerlei Gelungenes aus buntem Wachs, z. B. kleine nackte Neger mit Palmbäumen und Kochfeuern, welche letztere aus brandgelbem Wachse dargestellt wurden. Endlich machten wir auch Papparbeiten und verfertigten überhaupt fast alle unsere Spielsachen selbst nach Anleitung des Lehrers, der sehr richtig urteilte, daß eben dieses Anfertigen das beste bei der Sache sei.

[...]

So arbeiteten und spielten wir uns in den Spätherbst und Winter hinein, bis die Weihnachtszeit sich mit ihrem wunderbaren Treiben nahte und auch unsere Beschäftigungen mit dem Stempel des Geheimnisses bezeichnete. Das gemeinschaftliche Spielen hatte nun ein Ende, jeder kramte und kleisterte nun für sich, und keiner durfte hinsehen, was der andere machte. Zu letzterem verpflichtete man sich durch Eide, die sehr leicht zu halten waren, da jeder, genugsam von seinem eignen Werk erfüllt, wenig Neigung hatte, von dem anderen Notiz zu nehmen oder etwas davon zu erwarten. Auch mag sich der alte Satz, daß Geben seliger als Nehmen sei, am meisten in den gegenseitigen Geschenken bewahrheiten, die sich Kinder machen, deren Gaben außer dem sogenannten pretium affectionis, was jedoch nur der Geber damit verbindet, nicht den geringsten Wert zu haben pflegen, wie denn auch der Empfänger immer sicher ist, das jener sich das Ding gewißlich nicht vom Herzen gerissen hat, sondern selber nicht gebrauchen konnte.

Wo nun die eigene Kunstfertigkeit nicht ausreichte oder es an Material fehlte, kauften wir das Fehlende auf dem Weihnachtsmarkt, der in Dresden nach einem eigentümlichen Backwerke der Striezelmarkt genannt wird. Acht Tage vor dem Feste pflegte sich der Dresdener Altmarkt mit einem ganzen Gewimmel höchst interessanter Buden zu bedecken, die abends erleuchtet waren und große Augenlust gewährten. Das Glitzern der mit Rauschgold, mit bunten Papierschnitzeln und goldenen Früchten dekorierten Weihnachtsbäume, die hellerleuchteten kleinen Krippen mit dem Christuskinde, die gespenstischen Knechte Ruprechts, die Schornsteinfeger von gebackenen Pflaumen, die eigentümlich weihnachtlichen Wachsstockpyramiden in allen Größen, endlich das Gewühl der Käufer und höfliche Locken der Verkäufer, das alles regte festlich auf.

Hier drängten auch wir uns des Abends gar zu gern umher, schwelgend in dem ahnungsreichen Dufte der Tannen, der Wachsstöcke, Pfefferkuchen und Striezeln, die in einer den Wickelkindern entlehnten Gestalt, reichlich mit Zucker bestreut, vor allen zahlreichen Bäckerbuden auslagen und Löwenappetit erregten. Nach genauster Prüfung alles Vorhandenen kauften wir dann einige kleine grüne oder rote Wachsstockpyramiden, auf Kartenblätter gewickelt, das Stück zu einem Pfennig, sogenannte Pfefferkuchenzungen zu demselben Preis oder ein paar Bogen bunten Papiers, um unsere Privatbescherung damit auszustatten.

Inzwischen konnten wir in unsrem Eifer den vom Kalender angegebenen Zeitpunkt nie ganz erwarten und fingen schon an vorhergehenden Abenden an, in Alkoven oder andren verdachtlosen Winkeln unsern Kram geschmacklos aufzustellen, zündeten einige Wachsstockschnittchen dabei an und überraschten uns dann gegenseitig unaufhörlich, bis der wahre Heilige Abend herankam und uns alle überraschte.

Kurioses Zeug

In dem geräumigen Wohnzimmer meiner Mutter stand ein schönes Bild, das, auf einigen Stufen erhöht, den mittleren Teil der Hauptwand fast bis zur Decke füllte. Es war dies eine Kopie des berühmten Dresdener Raphael, die mein Vater unlängst vollendet und der Mutter geschenkt hatte. Diese Kopie wurde damals dem Originale gleichgestellt. Es schien dasselbe, nur ohne die Mängel, welche Zeit und frühere Verwahrlosung hinzugetan hatten. Große Summen waren schon vor der Vollendung dafür geboten worden, allein mein Vater wollte sich nicht davon trennen; es sollte das Palladium seines Hauses werden, und unter dem himmelreinen Auge dieser Mutter Gottes sollten seine Kinder heranwachsen. Auch knüpfen sich sehr selige Kindererinnerungen an dieses Bild, unter dem wir saßen und das ich anzublicken pflegte, wenn die Mutter am Sonntagmorgen aus der Heiligen Schrift vorlas und uns aufmerken lehrte auf die Worte unseres Erlösers. Seinen vollen Zauber entfaltete es indessen erst am Weihnachtsabend, wenn die vielen Kerzen brannten und das magisch beleuchtete, wie von innerem Licht durchglühte Bild zu leben schien.

Dieses herrlichen Anblicks erfreuten wir uns zuerst im Jahre 1809, da Volkmanns und Senff den ersten Weihnachten mit uns verfeierten. Die ganze kleine Gesellschaft schien die Augen nicht wieder abwenden zu wollen, und fast hätte es not getan, uns Kinder zu erinnern, daß es heute noch andere Interessen für uns gab.

Unterdessen wir uns nun unseren Tischen nahten und die Herrlichkeiten in Augenschein nahmen, mit denen man uns beschenkt hatte, wurde Senff vermißt. Man hörte aber, daß er gebeten habe, ihm nicht zu folgen, und siehe da! – als die Kerzen des Lichterbaumes im Ersterben waren, da flogen plötzlich die Flügeltüren auseinander, und ein Lichtmeer strahlte uns entgegen. Senff hatte den Fußboden des großen Vorsaales dicht besetzt mit Hunderten von kleinen Lampen, die er aus Nußschalen gebildet und zu einem riesigen Halbmond vereinigt hatte. In die Höhlung dieses Türkensterns, der wie Pontius ins Credo in unseren Weihnachtsabend paßte, hatte er die kunstvoll gefertigten Geschenke aufgestellt, die er für uns Kinder gearbeitet hatte: für mich einen Prachtschild mit silbernem Adler, für Alfred einen nicht minder schönen Löwenschild. Der Effekt des Ganzen war sehr überraschend, doch noch nicht genügend für Senffs Erfindungsgabe.

Als man sich satt gesehen, schlug der ideenreiche Künstler der Gesellschaft vor, ihm nach dem Hinterhause zu folgen. Dort befand sich ein zweiter Vorsaal, der zu den Gemächern meines Vaters führte, und hier hatte Senff auf der Diele aus kleinen von Papier gemachten Häusern, Palästen und Moscheen die Stadt Konstantinopel aufgebaut. Man konnte nichts Saubereres sehen als diese Papierstadt. Dichtgestreuter weißer Sand bezeichnete das Land, blauer das Meer, das von kleinen Schiffen belebt war.

Nachdem nun Senff eine skizzenhafte Erklärung der hervorragendsten Punkte gegeben, bemerkte er, daß Konstantinopel häufig abzubrennen pflege, und damit legte er einen Zunder unter das erste Haus der Vorstadt Pera. Bald brach die Flamme aus, ergriff das nächste Gebäude und die ganze Straße, verzweigte sich nach anderen Straßen, sprang in die Brunnen, die mit Spiritus gefüllt waren, und verbreitete sich über die ganze Stadt. Zuletzt wurde das Serail ergriffen, dessen zahlreiche Türmchen als Miniaturfeuerwerk aufsprühten, die Vorstellung mit Knalleffekt beschließend.

Auf solche Weise wußte unser Lehrer uns stets neuen Stoff zuzuführen, denn natürlich waren wir begierig, alles nachzumachen, von den kleinen Nußlampen an bis zu den kleinen Schiffen und Papiergebäuden. Die Festungen und Städte, die wir für unsere Kriegsspiele bis dahin nur als Grundrisse verzeichnet hatten, erhoben sich jetzt zu allen Dimensionen des Raumes, und wir nahmen zu an mancherlei Kenntnis und Geschicklichkeit.

Der Weihnachtsmann

Heinrich Hoffmann von Fallersleben

Morgen kommt der Weihnachtsmann,
Kommt mit seinen Gaben.
Trommel, Pfeifen und Gewehr,
Fahn und Säbel und noch mehr,
Ja, ein ganzes Kriegesheer
Möcht ich gerne haben!

Bring uns, lieber Weihnachtsmann,
Bring auch morgen, bringe
Musketier und Grenadier,
Zottelbär und Panthertier,
Roß und Esel, Schaf und Stier,
Lauter schöne Dinge!

Doch du weißt ja unsern Wunsch,
Kennst ja unsre Herzen.
Kinder, Vater und Mama,
Auch sogar der Großpapa,
Alle, alle sind wir da,
Warten dein mit Schmerzen.

An Emilie von Reinbeck

Nikolaus Lenau

Wien, vor dem 24. Dezember 1836

Liebe Emilie!

Das Weihnachtsfest ist nahe, und mein Schreibbuch ist voll, diesmal bekomme ich kein neues von meinen teuren Freundinnen Julie und Lotte und keine Kappe von Ihnen, auch kein Bild. Ich werde jetzt meine neuen Verse auf lose, fliegende Blätter schreiben müssen; aber die getrennten Blätter bedeuten nicht, daß auch wir getrennt sind. Obwohl Sie einen Brief an mich geschrieben und nicht abgeschickt haben aus bedenklichem Zweifel, ob mich Ihre Briefe noch erfreuen – sehe ich doch unsre Verbindung als völlig ungestört an und stets im alten beharrend. Liebes Miltscherl, das sind Torheiten, Schwachheiten, Einbildungen. Verwenden Sie Ihre Phantasie lieber auf das neue Bild: ›Savonarola und der Prior‹. Sehr erfreut hat mich diese Nachricht von Reinbeck. Das Bild wird gewiß schön. Wenn meine neue Arbeit im Entstehen schon solche Früchte bringt wie die, ein Bild Ihrer Seele zu wecken, so ist das eine gute Vorbedeutung.

Mein Leben ist still und angenehm. Ich wohne bei meiner lieben Theres, arbeite fleißig an meinem lieben Girolamo und denke fleißiger als ich schreibe, an meine liebe Emilie, an euch alle, ihr treuen, herzguten Freunde. Mein Stubengenosse ist ein frei herumfliegendes Rotkehlchen, das sehr kirre und zutraulich mit mir im Bette frühstückt und mich, wenn ich dichte, manchmal begleitet mit seinem lispelnden träumerischen Gesange; der kleine Kamerad schläft jede Nacht auf Ihrer Lilla, er muß gerne über dem schönen Baume sitzen; übrigens ist er auch so artig, das Bild nicht zu beschmutzen. Wissen Sie, warum ich gerade jetzt an Sie schreibe? Erstens, weil es schon lange nicht geschehen ist, zweitens: ich will Sie noch vor Weihnachten versöhnen, damit Ihr am heiligen Abend recht freundlich und ohne Verdruß von mir sprechen könnt.

Meine Gesundheit ist gut. Musik höre ich diesen Winter weniger, ich muß die starken Aufregungen meiden. Das Kaffeehaus wird täglich besucht. Graf Alexander kommt oft zu mir und ist sehr wacker und herzlich. Helenen seh ich selten, sie besucht mich nie. (Das ist fürs Lottchen, daß sie was zu lachen hat.) Meine Schwester und Schurz grüßen Sie schönstens und sind samt sämtlichen Kindern wohlauf. - Schicken Sie mir doch den Brief und noch einen dazu.

Das war recht ärgerlich von Ihnen. Leben Sie wohl, liebe, gute Emilie. Ich wünsche Ihnen glückliche Feiertage. Denkt an mich. Ich küsse euch alle.

Ihr Niembsch

An Emilie von Reinbeck

Nikolaus Lenau

Wien, den 24. Dezember 1843

Liebe Emilie!

Der Gang unsers Briefwechsels ist durch einige Störungen unterbrochen worden, es soll aber, da diese vorüber sind, wieder in die gewohnte Ordnung zurückgebracht werden.

Mit meiner Gesundheit geht es besser, ja ich kann sagen: gut. Eine Reise nach Stuttgart wäre mir zwar in mehr als einer Hinsicht sehr wünschenswert, doch besorge ich, sie würde, in dieser rauhen Jahrszeit unternommen, mir übel bekommen. Ich darf meinem alternden Körper solche Anstrengungen kaum mehr zumuten.

Weniger gut als mit meiner Gesundheit geht es mit meiner Gemütsstimmung, und mir kommt es vor, als ob das Organ der Freude in mir vor allen übrigen absterbe. Und doch braucht man gerade dieses am nötigsten, damit die übrigen ihre Dienste nicht umsonst oder vielmehr nur zum Verdruß leisten. Wäre doch der leidige Winter schon vorüber! Die Natur kann und wird dann trösten und erheitern. Die lange Trennung von ihr geht mir sehr nahe und vermehrt die Übelstände in meiner Seele. Ich wünsche euch, meine Teuren! recht vergnügte Feiertage und ein gesegnetes Neues Jahr! Bleibet nur alle schön beisammen! Dies ist einer der wärmsten Wünsche meines Herzens.

Leben Sie wohl, liebe Emilie, mit Reinbeck und den Unsrigen allen herzlich gegrüßt.

Ihr Niembsch

Schenken

Joachim Ringelnatz

Schenke groß oder klein,
Aber immer gediegen.
Wenn die Bedachten
Die Gaben wiegen,
Sei dein Gewissen rein.

Schenke herzlich und frei.
Schenke dabei
Was in dir wohnt
An Meinung, Geschmack und Humor,
So daß die eigene Freude zuvor
Dich reichlich belohnt.

Schenke mit Geist ohne List.
Sei eingedenk,
Daß dein Geschenk
Du selber bist.

Christkind verkehrt

Hans Fallada

Ich hatte mir zu Weihnachten ein Puppentheater gewünscht, ein Puppentheater aus Pappe, mit Proszenium, Soffitten und Hintergrund, mit den Figuren für Wilhelm Tell - alles aus Pappe. Auf meines Bruders Uli Wunschzettel aber hatte eine Robinsonade gestanden, aus Blei. Robinson und Freitag und Palmen und eine Hütte und das »Pappchen« in seinem Rutenkäfig, alles aus Blei.

Einmal ist es soweit, und die kleine silberne Bimmel klingelt, und die Tür tut sich auf, und der Baum strahlt, und wir marschieren auf ihn zu, wie die Orgelpfeifen, nach dem Alter: erst Uli, dann ich, dann Margarete, dann Elisabeth. Und nun stehen wir vor dem Baum, rechts und links von ihm Mama und Papa, und wir sagen jeder etwas auf: Ein Weihnachtslied oder ein paar hausgemachte Verse. Während das geschieht, ist es verboten, nach den Tischen zu schielen, aber ich wage doch einen Blick - und da, links von mir, steht das Puppentheater, strahlend, und der Vorhang ist aufgezogen, und Tell ist auf der Bühne und Geßler - welches Glück!

Aber wie nun Elisabeth als die letzte ihr Sprüchlein gesagt hat und wir zu unsern Tischen dürfen, da führt mich Mama nicht nach links, nicht zu dem Puppentheater, sondern nach rechts, wo auf einem großen Brett mit gelbem Sand und grünem kurzem Moos und blaugestrichenem Meer die Robinsonade aus Blei aufgebaut ist -: »Dein Bruder Uli«, sagt Mama, »ist voriges Jahr viel besser weggekommen als du. Und deshalb bekommst *du* in diesem Jahr den Robinson, der ist viel schöner.«

Und nun standen wir beide da, wie die rechten Küster, und versuchten zu spielen, er mit »meinem« Puppentheater, ich mit »seinem« Robinson, und das Herz war uns schwer, und zu freuen hatten wir uns doch auch. Und ab und an wagten wir einen Blick zum andern und fanden, der konnte gar nichts mit »unserm« Spielzeug anfangen.

Aber das Seltsame an diesem sonst ganz unweihnachtlichen

Weihnachtserlebnis war, daß wir - Uli und ich - nun nicht etwa, als die weihnachtlichen Freuden verrauscht und wir mit unserm Spielzeug aus dem Bescherungs- in »unser« Zimmer übergesiedelt waren, daß wir da nicht etwa unsere Weihnachtsgeschenke austauschten und das so falsch Begonnene richtig vollendeten ...

Nein, das Seltsame war, daß Uli leidenschaftlich an seinem Puppentheater hing und daß ich wie ein Hofhund über meinem Robinson wachte. Von all den vielen Weihnachtsfesten meiner Kindheit ist dieses eine nur mir ganz unvergeßlich und deutlich geblieben: mit dem spähenden Entdeckerblick zum Tisch, mit dem »Besser-Wegkommen«, mit dem Sich-freuen-Müssen, mit dem verlegenen Schuldgefühl. Kein Spielzeug hat den Glanz dieses falschen Robinsons, es ist mitgegangen mit mir durch mein Leben, und heute noch, wenn ich nicht einschlafen kann, spiele ich Robinson.

Aber diesmal wird es eine Freude sein

Theodor Fontane

Weihnachten rückte heran, und schon die ganze Woche vorher hieß es, »aber *dies*mal wird es eine Freude sein ... so was Schönes«, und wenn ich dann mehr wissen wollte, setzte die gute Schröder hinzu: »Gerade was du dir gewünscht hast ... Die Mama ist viel zu gut, denn eigentlich seid ihr doch bloß Rangen.«

»Aber was is es denn?«

»Abwarten.«

Und so, fieberhaft gespannt, sahen wir dem Heiligabend entgegen. Endlich war er da. Wie herkömmlich verbrachten wir die Stunde vor der eigentlichen Bescherung in dem kleinen, nach dem Garten hinaus gelegenen Wohnzimmer meines Vaters, das absichtlich ohne Licht blieb, um dann den brennenden Weihnachtsbaum, den meine Mama mittlerweile zurechtmachte, desto glänzender erscheinen zu lassen. Mein Vater unterhielt uns, während dieser Dunkelstunde, so gut er konnte, was ihm jedesmal blutsauer wurde. Denn wiewohl er unter Umständen, wie vielleicht nur allzu oft hervorgehoben, in reizendster Weise mit uns plaudern und uns durch freie Einfälle, die wir verstanden, oder auch nicht verstanden, zu vergnügen wußte, so war er doch ganz unfähig, etwas einer bestimmten Situation Anzupassendes, also etwas für ihn mehr oder weniger Zwangsmäßiges, leicht und unbefangen zum besten zu geben. Sonst ein so glücklicher Humorist, konnte er den richtigen Ton bei solchen Gelegenheiten nie treffen. Am Weihnachtsabend trat dies immer sehr stark hervor. Er sagte dann wohl zu sich selbst, fast als ob er sich auf eine richtige Stimmung hin präpariere: »Ja, das ist nun also Weihnachten ... An diesem Tage wurde der Heiland geboren ... ein sehr schönes Fest ...«, und hinterher wiederholte er all diese Worte auch wohl zu uns und sah uns dabei mit zurechtgemachter Feierlichkeit an. Aber eigentlich schwankte er bloß zwischen Verlegenheit und Gelangweiltsein, und wenn dann zuletzt die Klingel der Mama das Zeichen gab und wir, nach dreimaligem Ummarsch um einen kleinen runden Tisch und unter Absingung eines an Plattheit nicht leicht zu übertreffenden Verses:

»Heil, Heil, Heil,
Heil, dreifacher Segen,
Strahl, o heller Lichterglanz,
Unsrem Fest entgegen«,

über den Flur fort in das Vorderzimmer einmarschierten, war er, mein Vater, womöglich noch froher und erlöster als wir, die wir bis dahin doch bloß vor Ungeduld gelitten hatten.

So war es auch an dem hier zu schildernden Weihnachtsabend wieder. Unser Einmarsch, unter Absingung obiger Strophe, war eben erfolgt, und verwirrt und befangen, standen wir, auf den Baum starrend, um die Tafel herum, bis die Mama uns endlich bei der Hand nahm und sagte: »Aber nun seht euch doch an, was euch der Heilige Christ beschert hat. Hier das – und diese Worte richteten sich speziell an mich –, hier das unter der Serviette, das ist für dich und deinen Bruder. Nimm nur fort.« Und nun zögerten wir auch nicht länger und entfernten die Serviette. Was obenauf lag, weiß ich nicht mehr, vielleicht zwei große Pfefferkuchenmänner oder ähnliches, jedenfalls etwas, was uns enttäuschte. »Seht nur weiter«, und nun nahmen wir, wie uns geheißen, auch das zweite Tuch ab. Ah, das verlohnte sich. Da lagen, gekreuzt, zwei schöne Korbsäbel, also genau das (die gute Schröder hatte recht gehabt), was wir uns so sehnlich gewünscht hatten. Und so stürzten wir denn auf die Mama zu, ihr die Hände zu küssen. Aber sie wehrte uns ab und sagte auch diesmal wieder: »Seht nur weiter«, und in einem Aufregezustand ohnegleichen, denn was konnte es nach diesem Allerherrlichsten noch für uns geben, wurde nun auch die dritte Serviette fortgezogen. Aber, alle Himmel, was lag da! Ein aus weißem und rotem Leder geflochtener Kantschu [kurze, dicke Riemenpeitsche], der damals, ich weiß nicht unter welcher sprachlichen Anlehnung, den Namen Peserik führte. Meine Mutter hatte erwartet, unsere Freude durch diese scherzhafte Behandlung des Themas gesteigert zu sehen. Aber nach der Freudenseite hin gingen meine Gedanken und Gefühle durchaus nicht. Ganz im Gegenteil. Ich war einfach außer mir und lief in den Garten hinaus, um da wieder zu mir selbst zu kommen, was freilich nicht glücken wollte. Die Weihnachtsfreude war hin, war an einem gut gemeinten, aber verfehlten Scherze gescheitert. Hatte ich unrecht? Ich glaube, nein. Jedenfalls, wie ich die Sache vor sechzig Jahren ansah, so sehe ich sie noch heute an. Es lag diesem Einfall eine volle Wesens- und Charakterverkennung zugrunde. Für andere hätte es vielleicht gepaßt, für mich nicht. Ich erinnere mich, vor vielen Jahren einmal, in einem Bogumil Goltzschen Buche, das den Titel führte: »Aus meiner Kindheit« (oder so ähnlich), gelesen zu haben, er, der Verfasser, sei jedesmal glücklich gewesen, wenn der Peserik seiner Mutter aus aller Macht über ihn gekommen sei. »Um jeden Schlag schade, der vorbeiging.« Natürlich kann auch nach diesem Prinzip erzogen werden, und ich will gern einräumen, daß dabei prächtige, urkräftige Jungen heranwachsen können, die für die Zukunft mehr Tüchtigkeit versprechen, und dies Versprechen auch halten, als solch empfindsames, von allerhand Eitelkeiten beherrschtes Bürschchen, wie ich eines war. Aber wenn dies auch dreimal richtig wäre, so bliebe dieser Erziehungseinfall – denn etwas Erzieherisches sollte es im letzten doch sein – in meinen Augen immer noch ebenso verfehlt. Ich konnte mich doch nicht plötzlich umwandeln; ich blieb, meinetwegen leider, genau derselbe Empfindling, der ich war, nichts an und in mir wurde besser, ich hatte nichts davon als eine Kränkung und ein verdorbenes Fest. Es gibt nun mal verschiedene Naturen, und wenn es geboten sein mag, schwächer Ausgestattete zu kräftigen und zu stählen, auch wenn es diesen zunächst wehe tut, so ist doch, von den sonstigen Schwierigkeiten der Sache ganz abgesehn, die Stunde, wo der Weihnachtsbaum angezündet wird, sicherlich nicht der Zeitpunkt dafür. Es soll an diesem Abend nicht erzogen, sondern erfreut werden, und der, dem diese Aufgabe zufällt und der sich ihr noch dazu freudig und liebevoll zu unterziehen trachtet, der muß sich doch notwendig die Frage vorlegen, ob der zu Erfreuende an dem, wodurch man ihn erfreuen will, auch wirklich eine Freude haben kann.

Überhaupt, der Abend, an dem dies spielte, war kein rechter Glücksabend.

Der Liebsten zum Heiligen Christ 1829

Eduard Mörike

[An Luise Rau]

Hat jemand ein liebes feines Mädchen,
Denkt er wohl zu jeder Zeit und Stunde,
Wie er ihr durch eine hübsche Gabe
Seine Liebe, sein Gedächtnis zeige.

Hat jemand nun Schätze dieser Erde,
Ist man König, Graf und sonst ein Reicher,
Müssen Gold und Perlen und Juwelen
Einzig schön die Vielgeliebte schmücken;
Ist man aber nur ein schlichter Knabe,
So begnügt man sich, dem süßen Kinde
Ein bescheiden Kleidchen auszuwählen,
Das den schlanken Leib gefällig zeige.

Auch ein Kistchen wird sie nicht verschmähen,
Dem natürliche Magie verliehen,
Jeden Schatz, den man ihm anvertrauet,
Freundlich und geschwinde zu verdoppeln.
Dann ein Buch, worein das neue Jahr nur
Lauter frohe Tage Dir diktiere,
Aber, daß dabei - dies, Herzchen, bitt ich -
Treue Liebe Dir die Feder führe!

Einen heiligen Christ für deine Kinder

Johann Wolfgang von Goethe

Es war einige Tage vor dem Christabend 174–, als Benedikt Meister, Bürger und Handelsmann zu M–, einer mittleren Reichsstadt, aus seinem gewöhnlichen Kränzchen abends gegen achte nach Hause ging. Es hatte sich wider die Gewohnheit die Tarockpartie früher geendigt, und es war ihm nicht ganz gelegen, daß er so zeitlich in seine vier Wände zurückkehren sollte, die ihm seine Frau eben nicht zum Paradiese machte. Es war noch Zeit bis zum Nachtessen, und so einen Zwischenraum pflegte sie ihm nicht mit Annehmlichkeiten auszufüllen, deswegen er lieber nicht ehe zu Tische kam, als wenn die Suppe schon etwas überkocht hatte.

Er ging langsam und dachte so dem Bürgermeisteramte nach, das er das letzte Jahr geführt hatte, und dem Handel und den kleinen Vorteilen, als er eben im Vorbeigehen seiner Mutter Fenster sehr emsig erleuchtet sah. Das alte Weib lebte, nachdem sie ihren Sohn ausgestattet und ihm ihre Handlung übergeben hatte, in einem kleinen Häuschen zurückgezogen, wo sie nun vor sich allein mit einer Magd bei ihren reichlichen Renten sich wohl befand, ihren Kindern und Enkeln mitunter was zu Gute tat, ihnen aber das Beste bis nach ihrem Tode aufhub, wo sie hoffte, daß sie gescheuter sein sollten, als sie bei ihrem Leben nicht hatte sehen können. Meister war durch einen geheimen Zug nach dem Hause geführt, da ihm, als er angepocht hatte, die Magd hastig und geheimnisvoll die Türe öffnete und ihn zur Treppe hinauf begleitete.

Er fand, als er zur Stubentüre hineintrat, seine Mutter an einem großen Tische mit Wegräumen und Zudecken beschäftigt, die ihm auf seinen »Guten Abend« mit einem »Du kommst mir nicht ganz gelegen« antwortete. »Weil du nun einmal da bist, so magst du's wissen, da sieh, was ich zurecht mache«, sagte sie und hob die Servietten auf, die übers Bett geschlagen waren, und tat zugleich einen Pelzmantel weg, den sie in der Eile übern Tisch gebreitet hatte, da nun denn der Mann eine Anzahl spannenlanger, artig gekleideter Puppen erblickte, die in schöner Ordnung, die beweglichen Drähte an den Köpfen befestigt, nebeneinanderlagen und nur den Geist zu erwarten schienen, der sie aus ihrer Untätigkeit regen sollte. »Was gibt denn das, Mutter?« sagte Meister. – »Einen heiligen Christ vor deine Kinder!« antwortete die Alte. »Wenn's ihnen so viel Spaß macht als mir, eh' ich sie fertig kriegte, soll mir's lieb sein.« Er besah's eine Zeitlang, wie es schien, sorgfältig, um ihr nicht gleich den Verdruß zu machen, als hielte er ihre Arbeit vergeblich. »Liebe Mutter«, sagte er endlich, »Kinder sind Kinder, Sie macht sich zu viel zu schaffen, und am Ende seh' ich nicht, was es nutzen soll.« – »Sei nur stille«, sagte die Alte, indem sie die Kleider der Puppen, die sich etwas verschoben hatten, zurechtrückte, »laß es nur gut sein, sie werden eine rechte Freude haben, es ist so hergebracht bei mir, und das weißt du auch, und ich lasse nicht davon; wie ihr klein wart, wart ihr immer drin vergackelt und trugt euch mit euern Spiel- und Naschsachen herum die ganzen Feiertage; euere Kinder sollen's nun auch so wohl haben, ich bin Großmutter und weiß, was ich zu tun habe.« – »Ich will Ihr's nicht verderben«, sagte Meister, »ich denke nur, was soll den Kindern, daß man's ihnen heut oder morgen gibt; wenn sie was brauchen, so geb' ich's ihnen, was braucht's da heiliger Christ zu? Da sind Leute, die lassen ihre Kinder verlumpen und sparen's bis auf den Tag.« – »Benedikt«, sagte die Alte, »ich habe ihnen Puppen geputzt und habe ihnen eine Komödie zurechte gemacht, Kinder müssen Komödien haben und Puppen. Es war euch auch in eurer Jugend so, ihr habt mich um manchen Batzen gebracht, um den Doktor Faust und das Mohrenballett zu sehen; ich weiß nun nicht, was ihr mit euern Kindern wollt, und warum ihnen nicht so gut werden soll wie euch.«

»Wer ist denn das?« sagte Meister, indem er eine Puppe aufhub. – »Verwirrt mir die Drähte nicht«, sagte die Alte, »es ist mehr Mühe, als ihr denkt, bis man's so zusammenkriegt. Seht nur, das da ist König Saul. Ihr müßt nicht denken, daß ich was umsonst ausgebe; was Läppchen sind, die hab' ich all' in meinem Kasten, und das bißchen falsch Silber und Gold, das drauf ist, das kann ich wohl dran wenden.« – »Die Püppchen sind recht hübsch«, sagte Meister. – »Das denk' ich«, lächelte die Alte, »und kosten doch nicht viel. Der alte lahme Bildhauer Merks, der mir Interessen schuldig ist von seinem Häuschen so lang, hat mir Hände, Füße und Gesichter ausschneiden müssen, kein Geld krieg' ich doch nicht von ihm und vertreiben kann ich ihn nicht, er sitzt schon seit meinem seligen Mann her und hat immer richtig eingehalten bis zu seiner zwoten unglücklichen Heurat.« – »Dieser in schwarzem Samt und der goldenen Krone, das ist Saul?« fragte Meister; »wer sind denn die andern?« – »Das solltest du so sehen«, sagte die Mutter. »Das hier ist Jonathan, der hat Gelb und Rot, weil er jung ist und flatterig, und hat einen Turban auf. Der oben ist Samuel, der hat mir am meisten Mühe gemacht mit dem Brustschildchen. Sieh den Leibrock, das ist ein schieler Taft, den ich auch noch als Jungfer getragen habe.« – »Gute Nacht«, sagte Meister, »es schlägt just achte.« – »Sieh nur noch den David!« sagte die Alte. »Ah, der ist schön, der ist ganz geschnitzt und hat rote Haare; sieh, wie klein er ist und hübsch.« – »Wo ist denn nun der Goliath?« sagte Meister; »der wird doch nun auch kommen.« – »Der ist noch nicht fertig«, sagte die Alte. »Das muß ein Meisterstück werden. Wenn's nur erst alles fertig ist. Das Theater macht mir der Konstabler-Lieutenant fertig, mit seinem Bruder; und hinten zum Tanz, da sind Schäfer und Schäferinnen, Mohren und Mohrinnen, Zwerge und Zwerginnen, es wird recht hübsch werden!

Laß es nur gut sein, und sag' zu Hause nichts davon und mach' nur, daß dein Wilhelm nicht hergelaufen kommt; der wird eine rechte Freude haben, denn ich denk's noch, wie ich ihn die letzte Messe ins Puppenspiel schickte, was er mir alles erzählt hat, und wie er's begriffen hat.« – »Sie gibt sich zu viel Mühe«, sagte Meister, indem er nach der Türe griff. – »Wenn man sich um der Kinder willen keine Mühe gäbe, wie wärt ihr groß geworden?« sagte die Großmutter.

Die Magd nahm ein Licht und führt' ihn hinunter. –

Der Christabend nahte heran in seiner vollen Feierlichkeit. Die Kinder liefen den ganzen Tag herum und standen am Fenster, in ängstlicher Erwartung, daß es nicht Nacht werden wollte. Endlich rief man sie, und sie traten in die Stube, wo jedem sein wohlerleuchtetes Anteil zu höchstem Erstaunen angewiesen ward. Jeder hatte von dem Seinigen Besitz genommen und war nach einem zeitlang Angaffen im Begriff, es in eine Ecke und in seine Gewahrsam zu bringen, als ein unerwartetes Schauspiel sich vor ihren Augen auftat. Eine Tür, die aus einem Nebenzimmer hereinging, öffnete sich, allein nicht wie sonst zum Hin- und Widerlaufen; der Eingang war durch eine unerwartete Festlichkeit ausgefüllt, ein grüner Teppich, der über einem Tisch herabhing, bedeckte fest angeschlossen den untern Teil der Öffnung, von da auf baute sich ein Portal in die Höhe, das mit einem mystischen Vorhang verschlossen war, und was von da auf die Türe noch zu hoch sein mochte, bedeckte ein Stück dunkelgrünes Zeug und beschloß das Ganze.

Erst standen sie alle von fern, und wie ihre Neugierde größer wurde, um zu sehen, was Blinkendes sich hinter dem Vorhang verbergen möchte, wies man jedem sein Stühlchen an und gebot ihnen freundlich, in Geduld zu warten. Wilhelm war der einzige, der in ehrerbietiger Entfernung stehen blieb und sich's zwei-, dreimal von seiner Großmutter sagen ließ, bis er auch sein Plätzchen einnahm. So saß nun alles und war still, und mit dem Pfiff rollte der Vorhang in die Höhe und zeigte eine hochrot gemalte Aussicht in den Tempel. Der Hohepriester Samuel erschien mit Jonathan, und ihre wechselnden Stimmen vergeisterten ganz ihre kleinen Zuschauer. Endlich trat Saul auf in großer Verlegenheit über die Impertinenz, womit der schwerlötige Kerl ihn und die Seinigen ausgefordert hatte – wie wohl ward's da unserm Wilhelm, der alle Worte abpaßte und bei allem zugegen war, als der zwerggestaltete, raupigte Sohn Isai mit seinem Schäferstab und Hirtentasche und Schleuder hervortrat und sprach: »Großmächtigster König und Herr Herr! Es entfalle keinem der Mut um dessentwillen; wenn Ihro Majestät mir erlauben wollen, so will ich hingehen und mit dem gewaltigen Riesen in den Streit treten.« Dieser Actus endigte sich. Die übrigen Kleinen waren alle vergackelt, Wilhelm allein erwartete das Folgende und sann drauf; er war unruhig, den großen Riesen zu sehen, und wie alles würde.

Der Vorhang ging wieder auf. David weihte das Fleisch des

Ungeheuers den Vögeln unter dem Himmel und den Tieren auf dem Felde. Der Philister sprach Hohn, stampfte viel mit beiden Füßen, fiel endlich wie ein Klotz und gab der ganzen Sache einen herrlichen Ausschlag. Wie dann nachher die Jungfrauen sungen: »Saul hat tausend geschlagen, David aber zehentausend«, und der Kopf des Riesen vor dem kleinen Überwinder hergetragen wurde und er davor die schöne Königstochter zur Gemahlin kriegte, verdroß es Wilhelmen doch bei aller Freude, daß der Glücksprinz so zwergenmäßig gebildet wäre. Denn nach der Idee vom großen Goliath und kleinen David hatte die liebe Großmutter nichts verfehlt, um beide recht charakteristisch zu machen. Die dumpfe Aufmerksamkeit der übrigen Geschwister dauerte ununterbrochen fort, Wilhelm aber geriet in eine Nachdenklichkeit, darüber er das Ballett von Mohren und Mohrinnen, Schäfern und Schäferinnen, Zwergen und Zwerginnen nur wie im Schatten vor sich hingaukeln sah. Der Vorhang fiel zu, die Türe schloß sich, und die ganze kleine Gesellschaft war wie betrunken taumelnd und begierig, ins Bett zu kommen; nur Wilhelm, der aus Gesellschaft mitmußte, lag allein, dunkel über das Vergangene nachdenkend, unbefriedigt in seinem Vergnügen, voller Hoffnungen, Drang und Ahndung.

An den lieben Weihnachtsmann

Volksdichtung, um 1900

O höre, du Weihnachtsmann, höre geschwind!
Sie sagen, du gingst heut zu jeglichem Kind
Mit vielen, herrlichen Dingen;
Doch kämst du zu solchen, die träg' sind und dumm,
Da kehrtest du gleich mit den Gaben dich um
Und wollest sie Fleiß'gen nur bringen.

Ich kann so viel Sprüche und Liederchen fein,
Auch Buchstaben machen, mal groß und mal klein,
Bin artig und folgsam gewesen;
Ich schreib' alle Zahlen von eins bis zur Zehn,
Und kann auch schon singen gar lieblich und schön,
Kann vorwärts und rückwärts schon lesen.

Nun aber, o Weihnachtsmann, sag' ich es dir,
nun bring' mir auch ja was recht Schönes dafür;
Du wirst es gewiß nicht vergessen.
So bring' mir ein Bäumchen, mit Lichtern daran,
Voll Vögel und Puppen von Marzipan,
Und Äpfel und Kuchen zum Essen.

Dann aber, du Schönster und Bester, nun hör',
Ich bitt' dich von Herzen so innig und sehr,
Eins möcht' ich am liebsten doch haben:
Ein Püppchen, ein Püppchen! O Weihnachtsmann, sprich,
Das hast du gewißlich versteckt schon für mich,
Das bring' mir vor all' deinen Gaben.

Und wär's nicht zu viel dir, dann hätt' einen Schrank
Ich gern noch mit Tellern und Schüsselchen blank,
Wo Löffel und Tassen drin blinken.
Dann koch' ich aus Kuchen und Mandeln und Wein
Viel schöne Gerichte, wohlduftend und fein,
Dem Püppchen zum Essen und Trinken.

Und weißt du noch sonst was, um das ich nicht bitt',
So, himmlischer Weihnachtsmann, bring' mir's nur mit;
Es soll dich gewiß nicht gereuen.
Ich will ja stets lernen mit Fleiß und mit Lust,
Und will dich ja immer aus dankbarer Brust
Für all' deine Gaben erfreuen.

Erlesene Geschenke

Joseph Victor von Scheffel

[…] Auf dem hohen Twiel rüsteten sie zur Feier der Weihnacht durch freundliches Geschenk. Das Jahr ist lang und zählt der Tage viel, in denen man sich Freundliches erweisen kann, aber der Deutschen Sinnesart will auch dafür einen Tag vorgeschrieben haben, darum ist bei ihnen vor anderem Volk die Sitte der Bescherung eingeführt. Das gute Herz hat sein besonder Landrecht.

In jener Zeit hatte Frau Hadwig die Grammatica schier beiseite gelegt; es wurde im Frauensaal viel genäht und gestickt, Knäuel von Goldfaden und schwarzer Seide lagen umher, und wie Ekkehard einstmals unvermerkt eintrat, sprang Praxedis vor ihn hin und wies ihm die Tür, Frau Hadwig aber verbarg ein angefangen Werk der Nadel in einem Körblein.

Da ward Ekkehard aufmerksam und zog nicht ohne Grund den Schluß, es werde etwas zum Geschenk für ihn hergerichtet. Darum sann er darauf, dasselbe zu erwidern und alles aufzubieten, was ihm an Wissen und Kunstfertigkeit zu Gebote stand; er schickte seinem Freund und Lehrer Folkard in Sankt Gallen Bericht, daß ihm der zusende Pergament und Farben und Pinsel und köstliche Tinte. Jener tat's.

Ekkehard aber saß manches Stündlein der Nacht in seiner Turmstube und besann sich auf ein lateinisches Reimwerk, das er der Herzogin widmen wolle – und sollten ihr darin etliche feine Huldigungen dargebracht werden. Es ging aber nicht so leicht.

Einmal hatte er begonnen und wollte in kurzem Zug von Erschaffung der Welt bis auf Antritt des Herzogtums in Schwabenland durch Frau Hadwig gelangen, aber es hatte ein paar Hundert Hexameter gekostet, da war er noch nicht beim König David angelangt, und das Werk hätte wohl erst Weihnachten über drei Jahre fertig werden können. Ein anderes Mal wollte er alle Frauen aufzählen, die durch Kraft oder Liebreiz in der Völker Geschichte eingegriffen, von der Königin Semiramis an mit Erwähnung der amazonischen Jungfrauen, der heldenmütigen Judith und der melodischen Sängerin Sappho, aber zu seinem Leidwesen fand er, daß, bis sein Griffel zu Frau Hadwig sich durchgearbeitet hätte, er unmöglich noch etwas Neues zu deren Lob und Preis vorzubringen vermochte. Da ging er sehr betrübt und niedergeschlagen umher.

Habt Ihr eine Spinne verschluckt, Perle aller Professoren? fragte ihn Praxedis einmal, wie sie dem Verstörten begegnete.

Ihr habt gut scherzen, sprach Ekkehard traurig, – und unter dem Siegel der Verschwiegenheit klagte er ihr seine Not. Praxedis mußte lachen.

Bei den sechsunddreißigtausend Bänden der Bibliothek zu Konstantinopolis! sagte sie, – Ihr wollet ja ganze Wälder umhauen, wo es nur ein paar Blümlein zum Strauß erfordert. Macht's einfach, ungelehrt, lieblich – wie es Euer geliebter Virgilius ausgedacht hätte! – Sie sprang davon.

Ekkehard setzte sich wieder auf die Stube. Wie Virgil? dachte er. Aber in der ganzen Aeneide war kein Beispiel für solchen Fall vorgezeichnet. Er las etliche Gesänge. Da saß er träumerisch da. Da kam ihm ein guter Gedanke. Ich hab's! rief er, der teure Sänger selber soll die Huldigung darbringen! Er schrieb das Gedicht nieder, als wenn Virgilius ihm in seiner Turmeinsamkeit erschienen wäre, freudig darüber, daß in deutschen Landen seine Gesänge fortlebten, der hohen Frau dankend, die sein pflege. In wenig Minuten war's fertig.

Das Gedicht wollte Ekkehard mit einer schönen Malerei verziert zu Pergament bringen. Er sann ein Bild aus: die Herzogin mit Krone und Zepter auf hohem Throne sitzend, ihr kommt Virgilius im weißen Gewand, den Lorbeer in den Locken, entgegen und neigt das Haupt; an der Rechten aber führt er den Ekkehard, der bescheiden wie der Schüler mit dem Lehrer einherschreitet, ebenfalls tief sich verneigend.

In der strengen Weise des trefflichen Folkard entwarf er die Zeichnung. Er erinnerte sich an ein Bild im Psalterbuch, wie der junge David vor den König Abimelech tritt. So ordnete er die Gestalten; die Herzogin zeichnete er zwei Finger breit höher als Virgilius, und der Ekkehard des Entwurfs war hinwiderum ein beträchtliches kleiner als der heidnische Poet; – anfangende

Kunst, der es an anderem Mittel des Ausdrucks gebricht, spricht Rang und Größe äußerlich aus.

Den Virgilius bracht' er leidlich zuwege. Sie hatten sich in Sankt Gallen bei ihren Malereien stets an Überlieferung alten Bildwerks gehalten und für Gewandung, Faltenwurf und Bezeichnung der Gestalt einen gleichmäßig sich wiederholenden Zug angenommen. Ebenso gelang es ihm mit seinem eigenen Abbild, sofern er wenigstens eine Figur im Mönchshabit, kenntlich durch eine Tonsur, herstellte.

Aber ein verzweifelt Problema war ihm die richtige Darstellung einer königlichen Frauengestalt, denn in die klösterliche Kunst hatte noch kein Abbild einer Frau, selbst nicht das der Gottesmutter Maria, Einlaß erhalten. David und Abimelech, die er so gut im Zug hatte, halfen ihm nichts, bei ihnen brach der Königsmantel schon hoch über dem Knie ab und er wußte nicht, wie den Faltenwurf tiefer herabsenken.

Da lagerte sich wiederum Kümmernis auf seine Stirn. Nun? fragte Praxedis eines Tages.

Das Lied ist fertig, sprach Ekkehard. Jetzt fehlt mir was anderes.

Was fehlt denn?

Ich sollte wissen, sprach er wehmütig, in welcher Weise sich der Frauen Gewand um den zarten Leib schmiegt.

Ihr sprecht ja ganz abscheulich, erlesenes Gefäß der Tugend, schalt ihn Praxedis. Ekkehard aber erklärte ihr seinen Kummer deutlicher. Da machte die Griechin eine Handbewegung, als wolle sie die Augenlider in die Höhe ziehen: Macht die Augen auf, sagte sie, und seht Euch das Leben an. Der Rat war einfach, und doch neu für einen, der seine ganze Kunst auf einsamer Stube erlernt. Ekkehard schaute seine Ratgeberin lang und abmessend an. Es frommt mir nichts, sprach er, Ihr tragt keinen Königsmantel.

Da erbarmte sich die Griechin des zweifelerfüllten Künstlers. Wartet, sagte sie, die Frau Herzogin ist drunten im Garten, ich will ihren Staatsmantel umlegen, da kann Euch geholfen werden. Sie huschte fort; in wenigen Minuten war sie wieder da, der schwere Purpurmantel mit goldener Verbrämung hing ihr nachlässig um die Schultern. In gemessenem Schritt ging sie durch das Gemach, ein eherner Leuchter stand auf dem Tisch, sie nahm ihn wie ein Zepter, das Haupt auf die Schulter zurückgeworfen, trat sie vor den Mönch.

Der hatte seine Feder ergriffen und ein Stücklein Pergament. Wendet Euch ein wenig gegen das Licht, sprach er, und begann emsig seine Striche zu ziehen.

Jedesmal aber, wenn er nach seinem anmutigen Vorbild schaute, warf ihm dies einen blitzenden Blick zu. Er zeichnete langsamer. Praxedis schaute nach dem Fenster: Und da unsre Nebenbuhlerin im Reich, sprach sie mit künstlich erhobener Stimme, bereits den Burghof verläßt und uns zu überfallen droht, so befehlen wir Euch bei Strafe der Enthauptung, Eure Zeichnung in eines Augenblicks Frist zu vollenden.

Ich danke Euch, sprach Ekkehard und legte die Feder nieder.

Praxedis trat zu ihm und beugte sich vor, in sein Blatt zu sehen. Schändlicher Verrat, sprach sie, das Bild hat ja keinen Kopf.

Ich brauche nur den Faltenwurf, sagte Ekkehard.

Ihr habt Euer Glück versäumt, scherzte Praxedis im früheren Ton; das Antlitz treu abgebildet und wer weiß, ob wir in fürstlicher Gnade Euch nicht zum Patriarchen von Konstantinopel ernannt hätten.

Es wurden Schritte hörbar. Schnell riß Praxedis den Mantel von den Schultern, daß er auf den Arm niedersank. Schon stand die Herzogin vor den beiden.

Wollt Ihr wieder Griechisch lernen? sprach sie vorwurfsvoll zu Ekkehard.

Ich hab' ihm den edeln Sardonyx an meiner Herrin Mantel Agraffe gezeigt; es ist ein so fein geschnittener Kopf, sagte Praxedis, Herr Ekkehard versteht sich aufs Altertum. Er hat das Antlitz recht gelobt ...

Auch Audifax traf seine Vorkehrungen für Weihnachten. Seine Hoffnung auf Schätze war sehr geschwunden. Er hielt sich jetzt an das wirklich Vorhandene. Darum stieg er oft nächtlich ins Tal hinunter ans Ufer der Aach, die mit trägem Lauf dem See entgegenschleicht. Beim morschen Steg stand ein hohler Weidenbaum. Dort lauerte Audifax manches Stündlein, den erhobenen Rebstecken nach des Baumes Öffnung gerichtet. Er stellte einem Fischotter nach. Aber keinem Denker ist die Erforschung der letzten Gründe alles Seins so schwierig geworden, wie dem Hirtenknaben seine Otterjagd. Denn aus dem hohen Ufer zogen sich noch allerhand Ausgänge in den Fluß, die der Otter wußte, Audifax nicht. Und wenn Audifax oft vor Kälte zitternd sprach: itzt muß er kommen! So kam weit stromaufwärts ein Gebrause hergetönt, das war sein Freund, der dort die Schnauze übers Wasser streckte und Atem holte; und wenn Audifax leise dem Ton nachschlich, hatte sich der Otter inzwischen auf den Rücken gelegt und ließ sich gemächlich stromab treiben …

In der Hohentwieler Küche war Leben und Bewegung, wie im Zelt des Feldherrn am Vorabend der Schlacht. Frau Hadwig selbst stand unter den dienenden Mägden, sie trug keinen Herzogsmantel, wohl aber einen weißen Schurz, teilte Mehl und Honig aus und ordnete die Backung der Lebkuchen an. Praxedis mischte Ingwer, Pfeffer und Zimt zur Würze des Teigs.

Was nehmen wir für eine Form? frug sie. Das Viereck mit den Schlangen?

Das große Herz ist schöner, sprach Frau Hedwig. Da wurden die Weihnachtslebkuchen in der Herzform gebacken, den schönsten spickte Frau Hadwig eigenhändig mit Mandeln und Kardamomen.

Eines Tages kam Audifax ganz erfroren in die Küche und suchte sich ein Plätzchen am Herdfeuer; seine Lippen zitterten wie in Fieberschauer, aber er war wohlgemut und freudig. Rüste dich, Büblein, sprach Praxedis zu ihm, du mußt heute nachmittag hinüber in den Wald und ein Tännlein hauen.

Das ist nicht meines Amtes, sagte Audifax stolz, ich will's aber tun, wenn Ihr mir auch einen Gefallen tut.

Was befiehlt der Herr Ziegenhirt? fragte Praxedis.

Audifax sprang hinaus, dann kam er wieder und hielt einen dunkelbraunen Balg siegesfroh in die Höhe, das kurze glatte Haar glänzte daran, dicht und weich war's anzufühlen.

Woher das Rauchwerk? fragte Praxedis.

Selbst gefangen, sprach Audifax und sah wohlgefällig auf seine Beute. Ihr sollt eine Pelzhaube für die Hadumoth daraus machen.

Die Griechin war ihm wohlgesinnt und versprach Erfüllung der Bitte.

Der Weihnachtsbaum war gefällt; sie schmückten ihn mit Äpfeln und Lichtlein, die Herzogin richtete alles im großen Saal. Ein Mann von Stein am Rhein kam herüber und brachte einen Korb, der mit Leinwand zugenäht war. Es sei von Sankt Gallen, sprach er, für Herrn Ekkehard.

Frau Hadwig ließ den Korb ungeöffnet zu den andern Gaben stellen.

Der heilige Abend war gekommen. Die gesamten Insassen der Burg versammelten sich in festlichem Gewande, zwischen Herrschaft und Gesinde sollte heute keine Trennung sein. Ekkehard las ihnen das Evangelium von des Heilands Geburt, dann gingen sie paarweise in den großen Saal hinüber, da flammte heller Lichtglanz und festlich leuchtete der dunkle Tannenbaum – als die letzten traten Audifax und Hadumoth ein, ein Blättlein Goldschaum vom Vergolden der Nüsse lag an der Schwelle, Audifax bückte sich darnach, es zerging ihm unter den Fingern. Das ist dem Christkind von den Flügeln abgefallen, sprach Hadumoth leise zu ihm.

Auf großen Tischen lagen die Geschenke für die dienenden Leute, ein Stück Leinwand oder gewebtes Tuch und einiges Gebäck; sie freuten sich des nicht allzeit so milden Sinnes der Gebieterin.

Bei Hadumoths Anteil lag richtig die Pelzhaube. Sie weinte, als Praxedis ihr freundlich den Geber verriet. Ich hab' nichts für dich, sagte sie zu Audifax. Es ist statt der Goldkrone, sprach der. Knechte und Mägde dankten der Herzogin und gingen in die Gesindestube hinunter.

Frau Hadwig nahm Ekkehard bei der Hand und führt ihn an ein Tischlein. Das ist für Euch, sprach sie. Beim mandelgespickten Lebkuchenherz und dem Korb lag ein schmuckes priesterliches Samtbarett und eine prächtige Stola, Grund und Fransen waren von Goldfaden, dunkle Punkte waren mit schwarzer Seide drein gestickt, einige mit Perlen ausgeziert, sie war eines Bischofs wert.

Laßt sehen, wie Ihr Euch ausnehmt, sprach Praxedis. Trotz der kirchlichen Bestimmungen setzte sie ihm das Barett auf und warf ihm die Stola um. Ekkehard schlug die Augen nieder. Meisterhaft! rief sie, Ihr dürft Euch bedanken.

Er aber legte scheu die geweihten Gaben wieder ab, aus seinem weiten Gewand zog er die Pergamentrolle und reichte sie schüchtern der Herzogin dar. Frau Hadwig hielt sie unentfaltet. Erst den Korb öffnen! Das Beste – sprach sie freundlich auf das Pergament deutend, soll zuletzt kommen. [...]

Zum Weihnachtsbaum

Peter Rosegger

Friede war im Wald und jeder Baum beglückt
durch schöne, reife Frucht, womit der Herbst geschmückt
die Äste all, daß jeder Zweig sich bieget
bis hoch hinauf, wo leis die Krone wieget.
Doch leider, wo's zum Segen will gedeihn,
da findet sich auch gern der Hochmut ein
und selbst der Neid. Und jeder wollt' sich prahlen,
daß seine Frucht die schönste sei von allen,
und jeder hing an seine längsten Äste
als stolzes Aushängschild der Früchte beste.
Es war ein herrlich Wogen bis zur Spitze,
ein Wetten, wer das Beste wohl besitze. –

Nur eines litt im Wald viel Weh und Gram
und barg sich ins Gesträuch voll tiefer Scham.
Ein Tannenbäumchen war's, gar schmächtig, schlank,
wohl aller Früchte, auch der ärmsten, blank,
und während andre stolz im vollen Prangen
hatt' es an seinem Stamm nur Nadeln hangen,
nur dunkelgrüne Nadeln, scharf und spitz;
sie stachen es, doch schärfer stach der Witz
der andern und ihr Hohn, gar schal und widrig
dem schlichten Bäumchen, weil's so arm und niedrig.

Es flüsterte der Wald sich in die Ohren
vom Taugenichts, der da umsonst geboren,
und warf ihm boshaft gar zu Spott und Schmach
die ersten gelben, dürren Blätter nach.

Das schnitt dem Bäumchen tief ins junge Herz,
es wollte schier vergehn in Leid und Schmerz
und weinte, tief bedrängt vom Weh, dem schweren,
das Harz heraus, die bittersten der Zähren.
So duldete das Bäumchen still und fromm.

Da zog hernieder durch den nächtigen Dom
ein Engel aus des Himmels heiligen Hainen,
der sah den armen Dulder schmerzlich weinen.
Er ließ sich erdenwärts vom weiten Raum,
zur armen Tanne sprechend: »Liebster Baum!
Du warst bisher verachtet und verflucht,
doch tragen wirst du noch die schönste Frucht,
die je ein Baum getragen hier auf Erden,
du sollst der Baum der höchsten Freude werden.«

Wie wurde jetzt der Himmel trüb und grau!
Es blies ein kalter Wind auf Heid' und Au',
er heulte durch den Wald voll wilder Hast
und rüttelte die letzte Frucht vom Ast.
Oh, bald war jeder Baum, der einst geprahlt,
der Frucht und Blätter bar, gar kahl und alt,
es fielen Flocken, und es krächzten Raben,
und sieh, der stolze Wald war wie begraben.
Nur jenes Bäumchen steht noch frisch und frei
und grünt und flüstert sanft wie einst im Mai. –

Und als die heilige Nacht gekommen war,
da schwebte durch den Wald die Engelschar
zum Bäumchen zart und trug es durch die Nacht
in festlich aufgegangener Strahlenpracht.

Was im Weihnachtsbaum erzählt wird

Ernst Almsloh

In der Schlafstube blies der Vater das Licht aus. Dann ächzte und stöhnte die alte Bettstelle wie jeden Abend, wenn sich der Vater ins Bett legte und die müden Glieder ausstreckte. Das alte, dumme Bett! Den ganzen Tag über hatte es nichts zu tun und doch brummte es jeden Abend, wenn es an die Arbeit mußte.

Mutter fragte den Vater noch einiges: Ob er die Nüsse auch vergoldet hätte, und ob er genug Lichter gehabt hätte, und ob … Aber Vater hatte sich auf die rechte Seite gelegt, brummte etwas in den Bart und schlief ein.

Wenn ich doch auch so schnell einschlafen könnte, seufzte die Mutter und dachte darüber nach, ob sie wohl die nächste Woche mit dem Wirtschaftsgeld auskäme. Weihnachten hatte viel Geld gekostet. Die Kinder mußten etwas haben, für Vater hatte sie ein Paar neue Stiefel besorgt, an den Großvater war ein Kistchen abgegangen, und heute hatte sie noch Nüsse und Äpfel und Zuckerwerk für den Weihnachtsbaum eingekauft.

Aber endlich schlief auch die Mutter ein. – Ruhig, ganz ruhig wurde es in der Schlafkammer. Nur von Zeit zu Zeit hustete mal eines der Kinder ein wenig. Es war in den letzten Tagen so kalt gewesen. –

Da klingelte es ganz leise und zart am Weihnachtsbaum, der in der Wohnstube stand. Ein kleines, feines Glöckchen aus dünnem Glas war aus dem Schlafe aufgeschreckt worden, weil ein Wagen vorbeigefahren und den Tisch erschüttert hatte. Und die anderen schönen Glassachen am Weihnachtsbaum waren auch aufgewacht und rieben sich neugierig die Augen. – Da gab es ein fröhliches Begrüßen und ein eifriges Fragen hin und her. Die meisten bunten Glassachen kannten sich schon seit vielen Jahren. Sie waren einst zu gleicher Zeit in einer kleinen Stube in einem engen Häuschen hoch oben auf dem Thüringer Wald angefertigt worden. Den Mann, der sie hergestellt hatte, kannten sie noch alle. Es war ein kleiner, freundlicher Mann gewesen, der immer las, wenn er eine freie Stunde hatte, und abends ging er in Versammlungen und redete. Dann war er nicht so freundlich, sondern dann konnte er grimmig dreinschauen und zornig reden, weil es so viel Elend und Armut auf der Welt gab. »Ob er wohl noch lebt?« fragte eine große silberne Glaskugel. – »Das glaube ich nicht«, antwortete die schlanke Glasspitze, die oben auf dem Weihnachtsbaum saß, »er war doch immer so bleich und dünn; sicher ist er lange gestorben.« – »Nein, er lebt noch und läßt euch alle grüßen«, zirpte munter ein rotbäckiges Oval, das noch ganz neu aussah, »ich war noch vor zwei Wochen in seiner kleinen Stube, wo es noch ebenso aussieht wie einst, als ihr noch da wart. Er verdient jetzt noch nicht mehr als damals, aber es kommt noch weniger Fleisch auf den Tisch als früher; er sagt immer, alles wäre so teuer geworden, dass die armen Leute bald gar nichts mehr kaufen könnten.«

»Der arme Mann«, sagte ein grüner Vierspitz, »aber hilft denn sein ältester Sohn nicht mit verdienen?« – »Freilich, aber es ist auch ein kleines Mädchen dazugekommen, so dass die Frau nicht mehr so viel helfen kann.«

»Aus was für einer hungrigen Gegend stammt ihr denn alle«, schrie laut und roh ein dicker Apfel dazwischen, »bei uns zu Haus gibt es Fleisch genug, ich stamme auch aus einer feinen Familie.«

Da wisperten alle die feinen Glassachen erregt und aufgebracht durcheinander, und die feine rotgoldene Glocke rief zornig: »Schäme dich, du dicker Apfel, dass du so sprechen magst. Bist zum ersten Male hier unter uns und trittst gleich so unhöflich auf! Bist wohl vom Dorfe, was?« – »Ich bin nicht vom Dorfe, ich bin von einem Rittergut, und die Leute, die mich geerntet haben, sind reiche adelige Herrschaften«, erwiderte protzig der Apfel, »ich bin eigentlich viel zu gut für euch.« – »Da trolle dich doch von dannen, du adeliger Apfel, du«, sagte die Glocke wieder, »wir mögen solche eingebildeten Leute gar nicht leiden. Weißt du denn nicht, warum deine adeligen Herrschaften so reich sind? Ich will es dir sagen: weil die anderen Leute, unsere armen Glasbläser und viele tausend, tausend andere so arm sind, daß sie sich nicht satt essen können. Das habe ich oft genug gehört, wenn unser Glasbläser mit anderen Männern darüber sprach.« – »Und wenn das der Mann wüßte, dem dieser Weihnachtsbaum und wir alle zusammen jetzt gehören, was für ein aufgeblasener Kerl du bist, du dicker Apfel, dann nähme er dich wieder herunter vom Baum«, so sagte erregt die Glasspitze oben am Baum, »unser Herr ist auch ein armer Mann, der die eingebildeten Reichen nicht leiden mag.« – »Lassen wir doch den dummen Apfel«, meinte die silberne Kugel, »wir wollen uns gar nicht um ihn kümmern. Erzählen wir uns lieber etwas von den lieben Leuten, bei denen wir nun schon zehn Jahre sind.«

»Ach ja, ach ja«, rief lebhaft das Oval, »ich kenne sie ja noch gar nicht, aber ich möchte doch gerne wissen, was für Menschen es sind. Haben sie Kinder?« – »Natürlich«, sagte die Glocke, »zwei kleine Mädchen, das ältere ist ein Wildfang, ein Springinsfeld, das am liebsten schon am ersten Abend alle die schönen Nüsse und die Schokolade verzehrte, das andere ist eine kleine Dicke mit roten Backen und blauen Augen.« – »Welche magst du denn lieber leiden?« – »Ich mag sie alle beide gern leiden. Wißt ihr noch, als vor zwei Jahren die ältere, Betty heißt sie, krank war?« – »Ach – wie traurig war das«, zirpten alle die Glassachen, »damals weinte die Mutter, als die Lichter angesteckt wurden, weil Betty nicht da war, sie war im Krankenhaus, bei fremden Kindern.« – »Da hätte ich auch geweint«, sagte das Oval. »Ja, und damals habe ich auch gemerkt, daß ich die Betty ebenso gern habe wie die kleine Liese, und als vorige Weihnachten wieder alle beide unter dem Baume herum sprangen, da haben wir noch einmal so hell geblitzt.« – »Und du hast noch heller geläutet als sonst, du kleines Glöckchen, weißt du noch? Ich glaube, du kannst gar nicht mehr so laut klingeln wie damals.« – »Kling ling ling ling ling ling ling ling ling.« – »Höre auf, höre auf, sonst müssen wir uns die Ohren zuhalten, ja, ja, ja, wir glauben es, dass du noch ebenso laut klingeln kannst.« – »Ach, ich bin auch so fröhlich, daß morgen wieder Weihnachten ist und wir alle die lieben Leute wiedersehen.« – »Pst, Pst! Spricht da nicht jemand nebenan?« – »Püppchen – schlafe – Weihnachtsbaum.« – »Hört ihr? Das ist die kleine Liese, sie träumt und spricht im Traum vom Weihnachtsbaum.« – »Das kommt von deinem Klingeln.« – »Und von eurem lauten Wispern.« – »Laßt uns ruhig sein und schnell einschlafen, in den nächsten Tagen haben wir viel zu tun.« – »Gute Nacht!« – »Gute Nacht!« – »Gute Nacht!«

Am Weihnachtsmorgen, als es noch dunkel war, schritt der Vater ins Zimmer und musterte den Baum, ob auch alles in Ordnung war. Da fiel sein Blick auf einen Zweig, der sehr tief herabhing. »Aha, Herr Apfel, Sie passen nicht in die zarte Gesellschaft! Kommen Sie mal herunter, die Liese wird Sie bald klein kriegen.« Damit nahm er den Apfel ab und legte ihn auf Lieses Teller zu den übrigen Sachen.

Da freuten sich alle kleinen Glassachen, daß sie den hochmütigen Störenfried los waren, und als die Lichter angezündet waren und die beiden Kinder kamen und Vater und Mutter, da blitzten sie noch mal so hell als sonst, und das fröhliche Glöckchen hörte den ganzen Tag nicht auf zu singen: »Kling ling ling ling ling ling ling.«

Weihnachten

Kurt Tucholsky

Nikolaus der Gute
kommt mit einer Rute,
greift in seinen vollen Sack -
dir ein Päckchen - mir ein Pack.
Ruth Maria kriegt ein Buch
und ein Baumwolltaschentuch,
Noske einen Ehrensäbel
und ein Buch vom alten Bebel,
sozusagen zur Erheiterung,
zur Gelehrsamkeitserweiterung …
Marloh kriegt ein Kaiserbild
und nen blanken Ehrenschild.
Oberst Reinhard kriegt zum Hohn
die gesetzliche Pension …
Tante Lo, die, wie ihr wißt,
immer, immer müde ist,
kriegt von mir ein dickes Kissen. -
Und auch hinter die Kulissen
kommt der gute Weihnachtsmann:
Nimmt sich mancher Leute an,
schenkt da einen ganzen Sack
guten alten Kunstgeschmack.
Schenkt der Orska alle Rollen
Wedekinder, kesse Bollen -
(Hosenrollen mag sie nicht:
dabei sieht man nur Gesicht …).
Der kriegt eine Bauerntruhe,
Fräulein Hippel neue Schuhe,
jener hält die liebste Hand -
Und das Land? Und das Land?
Bitt ich dich, so sehr ich kann:
Schenk ihm Ruhe -
lieber Weihnachtsmann!

Der heiligste Abend

Kurt Eisner

Es war einmal eine Milliardenerbschaft. Die lagerte schon viele Jahrhunderte in einer großen Truhe. Und da im Laufe der Zeiten die Menschen mit dem geheimnisvollen Erblasser alle verwandt und verschwägert worden waren, so wurden sie insgesamt erbberechtigt. Das war ihnen ein großer Trost und eine wundersame Hoffnung. Einstweilen freilich fand niemand Zugang zu dem verschlossenen Schatz, denn es sollte alles nach Würde und Verdienst sowie nach dem Grad der Verwandtschaft verteilt werden. Etliche Vorwitzige meinten zwar, das Gerechteste wäre die gleiche Verteilung, aber diese wurden als unwürdige Erben sofort aus der Masse der Erbberechtigten ausgeschieden, indem man sie entweder auf einen Block legte, von dem dann durch eine wundersame Fügung der Kopf herunter rollte, oder auch auf Holzstößen so lange anwärmte, bis sie nicht mehr zu sehen waren; mitunter geschah solches auch mehreren Frechlingen zugleich. Viele tausend Advokaten hüteten den Schrein, der eitel Gold und Diamanten zentnerweise barg. Sie wachten, daß niemand sich an dem Gut vergreife, auf daß keiner zu kurz käme und übervorteilt würde. Sie trugen schwarze Mäntel und hatten eine Weisheit, die unermeßlich war. Kamen aber die Hungernden zu ihnen und sprachen:

»Gebt uns einen Heller von unserem Erbteil, dann wollen wir zufrieden sein und keine Ansprüche fürderhin stellen«, dann zürnten die schwarzen Mäntel gewaltig und schrieen: »Wir sind keine Betrüger, wir übervorteilen niemand, jeder muß voll erhalten, wozu er berechtigt ist; darum wartet, bis die Sache geklärt ist. Dann werden wir jeden zufrieden stellen.«

Inzwischen bekamen die Advokaten die tarifmäßigen Gebühren, durchaus redlich nach der Höhe des Wertobjektes bemessen.

So starben die Geschlechter hin, in Not und Qual. Aber noch in der Sterbestunde freuten sie sich des Segens, dessen ihre Kinder und Enkelkinder teilhaftig würden. Längst hatte man, um

Zweiflern und Ungläubigen zu begegnen, kleine Abbilder der Erbschaftstruhe, die man künstlich hergestellt hatte, überall im Lande aufgestellt, so daß jeder mit leiblichen Augen sehen konnte, wie alles ehrlich sei und mit rechten Dingen zugehe. Einmal im Jahr aber rief man das Volk zusammen, auf daß es gegenwärtig sei bei der großen Feier der Öffnung des Märchenschrankes. Man zündete dann viele, viele Lichter an, damit jedermann auch genau zu schauen vermochte, wie viel des Goldes und der Edelsteine hervorkämen, und damit niemand zu viel und niemand zu wenig raffte. Waren sie nun beisammen, dann sangen sie schöne Lieder, und die schwarzen Advokaten taten sehr feierlich und sprachen: »Harret aus, gleich werden wir öffnen, es ist nur noch eine Kleinigkeit zu erledigen.« Dann schüttelten sie plötzlich betrübt die Köpfe und klagten: »Es stimmt noch nicht. Nur ein Weilchen Geduld. Auf Wiedersehen übers Jahr.«

Das nannte man den heiligen Abend!

Und jedes Jahr kamen sie zusammen, und jedes Jahr wurden die Lichter angezündet, und jedes Jahr glaubte man schon, daß das Siegel vom Schloß sich löse, und jedes Jahr mußten sie wieder unverrichteter Sache heimwärts ziehen, elender denn zuvor.

Die Advokaten indessen schrieben allerlei Bedingungen aus, die noch vor der Auszahlung des Erbteils zu erfüllen seien. Dann käme der große Augenblick gewiß.

Im Namen der verschlossenen Truhe mußten die Menschen plötzlich übereinander herfallen und sich mit Schwertern und kleinen Kugeln metzeln. Durch solche Proben wurden die Erbrechtsscheine bekräftigt.

Oder es wurde ein Fürst eingesetzt. Vor dem knieten sie nieder, und wenn er guter Laune war, verprügelte er sie, und die Geprügelten mußten begeistert schreien: Mehr! Mehr! Oder sie flochten Missetäter, die über die Erbschaft spotteten, aufs Rad und wetzten ihre Gedanken mit glühenden Reibeisen und beseitigten durch siedendes Öl ihre Hartnäckigkeit. Oder es wurden die glücklichen Erben an den Pflug gespannt und mußten arbeiten Tag und Nacht.

Und wenn die Früchte ihres Fleißes reiften, dann wurden sie davongejagt, und andere, die nicht gearbeitet, verzehrten lachend den Ertrag ihrer Mühe. Nur so, das kündete man ihnen, würden sie allmählich wert des unermeßlichen Glücks des verschlossenen Erbes. Dermaßen regierte die Truhe die Welt und die Menschheit, und die Advokaten wurden dick und fett. Die Jahre sanken in Staub, die Erde trank sich voll Blut und Qual, und die Zahl der heiligen Abende nahm zu, daß sie niemand mehr berechnen konnte. Die Menschen verkamen und starben, Finsternis umwob ihre Stirnen, und der blühende Garten der Welt verödete. Das Leben starb, die Freiheit kümmerte, und selbst die Hoffnung versiegte. Nur einmal im Jahr, am heiligen Abend, strömte es wie ein Rausch über die Elenden, ihre Augen entflammten, ihre Lippen wurden feurig, und ihre Muskeln reckten sich jung und sehnsüchtig. Diesmal, so hofften sie, wird es gewiß geschehen! Und sie zündeten die Lichter an, um alles genau zu erkennen, wenn das große Wunder den Sargdeckel sprengen würde. Die Lichter brannten herunter, und die abermals Getäuschten schlichen gebeugt davon, und die Advokaten drückten ihnen gerührt und tröstend die Hände: Wartet nur, übers Jahr! …

Und es kamen Zeiten, da wuchsen Menschen auf, die hatten nichts mehr zu verlieren. Sie lebten ohne Licht und Luft, arbeiteten nur und arbeiteten, sie wuschen sich in ihrem Schweiß und tranken ihre Tränen und wärmten sich an ihrem Fieber. Und endlich wurden sie ganz und gar zu hartem Stahl, der kein Hoffen mehr kannte und keinen alten Glauben. In ihren Hirnen und Augen aber begann ein Leuchten und Glimmen. Sie huben an zu denken, zu fragen, zu sehen und zu fordern. Fürwahr, lohnte denn die sagenhafte Erbschaft all die blutigen Prozeßkosten auf? Niemand sah bisher einen armseligen Pfennig. Der rauen Männer wurden immer mehr, und sie berieten miteinander und kamen zu einem Entschluß.

Wieder kam die Nacht, wo man die Hoffenden zur Öffnung des Schatzes rief. Wieder leuchteten die Lichter, und die Advokaten blickten verheißungsvoll. Da plötzlich tauchte aus dem Dunkel der Ferne eine Schar Männer auf, sie stieg die Stufen empor und rief: »Zeigt uns den Schatz!«

Die Advokaten erbleichten, aber sie faßten sich und sagten sanft begütigend: »Ihr lieben Leute, nicht so stürmisch, habt nur noch geringe Zeit Geduld; mit eurem Ungestüm verwirrt ihr nur wieder die so mühsam gelösten und geordneten Fäden!«

»Zeigt uns den Schatz!«, schrieen herrisch die Männer. »Wir wollen sehen. Genug der Lüge!« – »Fort da, in den Kerker mit euch!«, kreischten die Advokaten und hatten alle Sanftmut verloren. Da huben die Männer die Äxte wider die Truhe.

»Ihr wißt nicht, was ihr tut. Ihr zerstört das Beste, wenn ihr dieses Holz gewaltsam zerstört, Verblendete!«

»Wir entlarven die Lüge«, antworteten die Männer.

»So erfahret denn, welch Kleinod dieser Schrein birgt«, riefen die Advokaten.

»Die Lüge«, spotteten die Männer.

»Die Liebe«, flüsterten die Advokaten verzückt, mit süßem Lächeln.

»Dann soll sie der Haß befreien«, brauste die Antwort. Und die Äxte fielen auf die Deckel. Die Lichter züngelten hoch, als wollten sie sich in das erschlossene Geheimnis hinabbeugen. Der Schrein zerstob in tausend Splitter, und nichts war in ihm zu sehen als ein weißer Wurm, der aus den Gängen, die er ins morsche Holz gebohrt, eilig und erschreckt hervorkroch

...

An diesem Tag feierten die Menschen den heiligsten Abend.

Weihnachtswunsch

Anonym, 1899

Die Glocken der Weihnacht tönen heut'
so dumpf. Ich höre verwundert
die Luft erfüllt von Totengeläut',
im Sterben liegt ein Jahrhundert.

Ich wünschte ihm einen sanften Tod,
es ist nicht viel dran verloren,
wird nur von hellem Licht umloht,
das neue Jahrhundert geboren.

Das alte hat als Mörtelfrau,
sich redlich durchgeschlagen
und zu dem ragenden Zukunftsbau,
viel tüchtige Steine getragen.

Das ist ein guter Alltagsruhm,
kein Denkmal im Reiche der Geister.
O würde das neue dem Menschentum,
der große Dombaumeister.

O würden die Menschen endlich einmal
ein großer Lebensorden,
des alten Jahrhunderts Ideal,
ist gar zu schäbig geworden.

Und hat man's gepredigt auch Tag für Tag,
zuweilen sogar mit Ekstase,
der Mensch mit lebendigem Herzensschlag,
erkannte dahinter die Phrase.

O möge lehren die künftige Zeit:
Die Wahrheit ist immer das Beste,
und schön ist die atmende Wirklichkeit!
Das ist mein Wunsch zum Feste.

Der Wicht vom Heidegrab

Hermann Löns

Es war einmal ein kleiner Wichtelmann, der wohnte ganz hinten in der Lüneburger Heide, da wo sich die Hasen und die Füchse gute Nacht sagen. Sein Haus war das große graue Steingrab, das zwischen zwei stacheligen Machangelbüschen am Heidbrink lag, und das kleine gelbhäutige Fischer und Imker vor vielen tausend Jahren für ihre Könige aufgebaut hatten.

Da wohnte der kleine Brummerjahn schon viele viele hundert Jahre ganz muttermauseseelenallein. Wenn es Sommer war, dann schleppte er tief aus der Erde seine Schätze und breitete sie auf den dunkelgrünen Moospolstern aus, die unter den hellgrünen Ranken der Krähenbeere wucherten, umrahmt von lauter grauen, rotköpfigen Flechten.

Es sah putzig aus, wenn der Kleine auf seinen Entenfüßchen umher watschelte und in seiner grauen Schleppkutte die Flußperlen, Silberstückchen, Goldmünzen, Bronzeringe und Bernsteinkugeln aus dem Steingrabe hervorholte. Und hatte er sie dann auf dem Moosrasen ausgebreitet, und alle das blanke und bunte Zeug flimmerte und glimmerte, glitzerte und blitzerte in der Sonne, dann juchzte er vor Vergnügen, hopste hin und her, daß die Schleppe von seinem grauen Röckchen nur so flog, und warf sein rotes Zipfelmützchen hoch in die Luft, hoch über das Heidekraut. So stark war der kleine Mann.

Er lebte sehr, sehr einsam, der kleine Wicht. Da war wohl ein Steinschmätzerpaar, das in dem Steingrabe nistete, aber diese Herrschaften waren ihm zu wibbelig und zu kribbelig, und er verkehrte nicht mit ihnen. Auch nicht mit den grünen Eidechsen, die durch das Heidekraut wischten; sie waren ihm nicht ernst genug. Auch die braunen Mäuse waren nicht seine Freunde. Das war Pöbel, der sich fortwährend zankte und laut quiekte.

Aber der Rauk, der alte, einsame Kolkrabe, der schon seit siebzig Jahren Witwer war, und die uralte Schnake, die verwitwete Kreuzotter, das waren Pucks Freunde. Die redeten nicht immer von Liebe, wie das andere Volk auf der Heide, die waren gesetzt und vernünftig. Denn von Liebe mochte der Wicht nichts hören. Als er jung war vor zweitausend Jahren, da hatte er sich einmal sehr verliebt. In ein kleines Wollgrasnixchen aus dem Bruch. Er hatte ihr fünfzig Jahre lang den Hof gemacht, hatte ihr Blumen und Waldfrüchte, Perlen und Edelsteine gebracht, hatte Lieder zu ihrem Lob gesungen und abends vor ihrem Häuschen Musik gemacht auf einem Heuschreckenbein. Aber als er sie freien wollte, da hatte sie ihn ausgelacht und ihm gesagt, er solle sich unter den Krickenten vom Moor eine Braut suchen, die hätten gerade solche Patschpatschfüße wie er.

Da war er traurig weggegangen zu der alten Eiche, aus deren Rindenriß schäumender Met floß. Da verkehrte eine liederliche Gesellschaft von durstigen Brummfliegen, Admiralen, Trauermänteln, Hornissen und Hirschkäfern. Vier Wochen hatte er da herumgesumpft, hatte jeden Morgen einen gräßlichen Kater gehabt und jeden Abend einen Rausch. Und als der Met nicht mehr floß und die lustigen Zechbrüder alle davonflogen, da wanderte er in die Unterwelt und trank Minne mit den Erdzwergen, den Leuten mit den toten Herzen, und blieb da so lange, bis sein Herz abgestorben war.

Das war nun schon schrecklich lange her. Aber der Wicht dachte in jedem Frühling wieder daran, wenn die Birkhähne balzten, wenn die Dullerchen lullten, wenn der Pieper sang und abends aus dem Dorfe da hinter der Heide Lachen und Singen und Juchen zu ihm herüberklang. Dann zog er seine Runzelstirn in viele hundert Falten, schimpfte mit den Steinschmätzern, die sich verliebt um das uralte Grab jagten, brummte mürrisch, wie eine alte Erdhummel und saß brummig, wie ein Maulwurf, unter der jungen Tanne, die vor dem Eingang zu seinem Steinhause wuchs.

Vor einigen Jahren war es gewesen, da hatten da drüben hinter dem Moor in den struppigen Sonnenschichten hundert rote Kreuzschnäbel gebrütet. Die hatten die langen goldbraunen Zapfen aufgeklaubt und den Samen gefressen und ihre Jungen damit gefüttert. Ein kleines Flügelsamenkorn war ihnen weggeflogen, der Südwind hatte es über das Moor gewirbelt und vor das Hünengrab geweht, da hatte es der Wicht in die Erde gesteckt, mit Tau begossen und gehegt und gepflegt. Darum war es eine so schöne schlanke Tanne geworden. Und auch darum, weil der Schäfer nicht seine Schnucken hinhütete, denn er fürchtete das alte Heidengrab. Alle anderen Tannen in der Heide waren von den Schnucken verbissen und krumm und kruzelich geworden, diese aber wuchs rank und schlank in die Höhe und unter ihr saß der Wicht und dachte an seine Jugend.

Im Winter aber, wenn der Schnee hart und fest auf der Heide lag, dann wanderte der Wicht in das Dorf und lebte bei dem alten brummigen Jagdhüter. Da wohnte er unter dem alten schwarzgeräucherten Steinherde, und wenn es Abend war, und der alte Jagdhüter im Lehnstuhl saß und schmökte, dann fiedelte Puck mit einem Heuschreckenbein auf einer Fiedel aus einer Wieselrippe, und die Leute sagten dann, das täten die Heimchen.

Nun hatte der Jagdhüter eine Tochter, die war das schönste Mädchen im Dorf. Ihre Backen waren so weiß und so rot, wie die roten Glöckchen im Moor, und ihr Haar war so weich wie Wollgras und so goldig wie die Abendsonne im Fuhrenwald. Und die hatte einen Liebsten, der war Knecht im Dorfe. Er war der hübscheste und strammste Bengel weit und breit und fleißiger und nüchterner als alle andern, aber er war gerade so arm, wie seine Liebste. Und so gern er seine Liebste geheiratet hätte, es ging nicht, weil sie beide nichts hatten.

Und weil der Vater des Mädchens das wußte, darum litt er es nicht, daß die beiden miteinander gingen. Aber an jedem Sonntagabend im Frühling und Sommer trafen sie sich bei dem Steingrabe und saßen da und küßten sich und jammerten über ihre Armut. Anfangs hatte Puck sich über sie geärgert, denn küssen und kosen sah der Wicht nicht gern. Aber da sie so still und ernst waren, so mochte er sie schließlich gern leiden.

Und dann hatte er auch Grund, beiden gut zu sein. Lieschen, die Tochter des alten Waldhüters, war ein gutes Mädchen. Sie hatte einmal morgens in der Herdasche die Spuren der Entenfüße von ihm entdeckt und hatte ihre alte Muhme gefragt, was das wäre. Und die war eine kluge Frau, die von heimlichen Dingen Bescheid wußte, und sie sagte ihr, das wäre wohl ein kleiner armer Wicht, der nicht Weib noch Kind hätte. Das tat dem guten Mädchen leid, und sie stellte von da ab jeden Abend auf einem

Puppentellerchen für den Kleinen Speise und in einem Fingerhut Milch oder Honigbier hin.

Und wenn gebacken wurde, dann backte sie ihm extra einen kleinen Kuchen, und wenn geschlachtet wurde, dann band sie ihm eine kleine Wurst. Und jeden Morgen war alles aufgegessen.

Johann, der Knecht, hatte bei dem Kleinen auch einen Stein im Brett. Denn vor zwei Jahren hatte sein Bauer ihm gesagt, er solle mit Bohrer und Pulver hingehen und das Hünengrab zerschießen, denn er brauche Steine für ein Stallfundament.

Johann aber hatte gesagt, das täte er nicht, denn er wollte nicht den Platz zerstören, wo er so oft mit seinem Lieschen gesessen hatte. Da hatte der Bauer geschimpft und ihm gekündigt, und der Knecht war beim Amtmann in Dienst gegangen und hatte dem erzählt, warum der Eichenbauer ihm gekündigt hatte. Da hatte der Amtmann an den Drosten geschrieben, und der hatte der Gemeinde bei Strafe verboten, das Steingrab zu zerstören. Das hatte Puck gehört, als Lieschen ihrem Vater das erzählte, und er war dem hübschen Knecht sehr dankbar dafür, denn so versteinert war des Wichts altes Herz doch nicht.

Nun war es wieder einmal Weihnachtszeit geworden. Die Bauern waren alle zur Stadt gewesen und hatten eingekauft zum Heiligen Abend. Im ganzen Dorf war alles voll Vorfreude, nur in des Waldhüters Haus sah es nicht festlich aus. Da ging das blonde Lieschen mit dick geweinten Augen herum, und der Alte brummte und knurrte den ganzen Tag. Denn er wollte, daß Lieschen den Krämer heiratete, den alten, dem das hübsche Mädchen gefiel. Aber die wollte ihn nicht, und sie aß und trank nicht und sah ganz blaß und miesepetrig aus.

Und abends, als der Alte vor das Holz ging, um für den Bauermeister einen Hasen zu schießen, da kam Johann. Er sah auch blaß und traurig aus, und manchmal kullerte ihm eine Träne über das Gesicht. Traurig saßen die beiden Liebesleute da, Hand in Hand und weinten und seufzten. Lange sah der Wicht aus seiner Herdecke ihnen zu, aber schließlich taten sie ihm doch zu leid. Und er trat aus seinem Winkel heraus, stellte sich vor sie hin und fragte sie mit seiner dünnen Stimme, was ihnen fehlte.

Da fuhren die beiden zusammen, denn sie sahen ihn nicht. Aber da nahm er seine rote Zipfelmütze ab, und sie erkannten ihn. Sie lachten nicht über seine Entenfüßchen, sie lachten nicht über seine Krötenhändchen und seinen Mausebart, und da fragte er sie nochmals nach ihrer Not.

Und sie erzählten ihm von ihrer Liebe und von ihrer Not und sagten ihm, wie schrecklich es wäre, daß beide so blutarm wären wie die Kirchenmäuse, so arm, daß sie nie daran denken könnten, Mann und Frau zu werden, und sie weinten bitterlich.

Da wurde es dem Kleinen ganz wunderbar ums Herz, und er dachte daran, wie lieb Lieschen immer zu ihm gewesen war, und was er Johann zu verdanken hatte, und plötzlich fielen ihm seine Schätze ein, und daß er damit den beiden Liebesleuten helfen könne. Und da lachte er seit tausend Jahren wieder zum erstenmal, und winkte dem Knecht und sagte ihm, er solle eine Schute und einen Sack nehmen und ihm folgen. Und dann ging er mit ihm über die verschneite Heide bis zum Hünengrabe. Und dort lief er rund um die Tanne und trat mit seinen Patschfüßchen einen Kreis in den Schnee und sagte, so solle er die Tanne ausgraben. Und das tat Johann, und als er die Tanne mit vieler Mühe herausgerissen hatte, da funkelte und glitzerte es im Mondlicht in dem Loche von Gold und Geld, Perlen und Edelsteinen. Und alles das gab ihm der Wicht und sagte ihm, die Tanne solle er mitnehmen, schön aufputzen und nach Weihnachten vor dem Hause des Waldhüters eingraben.

Das wurde eine frohe Weihnacht am nächsten Abend. Mitten auf dem Fleet stand die junge Tanne mit ihrem Wurzelboden, und darunter lag der Schatz. Und nach Weihnachten ging Johann in die Stadt und verkaufte all das blanke Zeug, und von dem Erlös kaufte er Äcker und Wiesen und Holz und baute an Stelle der alten Kate ein großes Haus, und das bezog er im Sommer mit Lieschen.

Und da er fleißig und sparsam war, zahlte er dem Wicht das ganze Darlehn in zehn Jahren zurück. Und jeden Winter wohnt der kleine bei ihnen und bekommt das Beste aus Keller und Küche.

Die Tanne aber ist groß und schlank geworden, und in ihr brütet im Sommer ein Amselpaar. Und wer die Geschichte nicht glaubt, der gehe nach dem Wichtelhofe. Da kann er die Tanne sehen und Lieschen, die jetzt aber die Wichtelhofbäuerin heißt.

Und schon daran, daß die Leute vom Wichtelhof keine Enten halten, um ihren Herdgeist nicht an seine Patschfüße zu erinnern, sieht man, daß es mit dem Wichtelhofe ein heimliches Ding ist.

Weihnachtsabend

Theodor Storm

Die fremde Stadt durchschritt ich sorgenvoll,
Der Kinder denkend, die ich ließ zu Haus.
Weihnachten war's; durch alle Gassen scholl
Der Kinderjubel und des Markts Gebraus.

Und wie der Menschenstrom mich fortgespült,
Drang mir ein heiser Stimmlein in das Ohr:
»Kauft, lieber Herr!« Ein magres Händchen hielt
Feilbietend mir ein ärmlich Spielzeug vor.

Ich schrak empor, und beim Laternenschein
Sah ich ein bleiches Kinderangesicht;
Wes Alters und Geschlechts es mochte sein,
Erkannt ich im Vorübertreiben nicht.

Nur von dem Treppenstein, darauf es saß,
Noch immer hört ich, mühsam, wie es schien:
»Kauft, lieber Herr!« den Ruf ohn Unterlaß;
Doch hat wohl keiner ihm Gehör verliehn.

Und ich? – War's Ungeschick, war es die Scham,
Am Weg zu handeln mit dem Bettelkind?
Eh meine Hand zu meiner Börse kam,
Verscholl das Stimmlein hinter mir im Wind.

Doch als ich endlich war mit mir allein,
Erfaßte mich die Angst im Herzen so,
Als säß mein eigen Kind auf jenem Stein,
Und schrie nach Brot, indessen ich entfloh.

Der erste Christbaum in der Waldheimat

Peter Rosegger

[...] Es waren die ersten Weihnachtsferien meiner Studentenzeit. Wochenlang hatte ich schon die Tage, endlich die Stunden gezählt bis zum Morgen der Heimfahrt von Graz ins Alpel. Und als der Tag kam, da stürmte und stöberte es, daß mein Eisenbahnzug steckenblieb ein paar Stationen vor Krieglach. Da stieg ich aus und ging zu Fuß, frisch und lustig, sechs Stunden lang durch das Tal, wo der Frost mir Nase und Ohren abschnitt, daß ich sie gar nicht mehr spürte; und durch den Bergwald hinauf, wo mir so warm wurde, daß die Ohren auf einmal wieder da waren und heißer als je im Sommer. Der Nase vergaß ich, doch stak sie sicher fest im Gesicht, wo sie heute noch steckt. Auch mein Bündel Bücher schleppte ich, denn die Professoren waren so grausam gewesen, mit Hausaufgaben zu zeichnen, besonders in der Mathematik und Grammatik, die ich heute noch hassen könnte bis aufs Blut, wenn es nicht gar so blutlose Wissenschaften wären.

So kam ich, als es schon dämmerte, glücklich hinauf, wo das alte Haus, schimmernd durch Gestöber und Nebel, wie ein verschwommener Fleck stand, einsam mitten in der Schneewüste. Als ich eintrat, wie war die Stube so klein und niedrig und dunkel und warm - und urheimlich. In den Stadthäusern verliert man ja allen Maßstab für das Waldbauernhaus. Aber man findet sich gleich wieder hinein, wenn die Mutter den Ankömmling ohne alle Umstände so grüßt: »Na, weil d' nur da bist!«

Auf dem offenen Steinherd waberte das Feuer, in der guten Stube wurde eine Kerze angezündet. »Mutter, nit!« wehrte ich ab, »Tut lieber ein Spanlicht anzünden, das ist schöner.«

Sie tat's aber nicht. Das Kienspanlicht ist für die Werktage. Weil der Sohn heimkam, war für die Mutter Feiertag geworden. Darum die festlichere Kerze.

Und für mich erst recht Feiertag!

Als die Augen an das Halblicht sich gewöhnt hatten, sah ich

auch das Nickerl, das achtjährige Brüderlein. Es war das jüngste und letzte. Es stand in seinem blädernden Höslein gerade wie ein Bäumchen da und hatte natürlich den Finger im Mund. Seine schwarzen Augen waren weit offen und ganz rund, so verwundert schaute er mich an. Der, um den er schon »gröhrt« hatte, war jetzt da, und die Vertraulichkeit stellte sich erst allmählich ein. Selbst als ich ihn zum Kaffee einlud, war es noch nicht soweit, daß er den Finger für das Stück Gugelhupf vertauschen wollte.

»Ausschauen tust gut!« lobte die Mutter meine vom Gestöber geröteten Wangen. Sie hatte ihr Gesicht, das nicht gut und nicht schlecht ausschaute – das alte, kummervolle und doch frohgemute Mutterantlitz. Ich schaute dieses Gesicht nie lange an, immer nur verstohlen – es war immer eine Schämigkeit da, bei ihr auch so, wie bei zwei heimlichen Liebsten. Zärtlich bin ich mit ihr nie gewesen, wohl auch nie grob – und diesmal bei der Heimkehr haben wir uns nur die Hände gegeben. Aber wohl war mir! Wohl zum Jauchzen und Weinen. Ich tat keines, ich blieb ganz ruhig und redete gleichgültige Dinge.

Der kleine Nickerl sah blaß aus. »Du hast ja die Stadtfarb', statt meiner!« sagte ich und habe gelacht.

Die Sache war so. Der Kleine tat husten, den halben Winter schon. Und da war eine alte Hausmagd, die sagte es – ich wußte das schon von früher – täglich wenigstens dreimal, daß für ein »hustendes Leut« nichts schlechter sei als »der kalte Luft«. Sie verbot es, daß der Kleine hinaus vor die Tür ging, sie hielt immer die Fenster geschlossen, ja auch die Tür durfte nur so weit und so kurz aufgehen, wie eben noch ein Mensch rasch aus- oder einschlüpfen kann. Die Eltern wußten es der Alten Dank, daß sie so gewissenhaft für den Kleinen mitsorgen half. So kam der Knabe nie ins Freie und kriegte auch in der Stube keine gute Luft zu schnappen. Ich glaube, deshalb war er so blaß, und nicht des Hustens halber. Gehustet hatte auch ich als Knabe, aber damals gab's noch diese alte Magd nicht, und ich trieb mich mit meinen Geschwistern in der freien Weite um, wälzte Schneeballen, rodelte über Berglehnen, rutschte auf dem Eis die Hosen durchsichtig, so lange, bis der Husten wieder gut war. Aber der arme Nickerl hatte keinen gleichgesinnten Kameraden mehr, er war unter Großen das einzige Kind, das Hascherlein im Hause und fügte sich hilflos den Gesetzen. Ich nützte die wenigen Ferientage gewissenhaft, um ihn der lebensgefährlichen Fürsorge der Hausmagd abspenstig zu machen. Ich lockte ihn aus dem Hause, verleitete ihn zum Schneeballwerfen, zum Schneemandelbauen, wobei er warme Hände und rote Wangen bekam. Und am Abende hustete er noch mehr. Mich schützte meine Stadtherrenwürde zwar vor dem Schlimmsten, aber das konnte die Alte nicht bei sich behalten, daß ich lieber in meinem Steinhaufen hätte bleiben sollen, als da herkommen, um Kinder zu verderben. Wir setzten munter unsere Winterfreuden fort, und noch eh' ich in die Stadt zurückkehrte, war beim kleinen Brüderl der Husten vergangen.

Aber ich laufe der eilenden Zeit voraus. Und will mich doch beim lieben Christfest aufhalten.

In der derselben vorhergehenden Nacht schlief ich wenig – etwas Seltenes in jenen Jahren. Die Mutter hatte mir auf dem Herde ein Bett gemacht mit der Weisung, die Beine nicht zu weit auszustrecken, sonst kämen sie in die Feuergrub', wo die Kohlen glosten. Die glosenden Kohlen waren gemütlich, das knisterte in der stillfinsteren Nacht so hübsch und warf manchmal einen leichten Glutschein an die Wand, wo in einem Gestelle die buntbemalten Schüsseln lehnten. Aber die Schwabenkäfer! die nächtig aus den Mauerlöchern hervorkrochen und zur Zeit einmal Ausflüge über die Glieder und das Gesicht eines Studenten machten! Indes wird ein gesunder Junge auch die Schwabenkäfer gewohnt. Aber sie nicht ihn.

Da war's ein anderes Anliegen, über das er noch obendrein schlüssig werden mußte in dieser Nacht, ehe die Mutter an den Herd trat, die Morgensuppe zu kochen. Ich hatte viel sprechen gehört davon, wie man in den Städten Weihnacht feiert. Da sollen sie ein Fichtenbäumchen, ein wirkliches Bäumlein aus dem Walde, auf den Tisch stellen, an seinen Zweigen Kerzlein befestigen, sie anzünden, darunter sogar Geschenke für die Kinder hinlegen und sagen, das Christkind hätte es gebracht.

Auch abgebildet hatte ich solche Christbäume schon gesehen. Und nun hatte ich vor, meinem kleinen Bruder, dem Nickerl, einen Christbaum zu errichten. Aber alles im geheimen, das gehört dazu. Nachdem es soweit taglicht geworden war, ging ich in den frostigen Nebel hinaus. Und just dieser Nebel schützte mich vor den Blicken der ums Haus herum arbeitenden Leute, als ich vom Walde her mit einem Fichtenwipfelchen gegen die Wagenhütte lief, dort das Bäumlein in ein Scheit bohrte und unter dem Karren- und Räderwerk versteckte. Dann ging ich nach Sankt Kathrein zum Krämer, um Äpfel zu kaufen. Der hatte aber keine, sie waren im selben Jahre zu Pöllau und Hartberg nicht geraten, und so war kein Obstträger in die Gebirgsgegend gekommen.

Nun fragte ich den Krämer, ob er vielleicht Nüsse habe. »Nüsse!« sagte er. »Zum Anschauen oder zum Aufschlagen? Ich habe ihrer noch ein Sackel, vom vorigen Jahr her. Aber die sind nur zum Anschauen. Schlagst sie auf, so hast einen schwarzen oder verdorrten Kern, der nit zum Essen ist.«

Die Nüsse ließ ich ihm. Das wollte ich dem Brüderl nicht antun: eine schöne Schale und kein Kern. Solche Sachen darf man ihm nicht angewöhnen.

Was sollte ich nun kaufen? Er hatte ja allerhand schöne Sachen, der Krämer. Rote Sacktücheln, Hosenträger, Handspiegel, Tabakspfeifen, sogar Maulwetzen (Mundharmoniken). Doch abgesehen davon, daß der angehende Pädagoge manches nicht passend fand, hatte ich mit meinem Geldvorrat zu rechnen, der mich ja auch wieder nach Graz bringen sollte.

»So wär' ich halt umsonst gegangen«, sagte ich.

Darauf der Krämer: »Damit du nit umsonst gegangen bist – wenn man noch du sagen darf zum Herrn Studenten –, so trink da ein Stamperl Roten.« Damit goß er mir aus der Flasche süßen roten Schnaps in ein Gläschen.

Als ich den getrunken hatte, war mir der Mut gestiegen und die Geldsorge gesunken. Aber nicht beim Krämer wurde eingekauft, daraufhin war der Rote auch nicht gespendet vom alten braven Haselbauer (auch Haselgraber geheißen). Ich ging über das Brückerl zum Bäcker und kaufte einen Vierkreuzerwecken, den ich in die Brusttasche steckte, so daß der Fuhrmann Blasel, der mir nachher begegnete, lachend auf mich herrief: »Nau, der Waldbauernpeter hat ja eine Hühnerbrust bekemma!« Denn die Vierkreuzerwecken in Sankt Kathrein waren damals nicht danach, daß sie unter dem zugeknöpften Rock unbeachtet bleiben konnten.

Ich kam nach Hause, und nun war für den Christbaum alles beisammen. Aber kaum mir darob behaglich ward, fiel mir ein, daß gerade noch etwas sehr Wichtiges fehlte: die Kerzen. Ich hatte der kleinen Wachskerzen vergessen; wo nehme ich sie her?

Ich nahm sie einfach her.

In einem Bauernhause ist für alles Rat, nur gehört zur Herbeischaffung manchmal eine Notlüge. Sie ist nicht schwer zu machen. Zur Mutter ging ich und bat, ob sie mir nicht ihren roten Mariazellerwachsstock leihen wollte. Sie fragte, wozu? Na, dann tat ich's halt. Ich ginge in der Nacht zur Christmette, wo in der Kirche alle Leute ihre Lichter hätten, so möchte ich auch eins haben. Sie langte nur in ihren Gewandkasten, da hatte ich den Wachsstock.

Dann ward es Abend. Die Gesindeleute waren noch in den Ställen beschäftigt oder in den Kammern, wo sie sich nach der Sitte des Heiligen Abends die Köpfe wuschen und ihr Festgewand herrichteten. Die Mutter in der Küche buk die Christtagskrapfen, und der Vater mit dem kleinen Nickerl ging durch den Hof, um ihn zu beräuchern und dabei schweigend zu beten. Das *schweigende* Beten, sagte die Mutter gern, sei wirksamer als das laute.

Wenige Jahre vorher hatte ich dem Vater bei diesem priesterlichen Amte noch geholfen, nun tat es schon das Brüderl und gewiß auch mit jener ehrfürchtigen Andacht, die den Geheimnissen dieser Nacht gebührt.

Dieweilen also die Leute alle draußen zu tun hatten, bereitete ich in der großen Stube den Christbaum. Das Bäumchen, das im Scheite stak, stellte ich auf den Tisch. Dann schnitt ich vom Wachsstock zehn oder zwölf Kerzchen und klebte sie an die Ästlein. Das plagte ein wenig, denn etliche wollten nicht kleben und fielen herab. Ich hätte sehr gern Geduld gehabt, um alles ordentlich zu machen, aber jeden Augenblick konnte die Tür aufgehen und vorzeitig wer hereinkommen. Gerade diese zitternde Hast, mit der sie behandelt wurden, benützten die Kerzchen, um mich ein wenig zu necken. Endlich aber wurden sie fromm, wie es sich für Christbaumkerzchen geziemt, und hielten fest.

Es war gut. Unterhalb, am Fuße des Bäumchens, legte ich den Wecken hin.

Da hörte ich über der Stube auf dem Dachboden auch schon Tritte - langsame und trippelnde. Sie waren schon da und segneten den Bodenraum. Bald würden sie in der Stube sein, mit der wir den Rauchgang zu beschließen pflegten. Ich zündete die Kerzen an und versteckte mich hinter dem Ofen. Noch war es still. Ich betrachtete vom Versteck aus das lichte Wunder, wie in dieser Stube nie ein ähnliches gesehen worden. Die Lichtlein auf dem Baum brannten so still und feierlich - als schwiegen sie mir himmlische Geheimnisse zu. Aber da fiel es mir ein - wenn sie niederbrannten, bevor die Leute kommen! Wie konnte ich's denn hindern? Wie sollte ich sie denn zusammenrufen? Da konnte ja alles ganz dumm mißlingen! Es ist gar nicht so leicht, Christkindel zu sein, als man glaubt.

Endlich hörte ich an der Schwelle des Vaters Schuhklöckeln - man wußte schon immer, wenn es so klöckelte, daß es der Vater war. Die Tür ging auf, sie traten herein mit ihren Weihgefäßen und standen still.

»Was ist denn *das?«* sagte der Vater mit leiser, langgezogener Stimme. Der Kleine starrte sprachlos drein. In seinen großen, runden Augen spiegelten sich wie Sterne die Christbaumlichter. Der Vater schritt langsam zur Küchentür und flüsterte hinaus: »Mutter, Mutter! Komm ein wenig herein.« Und als sie da war: »Mutter, hast *du* das gemacht?«

»Maria und Josef!« hauchte die Mutter, »was lauter haben's denn da auf den Tisch getan?« Bald kamen auch die Knechte, die Mägde herbei, hell erschrocken über die seltsame Erscheinung. Da vermutete einer, ein Junge, der aus dem Tale war: Es könnte ein Christbaum sein. Sollte es denn wirklich wahr sein, daß Engel solche Bäumlein vom Himmel bringen? - Sie schauten und staunten. Und aus des Vaters Gefäß qualmte der Weihrauch und erfüllte schon die ganze Stube, so daß es war wie ein Schleier, der sich über das brennende Bäumchen legte.

Die Mutter suchte mit den Augen in der Stube herum: »Wo ist denn der Peter?«

»Ah«, sagte der Vater, jetzt schon, jetzt rait ich mir's schon, wer das getan hat.«

Da erachtete ich es an der Zeit, aus dem Ofenwinkel hervorzutreten. Den kleinen Nickerl, der immer noch sprachlos und unbeweglich war, nahm ich an den kühlen Händchen und führte ihn vor den Tisch. Fast sträubte er sich, aber ich sagte – selber feierlich gestimmt – zu ihm: »Tu dich nicht fürchten, Brüderl! Schau, das lieb' Christkind hat dir einen Christbaum gebracht. Der ist dein.«

Und da hub der Kleine an zu wiehern vor Freude und Rührung, und die Hände hielt er gefaltet wie in der Kirche.

Öfter als vierzigmal seither hab' ich den Christbaum erlebt, mit mächtigem Glanz, mit reichen Gaben und freudigen Jubels unter Großen und Kleinen. Aber eine größere Christbaumfreude, ja eine so heilige Freude hab ich noch nicht gesehen als jene meines kleinen Bruders Nickerl – dem es so plötzlich und wundersam vor Augen trat – ein Zeichen dessen, der vom Himmel kam.

Das Weihnachtsbäumlein

Christian Morgenstern

Es war einmal ein Tännelein
mit braunen Kuchenherzlein
und Glitzergold und Äpflein fein
und vielen bunten Kerzlein:
Das war am Weihnachtsfest so grün,
als fing es eben an zu blühn.

Doch nach nicht gar zu langer Zeit,
da stands im Garten unten,
und seine ganze Herrlichkeit
war, ach, dahingeschwunden.
Die grünen Nadeln war'n verdorrt,
die Herzlein und die Kerzlein fort.

Bis eines Tags der Gärtner kam,
den fror zu Haus im Dunkeln,
und es in seinen Ofen nahm –
hei! tats da sprühn und funkeln!
Und flammte jubelnd himmelwärts
in hundert Flämmlein an Gottes Herz.

Morgen, Kinder, wird's was geben

Kinderlied

Morgen, Kinder wird's was geben,
morgen werden wir uns freun!
Welch ein Jubel, welch ein Leben
wird in unserm Hause sein!
Einmal werden wir noch wach,
heißa, dann ist Weihnachtstag!

Wie wird dann die Stube glänzen
von der großen Lichterzahl!
Schöner als bei frohen Tänzen
ein geputzter Kronensaal!
Wisst ihr noch vom vor'gen Jahr,
wie's am Weihnachtsabend war?

Wisst ihr noch mein Räderpferdchen,
Malchens nette Schäferin,
Jettchens Küche mit dem Herdchen
und dem blankgeputzten Zinn?
Heinrichs bunten Harlekin
mit der gelben Violin?

Wisst ihr noch den großen Wagen
und die schöne Jagd von Blei
und die Kleiderchen zum Tragen
und die viele Näscherei,
meinen fleiß'gen Sägemann
mit der Kugel unten dran?

Welch ein schöner Tag ist morgen!
Neue Freude hoffen wir;
unsre guten Eltern sorgen
lange, lange schon dafür.
O gewiss, wer sie nicht ehrt,
ist der ganzen Lust nicht wert!

Wintersportlegendchen

Ödön von Horváth

Wenn Schneeflocken fallen, binden sich selbst die heiligen Herren Skier unter die bloßen Sohlen. Also tat auch der heilige Franz.

Und dem war kein Hang zu steil, kein Hügel zu hoch, kein Holz zu dicht, kein Hindernis zu hinterlistig – er lief und sprang und bremste derart meisterhaft, daß er nie seinen Heiligenschein verbog.

So glitt er durch winterliche Wälder. Es war still ringsum und – eigentlich ist er noch keinem Menschen begegnet und auch keinem Reh. Nur eine verirrte Skispur erzählte einmal, sie habe ihn auf einer Lichtung stehen sehen, wo selbst er einer Gruppe Skihaserln predigte. Die saßen um ihn herum im tiefen Schnee, rot, grün, gelb, blau – und spitzten andächtig die Ohren, wie er so sprach von unbefleckten Trockenkursen im Kloster »zur guten Bindung«, von den alleinseligmachenden Stemmbögen, Umsprung-Ablässen und lauwarmen Telemarkeln. Und wie erschauerten die Skihaserln, da er losdonnerte wider gewisse undogmatische Unterrichtsmethoden!

Brief an Thomas Mann

Lion Feuchtwanger

19. Dezember 1953
Lieber, sehr verehrter Thomas Mann,

es verlangt mich, Ihnen und den Ihren zum Fest einen Gruß zu schicken. Es scheint eine Ewigkeit her, daß wir das Fest zusammen begingen.

Ich wurde jüngst sehr freundlich an Sie erinnert, als mir der italienische Konsul Ihren Artikel über Shaw in der Übersetzung des »Corriere della Sera« gab. Die Übersetzung, scheint mir, liest sich sehr gut.

Übrigens geht hier das Gerücht, daß Sie zurückkehren wollten. Irgendein »Real Estate« Mann soll ein Haus für Sie suchen, und die Riemsdyks haben schon daran gedacht, Ihnen ihr Haus anzubieten. Aus sehr selbstischen Gründen würde ich mich herzlich freuen, wenn was Wahres an dem Gerücht sein sollte.

Wir leben hier still und wenig belästigt. Der Dezember war unwahrscheinlich warm und schön, und Marta versuchte, sogar mich des Morgens in den Ozean zu locken, freilich vergeblich.

Sehr herzliche Wünsche.

Ihr Lion Feuchtwanger

Brief an Lion Feuchtwanger

Thomas Mann

Erlenbach-Zürich, 28. Dezember 1953
Lieber Freund Feuchtwanger,

es war reizend von Ihnen, daß Sie unserer zum Fest so freundlich gedachten. Haben Sie Dank, und nehmen Sie beide die herzlichste Erwiderung Ihrer Wünsche! Ja, Sie fehlen uns recht sehr unter den guten Leuten hier, die uns wohlwollen. Nach der Sonne friert es uns auch so manches Mal, obgleich ich persönlich mich ans Mitteleuropäische wieder ganz gut akklimatisiert habe. Der erste Winter kam mich recht hart an, der zweite hat schon was Trauliches. Jenes Gerücht trifft nicht zu und kann nicht zutreffen, schon Erikas wegen. Vielleicht ist es daraus entstanden, daß wir hier Wohnungsschwierigkeiten haben und nach etwas wirklich und endgültig Passendem herumsuchen, denn das Gegenwärtige ist gar nicht passend, zu eng, zu »mesquin«, zu arm an *Platz,* sonstig bei schöner Lage. Wir haben schon daran gedacht, in Chaplins Nähe zu ziehen, denn dort gibt es gute Häuser, von Ausländern gebaut und verlassen. Aber das ist es eben: Das Gestade dort ist recht verödet, und ich hänge an Zürich. Es wird sich schon etwas finden. –

Ich hätte längst einmal, spontan und von mir aus, geschrieben, wenn ich nicht gerade in letzter Zeit wie ein Pferd gearbeitet hätte an den »Krull«-Memoiren, von denen ich nächstens einmal (aber es wird wohl Spätsommer über die Herstellung werden) einen »Ersten Teil« herausbringen will. Es ist genug Manuskript für einen Band vorhanden, und im Falle des »Joseph«, der durchaus nicht als »Tetralogie« gedacht war, habe ich es ja auch so gemacht. –

Und Sie? Mit neidischer Beunruhigung hörte und las ich von einer großen, schönen Vorlesung bei Ihnen auf dem Schloß aus dem neuen Roman! Es ist und bleibt unrichtig, daß wir nicht mehr dabei sind. –

Ungeheuer viel Nebel hatten wir und erst heute den ersten Schnee. Zweite Hälfte Januar wollen wir, d. h. nur Katja und ich, denn Erika wird in Deutschland zu tun haben, auf eine Sonnenreise gehen, für zwei Monate, sei es nach Sizilien oder gleich nach Teneriffa. Es schleicht sich ja mehr und mehr das Fontanesche »Was soll der Unsinn« ein, aber es wäre doch ganz gut, mal etwas Neues zu sehen, sei es auch nur aus »pikaresken« Gründen.

Marta und Ihnen alles Herzliche.

Ihr Thomas Mann

Effis erstes Weihnachtsfest in Kessin

Theodor Fontane

Die musikalische Soiree bei Gieshübler hatte Mitte Dezember stattgefunden, gleich danach begannen die Vorbereitungen für Weihnachten, und Effi, die sonst schwer über diese Tage hingekommen wäre, segnete es, daß sie selber einen Hausstand hatte, dessen Ansprüche befriedigt werden mußten. Es galt nachsinnen, fragen, anschaffen, und das alles ließ trübe Gedanken nicht aufkommen. Am Tage vor Heiligabend trafen Geschenke von den Eltern aus Hohen-Cremmen ein, und mit in die Kiste waren allerhand Kleinigkeiten aus dem Kantorhause gepackt: wunderschöne Reinetten [Äpfel] von einem Baum, den Effi und Jahnke vor mehreren Jahren gemeinschaftlich okuliert hatten, und dazu braune Puls- und Kniewärmer von Bertha und Hertha. Hulda schrieb nur wenige Zeilen, weil sie, wie sie sich entschuldigte, für X. noch eine Reisedecke zu stricken habe. »Was einfach nicht wahr ist«, sagte Effi. »Ich wette, X. existiert gar nicht. Daß sie nicht davon lassen kann, sich mit Anbetern zu umgeben, die nicht da sind!«

Und so kam Heiligabend heran.

Innstetten selbst baute auf für seine junge Frau, der Baum brannte und ein kleiner Engel schwebte oben in Lüften. Auch eine Krippe war da mit hübschen Transparenten und Inschriften, deren eine sich, in leiser Andeutung, auf ein dem Innstettenschen Hause für nächstes Jahr bevorstehendes Ereignis bezog. Effi las es und errötete. Dann ging sie auf Innstetten zu, um ihm zu danken, aber eh' sie dies konnte, flog, nach altpommerschem Weihnachtsbrauch, ein Julklapp in den Hausflur: eine große Kiste, drin eine Welt von Dingen steckte. Zuletzt fand man die Hauptsache, ein zierliches, mit allerlei japanischen Bildchen überklebtes Morsellenkästchen [Morsellen: magenfreundliches Gewürzkonfekt aus der Apotheke], dessen eigentlichem Inhalt auch noch ein Zettelchen beigegeben war. Es hieß da:

Drei Könige kamen zum Heiligenchrist,
Mohrenkönig einer gewesen ist; –
Ein Mohrenapothekerlein
Erscheinet heute mit Spezerein,
Doch statt Weihrauch und Myrrhen, die nicht zur Stelle,
Bringt er Pistazien- und Mandel-Morselle.

Effi las es zwei-, dreimal und freute sich darüber. »Die Huldigungen eines guten Menschen haben doch etwas besonders Wohlthuendes. Meinst du nicht auch, Geert?«

»Gewiß meine ich das. Es ist eigentlich das einzige, was einem Freude macht oder wenigstens Freude machen sollte. Denn jeder steckt noch so nebenher in allerhand dummem Zeuge drinn. Ich auch. Aber freilich, man ist, wie man ist.«

Der erste Feiertag war Kirchtag, am zweiten war man bei Borckes draußen, alles zugegen, mit Ausnahme von Grasenabbs, die nicht kommen wollten, »weil Sidonie nicht da sei«, was man als Entschuldigung allseitig ziemlich sonderbar fand. Einige tuschelten sogar: »Umgekehrt; gerade deshalb hätten sie kommen sollen.« Am Sylvester war Ressourcenball, auf dem Effi nicht fehlen durfte und auch nicht wollte, denn der Ball gab ihr Gelegenheit, endlich einmal die ganze Stadtflora beisammen zu sehen. Johanna hatte mit den Vorbereitungen zum Ballstaate für ihre Gnäd'ge vollauf zu thun, Gieshübler, der, wie alles, so auch ein Treibhaus hatte, schickte Kamelien, und Innstetten, so knapp bemessen die Zeit für ihn war, fuhr am Nachmittage noch über Land nach Papenhagen, wo drei Scheunen abgebrannt waren.

Es war ganz still im Hause. Christel, beschäftigungslos, hatte sich schläfrig eine Fußbank an den Herd gerückt, und Effi zog sich in ihr Schlafzimmer zurück, wo sie sich, zwischen Spiegel und Sofa, an einen kleinen, eigens zu diesem Zweck zurechtgemachten Schreibtisch setzte, um von hier aus an die Mama zu schreiben, der sie für Weihnachtsbrief und Weihnachtsgeschenke bis dahin bloß in einer Karte gedankt, sonst aber seit Wochen keine Nachricht gegeben hatte.

»Kessin, 31. Dezember. Meine liebe Mama! Das wird nun wohl ein langer Schreibebrief werden, denn ich habe – die Karte rechnet nicht – lange nichts von mir hören lassen. Als ich das letzte Mal schrieb, steckte ich noch in den Weihnachtsvorbereitungen, jetzt liegen die Weihnachtstage schon zurück. Innstetten und mein guter Freund Gieshübler hatten alles aufgeboten, mir den Heiligen Abend so angenehm wie möglich zu machen, aber ich fühlte mich doch ein wenig einsam und bangte mich nach Euch. Überhaupt, soviel Ursache ich habe, zu danken und froh und glücklich zu sein, ich kann ein Gefühl des Alleinseins nicht ganz los werden, und wenn ich mich früher, vielleicht mehr als nötig, über Huldas ewige Gefühlsträne mokiert habe, so werde ich jetzt dafür bestraft und habe selber mit dieser Träne zu kämpfen. Denn Innstetten darf es nicht sehen. Ich bin aber sicher, daß das alles besser werden wird, wenn unser Hausstand sich mehr belebt, und das wird der Fall sein, meine liebe Mama. Was ich neulich andeutete, das ist nun Gewißheit, und Innstetten bezeugt mir täglich seine Freude darüber. Wie glücklich ich selber im Hinblick darauf bin, brauche ich nicht erst zu versichern, schon weil ich dann Leben und Zerstreuung um mich her haben werde oder, wie Geert sich ausdrückt, ›ein liebes Spielzeug‹. Mit diesem Worte wird er wohl recht haben, aber er sollte es lieber nicht gebrauchen, weil es mir immer einen kleinen Stich giebt und mich daran erinnert, wie jung ich bin, und daß ich noch halb in die Kinderstube gehöre. Diese Vorstellung verläßt mich nicht (Geert meint, es sei krankhaft) und bringt es zuwege, daß das, was mein höchstes Glück sein sollte, doch fast noch mehr eine beständige Verlegenheit für mich ist. Ja, meine liebe Mama, als die guten Flemmingschen Damen sich neulich nach allem möglichen erkundigten, war mir zumut, als stünd' ich schlecht vorbereitet in einem Examen, und ich glaube auch, daß ich recht dumm geantwortet habe. Verdrießlich war ich auch. Denn manches, was wie Teilnahme aussieht, ist doch bloß Neugier und wirkt um so zudringlicher, als ich ja noch lange, bis in den Sommer hinein, auf das frohe Ereignis zu warten habe. Ich denke, die ersten Julitage. Dann mußt Du kommen, oder noch besser, sobald ich einigermaßen wieder bei Wege bin, komme *ich*, nehme hier Urlaub und mache mich auf nach Hohen-Cremmen. Ach, wie ich mich darauf freue und auf die havelländische Luft – hier ist es fast immer rauh und kalt –, und dann jeden Tag eine Fahrt ins Luch [märkische Niedermoorlandschaft], alles rot und gelb, und ich sehe schon, wie das Kind die Hände danach streckt, denn es wird doch wohl fühlen, daß es eigentlich da zu Hause ist. Aber das schreibe ich nur *Dir.* Innstetten darf nicht davon wissen, und auch Dir gegenüber muß ich mich wie entschuldigen, daß ich mit dem Kinde nach Hohen-Cremmen will und mich heute schon anmelde, statt Dich, meine liebe Mama, dringend und herzlich nach Kessin hin einzuladen, das ja doch jeden Sommer fünfzehnhundert Badegäste hat und Schiffe mit allen möglichen Flaggen und sogar ein Dünenhotel. Aber daß ich sowenig Gastlichkeit zeige, das macht nicht, daß ich ungastlich wäre, so sehr bin ich nicht aus der Art geschlagen, das macht einfach unser landrätliches Haus, das, soviel Hübsches und Apartes es hat, doch eigentlich gar kein richtiges Haus ist, sondern nur eine Wohnung für zwei Menschen, und auch das kaum, denn wir haben nicht einmal ein Eßzimmer, was doch genant ist, wenn ein paar Personen zu Besuch sich einstellen. Wir haben freilich noch Räumlichkeiten im ersten Stock, einen großen Saal und vier kleine Zimmer, aber sie haben alle etwas wenig Einladendes, und ich würde sie Rumpelkammern nennen, wenn sich etwas Gerümpel darin vorfände; sie sind aber ganz leer, ein paar Binsenstühle abgerechnet, und machen, das Mindeste zu sagen, einen sehr sonderbaren Eindruck. Nun wirst Du wohl meinen, das alles sei ja leicht zu ändern. Aber es ist nicht zu ändern; denn das Haus, das wir bewohnen, ist … ist ein Spukhaus; da ist es heraus. Ich beschwöre Dich übrigens, mir auf diese meine Mitteilung nicht zu antworten, denn ich zeige Innstetten immer Eure Briefe, und er wäre außer sich, wenn er erführe, daß ich Dir das geschrieben. Ich hätte es auch nicht getan, und zwar um so weniger, als ich seit vielen Wochen in Ruhe geblieben bin und aufgehört habe, mich zu ängstigen; aber Johanna sagt mir, es käme immer mal wieder, namentlich wenn wer Neues im Hause erschiene. Und ich kann Dich doch einer solchen Gefahr oder, wenn das zuviel gesagt ist, einer solchen eigentümlichen und unbequemen Störung nicht aussetzen! Mit der Sache selber will ich Dich heute nicht behelligen, jedenfalls nicht ausführlich. Es ist eine Geschichte von einem alten Kapitän, einem sogenannten Chinafahrer, und seiner Enkelin, die mit einem hiesigen jungen Kapitän eine kurze Zeit verlobt war und an ihrem Hochzeitstage plötzlich verschwand. Das möchte hingehn. Aber was wichtiger ist, ein junger Chinese, den ihr Vater aus China mit zurückgebracht hatte und der erst der Diener und dann der Freund des Alten war, der starb kurze Zeit danach und ist an einer einsamen Stelle neben dem Kirchhof begraben worden. Ich bin neulich da vorüber gefahren, wandte mich aber rasch ab und sah nach der andern Seite, weil ich glaube, ich hätte ihn sonst auf dem Grabe sitzen sehen. Denn ach, meine liebe Mama, ich habe ihn einmal wirklich gesehen, oder es ist mir wenigstens so vorgekommen, als ich fest schlief und Innstetten auf Besuch beim Fürsten war. Es war schrecklich; ich möchte so was nicht wieder erleben. Und in ein solches Haus, so hübsch es sonst ist (es ist sonderbarerweise gemütlich und unheimlich zugleich), kann ich Dich doch nicht gut einladen. Und Innstetten, trotzdem ich ihm schließlich in vielen Stücken zustimmte, hat sich dabei, soviel möcht ich sagen dürfen, auch nicht ganz richtig benommen. Er verlangte von mir, ich solle das alles als Alten-Weiber-Unsinn ansehen und darüber lachen, aber mit einemmal schien er doch auch wieder selber daran zu glauben, und stellte mir zugleich die sonderbare Zumutung, einen solchen Hausspuk als etwas Vornehmes und Altadliges anzusehen. Das kann ich aber nicht und will es auch nicht. Er ist in diesem Punkte, so gütig er sonst ist, nicht gütig und nachsichtig genug gegen mich. Denn daß es etwas damit ist, das weiß ich von Johanna und weiß es auch von unserer Frau Kruse. Das ist nämlich unsere Kutscherfrau, die mit einem schwarzen Huhn beständig in einer überheizten Stube sitzt. Dies allein schon ist ängstlich genug. Und nun weißt Du, warum *ich* kommen will, wenn es erst soweit ist. Ach, wäre es nur erst soweit. Es sind so viele Gründe, warum ich es wünsche. Heute abend haben wir Silvesterball, und Gieshübler – der einzig nette Mensch hier, trotzdem er eine hohe Schulter hat oder eigentlich schon etwas mehr –, Gieshübler hat mir Kamelien geschickt. Ich werde doch vielleicht tanzen. Unser Arzt sagt, es würde mir nichts schaden, im Gegenteil. Und Innstetten, was mich fast überraschte, hat auch eingewilligt. Und nun grüße und küsse Papa und all die andern Lieben. Glückauf zum neuen Jahr. Deine Effi«

An Emilie
Zum 24. Dezember 1859

Theodor Fontane

Gekommen ist der Heil'ge Christ,
Die ganze Stadt voll Lichter ist,
Auch unsre sollen brennen,
Die Sorgen weg und zünde an,
Ich will derweil, so gut ich kann,
Dir meine Wünsche nennen.

Empfang zuerst ein Strumpfenband,
Das ich für 30 Pfengk erstand
Bei Fonrobert im Laden,
Ich wünsche dir, geliebtes Weib,
Bald wieder einen dünnern Leib
Und etwas dickre Waden.

Empfang alsdann ein Konto-Buch,
Fürs Credit ist es groß genug,
Fürs Debet etwas kleine,
Indes es heißt ja: »rund die Welt«,
Der Beutel wird mal wieder Geld
Und hilft uns auf die Beine.

Und drum zuletzt den heißen Wunsch,
Daß unsres Schicksals dicker Flunsch
Bald hübschren Zügen weiche,
Und daß ein bißchen Sonnenschein
Zieh wieder endlich bei uns ein
Und unser Herz beschleiche.

Weihnachtsabend

Ludwig Tieck

Man kann annehmen, dass, so sehr poetische Gemüter darüber klagen, wie in unserer Zeit alles Gedicht und Wundersame aus dem Leben verschwunden sei, dennoch in jeder Stadt, fast allenthalben auf dem Lande, Sitten und Gebräuche und Festlichkeiten sich finden, die an sich das sind, was man poetisch nennen kann, oder die gleichsam nur eine günstige Gelegenheit erwarten, um sich zum Dichterischen zu erheben. Das Auge, welches sie wahrnehmen soll, muss freilich ein unbefangenes sein, kein stumpfes und übersättigtes, welches Staunen, Blendung, oder ein Unerhörtes, die Sinne durch Pracht oder Seltsamkeit Verwirrendes mit dem Poetischen verwechselt …

Als ich ein Kind war, so erzählte Medling, ein geborner Berliner, war der Markt und die Ausstellung, wo die Eltern für die Kinder oder sonst Angehörigen Spielzeug, Näschereien und Geschenke zum Weihnachtsfeste einkauften, eine Anstalt, deren ich mich immer noch in meinem Alter mit großer Freude erinnere. In dem Teile der Stadt, wo das Gewerbe am meisten vorherrschte, wo Kaufleute, Handwerker und Bürgerstand vorzüglich ein rasches Leben verbreiten, war in der Straße, welche von Kölln zum Schlosse führt, schon seit langer Zeit der Aufbau jener Buden gewöhnlich, die mit jenem glänzenden Tand als Markt für das Weihnachtsfest ausgeschmückt werden sollten. Diese hölzernen Gebäude setzten sich nach der langen Brücke sowie gegenüber nach der sogenannten Stechbahn fort, als rasch entstehende, schnell vergehende Gassen. – Vierzehn Tage vor dem Feste begann der Aufbau, mit dem Neujahrstage war der Markt geschlossen, und die Woche vor der Weihnacht war eigentlich die Zeit, in welcher es auf diesem beschränkten Raum der Stadt am lebhaftesten herging und das Gedränge am größten war. Selbst Regen und Schnee, schlechtes und unerfreuliches Wetter, auch strenge Kälte konnten die Jugend wie das Alter nicht vertreiben. Hatten sich aber frische und anmutige Wintertage um jene Zeit eingefunden, so war dieser Sammelplatz aller Stände und Alter das Fröhlichste, was der heitere Sinn nur sehen und genießen konnte, denn nirgend habe ich in Deutschland und Italien etwas Ähnliches wieder gefunden, was damals die Weihnachtszeit in Berlin verherrlichte.

Am schönsten war es, wenn kurz zuvor Schnee gefallen und bei mäßigem Frost und heiterm Wetter liegen geblieben war. Alsdann hatte sich das gewöhnliche Pflaster der Straße und des Platzes durch die Tritte der unzähligen Wanderer gleichsam in einen marmornen Fußboden verwandelt. Um die Mittagsstunde wandelten dann wohl die vornehmern Stände behaglich auf und ab, schauten und kauften, luden den Bedienten, welche ihnen folgten, die Gaben auf, oder kamen auch nur wie in einem Saal zusammen, um sich zu besprechen und Neuigkeiten mitzuteilen. Am glänzendsten aber sind die Abendstunden, in welchen diese breite Straße von vielen tausend Lichtern aus den Buden von beiden Seiten erleuchtet wird, dass fast eine Tageshelle sich verbreitet, die nur hie und da durch das Gedränge der Menschen sich scheinbar verdunkelt. Alle Stände wogen fröhlich und laut schwatzend durcheinander. Hier trägt ein bejahrter Bürgersmann sein Kind auf dem Arm und zeigt und erklärt dem laut jubelnden Knaben alle Herrlichkeiten. Eine Mutter erhebt dort die kleine Tochter, dass sie sich in der Nähe die leuchtenden Puppen, deren Hände und Gesicht von Wachs die Natur anmutig nachahmen, näher betrachten könne. Ein Kavalier führt die geschmückte Dame, der Geschäftsmann lässt sich gern von dem Getöse und Gewirr betäuben und vergisst seiner Akten, ja selbst der jüngere und ältere Bettler erfreut sich dieser öffentlichen, allen zugänglichen Maskerade und sieht ohne Neid die ausgelegten Schätze und die Freude und Lust der Kinder, von denen auch die geringsten die Hoffnung haben, dass irgendetwas für sie aus der vollen Schatzkammer in die kleine Stube getragen werde. So wandeln denn Tausende scherzend mit Plänen zu kaufen, erzählend, lachend, schreiend den süßduftenden mannigfaltigen Zucker- und Marzipangebäcken vorüber, wo Früchte, in reizender Nachahmung, Figuren aller Art, Tiere und Menschen, alles in hellen Farben strahlend, die Lüsternen anlacht: Hier ist eine Ausstellung wahrhaft täuschenden Obstes, Aprikosen, Pfirsichen, Kirschen, Birnen und Äpfel, alles aus Wachs künstlich geformt; dort klappert, läutet und schellt in einer großen Bude tausendfaches Spielzeug aus Holz in allen Größen gebildet, Männer und Frauen, Hanswürste und Priester, Könige und Bettler, Schlitten und Kutschen, Mädchen, Frauen, Nonnen, Pferde mit Klingeln, ganzer Hausrat, oder Jäger mit Hirschen und Hunden, was der Gedanke nur spielend ersinnt, ist hier ausgestellt, und die Kinder, Wärterinnen und Eltern werden angerufen, zu wählen und zu kaufen. Jenseits erglänzt ein überfüllter Laden mit blankem Zinn (denn damals war es noch gebräuchlich, Teller und Schüsseln von diesem Metall zu gebrauchen), aber neben den polierten und spiegelnden Geräten blinkt und leuchtet in Rot und Grün, und Gold und Blau, eine Unzahl regelmäßig aufgestellter Soldatesken, Engländer, Preußen und Kroaten, Panduren und Türken, prächtig gekleidete Paschas auf geschmückten Rossen, auch geharnischte Ritter und Bauern und Wald im Frühlingsglanz, Jäger, Hirsche und Bären und Hunde in der Wildnis. Wurde man schon auf eigene, nicht unangenehme Weise betäubt, von all dem Wirrsal des Spielzeuges, der Lichter und der vielfach schwatzenden Menge, so erhöhten dies noch durch Geschrei jene umwandelnden Verkäufer, die sich an keinen festen Platz binden mochten, diese drängen sich durch die dicksten Haufen und schreien, lärmen, lachen und pfeifen, indem es ihnen weit mehr um diese Lust zu tun ist, als Geld zu lösen. Junge Burschen sind es, die unermüdet ein Viereck von Pappe umschwingen, welches, an einem Stecken mit Pferdehaar befestigt, ein seltsam lautes Brummen hervorbringt, wozu die Schelme laut: »Waldteufel kauft!« schreien. Nun fährt eine große Kutsche mit vielen Bedienten langsam vorüber. Es sind die jungen Prinzen und Prinzessinnen des Königlichen Hauses, welche auch an der Kinderfreude des Volkes teilnehmen wollen. Nun freut der Bürger sich doppelt, auch die Kinder seines Herrschers so nahe zu sehen: alles drängt sich mit neuem Eifer um den stillstehenden Wagen.

Jedes Fest und jede Einrichtung, so beschloss Medling seinen Bericht, wächst mit den Jahren, und erreicht einen Punkt der Vollendung, von welchem es dann schnell oder unvermerkt wieder hinabsinkt. Das ist das Schicksal alles Menschlichen im Großen wie im Kleinen. Soviel ich nach den Erinnerungen meiner Jugend und Kindheit urteilen darf, war diese Volksfeierlichkeit von den Jahren 1780 bis etwa 1793 in ihrem Aufsteigen und in der Vollkommenheit. Schon in den letzten Jahren richteten sich in nähern oder entfernteren Straßen Läden ein, die die teuern und gleichsam vornehmeren Spielzeuge zur Schau ausstellten. Zuckerbäcker errichteten in ihren Häusern anlockende Säle, in welchen man Landschaften aus Zuckerteig oder Dekorationen, später ganz lebensgroße mythologische Figuren wie in Marmor ausgehauen, aus Zucker gebacken sah. Ein prahlendes Bewusstsein, ein vornehmtuendes Überbieten in anmaßlichen Kunstproduktionen zerstörte jene kindliche und kindische Unbefangenheit, auch musste Schwelgerei an die Stelle der Heiterkeit und des Scherzes treten. Doch ist mit allen diesen neuern Mängeln, so endigte unser Freund seinen Bericht, diese Christzeit in Berlin, vergleicht man das Leben dieser fröhlichen und für Kinder so ahndungsreichen Tage, mit allen andern Städten, immer noch eine klassische zu nennen, wenn man das Klassische als den Ausdruck des Höchsten und Besten in jeglicher Art gebrauchen will.

Daß Sie nicht eher kommen als Weihnachtsabend

Johann Wolfgang von Goethe

Am 20. Dezember.

Ich danke deiner Liebe, Wilhelm, daß du das Wort so aufgefangen hast. Ja, du hast recht: mir wäre besser, ich ginge. Der Vorschlag, den du zu einer Rückkehr zu euch tust, gefällt mir nicht ganz; wenigstens möchte ich noch gern einen Umweg machen, besonders da wir anhaltenden Frost und gute Wege zu hoffen haben. Auch ist mir es sehr lieb, daß du kommen willst, mich abzuholen; verziehe nur noch vierzehn Tage, und erwarte noch einen Brief von mir mit dem Weiteren. Es ist nötig, daß nichts gepflückt werde, ehe es reif ist. Und vierzehn Tage auf oder ab tun viel. Meiner Mutter sollst du sagen: daß sie für ihren Sohn beten soll, und daß ich sie um Vergebung bitte wegen alles Verdrusses, den ich ihr gemacht habe. Das war nun mein Schicksal, die zu betrüben, denen ich Freude schuldig war. Leb' wohl, mein Teuerster! Allen Segen des Himmels über dich! Leb' wohl!«

Was in dieser Zeit in Lottens Seele vorging, wie ihre Gesinnungen gegen ihren Mann, gegen ihren unglücklichen Freund gewesen, getrauen wir uns kaum mit Worten auszudrücken, ob wir uns gleich davon, nach der Kenntnis ihres Charakters, wohl einen stillen Begriff machen können, und eine schöne weibliche Seele sich in die ihrige denken und mit ihr empfinden kann.

So viel ist gewiß, sie war fest bei sich entschlossen, alles zu tun, um Werthern zu entfernen, und wenn sie zauderte, so war es eine herzliche, freundschaftliche Schonung, weil sie wußte, wie viel es ihm kosten, ja daß es ihm beinahe unmöglich sein würde. Doch ward sie in dieser Zeit mehr gedrängt, Ernst zu machen; es schwieg ihr Mann ganz über dies Verhältnis, wie sie auch immer darüber geschwiegen hatte, und um so mehr war ihr angelegen, ihm durch die Tat zu beweisen, wie ihre Gesinnungen der seinigen wert seien.

An demselben Tage, als Werther den zuletzt eingeschalteten Brief an seinen Freund geschrieben, es war der Sonntag vor Weihnachten, kam er abends zu Lotten und fand sie allein. Sie beschäftigte sich, einige Spielwerke in Ordnung zu bringen, die sie ihren kleinen Geschwistern zum Christgeschenke zurecht gemacht hatte. Er redete von dem Vergnügen, das die Kleinen haben würden, und von den Zeiten, da einen die unerwartete Öffnung der Tür und die Erscheinung eines aufgeputzten Baumes mit Wachslichtern, Zuckerwerk und Äpfeln in paradiesische Entzückung setzte. – »Sie sollen«, sagte Lotte, indem sie ihre Verlegenheit unter ein liebes Lächeln verbarg, »Sie sollen auch beschert kriegen, wenn Sie recht geschickt sind; ein Wachsstöckchen und noch was.« – »Und was heißen Sie geschickt sein?« rief er aus; »wie soll ich sein? wie kann ich sein? beste Lotte!« – »Donnerstag abend«, sagte sie, »ist Weihnachtsabend, da kommen die Kinder, mein Vater auch, da kriegt jedes das Seinige, da kommen Sie auch – aber nicht eher.« – Werther stutzte. – »Ich bitte Sie«, fuhr sie fort, »es ist nun einmal so, ich bitte Sie um meiner Ruhe willen, es kann nicht, es kann nicht so bleiben.« – Er wendete seine Augen von ihr und ging in der Stube auf und ab und murmelte das »Es kann nicht so bleiben!« zwischen den Zähnen. – Lotte, die den schrecklichen Zustand fühlte, worein ihn diese Worte versetzt hatten, suchte durch allerlei Fragen seine Gedanken abzulenken, aber vergebens. – »Nein, Lotte«, rief er aus, »ich werde Sie nicht wiedersehen!« – »Warum das?« versetzte sie, »Werther, Sie können, Sie müssen uns wiedersehen, nur mäßigen Sie sich. O warum mußten Sie mit dieser Heftigkeit, dieser unbezwinglich haftenden Leidenschaft für alles, was Sie einmal anfassen, geboren werden! Ich bitte Sie«, fuhr sie fort, indem sie ihn bei der Hand nahm, »mäßigen Sie sich! Ihr Geist, Ihre Wissenschaften, Ihre Talente, was bieten die Ihnen für mannigfaltige Ergetzungen dar! Sein Sie ein Mann, wenden Sie diese traurige Anhänglichkeit von einem Geschöpf, das nichts tun kann als Sie bedauern.« – Er knirrte mit den Zähnen und sah sie düster an. – Sie hielt seine Hand. »Nur einen Augenblick ruhigen Sinn, Werther!« sagte sie. »Fühlen Sie nicht, daß Sie sich betriegen, sich mit Willen zugrunde richten! Warum denn mich, Werther? just mich, das Eigentum eines andern? just das? Ich fürchte, ich fürchte, es ist nur die Unmöglichkeit, mich zu besitzen, die Ihnen diesen Wunsch so reizend macht.« – Er zog seine Hand aus der ihrigen, indem er sie mit einem starren, unwilligen Blick ansah. »Weise!« rief er, »sehr weise! hat vielleicht Albert diese Anmerkung gemacht? Politisch! sehr politisch!« – »Es kann sie jeder machen«, versetzte sie drauf. »Und sollte denn in der weiten Welt kein Mädchen sein, das die Wünsche Ihres Herzens erfüllte? Gewinnen Sie's über sich, suchen Sie darnach, und ich schwöre Ihnen, Sie werden sie finden; denn schon lange ängstigt mich, für Sie und uns, die Einschränkung, in die Sie sich diese Zeit her selbst gebannt haben. Gewinnen Sie es über sich, eine Reise wird Sie, muß Sie zerstreuen! Suchen Sie, finden Sie einen werten Gegenstand Ihrer Liebe, und kehren Sie zurück, und lassen Sie uns zusammen die Seligkeit einer wahren Freundschaft genießen.«

»Das könnte man«, sagte er mit einem kalten Lachen, »drucken lassen und allen Hofmeistern empfehlen. Liebe Lotte! lassen Sie mir noch ein klein wenig Ruh, es wird alles werden!« – »Nur das, Werther, daß Sie nicht eher kommen als Weihnachtsabend!« – Er wollte antworten, und Albert trat in die Stube. Man bot sich einen frostigen Guten Abend und ging verlegen im Zimmer neben einander auf und nieder. Werther fing einen unbedeutenden Diskurs an, der bald aus war, Albert desgleichen, der sodann seine Frau nach gewissen Aufträgen fragte und, als er hörte, sie seien noch nicht ausgerichtet, ihr einige Worte sagte, die Werthern kalt, ja gar hart vorkamen. Er wollte gehen, er konnte nicht und zauderte bis acht, da sich denn sein Unmut und Unwillen immer vermehrte, bis der Tisch gedeckt wurde, und er Hut und Stock nahm. Albert lud ihn zu bleiben, er aber, der nur ein unbedeutendes Kompliment zu hören glaubte, dankte kalt dagegen und ging weg.

Er kam nach Hause, nahm seinem Burschen, der ihm leuchten wollte, das Licht aus der Hand und ging allein in sein Zimmer, weinte laut, redete aufgebracht mit sich selbst, ging heftig die Stube auf und ab und warf sich endlich in seinen Kleidern aufs Bette, wo ihn der Bediente fand, der es gegen eilfe wagte hineinzugehn, um zu fragen, ob er dem Herrn die Stiefeln ausziehen sollte, das er denn zuließ und dem Bedienten verbot, den andern Morgen ins Zimmer zu kommen, bis er ihm rufen würde.

Montags früh, den einundzwanzigsten Dezember, schrieb er folgenden Brief an Lotten, den man nach seinem Tode versiegelt auf seinem Schreibtische gefunden und ihr überbracht hat, und den ich absatzweise hier einrücken will, so wie aus den Umständen erhellet, daß er ihn geschrieben habe.

»Es ist beschlossen, Lotte, ich will sterben, und das schreibe ich dir ohne romantische Überspannung, gelassen, an dem Morgen des Tages, an dem ich dich zum letzten Male sehen werde. Wenn du dieses liesest, meine Beste, deckt schon das kühle Grab die erstarrten Reste des Unruhigen, Unglücklichen, der für die letzten Augenblicke seines Lebens keine größere Süßigkeit weiß, als sich mit dir zu unterhalten. Ich habe eine schreckliche Nacht gehabt und, ach, eine wohltätige Nacht. Sie ist es, die meinen Entschluß befestiget, bestimmt hat: ich will sterben! Wie ich mich gestern von dir riß, in der fürchterlichen Empörung meiner Sinne, wie sich alles das nach meinem Herzen drängte und mein hoffnungsloses, freudeloses Dasein neben dir in gräßlicher Kälte mich anpackte - ich erreichte kaum mein Zimmer, ich warf mich außer mir auf meine Knie, und o Gott! du gewährtest mir das letzte Labsal der bittersten Tränen! Tausend Anschläge, tausend Aussichten wüteten durch meine Seele, und zuletzt stand er da, fest, ganz, der letzte, einzige Gedanke: ich will sterben! - Ich legte mich nieder, und morgens, in der Ruhe des Erwachens, steht er noch fest, noch ganz stark in meinem Herzen: ich will sterben! - Es ist nicht Verzweiflung, es ist Gewißheit, daß ich ausgetragen habe, und daß ich mich opfere für dich. Ja, Lotte! warum sollte ich es verschweigen? Eins von uns dreien muß hinweg, und das will ich sein! O meine Beste! in diesem zerrissenen Herzen ist es wütend herumgeschlichen, oft - deinen Mann zu ermorden! - dich! - mich! - So sei es denn! - Wenn du hinaufsteigst auf den Berg, an einem schönen Sommerabende, dann erinnere dich meiner, wie ich so oft das Tal heraufkam, und dann blicke nach dem Kirchhofe hinüber nach meinem Grabe, wie der Wind das hohe Gras im Scheine der sinkenden Sonne hin und her wiegt. - Ich war ruhig, da ich anfing, nun, nun weine ich wie ein Kind, da alles das so lebhaft um mich wird. -«

Gegen zehn Uhr rief Werther seinem Bedienten, und unter dem Anziehen sagte er ihm, wie er in einigen Tagen verreisen würde, er solle daher die Kleider auskehren und alles zum Einpacken zurecht machen; auch gab er ihm Befehl, überall Kontos zu fordern, einige ausgeliehene Bücher abzuholen und einigen Armen, denen er wöchentlich etwas zu geben gewohnt war, ihr Zugeteiltes auf zwei Monate voraus zu bezahlen.

Er ließ sich das Essen auf die Stube bringen, und nach Tische ritt er hinaus zum Amtmanne, den er nicht zu Hause antraf. Er ging tiefsinnig im Garten auf und ab und schien noch zuletzt alle Schwermut der Erinnerung auf sich häufen zu wollen.

Die Kleinen ließen ihn nicht lange in Ruhe, sie verfolgten ihn, sprangen an ihm hinauf, erzählten ihm, daß, wenn morgen, und wieder morgen, und noch ein Tag wäre, sie die Christgeschenke bei Lotten holten, und erzählten ihm Wunder, die sich ihre kleine Einbildungskraft versprach. – »Morgen!« rief er aus, »und wieder morgen! und noch ein Tag!« – und küßte sie alle herzlich und wollte sie verlassen, als ihm der Kleine noch etwas in das Ohr sagen wollte. Der verriet ihm, die großen Brüder hätten schöne Neujahrswünsche geschrieben, so groß! und einen für den Papa, für Albert und Lotten einen und auch einen für Herrn Werther; die wollten sie am Neujahrstage früh überreichen. Das übermannte ihn, er schenkte jedem etwas, setzte sich zu Pferde, ließ den Alten grüßen und ritt mit Tränen in den Augen davon.

Gegen fünf kam er nach Hause, befahl der Magd, nach dem Feuer zu sehen und es bis in die Nacht zu unterhalten. Den Bedienten hieß er Bücher und Wäsche unten in den Koffer packen und die Kleider einnähen. Darauf schrieb er wahrscheinlich folgenden Absatz seines letzten Briefes an Lotten.

»Du erwartest mich nicht! du glaubst, ich würde gehorchen und erst Weihnachtsabend dich wieder sehn. O Lotte! heut oder nie mehr. Weihnachtsabend hältst du dieses Papier in deiner Hand, zitterst und benetzest es mit deinen lieben Tränen. Ich will, ich muß! O wie wohl ist es mir, daß ich entschlossen bin.«

Am Weihnachtstag

Annette von Droste-Hülshoff

Still ist die Nacht; in seinem Zelt geborgen,
Der Schriftgelehrte späht mit finstren Sorgen,
Wann Judas mächtiger Tyrann erscheint;
Den Vorhang lüftet er, nachstarrend lange
Dem Stern, der gleitet über Äthers Wange,
Wie Freudenzähre, die der Himmel weint.

Und fern vom Zelte über einem Stalle,
Da ist's, als ob aufs nied're Dach er falle;
In tausend Radien sein Licht er gießt.
Ein Meteor, so dachte der Gelehrte,
Als langsam er zu seinen Büchern kehrte.
O weißt du, wen das niedre Dach umschließt?

In einer Krippe ruht ein neugeboren
Und schlummernd Kindlein; wie im Traum verloren
Die Mutter knieet, Weib und Jungfrau doch.
Ein ernster, schlichter Mann rückt tief erschüttert
Das Lager ihnen; seine Rechte zittert
Dem Schleier nahe um den Mantel noch.

Und an der Türe steh'n geringe Leute,
Mühsel'ge Hirten, doch die ersten heute,
Und in den Lüften klingt es süß und lind,
Verlorne Töne von der Engel Liede:
»Dem Höchsten Ehr' und allen Menschen Friede,
Die eines guten Willens sind!«

Weihnachten in Rom

Ludwig Richter

Die Weihnachtszeit nahte, wo die Gedanken mehr als vorher nach der Heimat lenken und ein Heimwehgefühl das Herz dessen beschleicht, der allein in der Fremde lebt. Er weiß, daß daheim die Eltern, Geschwister, die Geliebte seiner unter dem Christbaum inniger gedenken und ihn vermissen werden. Am Christtag ging ich ins Café Greco, wo die Post einen großen Stoß Briefe abgelagert hatte, aber für mich war keiner darunter; freilich war der Postenlauf damals ungeregelter; ein Brief aus Deutschland war acht bis zwölf Tage unterwegs, und geschrieben wurde mir ohnedies selten. Auguste konnte ihre Briefe mir nur durch den Vater zukommen lassen, und dieser war kein Freund vom Briefschreiben; so blieben erstere oft lange liegen. Betrübt über meine getäuschte Erwartung ging ich zu Oehme, welcher gleiche Gefühle mit mir zu teilen hatte. Er hatte ein paar recht hübsche Kompositionen, getuschte Zeichnungen, gemacht. Die erste stellte den Orgelchor einer alten Kirche am Weihnachtsabend vor. Der Kantor mit seinen Knaben singen, von zwei Kandelabern beleuchtet, in die dunkle Kirche hinab. Auf den düstern Emporen sieht man betendes Volk, und das Mondlicht streift durch das gotische Fenster.

Die andere Zeichnung zeigte ein altes Schloß mit hohen Renaissancegiebeln, das aus entlaubten alten Eichen hervorschaute und eine Reihe festlich erleuchteter Fenster zeigte. Vorn ein Wasser, darein der Mond sich spiegelte. Seine Phantasie hatte ihn also ebenfalls in die Heimat getragen. Sein angefangenes größeres Gemälde, die Aussicht von Camaldoli, war zart und schön in der Färbung; aber das Vedutenhafte dominierte. Koch fand es sentimental, wollte überhaupt von dergleichen empfindsamen Stimmungsbildern nichts wissen; denn er war seinem ganzen Wesen nach mehr eine antik klassische als romantische Natur.

So hatte ich den Christtag einsam zugebracht, denn die Trattorien mußten um sieben Uhr schon geschlossen werden. – Am ersten Feiertag hatte ich den ganzen Tag fleißig gemalt und saß bei anbrechender Dämmerung noch vor dem Bilde, obwohl ich Pinsel und Palette längst weggelegt hatte, und war mit den Gedanken in der Heimat, nach der ich mit Wagner zum Frühjahr wieder zurückkehren wollte.

Ich schürte die Glut des Focone, denn draußen wehte eine kalte Tramontana, und das Gebirge lag voll Schnee. So in der Zukunft schwärmend und die Vergangenheit der letzten Jahre bedenkend, durchströmte mich plötzlich eine seltsame, aber recht glückliche, friedensvolle Empfindung. Es war, als wenn ein Engel durchs Stübchen gegangen und einen Hauch seiner Seligkeit darin zurückgelassen hätte. Mir kam plötzlich mein Leben wie in einem großen, freundlichen Zug vor Augen, und ich glaubte die unsichtbare Hand zu erkennen, die mich bisher so freundlich geleitet, die mich über all mein Erwarten mit Gütern erfüllt hatte, die mir eine Verheißung für die Zukunft waren. Zum ersten Male, vielleicht seit Jahren, konnte ich dankbar und innig freudig die Hände falten im Gebet, konnte beten so recht wahrhaft aus innerstem Antrieb, wie ich es vorher nie gekonnt. [...]

Am Tage der Geburt des Herren

Lucä 2

Andreas Gryphius

Schau, höchster König, schau, wie hart mich hat geschätzet
Der Furst der Finsternus mit Weh, Ach, Angst und Leid!
Schau, wie mich hat umhüllt die Nacht der Traurigkeit
Und wie ich bin in Stall der Trübsal eingesetzet!

Wird denn mein Herz nicht auch durch diese Freud ergetzet.
Die durch dich allem Volk der große Gott bereit'?
Gebier dich neu in mir, mich in dir, weil die Zeit
Des Neugebärens dar, mich hat die Furcht verletzet

Vom Himmel lichten Blitz. Drum laß mich hören an,
Daß ich durch deinen Fried dem wohlgefallen kann,
Der, daß er Menschen schuf, sich oft so hoch beschweret.

Ich fuhl, du wirst es tun. Ihr Himmelscharen singt
Ehr dem, der uns die Freud und Frieden wiederbringt
Und alles schwinden läßt, was seinen Zorn empöret.

Die Christnacht

Volkssage, aufgeschrieben von den Gebrüdern Grimm

Abergläubische Mägde, um Träume von ihren Liebsten zu bekommen, kaufen frühe des Tags vor dem Heiligen Abend um einen Pfennig Semmel, und zwar das letzte Stößchen, das auf einem Ende zu ist. Weiter schneiden sie ein bißchen Rinde unten ab, binden es unter den rechten Arm und gehen fleißig den ganzen Tag damit herum. Hernach beim Schlafengehen legen sie es unter den Kopf in der Christnacht und sprechen dabei:

»Jetzt hab ich mich gelegt und Brot bei mir,
wenn doch nun mein Feinslieb käme und äße mit mir!«

Darüber soll es geschehen, daß zur Mitternacht von solcher Semmelrinde etwas genagt wird, und daran kann man frühmorgens erkennen, daß der Liebste sie das Jahr über heiraten werde. Ist aber das Brot unverletzt gelassen, so haben sie schlechte Hoffnung. Also soll es sich begeben haben (1657 zu Leipzig), daß da ihrer zwei beieinander in einem Bette schliefen, die eine hatte solches Brot unter sich liegen, die andere nicht. Diese hörte nachts ein Knarren und Nagen, fürchtete sich und rüttelte ihre Gespielin, die aber in festem Schlaf lag und nichts gewahr wurde, bis sie aus den Träumereien erwachte. Als sie nun morgens das Brot besichtigten, war ein Kreuz hineingefressen. Das Weibsbild soll bald darauf einen Soldaten zum Mann bekommen haben.

Die alte Saalfelder Frau erzählte, daß andere ein Gefäß mit Wasser nehmen und es mit einem gewissen kleinen Maß in ein ander Gefäß messen. Sie tun dies aber etlichemal und sehen zu, ob sie in den wiederholten Bemessungen mehr Wasser antreffen als zuerst. Daraus schließen sie, daß sie das folgende Jahr über zunehmen werden an Hab und Gütern. Befinden sie einerlei Maß, so glauben sie, daß ihr Schicksal stillstehe und sie weder Glück noch Unglück haben werden. Ist aber zuletzt weniger Wasser, so entnehmen sie, daß ihr gutes Wohlergehn und Gedeihen zurückgehe. Der Saalfelder Frau war das mittelste einmal zu Händen gekommen.

Andere nehmen einen Erbschlüssel und einen Knäuel Zwirn, binden den Zwirn fest an den Schlüssel und bewinden das Knaul, damit es nicht weiter ablaufe, als sie es vorher haben laufen lassen. Sie lassen es aber bei ein Ellen oder sechs los; dann stecken sie dies Gebäumel zum Fenster aus und bewegen es von einer Seite zur andern an den äußerlichen Wänden und sprechen dabei: »Horch! Horch!« so sollen sie von der Seite und Gegend oder dem Orte her eine Stimme vernehmen, dahin sie werden zu freien und zu wohnen kommen. Andere greifen zur Türe hinaus und haben, wenn sie die Hand hereinziehen, einige Haare von ihrem zukünftigen Liebsten darin.

Weihnachtseinkäufe

Arthur Schnitzler

ANATOL, GABRIELE.

Weihnachtsabend sechs Uhr. Leichter Schneefall. In den Straßen Wiens.

ANATOL. Gnädige Frau, gnädige Frau …!

GABRIELE. Wie? … Ah, Sie sind's!

ANATOL. Ja! … Ich verfolge Sie! – Ich kann das nicht mit ansehen, wie Sie all diese Dinge schleppen! – Geben Sie mir doch Ihre Pakete!

GABRIELE. Nein, nein, ich danke! – Ich trage das schon selber!

ANATOL. Aber ich bitte Sie, gnädige Frau, machen Sie mir's doch nicht gar so schwer, wenn ich einmal galant sein will –

GABRIELE. Na – das eine da …

ANATOL. Aber das ist ja gar nichts … Geben Sie nur … So … das … und das …

GABRIELE. Genug, genug – Sie sind zu liebenswürdig!

ANATOL. Wenn man's nur einmal sein darf– das tut ja so wohl!

GABRIELE. Das beweisen Sie aber nur auf der Straße und – wenn's schneit.

ANATOL. … Und wenn es spät abends - und wenn es zufällig Weihnachten ist - wie?

GABRIELE. Es ist ja das reine Wunder, daß man Sie einmal zu Gesicht bekommt!

ANATOL. Ja, ja … Sie meinen, daß ich heuer noch nicht einmal meinen Besuch bei Ihnen gemacht habe -

GABRIELE. Ja, so etwas Ähnliches meine ich!

ANATOL. Gnädige Frau - ich mache heuer gar keine Besuche - gar keine! Und - wie geht's denn dem Herrn Gemahl? - Und was machen die lieben Kleinen? -

GABRIELE. Diese Frage können Sie sich schenken! - Ich weiß ja, daß Sie das alles sehr wenig interessiert!

ANATOL. Es ist unheimlich, wenn man auf so eine Menschenkennerin trifft!

GABRIELE. Sie - kenne ich!

ANATOL. Nicht so gut, als ich es wünschte!

GABRIELE. Lassen Sie Ihre Bemerkungen! Ja -?

ANATOL. Gnädige Frau - das kann ich nicht!

GABRIELE. Geben Sie mir meine Päckchen wieder!

ANATOL. Nicht bös' sein - nicht bös' sein!! - Ich bin schon wieder brav …

Sie gehen schweigend nebeneinander her.

GABRIELE. Irgend etwas dürfen Sie schon reden!

ANATOL. Irgend etwas - ja - aber Ihre Zensur ist so strenge …

GABRIELE. Erzählen Sie mir doch was. Wir haben uns ja schon so lange nicht gesehen … Was machen Sie denn eigentlich? -

ANATOL. Ich mache nichts, wie gewöhnlich!

GABRIELE. Nichts?

ANATOL. Gar nichts!

GABRIELE. Es ist wirklich schad' um Sie!

ANATOL. Na … Ihnen ist das sehr gleichgültig!

GABRIELE. Wie können Sie das behaupten? -

ANATOL. Warum verbummle ich mein Leben? - Wer ist Schuld? - Wer?!

GABRIELE. Geben Sie mir die Pakete! -

ANATOL. Ich habe ja niemandem die Schuld gegeben … Ich fragte nur so ins Blaue …

GABRIELE. Sie gehen wohl immerfort spazieren?

ANATOL. Spazieren! Da legen Sie so einen verächtlichen Ton hinein! Als wenn es was Schöneres gäbe! – Es liegt so was herrlich Planloses in dem Wort! – Heut paßt es übrigens gar nicht auf mich – heut bin ich beschäftigt, gnädige Frau – genauso wie Sie! –

GABRIELE. Wieso?!

ANATOL. Ich mache auch Weihnachtseinkäufe! –

GABRIELE. Sie!?

ANATOL. Ich finde nur nichts Rechtes! – Dabei stehe ich seit Wochen jeden Abend vor allen Auslagefenstern in allen Straßen! – Aber die Kaufleute haben keinen Geschmack und keinen Erfindungsgeist.

GABRIELE. Den muß eben der Käufer haben! Wenn man so wenig zu tun hat wie Sie, da denkt man nach, erfindet selbst – und bestellt seine Geschenke schon im Herbst. –

ANATOL. Ach, dazu bin ich nicht der Mensch! – Weiß man denn überhaupt im Herbst, wem man zu Weihnachten etwas schenken wird? – Und jetzt ist's wieder zwei Stunden vor Christbaum – und ich habe noch keine Ahnung, keine Ahnung –!

GABRIELE. Soll ich Ihnen helfen?

ANATOL. Gnädige Frau … Sie sind ein Engel – aber nehmen Sie mir die Päckchen nicht weg …

GABRIELE. Nein, nein …

ANATOL. Also Engel! darf man sagen. – das ist schön – Engel! –

GABRIELE. Wollen Sie gefälligst schweigen?

ANATOL. Ich bin schon wieder ganz ruhig!

GABRIELE. Also – geben Sie mir irgendeinen Anhaltspunkt … Für wen soll Ihr Geschenk gehören?

ANATOL. … Das ist … eigentlich schwer zu sagen …

GABRIELE. Für eine Dame natürlich?!

ANATOL. Na, ja – daß Sie eine Menschenkennerin sind, hab' ich Ihnen heut schon einmal gesagt!

GABRIELE. Aber was … für eine Dame? – Eine wirkliche Dame?!

ANATOL. … Da müssen wir uns erst über den Begriff einigen! Wenn Sie meinen, eine Dame der großen Welt, – da stimmt es nicht vollkommen …

GABRIELE. Also ... der kleinen Welt? ...
ANATOL. Gut – sagen wir der kleinen Welt. –
GABRIELE. Das hätt' ich mir eigentlich denken können ...!
ANATOL. Nur nicht sarkastisch werden!
GABRIELE. Ich kenne ja Ihren Geschmack ... Wird wohl wieder irgend was von der Linie sein – dünn und blond!
ANATOL. Blond – gebe ich zu ...!
GABRIELE. ... Ja, ja ... blond ... es ist merkwürdig, daß Sie immer mit solchen Vorstadtdamen zu tun haben – aber immer!
ANATOL. Gnädige Frau – meine Schuld ist es nicht.
GABRIELE. Lassen Sie das – mein Herr! – Oh, es ist auch ganz gut, daß Sie bei Ihrem Genre bleiben ... es wäre ein großes Unrecht, wenn Sie die Stätte Ihrer Triumphe verließen ...
ANATOL. Aber was soll ich denn tun – man liebt mich nur da draußen ...
GABRIELE. Versteht man Sie denn ... da draußen?
ANATOL. Keine Idee! – Aber, sehen Sie ... in der kleinen Welt werd' ich nur geliebt; in der großen – nur verstanden – Sie wissen ja ...
GABRIELE. Ich weiß gar nichts ... und will weiter nichts wissen! – Kommen Sie ... hier ist gerade das richtige Geschäft ... da wollen wir Ihrer Kleinen was kaufen ...
ANATOL. Gnädige Frau! –
GABRIELE. Nun ja ... sehen Sie einmal ... da ... so eine kleine Schatulle mit drei verschiedenen Parfüms ... oder diese hier mit den sechs Seifen ... Patschuli ... Chypre ... Jockey-Club – das müßte doch was sein – nicht?!
ANATOL. Gnädige Frau – schön ist das nicht von Ihnen!
GABRIELE. Oder warten Sie, hier ...! – Sehen Sie doch ... Diese kleine Brosche mit sechs falschen Brillanten – denken Sie – sechs! – Wie das nur glitzert! – Oder dieses reizende, kleine Armband mit den himmlischen Berloques ... ach, – eins stellt gar einen veritablen Mohrenkopf vor! – Das muß doch riesig wirken ... in der Vorstadt! ...
ANATOL. Gnädige Frau – Sie irren sich! Sie kennen diese Mädchen nicht – die sind anders, als Sie sich vorstellen ...
GABRIELE. Und da ... ach, wie reizend! – Kommen Sie doch näher – nun – was sagen Sie zu dem Hut!? – Die Form war vor

zwei Jahren höchst modern! Und die Federn - wie die wallen - nicht!? Das müßte ein kolossales Aufsehen machen - in Hernals?!

ANATOL. Gnädige Frau ... von Hernals war nie die Rede .... und übrigens unterschätzen Sie wahrscheinlich auch den Hernalser Geschmack ...

GABRIELE. Ja ... es ist wirklich schwer mit Ihnen - so kommen Sie mir doch zu Hilfe - geben Sie mir eine Andeutung -

ANATOL. Wie soll ich das ...?! Sie würden ja doch überlegen lächeln - jedenfalls!

GABRIELE. Oh nein, oh nein! - Belehren Sie mich nur ...! Ist sie eitel - oder bescheiden? - Ist sie groß oder klein? - Schwärmt sie für bunte Farben ...?

ANATOL. Ich hätte Ihre Freundlichkeit nicht annehmen sollen! Sie spotten nur!

GABRIELE. Oh nein, ich höre schon zu! - Erzählen Sie mir doch was von ihr!

ANATOL. Ich wage es nicht -

GABRIELE. Wagen Sie's nur! ... Seit wann ...?

ANATOL. Lassen wir das!

GABRIELE. Ich bestehe darauf! - Seit wann kennen Sie sie?

ANATOL. Seit - längerer Zeit!

GABRIELE. Lassen Sie sich doch nicht in dieser Weise ausfragen ...! Erzählen Sie mir einmal die ganze Geschichte ...!

ANATOL. Es ist gar keine Geschichte!

GABRIELE. Aber, wo Sie sie kennengelernt haben, und wie und wann, und was das überhaupt für eine Person ist - das möcht' ich wissen!

ANATOL. Gut - aber es ist langweilig - ich mache Sie darauf aufmerksam!

GABRIELE. Mich wird es schon interessieren. Ich möchte wirklich einmal was aus dieser Welt erfahren! -Was ist das überhaupt für eine Welt? - Ich kenne sie ja gar nicht!

ANATOL. Sie würden sie auch gar nicht verstehen!

GABRIELE. Oh, mein Herr!

ANATOL. Sie haben eine so summarische Verachtung für alles, was nicht Ihr Kreis ist! - Sehr mit Unrecht.

GABRIELE. Aber ich bin ja so gelehrig! – Man erzählt mir ja nichts aus dieser Welt! – Wie soll ich sie kennen?

ANATOL. Aber … Sie haben so eine unklare Empfindung, daß – man dort Ihnen etwas wegnimmt. Stille Feindschaft!

GABRIELE. Ich bitte – mir nimmt man nichts weg – wenn ich etwas behalten will.

ANATOL. Ja … aber, wenn Sie selber irgend was nicht wollen … es ärgert Sie doch, wenn's ein anderer kriegt? –

GABRIELE. Oh –!

ANATOL. Gnädige Frau … Das ist nur echt weiblich! Und da es echt weiblich ist – ist es ja wahrscheinlich auch höchst vornehm und schön und tief …!

GABRIELE. Wo Sie nur die Ironie herhaben!!

ANATOL. Wo ich sie herhabe? – Ich will es Ihnen sagen. Auch ich war einmal gut – und voll Vertrauen – und es gab keinen Hohn in meinen Worten … Und ich habe manche Wunde still ertragen –

GABRIELE. Nur nicht romantisch werden!

ANATOL. Die ehrlichen Wunden – ja! – Ein »Nein« zur rechten Zeit, selbst von den geliebtesten Lippen – ich konnte es verwinden. – Aber ein »Nein«, wenn die Augen hundertmal »Vielleicht« gesagt – wenn die Lippen hundertmal »Mag sein!« gelächelt, wenn der Ton der Stimme hundertmal nach »Gewiß« geklungen – so ein »Nein« macht einen –

GABRIELE. Wir wollten ja was kaufen!

ANATOL. So ein Nein macht einen zum Narren … oder zum Spötter!

GABRIELE. … Sie wollten mir ja … erzählen –

ANATOL. Gut – wenn Sie durchaus etwas erzählt haben wollen …

GABRIELE. Gewiß will ich es! … Wie lernten Sie sie kennen …?

ANATOL. Gott – wie man eben jemand kennenlernt! – Auf der Straße – beim Tanz – in einem Omnibus – unter einem Regenschirm –

GABRIELE. Aber – Sie wissen ja – der spezielle Fall interessiert mich. Wir wollen ja dem speziellen Fall etwas kaufen!

ANATOL. Dort in der … »kleinen Welt« gibt's ja keine speziellen Fälle – eigentlich auch in der großen nicht … Ihr seid ja alle so typisch!

GABRIELE. Mein Herr! Nun fangen Sie an –

ANATOL. Es ist ja nichts Beleidigendes – durchaus nicht! Ich bin ja auch ein Typus!

GABRIELE. Und was für einer denn?

ANATOL. … Leichtsinniger Melancholiker!

GABRIELE. … Und … und ich?

ANATOL. Sie? – ganz einfach: Mondäne!

GABRIELE. So …! … Und sie!?

ANATOL. Sie …? Sie …, das süße Mädl!

GABRIELE. Süß! Gleich »süß«? – Und ich – die »Mondäne« schlechtweg –

ANATOL. Böse Mondäne – wenn Sie durchaus wollen …

GABRIELE. Also … erzählen Sie mir endlich von dem … süßen Mädl!

ANATOL. Sie ist nicht faszinierend schön – sie ist nicht besonders elegant – und sie ist durchaus nicht geistreich …

GABRIELE. Ich will ja nicht wissen, was sie nicht ist –

ANATOL. Aber sie hat die weiche Anmut eines Frühlingsabends … und die Grazie einer verzauberten Prinzessin … und den Geist eines Mädchens, das zu lieben weiß!

GABRIELE. Diese Art von Geist soll ja sehr verbreitet sein … in Ihrer kleinen Welt! …

ANATOL. Sie können sich da nicht hineindenken! … Man hat Ihnen zu viel verschwiegen, als Sie junges Mädchen waren – und hat Ihnen zu viel gesagt, seit Sie junge Frau sind! … Darunter leidet die Naivität Ihrer Betrachtungen –

GABRIELE. Aber Sie hören doch – ich will mich belehren lassen … Ich glaube Ihnen ja schon die »verzauberte Prinzessin«! – Erzählen Sie mir nur, wie der Zaubergarten ausschaut, in dem sie ruht –

ANATOL. Da dürfen Sie sich freilich nicht einen glänzenden Salon vorstellen, wo die schweren Portieren niederfallen – mit Makartbuketts in den Ecken, Bibelots, Leuchttürmen, mattem Samt … und dem affektierten Halbdunkel eines sterbenden Nachmittags.

GABRIELE. Ich will ja nicht wissen, was ich mir *nicht* vorstellen soll …

ANATOL. Also – denken Sie sich – ein kleines dämmeriges Zimmer – so klein – mit gemalten Wänden – und noch dazu etwas zu licht – ein paar alte, schlechte Kupferstiche mit verblaßten Aufschriften hängen da und dort. – Eine Hängelampe mit einem Schirm. – Vom Fenster aus, wenn es Abend wird, die Aussicht auf die im Dunkel versinkenden Dächer und Rauchfänge! … Und – wenn der Frühling kommt, da wird der Garten gegenüber blühn und duften …

GABRIELE. Wie glücklich müssen Sie sein, daß Sie schon zu Weihnachten an den Mai denken!

ANATOL. Ja – *dort* bin ich auch zuweilen glücklich!

GABRIELE. Genug, genug! – Es wird spät … wir wollten ihr was kaufen! … Vielleicht etwas für das Zimmer mit den gemalten Wänden …

ANATOL. Es fehlt nichts darin!

GABRIELE. Ja … ihr! – das glaub' ich wohl! – Aber ich möchte Ihnen – ja Ihnen! das Zimmer so recht nach Ihrer Weise schmücken!

ANATOL. Mir?

GABRIELE. Mit persischen Teppichen …

ANATOL. Aber ich bitte Sie – da hinaus!

GABRIELE. Mit einer Ampel von gebrochenem, rotgrünem Glas …?

ANATOL. Hm!

GABRIELE. Ein paar Vasen mit frischen Blumen?

ANATOL. Ja … aber ich will ja ihr was bringen –

GABRIELE. Ach ja … es ist wahr – wir müssen uns entscheiden – sie wartet wohl schon auf Sie?

ANATOL. Gewiß!

GABRIELE. Sie wartet? – Sagen Sie … wie empfängt sie Sie denn? –

ANATOL. Ach – wie man eben empfängt. –

GABRIELE. Sie hört Ihre Schritte schon auf der Treppe … nicht wahr?

ANATOL. Ja … zuweilen …

GABRIELE. Und steht bei der Türe?

ANATOL. Ja!

GABRIELE. Und fällt Ihnen um den Hals – und küßt Sie – und sagt … Was sagt sie denn …?

ANATOL. Was man eben in solchen Fällen sagt …

GABRIELE. Nun … zum Beispiel!

ANATOL. Ich weiß kein Beispiel!

GABRIELE. Was sagte sie gestern?

ANATOL. Ach – nichts Besonderes … das klingt so einfältig, wenn man nicht den Ton der Stimme dazu hört …!

GABRIELE. Ich will ihn mir schon dazu denken: Nun – was sagte sie?

ANATOL. … »Ich bin so froh, daß ich dich wieder hab'!«

GABRIELE. »Ich bin so froh« – wie?!

ANATOL. »Daß ich dich wieder hab'!« …

GABRIELE. … Das ist eigentlich hübsch – sehr hübsch! –

ANATOL. Ja … es ist herzlich und wahr!

GABRIELE. Und sie ist … immer allein? – Ihr könnt Euch so ungestört sehen!? –

ANATOL. Nun ja – sie lebt so für sich – sie steht ganz allein – keinen Vater, keine Mutter … nicht einmal eine Tante!

GABRIELE. Und Sie … sind ihr alles …?

ANATOL. … Möglich! … Heute … *Schweigen.*

GABRIELE. … Es wird so spät – sehen Sie, wie leer es schon in den Straßen ist …

ANATOL. Oh – ich hielt Sie auf! – Sie müssen ja nach Hause. –

GABRIELE. Freilich – freilich! Man wird mich schon erwarten! –Wie machen wir das nur mit dem Geschenk …?

ANATOL. Oh – ich finde schon noch irgendeine Kleinigkeit …!

GABRIELE. Wer weiß, wer weiß! – Und ich habe mir schon einmal in den Kopf gesetzt, daß ich Ihrer … daß ich dem … Mädel – was aussuchen will …!

ANATOL. Aber, ich bitte Sie, gnädige Frau!

GABRIELE. … Ich möchte am liebsten dabei sein, wenn Sie ihr das Weihnachtsgeschenk bringen! … Ich habe eine solche Lust bekommen, das kleine Zimmer und das süße Mädl zu sehen! – Die weiß ja gar nicht, wie gut sie's hat!

ANATOL. …!

GABRIELE. Nun aber, geben Sie mir die Päckchen! - Es wird so spät ...

ANATOL. Ja, ja! Hier sind sie - aber ...

GABRIELE. Bitte - winken Sie dem Wagen dort, der uns entgegenkommt ...

ANATOL. Diese Eile mit einem Mal?!

GABRIELE. Bitte, bitte! *Er winkt.* Ich danke Ihnen ...! Aber was machen wir nun mit dem Geschenk ...?

Der Wagen hat gehalten; er und sie sind stehengeblieben, er will die Wagentüre öffnen.

GABRIELE. Warten Sie! - ... Ich möchte ihr selbst was schicken!

ANATOL. Sie ...?! Gnädige Frau, Sie selbst ...

GABRIELE. Was nur?! - Hier ... nehmen Sie ... diese Blumen ... ganz einfach, diese Blumen ...! Es soll nichts anderes sein als ein Gruß, gar nichts weiter ... Aber ... Sie müssen ihr was dazu ausrichten. -

ANATOL. Gnädige Frau - Sie sind so lieb -

GABRIELE. Versprechen Sie mir, ihr's zu bestellen ... und mit den Worten, die ich Ihnen mitgeben will -

ANATOL. Gewiß.

GABRIELE. Versprechen Sie's mir? -

ANATOL. Ja ... mit Vergnügen! Warum denn nicht!

GABRIELE *hat die Wagentür geöffnet.* So sagen Sie ihr ...

ANATOL. Nun ...?

GABRIELE. Sagen Sie ihr: »Diese Blumen, mein ... süßes Mädl, schickt dir eine Frau, die vielleicht ebenso lieben kann wie du und die den Mut dazu nicht hatte ...«

ANATOL. Gnädige ... Frau!? - -

Sie ist in den Wagen gestiegen - - - Der Wagen rollt fort, die Straßen sind fast menschenleer geworden.

Er schaut dem Wagen lange nach, bis er um die eine Ecke gebogen ist ...

Er bleibt noch eine Weile stehen; dann sieht er auf die Uhr und eilt rasch fort.

Vorhang.

Wie es daheim Weihnacht wird

Theodor Storm

Was für gute Geister aus diesem Kuchen steigen«, sagte er, sich in seinen Arbeitsstuhl zurücklehnend; »ich sehe plötzlich, wie es daheim in dem alten steinernen Hause Weihnacht wird. – Die Messingtürklinken sind wo möglich noch blanker als sonst; die große gläserne Flurlampe leuchtet heute noch heller auf die Stuckschnörkel an den sauber geweißten Wänden; ein Kinderstrom um den andern, singend und bettelnd, drängt durch die Haustür; vom Keller herauf aus der geräumigen Küche zieht der Duft Gebäckes in ihre Nasen, das dort in dem großen kupfernen Kessel über dem Feuer prasselt. – Ich sehe alles; ich sehe Vater und Mutter – Gott sei gedankt, sie leben beide! Aber die Zeit, in die ich hinabblicke, liegt in so tiefer Ferne der Vergangenheit! – – Ich bin ein Knabe noch! – Die Zimmer zu beiden Seiten des Flurs sind erleuchtet; rechts ist die Weihnachtsstube. Während ich vor der Tür stehe, horchend, wie es drinnen in dem Knittergold und in den Tannenzweigen rauscht, kommt von der Hoftreppe herauf der Kutscher, eine Stange mit einem Wachslichtendchen in der Hand. – ›Schon anzünden, Thoms?‹ Er schüttelt schmunzelnd den Kopf und verschwindet in die Weihnachtsstube. – Aber wo bleibt denn Onkel Erich? – – Da kommt es draußen die Treppe hinauf; die Haustür wird aufgerissen. Nein, es ist nur sein Lehrling, der die lange Pfeife des ›Herrn Ratsverwandters‹ bringt; ihm nach quillt ein neuer Strom von Kindern; zehn kleine Kehlen auf einmal stimmen an: ›Vom Himmel hoch, da komm ich her!‹ Und schon ist meine Großmutter mitten zwischen ihnen, die alte, geschäftige Frau, den Speisekammerschlüssel am kleinen Finger, einen Teller voll Gebäckes in der Hand. Wie blitzschnell das verschwindet! […]

Drüben in dem Seitengebäude ist das Arbeitszimmer meines Vaters. Auf die Vordiele dort fällt heute kein Lichtschein aus dem Türfenster der Schreiberstube; der alte Tausendkünstler ist von meiner Mutter drinnen bei den Weihnachtsgeheimnissen angestellt. Aber ich tappe mich im Dunkeln vorwärts; denn gegenüber in seinem Zimmer höre ich die Schritte meines Vaters. Er arbeitet schon nicht mehr. Ich öffne leis die Tür; wie deutlich sehe ich ihn vor mir, ihn selbst und das große verräucherte Gemach, in dem der harte Schlag der alten Wanduhr pickt! Mit einer feierlichen Unruhe geht er zwischen den mit Papieren bedeckten Tischen umher, in der einen Hand den Messingleuchter mit der brennenden Kerze, die andere vorgestreckt, als solle jetzt alles Störende ferngehalten werden. Er öffnet die Schublade seines kleinen Stehpults und nimmt die große goldene Tabatiere aus der Fischhautkapsel, einst ein Geschenk der Urgroßmutter an ihren Bräutigam, dann nach des Urgroßvaters Tode eine Ehren- und Vertrauensgabe an ihn. Aber er ist noch nicht fertig; aus dem Geldkörbchen werden blanke Silbermünzen für die Dienstboten hervorgesucht, eine Goldmünze für den Schreiber. ›Ist Onkel Erich schon da?‹ fragt er, ohne sich nach mir umzusehen. – ›Noch nicht, Vater! Darf ich ihn holen?‹ – ›Das könntest du ja tun.‹ Und fort renne ich durch das Wohnhaus auf die Straße, um die Ecke am Hafen entlang, und während ich drunten aus der Dämmerung das Pfeifen des Windes in den Tauen der Schiffe höre, habe ich das alte Giebelhaus mit dem Vorbau erreicht. Die Tür wird aufgerissen, daß die Klingel weithin durch Flur und Pesel schallt. – Vor dem Ladentisch steht der alte Kommis, der das Detailgeschäft leitet. Er sieht mich etwas grämlich an. ›Der Herr ist in seinem Kontor‹, sagt er trocken; er liebt die wilde naseweise Range nicht. Aber, was geht's mich an. – Fort mach ich hinten zur Hoftür hinaus, über zwei kleine finstere Höfe, dann in ein uraltes seltsames Nebengebäude, in welchem sich das Allerheiligste des Onkels befindet. Ohne Unfall komme ich durch den engen dunkeln Gang und klopfe an eine Tür. – ›Herein!‹ Da sitzt der kleine Herr in dem feinen braunen Tuchrock an seinem mächtigen Arbeitspult; der Schein der Kontorlampe fällt auf seine freundlichen kleinen Augen und auf die mächtige Familiennase, die über den frischgestärkten Vatermördern hinausragt. – ›Onkel, ob du nicht kommen wolltest?‹ sage ich, nachdem ich Atem geschöpft habe. – ›Wollen wir uns noch einen Augenblick setzen!‹ erwidert er, indem seine Feder summierend über das

Folium des aufgeschlagenen Hauptbuchs hinabgleitet. Mir wird ganz behaglich zu Sinne, ich werde nicht ein bißchen ungeduldig; aber ich setze mich auch nicht; ich bleibe stehen und besehe mir die Englands- und Westindienfahrer des Onkels, deren Bilder an der Wand hängen. Es dauert auch nicht lange, so wird das Hauptbuch herzhaft zugeklappt, das Schlüsselbund rasselt, und: ›Sieh so‹, sagt der Onkel, ›fertig wären wir!‹ Während er sein spanisches Rohr aus der Ecke langt, will ich schon wieder aus der Tür; aber er hält mich zurück. ›Ah, wart doch mal ein wenig! Wir hätten hier wohl noch so etwas mitzunehmen.‹ Und aus einer dunkeln Ecke des Zimmers holt er zwei wohlversiegelte, geheimnisvolle Päckchen. – Ich wußte es wohl, in solchen Päckchen steckte ein Stück leibhaftigen Weihnachtens; denn der Onkel hatte einen Bruder in Hamburg, und er trat nicht mit leeren Händen an den Tannenbaum. So nie gesehenes, märchenhaftes Zuckerzeug, wie er mitten in der Bescherung noch mir und meiner Schwester auf unsere Weihnachtsteller zu legen pflegte, ist mir später niemals wieder vorgekommen.

Bald darauf steige ich an der Hand des Onkels die breite Steintreppe zu unserm Hause hinauf. Ein paar Augenblicke verschwindet er mit seinen Päckchen in die Weihnachtsstube; es ist noch nicht angezündet, aber durch die halbgeöffnete und rasch wieder geschlossene Tür glitzert es mir entgegen aus der noch drinnen herrschenden ahnungsvollen Dämmerung. Ich schließe die Augen, denn ich will nichts sehen, und trete in das gegenüberliegende, festlich erleuchtete Zimmer, das ganz von dem Duft der braunen Kuchen und des heute besonders fein gemischten Tees erfüllt ist. Die Hände auf dem Rücken, mit langsamen Schritten geht mein Vater auf und nieder. ›Nun, seid ihr da?‹ fragt er stehenbleibend. – Und schon ist auch Onkel Erich bei uns; mir scheint, die Stube wird noch einmal so hell, da er eintritt. Er grüßt die Großmutter, den Vater; er nimmt meiner Schwester die Tasse ab, die sie ihm auf dem gelblackierten Brettchen präsentiert. ›Was meinst du‹, sagt er, indem er seinen Augen einen bedenklichen Ausdruck zu geben sucht, ›es wird wohl nicht viel für uns abfallen!‹ Aber er lacht dabei so tröstlich, daß diese Worte wie eine goldene Verheißung klingen. Dann, während in dem blanken Messingkomfort der Teekessel saust, beginnt er eine seiner kleinen Erzählungen von den Begebenheiten der letzten Tage, seit man sich nicht gesehen. War es nun der Ankauf eines neuen Spazierstocks oder das unglückliche Zerbrechen einer Mundtasse, es floß alles so sanft dahin, daß man ganz davon erquickt wurde. Und wenn er gar eine Pause machte, um das bisher Erzählte im behaglichsten Gelächter nachzugenießen, wer hätte da nicht mitgelacht! Mein Vater nimmt vergeblich seine kritische Prise; er muß endlich doch mit einstimmen. Dies harmlose Geplauder - es ist mir das erst später klargeworden - war die Art, wie der tätige Geschäftsmann von der Tagesarbeit ausruhte. Es klingt mir noch lieb in der Erinnerung, und mir ist, als verstünde das jetzt niemand mehr. - Aber während der Onkel so erzählt, steckt plötzlich meine Mutter, die seit Mittag unsichtbar gewesen ist, den Kopf ins Zimmer. Der Onkel macht ein Kompliment und bricht seine Geschichte ab; die Tür und die gegenüberliegende Tür werden weit geöffnet. Wir treten zögernd ein; und vor uns, zurückgestrahlt von dem großen Wandspiegel, steht der brennende Baum mit seinen Flittergoldfähnchen, seinen weißen Netzen und goldenen Eiern, die wie Kinderträume in den dunkeln Zweigen hängen.« - -

Die Nacht war klar und kalt

Ludwig Thoma

[…]

Die Nacht war klar und kalt.

Aus der Kirche drang helles Licht und legte sich auf die Schneedecke.

Und leuchtete weithin in die Gassen und Winkel und zu den Hügeln hinauf, von denen eilige Menschen herunterkamen.

Sie schritten über die Felder dem Lichte zu wie vor vielen hundert Jahren die Hirten, denen die frohe Botschaft verkündet wurde.

»Heute ist euch der Erlöser geboren worden. Ihr werdet ein Kindlein finden, das in einer Krippe liegt.«

Da verließen sie ihre Herden und eilten, um das Ereignis zu sehen.

Es muß wohl ein armer Häusler gewesen sein, bei dem der Herr Joseph eingekehrt war.

Bloß ein Ochs und ein Esel standen hinter dem Barren; kein Roß fraß von der Raufe, keine Kuh lag auf der Streu.

Der Stall war niedrig und eng, daß er die Wärme hielt für das wenige Vieh.

Und weil die Hirten keinen Platz darin hatten, blieben sie an der Türe stehen.

Das Kindlein lag nackend, wie es zur Welt gekommen war, und die Magd des Herrn kniete davor und faltete fromm die Hände.

Man sah ihr das Leiden an, denn sie ist gar ein zartes Frauenzimmer gewesen und hat noch in den Wehen herumirren müssen, bis sie endlich das Obdach fanden.

Der Joseph ist sorgsam dabeigestanden in zwiefacher Sorge um die Mutter und das Kind; wenn er seine schwieligen Hände zum Beten zusammenlegte, hat er in die Krippe geschaut, ob die Tiere das Stroh nicht unter dem Kinde wegzogen und ob er noch ein Büschel unterlegen müsse.

Das waren drei arme Menschen.

Aber die Hirten sind vor ihnen niedergekniet.

Es ist ein lichter Schein von der Krippe ausgegangen und auf sie gefallen. Der leuchtet noch heute den Armen.

In diesem nackten Kindlein erstand ihnen ein Streiter.

Wie es neben der Hobelbank aufwuchs und in ehrfürchtiger Liebe an den Händen der Eltern die Ehrenmale der Arbeit sah, ist in ihm der heiße Wunsch groß geworden, den Menschen zu helfen.

Und es ist der erste Kämpfer geworden gegen die Reichen und Mächtigen.

Die leidenden Menschen wissen es kaum; in der lauten Verehrung seines Namens ist gerade das zur Vergessenheit gekommen. Aber einmal im Jahre müssen sie daran denken. In der stillen Winternacht, wenn man die Geburt des Kindes feiert.

Da mögen die Armen glauben, daß der Mann sein Leben lang zu ihnen gestanden ist, der im engen Stalle auf die Welt kam.

Ein Lobgesang von der Geburt Christi

Martin Luther

Gelobet seist du, Jesu Christ,
dass du Mensch geboren bist
von einer Jungfrau, das ist wahr,
des freuet sich der Engel Schar.

Des ew'gen Vaters einig Kind
jetzt man in der Krippe find't,
in unser armes Fleisch und Blut
verkleidet sich das ewig Gut.

Den aller Weltkreis nie beschloss,
der liegt in Marien Schoß,
er ist ein Kindlein worden klein,
der alle Ding' erhält allein.

Das ewig Licht geht da herein,
gibt der Welt ein'n neuen Schein,
es leucht't wohl mitten in der Nacht,
und uns zu Lichtes Kindern macht.

Der Sohn des Vaters, Gott von Art,
ein Gast in der Welt hie ward,
er führt uns aus dem Jammertal,
macht uns zu Erben in sein'm Saal.

Er ist auf Erden kommen arm,
dass er unser sich erbarm,
uns in dem Himmel machet reich
und seinen lieben Engeln gleich.

Das hat er alles uns getan,
sein groß Lieb zu zeigen an.
Des freu sich alle Christenheit
und dankt es ihm in Ewigkeit.

Ich steh an deiner Krippen hier

Paul Gerhardt

Ich steh an deiner Krippen hier,
O Jesulein, mein Leben,
Ich stehe, bring und schenke dir,
Was du mir hast gegeben.
Nimm hin, es ist mein Geist und Sinn,
Herz, Seel und Mut, nimm alles hin,
Und laß dirs wohl gefallen.

Da ich noch nicht geboren war,
Da bist du mir geboren,
Und hast mich dir zu Eigen gar,
Eh ich dich kannt, erkoren.
Eh ich durch deine Hand gemacht,
Da hat dein Herze schon bedacht,
Wie du mein wolltest werden.

Ich lag in tiefer Todesnacht,
Du wurdest meine Sonne,
Die Sonne, die mir zugebracht
Licht, Leben, Freud und Wonne.
O Sonne, die das werte Licht
Des Glaubens in mir zugericht:
Wie schön sind deine Strahlen!

Ich sehe dich mit Freuden an
Und kann nicht satt mich sehen,
Und weil ich nun nicht weinen kann,
So tu ich was geschehen.
O, daß mein Sinn ein Abgrund wär
Und meine Seel ein weites Meer,
Daß ich dich möchte fassen!

Wenn oft mein Herz im Leibe weint
Und keinen Trost kann finden,
Da ruft mirs zu: ich bin dein Freund,
Ein Tilger deiner Sünden;
Was trauerst du, mein Fleisch und Blut?
Du sollst ja haben guten Mut.
Ich zahle deine Schulden.

O, daß doch ein so lieber Stern
Soll in der Krippen liegen!
Für edle Kinder großer Herrn
Gehören güldne Wiegen.
Ach! Heu und Stroh sind viel zu schlecht;
Samt, Seiden, Purpur wären recht,
Dich Kindlein drauf zu legen.

Nehmt weg das Stroh, nehmt weg das Heu,
Ich will mir Blumen holen,
Daß meines Heilands Lager sei
Auf Rosen und Violen,
Mit Tulpen, Nelken, Rosmarin
Aus frischen Gärten will ich ihn
Von oben her bestreuen.

Du fragest nicht nach Lust der Welt,
Noch nach des Leibes Freuden:
Du hast dich bei uns eingestellt,
An unsrer statt zu leiden,
Suchst meiner Seelen Trost und Freud
Durch allerhand Beschwerlichkeit,
Das will ich dir nicht wehren.

Eins aber, hoff ich, wirst du mir,
Mein Heiland nicht versagen,
Daß ich dich möge für und für
In, bei und an mir tragen.
So laß mich doch dein Kripplein sein,
Komm, komm und lege bei mir ein
Dich und all deine Freuden!

Zwar sollt ich denken, wie gering
Ich dich bewirten werde:
Du bist der Schöpfer aller Ding,
Ich bin nur Staub und Erde.
Doch bist du so ein lieber Gast,
Daß du noch nie verschmähet hast
Den, der dich gerne siehet.

Nußknacker und Mausekönig

E. T. A. Hoffmann

Der Weihnachtsabend

Am vierundzwanzigsten Dezember durften die Kinder des Medizinalrats Stahlbaum den ganzen Tag über durchaus nicht in die Mittelstube hinein, viel weniger in das daranstoßende Prunkzimmer. In einem Winkel des Hinterstübchens zusammengekauert, saßen Fritz und Marie, die tiefe Abenddämmerung war eingebrochen, und es wurde ihnen recht schaurig zumute, als man, wie es gewöhnlich an dem Tage geschah, kein Licht hereinbrachte. Fritz entdeckte ganz insgeheim wispernd der jüngeren Schwester (sie war eben erst sieben Jahr alt worden), wie er schon seit frühmorgens es habe in den verschlossenen Stuben rauschen und rasseln und leise pochen hören. Auch sei nicht längst ein kleiner dunkler Mann mit einem großen Kasten unter dem Arm über den Flur geschlichen, er wisse aber wohl, daß es niemand anders gewesen als Pate Droßelmeier. Da schlug Marie die kleinen Händchen vor Freude zusammen und rief: »Ach, was wird nur Pate Droßelmeier für uns Schönes gemacht haben.« Der Obergerichtsrat Droßelmeier war gar kein hübscher Mann, nur klein und mager, hatte viele Runzeln im Gesicht, statt des rechten Auges ein großes schwarzes Pflaster und auch gar keine Haare, weshalb er eine sehr schöne weiße Perücke trug, die war aber von Glas und ein künstliches Stück Arbeit. Überhaupt war der Pate selbst auch ein sehr künstlicher Mann, der sich sogar auf Uhren verstand und selbst welche machen konnte. Wenn daher eine von den schönen Uhren in Stahlbaums Hause krank war und nicht singen konnte, dann kam Pate Droßelmeier, nahm die Glasperücke ab, zog sein gelbes Röckchen aus, band eine blaue Schürze um und stach mit spitzigen Instrumenten in die Uhr hinein, so daß es der kleinen Marie ordentlich wehe tat, aber es verursachte der Uhr gar keinen Schaden, sondern sie wurde vielmehr wieder lebendig und fing gleich an recht lustig zu schnurren, zu schlagen und zu singen, worüber denn alles große Freude hatte. Immer trug er, wenn er kam, was Hübsches für die Kinder in der Tasche, bald ein Männlein, das die Augen verdrehte und Komplimente machte, welches komisch anzusehen war, bald eine Dose, aus der ein Vögelchen herausschlüpfte, bald was anderes. Aber zu Weihnachten, da hatte er immer ein schönes künstliches Werk verfertigt, das ihm viel Mühe gekostet, weshalb es auch, nachdem es einbeschert worden, sehr sorglich von den Eltern aufbewahrt wurde. – »Ach, was wird nur Pate Droßelmeier für uns Schönes gemacht haben«, rief nun Marie; Fritz meinte aber, es könne wohl diesmal nichts anders sein als eine Festung, in der allerlei sehr hübsche Soldaten auf- und abmarschierten und exerzierten, und dann müßten andere Soldaten kommen, die in die Festung hineinwollten, aber nun schössen die Soldaten von innen tapfer heraus mit Kanonen, daß es tüchtig brauste und knallte. »Nein, nein«, unterbrach Marie den Fritz, »Pate Droßelmeier hat mir von einem schönen Garten erzählt, darin ist ein großer See, auf dem schwimmen sehr herrliche Schwäne mit goldnen Halsbändern herum und singen die hübschesten Lieder. Dann kommt ein kleines Mädchen aus dem Garten an den See und lockt die Schwäne heran und füttert sie mit süßem Marzipan.« – »Schwäne fressen keinen Marzipan«, fiel Fritz etwas rauh ein, »und einen ganzen Garten kann Pate Droßelmeier auch nicht machen. Eigentlich haben wir wenig von seinen Spielsachen; es wird uns ja alles gleich wieder weggenommen, da ist mir denn doch das viel lieber, was uns Papa und Mama einbescheren, wir behalten es fein und können damit machen, was wir wollen.« Nun rieten die Kinder hin und her, was es wohl diesmal wieder geben könne. Marie meinte, daß Mamsell Trutchen (ihre große Puppe) sich sehr verändere, denn ungeschickter als jemals, fiele sie jeden Augenblick auf den Fußboden, welches ohne garstige Zeichen im Gesicht nicht abginge, und dann sei an Reinlichkeit in der Kleidung gar nicht mehr zu denken. Alles tüchtige Ausschelten helfe nichts. Auch habe Mama gelächelt, als sie sich über Gretchens kleinen Sonnenschirm so gefreut. Fritz versicherte dagegen, ein tüchtiger Fuchs fehle seinem Marstall durchaus sowie seinen Truppen gänzlich an Kavallerie, das sei dem Papa recht gut bekannt. – So wußten die Kinder wohl, daß die Eltern ihnen allerlei schöne Gaben eingekauft hatten, die sie nun aufstellten, es war ihnen aber auch gewiß, daß dabei der liebe Heilige Christ mit gar freundlichen frommen Kindesaugen hineinleuchte und daß, wie von segensreicher Hand berührt, jede Weihnachtsgabe herrliche Lust bereite wie keine andere. Daran erinnerte die Kinder, die immerfort von den zu erwartenden Geschenken wisperten, ihre ältere Schwester Luise, hinzufügend, daß es nun aber auch der Heilige Christ sei, der durch die Hand der lieben Eltern den Kindern immer das beschere, was ihnen wahre Freude und Lust bereiten könne, das wisse er viel besser als die Kinder selbst, die müßten daher nicht allerlei wünschen und hoffen, sondern still und fromm erwarten, was ihnen beschert worden. Die kleine Marie wurde ganz nachdenklich, aber Fritz murmelte vor sich hin: »Einen Fuchs und Husaren hätt' ich nun einmal gern.«

Es war ganz finster geworden. Fritz und Marie, fest aneinandergerückt, wagten kein Wort mehr zu reden, es war ihnen, als rausche es mit linden Flügeln um sie her und als ließe sich eine ganz ferne, aber sehr herrliche Musik vernehmen. Ein heller Schein streifte an der Wand hin, da wußten die Kinder, daß nun das Christkind auf glänzenden Wolken fortgeflogen zu ändern glücklichen Kindern. In dem Augenblick ging es mit silberhellem Ton: Klingling, klingling, die Türen sprangen auf, und solch ein Glanz strahlte aus dem großen Zimmer hinein, daß die Kinder mit lautem Ausruf: »Ach! – Ach!« wie erstarrt auf der

Schwelle stehenblieben. Aber Papa und Mama traten in die Türe, faßten die Kinder bei der Hand und sprachen: »Kommt doch nur, kommt doch nur, ihr lieben Kinder, und seht, was euch der Heilige Christ beschert hat.«

Die Gaben

Ich wende mich an dich selbst, sehr geneigter Leser oder Zuhörer Fritz - Theodor - Ernst - oder wie du sonst heißen magst, und bitte dich, daß du dir deinen letzten, mit schönen bunten Gaben reich geschmückten Weihnachtstisch recht lebhaft vor Augen bringen mögest, dann wirst du es dir wohl auch denken können, wie die Kinder mit glänzenden Augen ganz verstummt stehenblieben, wie erst nach einer Weile Marie mit einem tiefen Seufzer rief: »Ach, wie schön - ach, wie schön« und Fritz einige Luftsprünge versuchte, die ihm überaus wohl gerieten. Aber die Kinder mußten auch das ganze Jahr über besonders artig und fromm gewesen sein, denn nie war ihnen so viel Schönes, Herrliches einbeschert worden als dieses Mal. Der große Tannenbaum in der Mitte trug viele goldene und silberne Äpfel, und wie Knospen und Blüten keimten Zuckermandeln und bunte Bonbons und was es sonst noch für schönes Naschwerk gibt, aus allen Ästen.

Als das Schönste an dem Wunderbaum mußte auch wohl gerühmt werden, daß in seinen dunkeln Zweigen hundert kleine Lichter wie Sternlein funkelten und er selbst, in sich hinein- und herausleuchtend, die Kinder freundlich einlud, seine Blüten und Früchte zu pflücken. Um den Baum umher glänzte alles sehr bunt und herrlich - was es da alles für schöne Sachen gab - ja, wer das zu beschreiben vermöchte! Marie erblickte die zierlichsten Puppen, allerlei saubere kleine Gerätschaften, und was vor allem schön anzusehen war, ein seidenes Kleidchen, mit bunten Bändern zierlich geschmückt, hing an einem Gestell so der kleinen Marie vor Augen, daß sie es von allen Seiten betrachten konnte, und das tat sie denn auch, indem sie ein Mal über das andere ausrief: »Ach, das schöne, ach das liebe - liebe Kleidchen; und das werde ich - ganz gewiß - das werde ich wirklich anziehen dürfen!« – Fritz hatte indessen schon, drei- oder viermal um den Tisch herumgaloppierend und -trabend, den neuen Fuchs versucht, den er in der Tat am Tische angezäumt gefunden. Wieder absteigend, meinte er, es sei eine wilde Bestie, das täte aber nichts, er wolle ihn schon kriegen, und musterte die neue Schwadron Husaren, die sehr prächtig in Rot und Gold gekleidet waren, lauter silberne Waffen trugen und auf solchen weißglänzenden Pferden ritten, daß man beinahe hätte glauben sollen, auch diese seien von purem Silber. Eben wollten die Kinder, etwas ruhiger geworden, über die Bilderbücher her, die aufgeschlagen waren, daß man allerlei sehr schöne Blumen und bunte Menschen, ja auch allerliebste spielende Kinder, so natürlich gemalt, als lebten und sprächen sie wirklich, gleich anschauen konnte. – Ja! eben wollten die Kinder über diese wunderbaren Bücher her, als nochmals geklingelt wurde. Sie wußten, daß nun der Pate Droßelmeier einbescheren würde, und liefen nach dem an der Wand stehenden Tisch. Schnell wurde der Schirm, hinter dem er so lange versteckt gewesen, weggenommen. Was erblickten da die Kinder! – Auf einem grünen, mit bunten Blumen geschmückten Rasenplatz stand ein sehr herrliches Schloß mit vielen Spiegelfenstern und goldnen Türmen. Ein Glockenspiel ließ sich hören, Türen und Fenster gingen auf, und man sah, wie sehr kleine, aber zierliche Herrn und Damen mit Federhüten und langen Schleppkleidern in den Sälen herumspazierten. In dem Mittelsaal, der ganz in Feuer zu stehen schien – so viel Lichterchen brannten an silbernen Kronleuchtern –, tanzten Kinder in kurzen Wämschen und Röckchen nach dem Glockenspiel. Ein Herr in einem smaragdenen Mantel sah oft durch ein Fenster, winkte heraus und verschwand wieder, so wie auch Pate Droßelmeier selbst, aber kaum viel höher als Papas Daumen, zuweilen unten an der Tür des Schlosses stand und wieder hineinging.

Fritz hatte mit auf den Tisch gestemmten Armen das schöne Schloß und die tanzenden und spazierenden Figürchen angesehen, dann sprach er: »Pate Droßelmeier! Laß mich mal hineingehen in dein Schloß!« – Der Obergerichtsrat bedeutete ihn, daß das nun ganz und gar nicht anginge. Er hatte auch recht, denn es war töricht von Fritzen, daß er in ein Schloß gehen wollte, welches überhaupt mitsamt seinen goldnen Türmen nicht so hoch war als er selbst. Fritz sah das auch ein. Nach einer Weile, als immerfort auf dieselbe Weise die Herrn und Damen hin und her spazierten, die Kinder tanzten, der smaragdne Mann zu demselben Fenster heraussah, Pate Droßelmeier vor die Türe trat, da rief Fritz ungeduldig: »Pate Droßelmeier, nun komm mal zu der andern Tür da drüben heraus.« – »Das geht nicht, liebes Fritzchen«, erwiderte der Obergerichtsrat. »Nun so laß mal«, sprach Fritz weiter, »laß mal den grünen Mann, der so oft herausguckt, mit dem andern herumspazieren.« – »Das geht auch nicht«, erwiderte der Obergerichtsrat aufs neue. »So sollen die Kinder herunterkommen«, rief Fritz, »ich will sie näher besehen.« – »Ei, das geht alles nicht«, sprach der Obergerichtsrat verdrießlich, »wie die Mechanik nun einmal gemacht ist, muß sie bleiben.« – »So-o?« fragte Fritz mit gedehntem Ton, »das geht alles nicht? Hör mal, Pate Droßelmeier, wenn deine kleinen geputzten Dinger in dem Schlosse nichts mehr können als immer dasselbe, da taugen sie nicht viel, und ich frage nicht sonderlich nach ihnen. – Nein, da lob ich mir meine Husaren, die müssen manövrieren vorwärts, rückwärts, wie ich's haben will, und sind in kein Haus gesperrt.« Und damit sprang er fort an den Weihnachtstisch und ließ seine Eskadron auf den silbernen Pferden hin und her trottieren und schwenken und einbauen und feuern nach Herzenslust. Auch Marie hatte sich sachte fortgeschlichen, denn auch sie wurde des Herumgehens und Tanzens der Püppchen im Schlosse bald überdrüssig und mochte es, da sie sehr artig und gut war, nur nicht so merken lassen wie Bruder Fritz. Der Obergerichtsrat Droßelmeier sprach ziemlich verdrießlich zu den Eltern: »Für unverständige Kinder ist solch künstliches Werk nicht, ich will nur mein Schloß wieder einpacken«; doch die Mutter trat hinzu und ließ sich den innern Bau und das wunderbare, sehr künstliche Räderwerk zeigen, wodurch die kleinen Püppchen in Bewegung gesetzt wurden. Der Rat nahm alles auseinander und setzte es wieder zusammen. Dabei war er wieder ganz heiter geworden und schenkte den Kindern noch einige schöne braune Männer und Frauen mit goldnen Gesichtern, Händen und Beinen. Sie waren sämtlich aus Thorn und rochen so süß und angenehm wie Pfefferkuchen, worüber Fritz und Marie sich sehr erfreuten. Schwester Luise hatte, wie es die Mutter gewollt, das schöne Kleid angezogen, welches ihr einbeschert worden, und sah wunderhübsch aus, aber Marie meinte, als sie auch ihr Kleid anziehen sollte, sie möchte es lieber noch ein bißchen so ansehen. Man erlaubte ihr das gern.

Weihnachten

Joseph von Eichendorff

Markt und Straßen stehn verlassen,
Still erleuchtet jedes Haus,
Sinnend geh ich durch die Gassen,
Alles sieht so festlich aus.

An den Fenstern haben Frauen
Buntes Spielzeug fromm geschmückt,
Tausend Kindlein stehn und schauen,
Sind so wunderstill beglückt.

Und ich wandre aus den Mauern
Bis hinaus ins freie Feld,
Hehres Glänzen, heil'ges Schauern!
Wie so weit und still die Welt!

Sterne hoch die Kreise schlingen,
Aus des Schnees Einsamkeit
Steigt's wie wunderbares Singen –
O du gnadenreiche Zeit!

Weihnachten in der Sperlingsgasse

Wilhelm Raabe

Weihnachten! – Welch ein prächtiges Wort! – Immer höher türmt sich der Schnee in den Straßen; immer länger werden die Eiszapfen an den Dachtraufen; immer schwerer tauen am Morgen die gefrorenen Fensterscheiben auf! Ach, in vielen armen Wohnungen tun sie es gar nicht mehr. – Hinter den meisten Fenstern lugen erwartungsvolle Kindergesichter hervor; da und dort liegt auf der weißen Decke des Pflasters ein verlorener Tannenzweig. Es wird viel Goldschaum verkauft, und bedeckte Platten von Eisenblech, die vorbeigetragen werden, verbreiten einen wundervollen Duft.

»Was ist ein echter Hamburger Seelöwe?« fragt Strobel, der bei mir eintrat und beim Abnehmen des Hutes ein Miniaturschneegestöber hervorbrachte.

»Ein Hamburger Seelöwe?« fragte ich verwundert. »Doch nicht etwa ein Mitglied des Rats der Oberalten?«

»Beinahe!« lachte der Zeichner. »Ein Hamburger Seelöwe ist eine Hasenpfote, auf welche oben ein menschenähnliches Gesicht geleimt ist. Ein solches Individuum versteht an einem Tischrande gar anmutig Bewegungen zu machen. Sehen Sie hier!«

Dabei zog er den Gegenstand unseres Gesprächs hervor, hing ihn an meinen Schreibtisch und brachte ihn durch eine Art Pendel in Bewegung.

»Ist das nicht eine wundervolle Erfindung?«

»Prächtig«, sagte ich, »in meiner Jugend brachte man aber denselben Effekt durch den abgenagten Brustknochen eines Gänsebratens, in welchen man eine Gabel steckte, hervor; aber die Kultur muß so fortschreiten.«

»Ja, die Kultur schreitet fort!« seufzte der Zeichner. »Sogar die einfachen Tannen machen allmählich diesen Pyramiden von bunten Papierschnitzeln Platz. Papier, Papier überall! Aber was ich sagen wollte: wäre es nicht eigentlich die Pflicht zweier Mitarbeiter der ›Welken Blätter‹, jetzt auf die Weihnachtswanderung zu gehen?«

»Auch ich wollte Sie eben dazu auffordern«, sagte ich.

»Vorwärts!« rief Strobel und stülpte seinen Filz wieder auf, während ich meinen Mantel und roten baumwollenen Regenschirm hervorsuchte.

Wir gingen. Den Hamburger Seelöwen ließen wir ruhig am Tische fortbaumeln, nachdem ihm Strobel noch einen letzten Stoß gegeben hatte. Zur Weihnachtszeit habe ich gern ein solches Spielzeug in der Nähe; erfreute sich doch auch der alt und grau gewordene Jean Paul zu solcher Zeit gern an dem Farbenduft einer hölzernen Kindertrompete.

Welch ein Gang war das, den ich mit dem tollen Karikaturenzeichner in der Dämmerung des Abends machte! In wieviel Keller- und andere Fenster mußte der Mensch gucken; in wieviel kleine frostgerötete Hände, die sich an den Ecken und aus den Torwegen uns entgegenstreckten, ließ er seine Viergroschenstücke gleiten! Welch ein Gang war das! Die Geister, die den alten Scrooge des Meisters Boz über die Weihnachtswelt führten, hätten mich nicht besser leiten können, als Herr Ulrich Strobel. Jetzt betrachteten wir die phantastische Ausstellung eines Ladens, jetzt die staunenden, verlangenden Gesichter davor; jetzt entdeckte Strobel eine neue Idee in der Anfertigung eines Spielzeugs, jetzt ich; es war wundervoll!

An der Ecke des Weihnachtsmarktes blieben wir stehen, in das fröhliche Getümmel, welches sich dort herumtrieb, hineinblickend. Im ununterbrochenen Zuge strömte das Volk an uns vorbei: Väter, auf jedem Arme und an jedem Rockschoß ein Kind; Handwerksgesellen mit dem Schatz, den sie aus der Küche der »Gnädigen« weggestohlen hatten; ehrliche, unbeschreiblich gutmütig und dumm lächelnde Infanteristen, feine, schmucke Garde-Schützen, schwere Dragoner und »klobige« Artillerie. – Hier und da wanden sich junge Mädchen zierlich durch das Getümmel; jedes Alter, jeder Stand war vertreten, ja sogar die vornehmste Welt überschritt einmal ihre närrischen Grenzen und zeigte ihren Kindern die – Freude des Volks.

Der Zeichner war auf einmal sehr ernst geworden. »Sehen Sie«, sagte er, »da strömt die Quelle, aus welcher die Kinderwelt ihr erstes Christentum schöpft. Nicht dadurch, daß man ihnen von Gott und so weiter Unverständliches vorräsoniert, sie Bibel- und Gesangbuchverse auswendig lernen läßt; nicht dadurch, daß man sie - womöglich in den Windeln - in die Kirche schleppt, legt man den Keim der wunderbaren Religion in ihre Herzen. An das Gewühl vor den Buden, an den grünen funkelnden Tannenbaum knüpft das junge Gemüt seine ersten, wahren - und was mehr sagen will - wahrhaft kindlichen Begriffe davon!«

Ich wollte eben darauf erwidern, als plötzlich eine Gestalt, in einen dunklen Mantel gehüllt, ein Kind auf dem Arme tragend, an uns vorbeischlüpfen wollte. Ein Strahl der nächsten Gaslaterne fiel auf ihr Gesicht, es war die kleine Tänzerin aus der Sperlingsgasse. Ich freute mich über die Begegnung und rief sie an:

»Das ist prächtig, Fräulein Rosalie, daß wir Sie treffen. Vielleicht werden Sie uns erlauben, daß wir Sie begleiten; denn um die Mysterien eines Weihnachtsmarktes zu durchdringen, ist es jedenfalls nötig, ein Kind bei sich zu haben.«

Die Tänzerin knickste und sagte: »Oh, Sie sind zu gütig, meine Herren; Alfred hat mir den ganzen Tag keine Ruhe gelassen, und da kein Theater ist, so mußte ich ihm doch die Herrlichkeit zeigen.«

»Ja, Mann«, - sagte Alfred, unter einer dicken Pudelmütze gar verwegen hervorschauend - »mitgehen!«

Ich stellte der Tänzerin den Nachbar Zeichner vor, und das vierblättrige Kleeblatt war bald in der Stimmung, die ein Weihnachtsmarkt erfordert. Was für ein Talent, Kinder vor Entzücken außer sich zu bringen, entwickelte jetzt der Karikaturenzeichner. Er hatte der Mutter den dicken Bengel sogleich abgenommen und schleppte ihn hoch auf der Schulter durch das Gewühl voran. »O ich bin Ihnen so dankbar, so dankbar, Herr Wachholder«, flüsterte die kleine Tänzerin, zu deren Beschützer ich mich sehr gravitätisch aufwarf.

»Liebes Kind«, sagte ich, »ein paar solcher Junggesellen wie ich und mein Freund würden solche Abende wie diesen sehr übel zubringen, wenn nicht dann ausdrücklich eine Vorsehung über sie wachte. Sie sollen einmal sehen, wie prächtig wir heute abend noch Weihnachten feiern werden; - hören Sie nur, wie Alfred jubelt; sehen Sie, wie stolz und glücklich er unter der

Pickelhaube vorguckt, die ihm eben der Herr Strobel übergestülpt hat!«

Der Karikaturenzeichner hätte sich in diesem Augenblick sehr gut selbst abkonterfeien können – er tat es auch, aber später. Wundervoll sah er aus. Im Knopfloche baumelte ein gewaltiger Hampelmann, in der rechten Hand hatte er eine große Knarre, die er energisch schwenkte; während auf seinem linken Arm Alfred mit aller Macht auf eine Trommel paukte.

»Kleine Dame«, sagte der Zeichner jetzt zu unserer Begleiterin, »stecken Sie mir doch einmal jene Tüte in die Rocktasche, ich komme nicht dazu! Heda, alter Wachholder«, schrie er dann mich an, »gleiche ich nicht aufs Haar einer Kammerverhandlung? Rechts Geknarre, links Getrommel, und für das Fassen und Einsacken der begehrten Süßigkeiten weder Kraft noch Platz!«

»Mama, der Onkel aber mal rechter Onkel!« rief der Kleine entzückt von seiner Höhe herab, als Rosalie der Anforderung Strobels nachkam und ich ebenfalls die Tasche mit allerlei füllte.

So ging es weiter, bis uns endlich die Kälte zu heftig wurde. Der Zeichner löste sich auf – wie er's nannte – und überlieferte mir die spielzeugbehangene Linke, behielt jedoch die Knarre in der Rechten, und nun ging's durch die menschen- und lichterfüllten Straßen nach Hause. Wie glänzte heute abend die alte dunkle Sperlingsgasse! Von den Kellern bis zum sechsten Stock, bis in die kleinste Dachstube war die Weihnachtszeit eingekehrt; freilich nicht allenthalben auf gleich »fröhliche, selige, gnadenbringende« Weise. Welch einen Abend feierten wir nun! Wir ließen unsere kleine Begleiterin natürlich nicht zu ihrem kaltgewordenen Stübchen hinaufsteigen. War ich nicht schon auf der Universität meines famosen Punschgemaches wegen berühmt gewesen? (Eine Kunst, die mir mein Vater mit auf den Lebensweg gegeben hatte.) Der Karikaturenzeichner holte einen Tannenzweig, den er auf der Straße gefunden hatte, hervor und hielt ihn ins Licht.

»Das ist der wahre Weihnachtsduft«, sagte er, »und in Ermangelung eines Bessern muß man sich zu helfen wissen.«

Horch! Was trappelt da draußen auf einmal auf der Treppe? Ein leises Kichern erschallt auf dem Vorsaal und scheint noch eine Treppe höher steigen zu wollen. »Zu mir?« sagt Rosalie und springt verwundert nach der Tür.

»Ach, da ist sie?!« schallt es draußen, und auch ich stecke meinen Kopf heraus.

»Guten Abend, alter Herr! Guten Abend, Rosalie! Guten Abend, Röschen!« erschallt ein Chor heller, lustiger Stimmen.

»Wo ist Alfred, wir bringen ihm einen Weihnachtsbaum!«

»Hurra, das ist's, was wir eben brauchen!« schreit der Zeichner, seine Knarre schwingend. »Schönen guten Abend, meine Damen, und fröhliche Weihnachten!«

Aus dunkeln Mänteln und Schals und Pelzkragen entwickelt sich jetzt ein halbes Dutzend kleiner Theaterfeen, die alle jubelnd und lachend meine Stube füllen, und – auf einmal alle ein verschiedenes Musikinstrument hervorholen, welches sie auf dem Weihnachtsmarkt erstanden haben. Ein Heidenlärm bricht los; das knarrt und quiekt und plärrt und klappert, daß die Wände widerhallen und Rosalie, welche beschwörend von einer der kleinen Ratten zur andern läuft, zuletzt die Ohren zuhaltend in dem fernsten Winkel sich verkriecht.

Endlich legt sich der Skandal mit dem ausgehenden Atem und der ausgehenden Kraft des Karikaturenzeichners, der vor Wonne über das Pandämonium kaum noch seine Knarre schwingen kann.

Welch ein Punsch war das! Welche Gesundheiten wurden ausgebracht! Welche Geschichten wurden erzählt. Vom Souffleur Flüstervogel bis zum Ballettmeister Spolpato, ja bis zu Seiner Exzellenz dem Herrn Intendanten hinauf.

Heute abend malte Strobel keine Karikaturen, aber sich selbst machte er oft genug zu einer. Beim Versuch, sich auf einer mit dem Halse auf der Erde stehenden Flasche sitzend zu drehen, beim Zuckerreiben, beim Versuch, den glimmenden Docht eines ausgeputzten Wachslichtes wieder anzublasen und bei anderen Kunststücken.

Alfred, der durch Unterlegung von Pufendorfs und Bayles schweinsledener Gelehrsamkeit und durch Auftürmung verschiedener dickbändiger Erziehungstheorien dazu gebracht war, neben seiner kleinen Mutter sitzend, über den Tisch blicken zu können, jubelte mit, bis ihm die Augen zufielen und er auf meinem Sofa ein- und weiterschlief bis elf Uhr, wo das Fest endete, die kleinen Gäste wieder in ihre Mäntel krochen, mich für einen »gottvollen alten Herrn« erklärten, Röschen küßten und nach einem vielstimmigen »gute Nacht« die Treppe hinabtrippelten. Darauf trug Strobel den schlafenden Alfred eine Treppe höher (wozu ich leuchtete) und - auch dieser Weihnachtsabend der Sperlingsgasse war vorbei.

Christbescherung

Eduard Mörike

Am 23. Dezember war ein schon herangewachsener Nußbaum für meine Schwester Clärchen in den Garten gepflanzt worden, welcher am Weihnachtabend festlich beleuchtet und geschmückt wurde.

Gesegnet sei er alle Zeit
Von der Wurzel bis zum Gipfel.
Uhland

Der Nußbaum spricht:
Heut sieht man Büblein, Mägdlein warten
Auf einen schönen Christkindgarten.
Da stellt man in die Mitt hinein
Ein Tannenreis im Lichterschein,
Und hängt viel Naschwerk, Marzipan,
Auch sogar güldne Nüss daran.
Doch sind die Nüsse dürr und alt,
Die grünen Zweige welken bald,
Das Bäumlein kann halt nicht verhehlen,
Daß Leben ihm und Wurzel fehlen.
Ein kluges Kind hat das bald weg,
Und ist nur gessen erst der Schleck,
Dann ist ein solcher Baum veracht't,

Sein Glanz und Lust war über Nacht. –
Schaut her! da bin ich, meiner Sex,
Doch ein ganz anderes Gewächs!
Mich lud der Freund in seinen Garten,
Dem blonden Kinde aufzuwarten;
Ich ginge gern hinein zum Liebchen
Und grüßte sie im warmen Stübchen,
Allein das schickt sich doch nicht ganz,
Ich bin ein gar zu langer Hans;
Drum bat ich sie zu mir heraus.
Zwar steh ich kahl und ohne Strauß,
Doch wart! es kommt die Sommerszeit,
Da ists, wo unsereins sich freut!
Da wickl ich los mein würzig Blatt,
Es sieht kein Menschenaug sich satt;
Die Vögel singen in meinen Zweigen,
Und alles, Schätzchen, ist dein eigen!
Und hast du mir es heut verziehn,
Daß ich nun bloß von Früchten bin,
So bring ich dir gewiß und wahr
Ein Schürzlein Nüsse Jahr für Jahr.

Fräulein Susannens Weihnachtsabend

Marie von Ebner-Eschenbach

Fräulein Susette oder, wie sie sich lieber nennt, Susanne, spazierte am Weihnachtsabend munter in ihrem Zimmer hin und her. Sie hatte viele Leute beschenkt, versetzte sich nun im Geiste zu dem und jenem der angenehm Überraschten und befand sich da sehr behaglich. Ihre zu kleinen, aber flinken und geschickten Hände schlugen gleichsam den Takt zu der Freudenmusik in ihrem Innern, indem sie die beinernen Nadeln der Strickerei rasch und gleichmäßig klappern ließen.

Anderen Vergnügen machen, ist ein Vergnügen für jeden natürlich gearteten Menschen, dachte sie, für mich aber, die so spät dazu kam, ein berauschendes Glück. - Wenn einem die Eltern mißraten sind, wenn man ein langes Dasein der freudlosen Pflichterfüllung, der Unterwürfigkeit und Entbehrung hinter sich hat und erwacht eines Morgens selbständig, frei, wohlhabend, gar nicht mehr jung, aber mit einem ungehobenen Schatz an Heiterkeit im Herzen, ist das nicht zum Übermütigwerden? Fräulein Susanne wurde denn auch übermütig und machte ausschweifenden Gebrauch von ihrer Unabhängigkeit und von ihrem Reichtum.

Sie hatte viele Jahre mit ihrer begüterten, aber vom Geizteufel besessenen Großmutter in einer armen Leuten abgemieteten Dachkammer gelebt. Wie gelebt! Als geduldige und mißhandelte Magd. Dennoch vergoß sie am Sterbebette ihrer Tyrannin ehrliche Tränen.

Nach dem Tode der alten Frau befand sich Susanne, deren einziges Enkelkind, an der Spitze eines nach ihren Begriffen großen Vermögens. Die Erbin bezog nun eine hübsche, aus drei Zimmern und einer Küche bestehende Wohnung im vierten Stock eines stattlichen Hauses in der Göttweihergasse. Sie nahm ein Dienstmädchen auf, ging oft spazieren und stieg, wenn sie müde wurde, in einen Stellwagen, ohne weiteres - wie eine Prinzessin.

Der Luxus jedoch, den sie am maßlosesten betrieb, war der Verschenkluxus. Ihm ergab sie sich immer, besonders aber um die gebenedeite Weihnachtszeit. Ein solcher Christabend, an dem Susanne auf und ab pendelte, in ihrer guten Stube - sorgfältig vermeidend, den Rand des kleinen, unter dem Tische liegenden Teppichs zu betreten, um ihn nicht abzunützen, und an alle die Menschen dachte, denen sie eine Freude bereitet hatte, ein solcher Christabend … niemand vermag seine stillen Entzückungen zu schildern. Susanne wußte nur eins: sich von den Hochgefühlen, die sie jetzt beseelen, immerwährend beseelt denken, und sie hat eine Vorstellung dessen, was himmlische Seligkeit ist.

Auf einmal blieb das Fräulein stehen und horchte. Durch die Wand, aus der Wohnung nebenan, war das Gekreische jubelnder Stimmen herübergedrungen. Haha, die Kunzelkinder! Nur zu! Dieser Jubel macht ihr kein geringes Vergnügen, denn sie ist dessen Urheberin. Sie hat den Christbaum gekauft und geschmückt, der jetzt solchen Beifallssturm erweckt. Ohne sie hätten die Nachbarn einen traurigen Weihnachtsabend gehabt. Sie war kürzlich dem Haupte der Familie, dem Herrn Kürschnermeister Kunzel und seinem ältesten Sprößling, dem siebenjährigen Toni, auf der Treppe begegnet und hatte zu dem Kinde gesagt: »Nun, Toni, freust du dich auf den Christbaum?«, worauf der Junge seine kleinen, tiefliegenden Augen gesenkt, die Unterlippe vorgeschoben und etwas Unverständliches gemurmelt, der Kürschnermeister jedoch mit einer weit ausholenden Schwenkung des Hutes und ehrfürchtiger Verbeugung geantwortet hatte: »Ach nein, gnädigstes Fräulein, heuer hält sich das Christkinderl bei uns nicht auf… Es wird … es hat …« Er stockte, fuhr langsam mit seiner breiten Hand über den Kopf und setzte verlegen hinzu: »Es muß sparen … auf eine neue Wiege - mit Zubehör … die alte tut's durchaus nicht mehr …«

»Mein Gott, das sechste, und ich habe schon das vierte und das fünfte aus der Taufe gehoben!« sagte Susanne zu sich selbst, und zu Herrn Kunzel sagte sie nichts, sondern ging stumm und unaufhaltsam ihrer Wege, was sie später sehr bereute. Wenn man auch keineswegs gesonnen ist, bei Nummer sechs Taufpatenstelle zu vertreten, läuft man doch nicht mit unanständiger

Eile davon, weil einem dessen bevorstehende Ankunft angezeigt wird.

Das Schlimme, ja das Abscheuliche dabei ist, daß Susanne um die Gunst, die sie eben in Gedanken verweigerte – nicht gebeten worden ist, sie vielmehr selbst angeboten und sogar nach der Geburt von Nummer fünf aufgedrungen, als sie gehört hatte: die Kürschnersleute finden keine Taufpatin für ihre Jüngste.

Wie überrascht waren sie gewesen, da Susanne im Augenblick der größten Verlegenheit als rettender Engel erschien, aber auch, wie ehrlich beschämt! Der Mann ganz rot, und die Frau ganz blaß, hatten zuerst an das großmütige Anerbieten kaum glauben können. Sie hatten einander bestürzt angesehen und gemurmelt: »Nein, Mutter … das wäre zuviel.« – »Nein, Vater, das gibt's nicht…«

Und einmal wieder hatte Susanne, was »zuviel« ist und »was es nicht gibt«, getan und einmal wieder in den auserlesensten Hochgefühlen geschwelgt und sich in eine neue Gelegenheit zu fortwährenden Opfern hineingestürzt mit Mucius Scävolaischer Begeisterung.

Das der wirkliche Sachverhalt, bei dem sich die Noblesse des braven Ehepaares so deutlich geoffenbart, und aus dem Susanne so wenig gelernt hatte, daß sie entfloh wie vor einer Gefahr, vor der Aussicht auf ein neues Kunzelchen.

»Welche Abgründe im Menschenherzen, sogar in einem ganz leidlichen!« klagte sie. »Stille, schwarze Wässerchen, verborgene Miserabilitätsadern in einem scheinbar gesunden Organismus.«

Susanne hatte viel gelitten durch die Erinnerung an ihr schnödes Benehmen gegen Herrn Kunzel, und das Gejauchze seiner Kinder, das sie jetzt vernahm, wirkte unsagbar heilend auf ihre Seelenwunden. Gar lebhaft und innig regte sich in dem Fräulein der Wunsch, ein bißchen hinüberzugehen zu den guten Leutchen, um persönlich an ihrer Freude teilzunehmen.

Aber der Respekt der Einsamen vor der Familie, die man an einem Tage, wie der heutige, in ihrem friedlichen Beisammensein nicht stören darf, hielt sie davon ab, und so fuhr sie fort, ihre Besuche vergnügt in Gedanken abzustatten.

Sie flog in die Brigittenau zu ihrer Wäscherin und von da zu dem Buchbinder Hasse in Lerchenfeld und von Lerchenfeld in die Kumpfgasse zur alten Blumenresel, zu lauter wackeren, schwer ringenden Menschen, die heute aufatmen – Susanne hat sie von ihren drückenden Sorgen befreit. Von der Kumpfgasse begibt sich das Fräulein nach der Freyung, sie tut es ein wenig zögernd.

Ach – es kann nicht anders sein! ... Wenn sie von Leuten kommt, die sich eine Ehre aus ihr machen – jetzt naht sie einer Wohnung, die auch nur im Geiste zu betreten eitel Ehre für sie ist, denn in dieser Wohnung residiert ihr Vetter Josef, der Herr Hofrat. Ein Pracht- und Mustermensch, der Vetter Hofrat, angebetet von seinen Untergebenen, hochgeschätzt von seinen Vorgesetzten, ein Beamter mit großer Zukunft. Und was für ein Ehemann!

Die Ritterlichkeit, die Liebe selbst. Verehrter Josef! ... Ja, was für ein Ehemann! Was für ein Vater und – Susanne darf sagen – was für ein Vetter!

Musterhaft schon von jeher, hatte Josef aus reinem Pflichtgefühl die Großtante manchmal in ihrer Dachkammer besucht und auf Susanne einen Eindruck gemacht, dessen Tiefe sie erst ermaß, als sie hörte: der Vetter heiratet ein schönes, sehr reiches Fräulein.

Sie erschrak tödlich über diese Nachricht und dann über ihr Erschrecken. Hatte sie denn auf ihn gehofft, den Hohen, Einzigen? – Niemals! Mit Seelenstärke überwand sie ihren unberechtigten Schmerz; sie begeisterte sich sogar für die Frau ihres Herrn Vetters und fuhr fort, ihn zu bewundern. Seine glänzende Heirat machte ihn nicht hochmütig, er blieb immer gleich huldvoll gegen die arme Susanne.

In ihren schwersten Tagen – nie wird sie es ihm vergessen –, wenn sie ihn auf der Straße traf und wegen ihres in der Auflösung begriffenen Fähnchens und ihres ärmlichen, alten Umhängetuches vor Beschämung am liebsten zu einem Schatten auf dem Trottoir zerflossen wäre – hatte er sie nie verleugnet. Im Gegenteil, er hatte sie immer gar freundlich gegrüßt mit zwei Fingern der schwedisch behandschuhten Rechten, die er eigens zu diesem Zwecke, sogar im Winter, aus der Tasche des kostbaren Paletots gezogen; manchmal auch: »Gut'n Morgen, Sette«, dazu gesagt ...

»Gut'n Morgen, Sette!« … Wie lange, wie süß hatte es immer in ihr nachgehallt und sie mit einem Klange umschmeichelt, für den sie nur *eine* richtige Bezeichnung fand – einem balsamischen Klange.

Jetzt, zu Geld und Gut gekommen, zeigte Susanne sich dankbar, indem sie jede Gelegenheit ergriff, ihrem Vetter oder einem der Seinen eine Aufmerksamkeit zu erweisen, und mit den Christgeschenken trieb sie es großmütiger von Jahr zu Jahr. Ihr Budget wurde dadurch sehr beschwert – aber ihre Seele bekam Flügel.

Und – noch mehr …

Mit den Wonnen des heutigen Tages erschöpfte das Glück sich noch nicht. Es brachte eine Fortsetzung – einen unaussprechlich lieben Besuch. Morgen, Susanne darf darauf rechnen, nach der heiligen Messe, wird der Vetter weihrauchduftend erscheinen, in Begleitung seiner imponierend schönen Frau, seines lieben fünfzehnjährigen Sohnes und seiner kleinen Tochter. Sein mächtiges, glattrasiertes Gesicht wird von dem Lichte würdevollen Wohlwollens erhellt sein, und er wird sagen: »Wirklich, Sette, zuviel, wir bitten …«

Die schöne Base jedoch wird ihm ins Wort fallen – spöttisch lachend, wie sie pflegt, wahrscheinlich, weil es ihr so reizend steht: »Nein, wie die gute Susette nur jedesmal errät, was wir uns am meisten wünschen! Wie sie das nur anfängt, die gute Susette!«

Eine große Verwirrung wird sich des Fräuleins bemächtigen. Sollte die Kammerjungfer das geheime Einverständnis, in dem sie sich befinden, verraten haben? – Aber nein, das wäre zu schlecht, solche Schlechtigkeit kann nicht vorkommen in der Nähe *dieser* Menschen. Damit wird sie sich trösten; es werden noch einige Reden gewechselt werden, dann wird Josef aufstehen und sprechen: »Wir sind auch gekommen, um dir glückliche Feiertage und ein glückliches neues Jahr zu wünschen, Sette. Kinder, gratuliert der Tante!«

Die wohlerzogenen, artigen Kinder werden sogleich die Absicht an den Tag legen, ihr die Hände zu küssen, was sie natürlich nicht zugeben wird. Und die schöne Cousine wird – abermals mit ihrem reizend spöttischen Lächeln, ihre Wange der Wange Susannens bis auf einen Zentimeter nähern und dabei die Luft küssen … Und dann werden sie gehen, und Susanne wird sie bis an die Haustür begleiten, ins Zimmer zurückeilen, die Arme ausbreiten und rufen: »Sie waren da! Sie waren da!« und Rosi, die verdienstvolle Magd, wird ihre Zustimmung kundgeben.

»No jo. Dos sind holt Herrschoften. Do hobn's Fräulein auch amol an B'such von Herrschoften kriegt und nit immer nur von so Leut, die wos wolln. No joh!«

Ach, der Vorgenuß und der Nachgenuß, das sind die rechten. Der Augenblick selbst hat etwas Überwältigendes… Schon das gewisse Würgen im Halse, das sich einstellt, wenn um zwölf die Glocke ertönt…

Hilf, Gott! Just als sie es denkt, da läutet's. Was bedeutet das? Wem kann es nur einfallen, daherzukommen am Weihnachtsabend? Rosi erwartet allerdings ihre Schwestern, aber die klingeln nicht, die klopfen.

Etwas Unheimliches ist's zum Glücke nicht, das Fräulein hört ihre Dienerin auf dem Gange sehr heiter sprechen, und nun tritt die schmunzelnd ein und sagt:

»Eine Visit soll ich anmelden. Noh, Tonerl, is g'fällig?«

Es ist gefällig; der Angerufene, Toni Kunzel, erscheint. Mit ernster, geschäftsmäßiger Miene, den großen, lichtblonden Kopf vorgebeugt, kommt er daher, nähert sich dem Tische und legt drei Pakete von verschiedener Größe auf ihn hin. Zu grüßen hat er vergessen vor lauter Wichtigkeit. Er wickelt das Mitgebrachte schweigend aus den vielen, nicht eben blanken Papieren, in die es eingehüllt ist, knüllt jedes extra zusammen und steckt es in die rückwärtige Tasche seines grünen Jäckchens, das zuletzt wegragt wie ein Pfauenschwanz.

Nach und nach sind zum Vorschein gekommen: eine vergoldete Nuß, ein roter Apfel und ein lebzeltener Husar, mit einem von kleinen Zähnen etwas angenagten Federbusch. Toni legt alles schön nebeneinander, ändert die Reihenfolge einigemal, bis sie ihm recht ist und der Husar zuerst und die Nuß zuletzt kommt. Dann fährt er mit dem Rücken der Hand an dieser Darbringung, sie gleichsam unterstreichend, vorbei und sagt: »So Fräul'n. Nimm Sie sich das. Weil heute Christabend is. Daß Sie auch was hat«, und sieht sie dabei so kapabel und überlegen an, aus unsagbar treuherzigen und unschuldigen Augen, und wartet siegessicher auf die Äußerung des Beifalls, den seine Großmut erwecken muß.

»O du, Toni!« will Susanne ausrufen, aber mitten im Satz kippt ihre Stimme um; es schießt ihr heiß in die Augen, und ihr Näschen rötet sich. Sie nimmt den edlen Spender beim Kopf und drückt einen Kuß auf seinen Scheitel, und Toni, offenbar ungemein geschmeichelt und gerührt, packt ihre kleine Rechte und küßt sie zärtlich. Dann läßt er noch eine Anpreisung und Gebrauchsanweisung seiner Gaben folgen: »'s alles gut. Alles vom Christkindel. Sie kann alles essen, auch die Nuß. Aber schad wär's halt.«

Damit empfiehlt er sich.

Das Fräulein ist wieder allein. Süße, schöner denn je belebte Einsamkeit! ... »O du, Toni!« und: »Nein, das Kind!« sagt sie unzähligmal. Da hat sie nun die erste Christbescherung erhalten in ihrem ganzen Leben, und das macht ihr einen Eindruck ... sie wird ganz töricht, als sie sich Rechenschaft von ihm geben will... Es ist ein himmelblauer Eindruck, meint sie und lacht und strickt dazu. Himmelblau mit goldenen Sternchen, und stellenweise, wo er durchsichtig wird, guckt ein wehmütig grauer Hintergrund heraus. Musik ist auch dabei, die Sternchen klingen. Ein wenig verrückt diese Idee ... sei's darum! Nach einem außerordentlichen Ereignis hat man eben andre als Werkeltagsgedanken – und was fährt Susannen nicht alles durch den Kopf! Viel angenehmer Unsinn, an den sie beileibe nicht glaubt, den sie sich aber doch vorspiegeln läßt von Dame Phantasie, weil die heute so gut bei Laune ist. Wenn ein Kind das Herzensbedürfnis empfand, dich zu beschenken, spricht die alte, ewig junge Faslerin, warum sollten nicht auch Erwachsene es empfinden? Warte nur, was heute noch alles kommt!

Susanne überlegt: Was sollte kommen? Wer sollte mir etwas schenken? Der es tun könnte, der Vetter, ein Familienvater, hat andere Sorgen – und meine übrigen Bekannten sind arme Leute.

Das macht nichts, auch die können geben. Die Blumenresel zum Beispiel, die gerade jetzt, dank deiner Verwendung, dreißig Jubiläumssträuße in der Singerstraße abzuliefern hat, könnte wohl im Vorübergehen eine schöne, frische Rose für dich abgeben. Sie brauchte sich deiner nur zu erinnern, wie der kleine

Toni sich deiner erinnert hat… Und der Buchbinder Hasse in Lerchenfeld, für den du den Mietzins erlegtest, und der aus Abschnitzeln so allerliebste Notizbüchelchen macht. Ein Dutzend davon hast du ihm abgenommen und gleich verschenkt bis auf eines, das du, kindische, alte Person gar zu gern selbst behalten hättest, das rehbraune mit dem vierblättrigen Klee. Du überwandest diese Regung des Geizes, denn Rosi lechzte ja förmlich nach dem Büchlein, im Interesse ihres Liebhabers, ohne Zweifel. Wenn nun dem guten Hasse einfiele, was dem Kunzel-Toni eingefallen ist, daß auch du am Christabend etwas haben sollst, wenn der Meister ein solches Büchlein brächte oder schickte durch die Post … Es wäre noch Zeit, eben schlägt's sieben, da kommt der Briefträger ins Haus…

Kling! Kling! O Tag der Wunder! Werden Hirngespinste zu Erlebnissen?

Es hat wieder geläutet: Rosi geht die Haustür öffnen und schreit so laut auf, daß man's deutlich bis ins Zimmer hört:

»Jo wos denn? No, so wos…« Und schon wirbelt sie herein, und ihr auf dem Fuße folgt ein Kommissionär, dessen Gesicht gerötet und dessen Gang etwas schwankend ist. Er trägt ein mit winzigen Kerzen bestecktes, mit dem feinsten Konfekt behangenes Christbäumchen.

Susanne starrt und starrt und bringt keine Silbe über die Lippen.

Um so beredter ist Rosi, die spricht ohne Aufhören: »Von der Freyung Nummer sechzehn is er geschickt, sogt er. No joh, vom Herrn Vetter, und i sog's holt – die Herrschoften … 's is lang nix kommen, ober wenn emol wos kommt, kommt wos rechts. Do stellen S' es her auf'n Tisch, 's Christbäumerl.«

Merkwürdigerweise zögert der Kommissionär, er sieht sowohl Rosi wie Susanne betroffen an und sagt, er habe den Auftrag, das Präsent dem Fräulein persönlich zu übergeben. Die Versicherung Rosis, das Fräulein stehe vor ihm, will ihm nicht einleuchten. Fräulein Rainer mit einem A sei ihm gesagt worden.

»Reiner mit E«, berichtigt Susanne, und er wiederholt:

»Mit E?« und stellt das Bäumchen auf den Tisch, um in seiner Tasche nach dem Adreßzettel zu suchen, den ihm sein Auftraggeber eingehändigt hat. Rosis Geduld jedoch ist erschöpft. Sie nimmt den Mann bei den Schultern und schiebt ihn mit kräftigen Armen aus dem Zimmer. Der Angetrunkene sucht Widerstand zu leisten, es ist aber vergeblich. »Gib ihm einen Gulden!« ruft Susanne ihrer Dienerin nach, und das kommt mit einem Jauchzen heraus, glückseliger als das der Kunzel-Kinder. Die Jugend ist die Zeit der Freude, sagen die Leute. Irrtum! Irrtum! Alt muß man sein und eine Freude kaum noch erwartet haben, um sie zu begrüßen, wenn sie erscheint, wie Frühlingsodem an einem Wintertag.

Unwillkürlich hat Susanne vor dem Bäumchen die Hände gefaltet. Ich lasse einen Glassturz darüber machen, beschließt sie, an meinem Sterbebette soll es stehen. Mein letzter Blick soll darauffallen und Gott danken, daß er seine Menschen so gut gegen mich sein ließ.

Wie Susanne das Bäumchen immer aufmerksamer betrachtet, entdeckt sie halb verborgen im Moose, das den zierlichen Stamm umgibt, ein Päckchen in schneeweißem Papier. Sie entfaltet es: sein Inhalt besteht in einem mit rosafarbigem Atlas überzogenen Etui. Auf dem Deckel ist ein Papierstreifen angesteckt, der eine in der mikroskopischen Schrift des Vetters ausgeführte Widmung trägt. Sie lautet:

Es zeigt Dir dieser Stein hier
Was immer ist ohne Dir:
Dein Seppel.

Ohne »Dir« und – »Seppel« O verehrter Josef! – Nun, ein Scherz, aber, Susanne kann sich nicht helfen, er hat etwas Verletzendes für sie, und geradezu von Schwindel wird sie ergriffen, als sie das Etui öffnet und ... Gott! Was blickt und blitzt ihr entgegen in allen Farben des Regenbogens? – Ein wundervoll gefaßter Solitär ...

Wahrlich, das übersteigt das Maß, innerhalb dessen eine freudige Überraschung noch angenehm ist, das geht in das Gebiet des beunruhigend Unbegreiflichen über.

Am liebsten würde Susanne die Widmung von dem Etui herabnehmen und dieses, sorgfältig verpackt, sogleich mit einigen dankend ablehnenden Zeilen an den Vetter zurückschicken. Doch fürchtet sie, ihn dadurch zu verletzen und beschließt, die delikate Angelegenheit morgen mündlich abzumachen. Halb im Scherz, halb im Ernst wird sie den Vetter fragen, ob er sie für eine Person hält, die man ohne weiteres grausam beschämen darf? Und den Solitär an das Herz legen, an dem er seine Heimstätte zu suchen und zu finden hat, das Herz der Gemahlin.

Susanne hat sich in Gedanken alles zurechtgelegt, aber schlafen wird sie heute kaum. Die Sorge um den wertvollen Schmuckgegenstand, den sie gegen ihren Willen in Verwahrung hat, wird ihr die Ruhe rauben. Noch ist sie unentschieden, in welchem ihrer Schränke sie ihn bergen soll, als derbe Schritte das Nahen Rosis anzeigen und Susanne nichts übrigbleibt, als das Päckchen einstweilen wieder im Moose zu verstecken. Mit einem brennenden Wachsstock in der Hand tritt die Magd ein, ist sehr unwirsch und brummt: »Nit zum Weg bringen der Mensch. Betrunken wie a Kanon am heiligen Obend. Steht noch auf der Stieg'n und studiert sei schmierige Adreß. Nummer fünf heißt's, sogt er. Nummer drei heißt's, sog i, kennen S' nit lesen?«

»Nummer fünf?« fragt das Fräulein beunruhigt. »Lieb Rosi, wenn es wirklich fünf hieße und nicht drei?« Ihr Bedenken wird mit einer Überlegenheit belächelt, die ihr wohltut; dabei zündet die Magd Kerzlein um Kerzlein an. Das reichgeputzte Bäumchen erstrahlt in magischem Glanze, und dieser Glanz dringt in alle Seelentiefen Susannens und leuchtet jeden Zweifel, jede leise auftauchende Sorge hinaus.

Sie ist völlig verzückt. Ihr gutes, kleines Mopsgesicht gewinnt einen Ausdruck rührend reiner Freude, und sie sagt glückseelig bewegt: »Mein erster Christbaum, Rosi, mein erster Christbaum, Ro –«

Die zweite Silbe bleibt ihr in der Kehle stecken... Es hat wieder geläutet, hastig, ja wild. Susannens Augen richten sich erschrocken auf ihre Magd. Die jedoch ist ganz übermütig: »Heute geht's ober zu. Jo, jo! Vielleicht schickt Seine Majestät der Kaiser wos.«

Sie enteilt, um die Tür aufzureißen vor der neuen Überraschung, und eine Überraschung ist's, aber was für eine!

Draußen läßt das Drohen und Fluchen einer rauhen Männerstimme sich vernehmen. Ohne anzuklopfen, ohne die Mütze zu rücken, poltert der Kommissionär ins Zimmer, schimpft fürchterlich, als er die angezündeten Kerzen am Christbaum erblickt, bläst gleich drei, vier auf einmal aus und fährt Rosi, die ihm auf dem Fuße gefolgt ist, grob an. Er hat es ja gesagt, hinüber auf Nummer fünf gehört das Bäumerl, zur Rainer mit A, und nicht zu einer alten Schachtel mit E. Den Guldenzettel, den sie ihm gespendet hat, wirft er auf den Tisch. Da hat sie, was ihr gehört, und jetzt hofft er nur, daß ihm nichts weggekommen ist, sonst - den Weg zur Polizei kennt er, den braucht ihm niemand zu weisen.

Kurz, nachdem er sich benommen wie in einer Diebeshöhle, nimmt er das Bäumchen unter den Arm, trampelt davon und schlägt hinter sich die Tür zu, daß alles dröhnt.

Susanne ließ sich auf einen Sessel, nicht wie sie sonst pflegte aus Rücksicht für den Überzug, *niedergleiten,* sondern nieder*fallen,* Rosi stand vor ihr, nahm einen Zipfel der blanken Schürze und steckte ihn in den Gürtel. Ihre Augen funkelten vor Entrüstung, ihre Lippen wurden dick und scharlachrot. Sie kreuzte die nackten Arme und sprach erregt:

»No, dos is aber doch!«

Das Fräulein hat indessen ein stilles Gebet verrichtet:

Lieber Gott, gib mir Kraft vor diesem braven, aber der feinen Politur ermangelnden Mädchen, die Würde des Familienlebens meines verirrten Vetters zu wahren. Gib mir Kraft, ich brauche sie; ich glaube, ich habe keinen Puls, und meine Füße sind ganz steif. Wie mir jetzt ist, so dürfte es der Erde sein, wenn sie dereinst in die Eisperiode tritt. Oh, meine Sonne, mein Prachtmenschenexemplar - wie siehst du aus!

»Die Rainer«, nimmt Rosi wieder das Wort, »dos is die Lokalsängerin, wo neulich so viel in der Zeitung g'standen is. Doß die daneben wohnt, weiß freilich die ganze Straß'n. Doß aber der Herr Vetter zu *der* ihrer Bekonntschaft g'hört, hätt i mer nit denkt. Hot so e scheene Frau und lauft der schiechen Astel nach.«

Susannes Zähne klappern aneinander, die Zunge klebt ihr am Gaumen, doch gelingt es ihr, dank ihrer heroischen Anstrengung, in ziemlich natürlichem Tone zu sagen: »Ja, meine liebe Rosi, die Rainer ist eben eine große Künstlerin.«

»So? Und drum schickt er ihr wos zu Weihnachten, und vielleicht gar hinterm Rücken der gnädigen Frau?«

»Liebe Rosi«, erwidert Susanne zurechtweisend und verleugnet ihre Wahrheitsliebe, um die Familienehre zu schützen, »dieses Geschenk, es wird von ihm und von ihr sein. Es ist so Sitte bei den Herrschaften, daß sie großen Künstlerinnen zu passenden Gelegenheiten Blumen schicken oder – Christbäume.«

»Meinen S' Fräul'n? – No jo!«, spricht Rosi mit ihrem gewohnten überlegenen Lächeln und geht, das Abendessen anzurichten, das heute aus Fisch und Gugelhupf besteht. Dazu braut sie einen großen Punsch für sich und ihre Schwestern.

Es geschieht ohne Wissen der Gebieterin, die nicht ahnen darf, daß in ihrem Hause Spirituosen, diese Mörder der Intelligenz, genossen werden.

Während der kleine Betrug an ihr verübt wird, bleibt Susanne ihren traurigen Betrachtungen überlassen.

Solitär, wenn er nicht bei Fräulein Rainer ist! Ein Ehegatte und Familienvater? – »Ohne *Dir* …« Sie sind also auf dem Du-Fuße – »Ohne *Dir«,* schauderhaft. Wenn er noch gesagt hätte: »Ohne Dich!« – Gott, wie sinkt man sofort in jeder Hinsicht, wenn man in einer das Gleichgewicht verloren hat.

Tiefbekümmert fragt sich Susanne, ob sie dem ahnungslosen Vetter, hinter dessen tiefstes Geheimnis sie gekommen ist, je wieder unter die Augen wird treten können und gar seiner betrogenen Gattin und seinen armen Kindern, deren Vater, statt für sie zu sparen, Solitäre kauft für Fräulein Rainer.

Zu Tode schämen muß sie sich vor ihnen allen … sie, die Mitwisserin einer großen Schuld. Es wird ihr aufs Herz fallen, verdammende Stimmen werden ihr zurufen: Mitwisserin! – Ach, gar zu gerne hätte sie sich den morgigen Besuch, vor dem sie schaudert, erspart, sich krank melden, sich entschuldigen lassen. Doch nein! Sie hat leider schon gelogen am Heiligen Abend, sie wird nicht wieder lügen am heiligen Tage. Durch! sagt sie mit Strafford, mitten durch die gehäuften Trümmer ihres schönsten Wahngebildes.

Nun sitzt sie da, die Hände im Schoße, wie sie nicht mehr gesessen, seitdem sie Totenwache gehalten hat an der Bahre ihrer Großmutter.

Rosi läßt sich wieder sehen, deckt den Tisch, stellt mit berechtigtem Stolze das Abendbrot auf und wünscht guten Appetit. Sie wird beurlaubt und kehrt zu ihren Schwestern zurück, die eben eingetroffen sind.

In der Küche geht es munter zu. Man schmaust, man plaudert, man findet des Kicherns kein Ende.

Susanne nickt zustimmend mit dem Kopfe, sofort sie Lachen hört: »Freut euch des Lebens, ihr Armen, euch glüht ja noch das Lämpchen des Glaubens an die Menschen«, sagt sie leise und würgt einige Stückchen Fisch hinunter.

Sie tut es nur, um Rosi, wenn die am nächsten Tag fragen sollte: »Hat's g'schmeckt?«, erwidern zu können: »Es war so gut, daß ich nicht alles auf einmal verspeisen wollte und mir etwas aufgehoben habe für heute.« – Ach Gott ja, morgen ist wieder ein Heute und übermorgen auch, und so geht es fort und dürfte noch lange fort gehen, denn Susanne hat eine eiserne Gesundheit. Vor ihr liegt ein weiter, ein einsamer Weg. Die Menschen, denen sie Gutes tut, was ist sie ihnen? Eine unermeßlich reiche Person, die einen Teil ihres Überflusses dazu verwendet, sie aus drückender Not zu befreien. Mit der Erinnerung an diese schwindet auch die Erinnerung an die Befreierin.

Stunden verfließen. Im Hause ist alles still geworden. Das Fräulein geht sich überzeugen, ob die Wohnungstür versperrt und verriegelt und die Sicherheitskette vorgelegt ist. Jawohl, so müde und schläfrig Rosi gewesen sein mag, sie hat alles in Ordnung gebracht, ehe sie zur Ruhe ging. Brave Person! Eine brave Dienerin zu haben, ist ein Glück, das ein einzelnstehendes weibliches Wesen nicht hoch genug schätzen kann. Als Susanne in ihrem Schlafzimmer niederkniet zum Abendgebet, dankt sie dem Himmel ganz besonders für diese Gnade; sie betet überhaupt sehr lange, gibt immer wieder ein'ge Vaterunser zu für einen vom rechten Wege weit Abgeirrten.

Endlich legt sie sich zu Bette und will schlafen. Aber der Wille gebietet dem Schlaf nicht, verscheucht ihn im Gegenteil durch energisches Herbeirufen. Schweige denn, Wille, weichet hinweg, Gedanken! Ein tiefer gesunder Schlaf wird Susannen heute schwerlich erquicken, doch vielleicht gelingt es ihr, in einen ihre Traurigkeit abstumpfenden Dusel zu kommen. So dämmert sie in der Finsternis, die rings um sie, die in ihr herrscht, schließt die Augen und rührt sich nicht.

Nach einer Weile, was sieht sie mit ihren geschlossenen Augen? Gerade vor sich das Erklimmen eines schwachen Lichtscheins. Er wird immer heller und geht von einer vergoldeten Nuß aus, die langsam über den Rand des Bettes aufsteigt, wie ein klein winziger Mond. Das Licht, das er verbreitet, ist warm wie das Leben und rosig wie die junge Liebe. Allmählich nimmt er eine noch schönere Färbung an, und darüber braucht man sich nicht zu wundern, denn die Morgenröte ist dazugekommen, eine herrlich strahlende Morgenröte, die das Nahen der Sonne verkündet, und da flammt sie auch schon empor in Gestalt eines feuerfarbigen Apfels. Als Herold, mit etwas defektem Federbusch, sprengt ein gelber Reiter vor ihr her. Er gibt seinem Rosse die Sporen, ein mächtiger Satz, und da steht er salutierend auf dem Federbette des Fräuleins.

Sie fährt auf, schlägt sich vor die Stirn, hat im Nu Licht gemacht, schlüpft in ihre Pantoffelchen und eilt ins Nebenzimmer.

Da liegt auf dem Tische vergessen ihre Christbescherung, der sichtbare Beweis, daß es doch ein Wesen gibt, das sich ihrer am Heiligen Abende erinnert und das - *selbst* ein Kind, die Geschenke des Christkindleins mit ihr geteilt hat.

Dieses wunderbare Ereignis ist ihr aufgespart worden, ihr, der alten Jungfer, die gar keinen Anspruch machen darf auf die Liebe von Kindern. Kürzlich erst hat sie ein solches Glück erfahren, und statt sich seiner innigst zu freuen, setzt sie sich hin, die undankbare Kröte, und melancholisiert und überläßt sich feigem Selbstbedauern!

Beschämt und reuig, aber mit einer sozusagen wonnegetränkten Seele ergriff Susanne ihren Husaren, ihren Apfel, ihre Nuß und begab sich zurück ins Schlafgemach. Bevor sie ihr Lager wieder aufsuchte, legte sie die Geschenke Tonis auf das Nachtkästchen in derselben Reihenfolge, die er ihnen mit Ordnungssinn und feinem Gefühle für Rangunterschiede angewiesen hatte.

Sie blieb hellmunter und überließ sich heiteren Vorstellungen, deren Mittelpunkt Toni bildete.

Was für treuherzige Augen er hat, und *treuherzig* ist er und *warmherzig* dazu, das sprach sich gar deutlich in seinem Handkuß aus. Welch ein Unterschied zwischen diesem und den Quasi-Handküssen des höflichen Neffen und der zierlichen Nichte.

Susanne erinnert sich vieler kleiner Züge, die ihr im Benehmen Tonis angenehm aufgefallen sind; des Ernstes, den sie so oft an ihm bewundert hat, des Buckels voll Sorgen, den er macht, wenn ihm die Obhut über seine jüngeren Geschwister anvertraut wird. Er nimmt seinen Teil der häuslichen Sorgenlast auf seine jungen Schultern. Und brav ist er und verläßlich und hat noch nie vergessen, einen Auftrag, den das Fräulein ihm gab, zu bestellen.

Zum Pfadfinder und Genie scheint Toni - wohl ihm! - keine Anlage zu haben, aber ein vortrefflicher Mann, geschickt in seinem Fache, ein Muster für seine Standesgenossen, die Vorsehung seiner Gehilfen könnte er werden, wenn er eine tüchtige Erziehung, wenn er Bildung bekäme, die echte, die von innen heraus kommt, den Wert des Menschen erhöht und den Stolz auf seinen Wert verringert.

Wenn er die bekommen *könnte?* fragt Susanne und ruft auf einmal laut: »Er *soll* sie bekommen!«

Ein Gedanke über alle Gedanken ist raketenartig in ihr emporgeschossen; sie setzt sich auf in ihrem Bette, sie lacht und weint. Es vergeht eine lange Zeit, bevor die hochgehenden Fluten ihrer Empfindungen sanft und selig verebben. Endlich liegt ihr Kopf wieder auf dem Kissen, sie atmet leicht und wird gut schlafen.

Vorher aber komme noch einmal, Freundin Phantasie, und male die ihr am morgigen Tage bevorstehenden Ereignisse deutlich aus.

Sie sieht sich, schon um acht Uhr früh, in größter Parade und mit der Spitzencoiffe, federnden Ganges hinüberwandeln zu den Nachbarn Kunzel. Die Bedienerin läßt sie ein, und sie findet die Familie, wie immer zu dieser Stunde an einem Feiertage, um den Frühstückstisch versammelt.

Beim Eintreten des verehrten und unerwarteten Gastes springen alle auf. Sie aber spricht: »Sitzen bleiben! Ich allein stehe, wie sich's gehört für eine Bittende. Lieber Meister, liebe Meisterin, erlauben Sie mir, den Toni zu adoptieren. Er bleibt Ihr Sohn und wird auch der meine, und im nächsten Jahre nehme ich als Familienmitglied teil an Ihrem Weihnachtsfeste.«

Weihnachten im Kittchen

Rosa Luxemburg

Brief an Sophie Liebknecht aus dem Zuchthaus in Breslau, vor dem 24. Dezember 1917

Rosa Luxemburg war 1916 zu zweieinhalb Jahren Zuchthaus verurteilt worden. Ihre Haftstrafe hatte sie im Juli 1916 in Berlin angetreten. Nachfolgend wurde sie zweimal verlegt, zunächst nach Wronke/Posen und dann nach Breslau

Sonitschka, mein Vöglein, ich habe mich so über Ihren Brief gefreut, wollte gleich antworten, hatte aber gerade viel zu tun, wobei ich mich sehr konzentrieren mußte, deshalb durfte ich mir nicht den Luxus gestatten. Dann aber wollte ich schon lieber auf Gelegenheit warten, weil es doch so viel schöner ist, zwanglos ganz unter uns plaudern zu können. […]

Jetzt ist es ein Jahr, daß Karl in Luckau sitzt [Karl Liebknecht war am 8. Dezember 1916 in das Zuchthaus Luckau gebracht worden]. Ich habe in diesem Monat oft daran gedacht. Und genau vor einem Jahr waren Sie bei mir in Wronke, haben mir den schönen Weihnachtsbaum beschert … Heuer habe ich mir hier einen besorgen lassen, aber man brachte mir einen ganz schäbigen, mit fehlenden Ästen – kein Vergleich mit dem vorjährigen. Ich weiß nicht, wie ich darauf die acht Lichtlein anbringe, die ich erstanden habe. Es sind meine dritten Weihnachten im Kittchen, aber nehmen Sie's ja nicht tragisch. Ich bin so ruhig und heiter wie immer.

Gestern lag ich lange wach – ich kann jetzt nie vor 1 Uhr einschlafen, muß aber schon um 10 ins Bett, weil das Licht ausgelöscht wird, dann träume ich mir Verschiedenes im Dunkeln. Gestern dachte ich also: Wie merkwürdig das ist, daß ich ständig in einem freudigen Rausch lebe – ohne jeden besonderen Grund. So liege ich z. B. hier in der dunklen Zelle auf einer steinharten Matratze, um mich im Hause herrscht die übliche Kirchhofsstille, man kommt sich vor wie im Grabe; vom Fenster her zeichnet sich auf der Decke der Reflex der Laterne, die vor dem Gefängnis die ganze Nacht brennt. Von Zeit zu Zeit hört man nur ganz dumpf das ferne Rattern eines vorbeigehenden Eisenbahnzuges oder ganz in der Nähe unter den Fenstern das Räuspern der Schildwache, die in ihren schweren Stiefeln ein paar Schritte langsam macht, um die steifen Beine zu vertreten. Der Sand knirscht so hoffnungslos unter diesen Schritten, daß die ganze Öde und Ausweglosigkeit des Daseins daraus klingt in die feuchte, dunkle Nacht. Da liege ich still, allein, gewickelt in diese vielfachen schwarzen Tücher der Finsternis, Langeweile, Unfreiheit, des Winters - und dabei klopft mein Herz von einer unbegreiflichen, unbekannten inneren Freude, wie wenn ich im strahlenden Sonnenschein über eine blühende Wiese gehen würde. Und ich lächle im Dunkeln dem Leben, wie wenn ich irgendein zauberhaftes Geheimnis wüßte, das alles Böse und Traurige Lügen straft und in lauter Helligkeit und Glück wandelt. Und dabei suche ich selbst nach einem Grund zu dieser Freude, finde nichts und muß wieder lächeln - über mich selbst. Ich glaube, das Geheimnis ist nichts anderes als das Leben selbst; die tiefe nächtliche Finsternis ist so schön und weich wie Sammet, wenn man nur richtig schaut; und in dem Knirschen des feuchten Sandes unter den langsamen, schweren Schritten der Schildwache singt auch ein kleines schönes Lied vom Leben - wenn man nur richtig zu hören weiß. In solchen Augenblicken denke ich an Sie und möchte Ihnen so gern diesen Zauberschlüssel mitteilen [...].

Ich denke ja nicht daran, Sie mit Asketentum, mit eingebildeten Freuden abzuspeisen. Ich gönne Ihnen alle reellen Sinnesfreuden, die Sie sich wünschen. Ich möchte Ihnen nur noch dazu meine unerschöpfliche innerer Heiterkeit geben, damit ich um Sie ruhig bin, daß Sie in einem sternbestickten Mantel durchs Leben gehen, der Sie vor allem Kleinen, Trivialen und Beängstigenden schützt. [...]

Ach Sonitschka, ich habe hier einen scharfen Schmerz erlebt. Auf den Hof, wo ich spaziere, kommen oft Wagen vom Militär, vollbepackt mit Säcken oder alten Soldatenröcken und -hemden oft mit Blutflecken …, die werden hier abgeladen, in die Zellen verteilt, geflickt, dann wieder aufgeladen und ans Militär abgeliefert. Neulich kam so ein Wagen, bespannt statt mit Pferden mit Büffeln. Ich sah die Tiere zum ersten Mal in der Nähe. Sie sind kräftiger und breiter gebaut als unsere Rinder, mit flachen Köpfen und flach abgebogenen Hörnern, die Schädel also unseren Schafen ähnlicher, ganz schwarz, mit großen sanften schwarzen Augen. Sie stammen aus Rumänien, sind Kriegstrophäen … Die Soldaten, die den Wagen fuhren, erzählen, daß es sehr mühsam war, diese wilden Tiere zu fangen, und noch schwerer, sie, die an die Freiheit gewöhnt waren, zum Lastziehen zu benutzen. Sie wurden furchtbar geprügelt, bis sie begreifen lernten, daß sie den Krieg verloren hatten und daß für sie das Wort gilt »vae victis« [lat.: wehe den Besiegten] […] Vor einigen Tagen kam also ein Wagen mit Säcken hereingefahren. Die Last war so hoch aufgetürmt, daß die Büffel nicht über die Schwelle bei der Toreinfahrt konnten.

Der begleitende Soldat, ein brutaler Kerl, fing an, derart auf die Tiere mit dem dicken Ende des Peitschenstiels loszuschlagen, daß die Aufseherin ihn empört zur Rede stellte, ob er denn kein Mitleid mit den Tieren hätte. »Mit uns Menschen hat auch niemand Mitleid«, antwortete er mit bösem Lächeln und hieb noch kräftiger ein … Die Tiere zogen schließlich an und kamen über den Berg, aber eines blutete … Sonitschka, die Büffelhaut ist sprichwörtlich an Dicke und Zähigkeit, und die war zerrissen. Die Tiere standen dann beim Abladen ganz still, erschöpft, und eins, das, welches blutete, schaute dabei vor sich hin mit einem Ausdruck in dem schwarzen Gesicht und den sanften schwarzen Augen wie ein verweintes Kind. Es war direkt der Ausdruck eines Kindes, das hart bestraft worden ist und nicht weiß, wofür, weshalb, nicht weiß, wie es der Qual und der rohen Gewalt entgehen soll … Ich stand davor, und das Tier blickte mich an, mir rannen die Tränen herunter […] Oh, mein armer Büffel, mein armer, geliebter Bruder, wir stehen hier beide ohnmächtig und stumm und sind nur eins in Schmerz, in Ohnmacht, in Sehnsucht. – Derweil tummelten sich die Gefangenen geschäftig um den Wagen, luden die schweren Säcke ab und schleppten sie ins Haus; der Soldat aber steckte beide Hände in die Hosentaschen, spazierte mit großen Schritten über den Hof, lächelte und pfiff leise einen Gassenhauer. Und der ganze herrliche Krieg zog an mir vorbei.

Schreiben Sie schnell.

Ich umarme Sie, Sonitschka

Ihre R

Sonjuscha, Liebste, seien Sie trotz alledem ruhig und heiter. So ist das Leben, und so muß man es nehmen, tapfer, unverzagt und lächelnd – trotz alledem. Fröhliche Weihnachten! … R

Groß-Stadt-Weihnachten

Kurt Tucholsky

Nun senkt sich wieder auf die heim'schen Fluren
die Weihenacht! die Weihenacht!
Was die Mamas bepackt nach Hause fuhren,
wir kriegens jetzo freundlich dargebracht.

Der Asphalt glitscht. Kann Emil das gebrauchen?
Die Braut kramt schämig in dem Portemonnaie.
Sie schenkt ihm, teils zum Schmuck und teils zum Rauchen,
den Aschenbecher aus Emalch glasé.

Das Christkind kommt! Wir jungen Leute lauschen
auf einen stillen heiligen Grammophon.
Das Christkind kommt und ist bereit zu tauschen
den Schlips, die Puppe und das Lexikohn.

Und sitzt der wackre Bürger bei den Seinen,
voll Karpfen, still im Stuhl, um halber zehn,
dann ist er mit sich selbst zufrieden und im Reinen:
»Ach ja, son Christfest is doch ooch janz scheen!«

Und froh gelaunt spricht er vom ›Weihnachtswetter‹,
mag es nun regnen oder mag es schnein.
Jovial und schmauchend liest er seine Morgenblätter,
die trächtig sind von süßen Plauderein.

So trifft denn nur auf eitel Glück hieniden
in dieser Residenz Christkindleins Flug?
Mein Gott, sie mimen eben Weihnachtsfrieden …
»Wir spielen alle. Wer es weiß, ist klug.«

Weihnacht

Karl Kraus

Dezember 1908
Als ich am heiligen Abend mit einem Freunde reiste, um der Stimmung zu entgehen, zu der uns die Stimmung fehlte, erkannte ich, wie sich das Bild der Welt verändert hat, seitdem ihr die Stimmung vorgeschrieben ist. Drei Handlungsreisende, die in der dritten Wagenklasse nicht mehr Platz gefunden hatten, drangen in unser Coupé und begannen sofort von Geschäften zu sprechen. Sie sprachen aber in einem Ton, der etwa den Ernst jenes Lebens offenbarte, aus dem die Anekdoten ihren Humor schöpfen. Wir räumten das Feld, und nachdem wir eine Weile von draußen einem Kartenspiel hatten zusehen müssen, bekamen wir Plätze in der ersten Klasse angewiesen. Dort erkannte ich die Bedeutung dieses Abenteuers in dieser Nacht: Wer ohne Abschied von Gott den Zug bestiegen hat, wird ihn als guter Christ verlassen. Er ist bekehrt, er sehnt sich wieder nach dem Duft von Harz und Wachs und Familie. Ihm, nur ihm wurden solch heilige drei Könige gesendet … So hätten auch wir unsere Weihnacht erlebt, wenn nicht die Stimmung, der wir uns also ergeben mußten, durch eben jene wieder gestört worden wäre. Denn sie drangen nun auch in die erste Klasse und verlang-

ten Genugtuung, weil sie vermuten zu können glaubten, daß wir uns über ihr morgenländisches Betragen beim Schaffner beschwert hätten. Sie sagten stolz, sie seien Kaufleute. Sie zogen die Stiefel aus und spielten Tarock. Sie borgten sich die Ehre von Gott in der Höhe, nahmen den Frieden von der Erde und waren den Menschen kein Wohlgefallen.

Wir aber, die den Weihnachtstraum wieder entschwinden sahen, beugten uns vor der Übermacht der Religion, für die sie reisten ... Wer vermöchte sich ihr zu entziehen? Sie drang aus der dritten empor in die zweite Klasse und sie übt Vergeltung bis in die erste Klasse. Im Diesseits und im Jenseits gewinnt sie um geringern Lohn den bessern Platz. Sie läßt das Leben nicht zur Ruhe kommen und in der Kunst erreicht sie es mühelos, daß man ihr die bequeme Geltung einräumt. Sie ist da, und man flüchtet auf den Korridor. Zieht man sich dann aber in die Unsterblichkeit zurück, so verschafft sie sich auch dort Einlaß. Sie ist da und dort. Vor der Allgewalt des Geschäftsreisenden ist in der Welt des heiligen Geistes kein Entrinnen.

Weihnachtsfrage an die Kleinsten

Volksdichtung, um 1900

Kennst du das schönste Bäumchen?
Nicht Blätter hat es grün,
Und doch in jedem Räumchen
Siehst du es heute blühn.

Es prangt von Äpfeln, Nüssen
Und goldenen Sternelein,
Selbst bunte Kugeln müssen
Des Bäumchen Zierde sein.

Ich sollte ihn nicht kennen,
Der mich umschwebt im Traum?
Sogleich will ich ihn nennen:
Es ist der Weihnachtsbaum!

Christkindelein zu Ehren
Prangt er im Kerzenschein;
Aus Lieb' zu ihm bescheren
Mir heut' die Eltern mein.

Habt Dank für alle Güte,
Ihr lieben Eltern mein,
Daß Gott euch recht behüte,
Soll mein Gebet stets sein.

Der Christabend

Ludwig Thoma

Eine Familiengeschichte

Bei Oberstaatsanwalts Saltenberger hatten sie drei Töchter, Emerentia, Rosalie und Marie.

Alle im höchsten Grade fähig und entschlossen, dem ledigen Stande zu entsagen.

Das herannahende Weihnachtsfest brachte die geliebten Eltern auf den Gedanken, daß sie ihre Kinder am besten mit Männern bescheren würden, und sie überlegten lange, wie dieses zu ermöglichen wäre.

Mama Saltenberger meinte, ihr Mann sollte seine hervorragende Beamtenstellung in die Waagschale werfen und jüngere Kollegen durch die Macht seines Ansehens an ihre staatsbürgerlichen Pflichten erinnern.

Saltenberger war nicht prinzipiell abgeneigt, aber er betonte, daß dieser Einfluß nur in ganz familiären Grenzen ausgeübt werden dürfe, und daß man in der Wahl der Objekte sehr vorsichtig sein müsse.

In geheimer Beratung wurde zur engeren Wahl der zukünftigen Familienmitglieder geschritten.

Beide Eheleute einigten sich zunächst auf Karl Mollwinkler, zweiter Staatsanwalt. Er war ziemlich abgelebt, und sein kränklicher Zustand ließ hoffen, daß er sich nach der Pflege einer geliebten Frau sehne.

Als zweiter ging Sebald Schneidler, königlicher Landgerichtssekretär, durch.

Nicht ohne Widerspruch. Frau Saltenberger fand die Stellung denn doch etwas subaltern.

Ihr Mann hatte Mühe, sie zu überzeugen, daß die gegenwärtige Zeitrichtung die Standesunterschiede einigermaßen nivelliert habe, und daß speziell in Heiratsfragen eine zu strenge Auffassung von Übel sei.

Schließlich kam man dahin überein, daß Schneidler sich in Anbetracht seiner sozialen Verhältnisse mit der ältesten Tochter, der vierunddreißigjährigen Emerentia zu begnügen habe.

Die Aufstellung des dritten Kandidaten bereitete Schwierigkeiten.

Unter den Juristen fand sich trotz sorgfältigster Prüfung keiner mehr, der des Vertrauens würdig gewesen wäre.

Man mußte wohl oder übel in eine andere Sparte hinübergreifen.

Aber auch da zeigten sich überall unüberwindliche Schwierigkeiten, und schon wollte der Oberstaatsanwalt an der gestellten Aufgabe verzweifeln, als im letzten Moment Frau Saltenberger den rettenden Gedanken faßte.

»Weißt du was, Andreas«, sagte sie, »wir nehmen einfach einen von der Post. Da sind die meisten Chancen, denn fast alle Verlobungen, welche man an Weihnachten in der Zeitung liest, gehen von Postadjunkten aus.«

Dieses leuchtete ihrem Manne ein, und er gab seine Zustimmung zur Wahl des Postadjunkten Jakob Geiger. Somit war die Sache gediehen; es galt nunmehr, die zur Bescherung Vorgemerkten unter die drei Töchter zu verteilen.

Und das war das Schwierigste.

Der Friede wich aus dem Hause des Oberstaatsanwalts Saltenberger.

Emerentia brach in Tränen aus, als die Eltern von dem Plane sprachen; sie sei immer das Stiefkind gewesen, die anderen Fratzen habe man verhätschelt und verzogen, nur sie sei mißhandelt worden und jetzt solle sie sich mit einem Sekretär begnügen.

Vielleicht müsse sie noch Komplimente machen vor dem ekelhaften Ding, der Rosalie, die man natürlich zur Frau Staatsanwalt nehme, obwohl sie die Dümmste von allen sei. Aber nein! nein! und nein! Da kenne man sie schlecht. Sie lasse nicht auf sich herumtrampeln, und lieber verhindere sie den Plan, so daß gar keine einen Mann erwische, als daß sie sich mit dem Affen von einem Sekretär abfinden lasse.

Ihr Widerstand war leidenschaftlich, aber nicht schlimmer als derjenige von Marie, welcher man den Postadjunkten zugedacht hatte. Sie war die Jüngste und durfte billig annehmen, daß sie auf dem Heiratsmarkte die besten Preise erzielen könne. Allerdings schielte sie, aber sie sagte sich, daß ein verständiger Mann solche Kleinigkeiten nicht beachte. Zudem, lieber schielen, als einen Kropf haben, wie Emerentia oder schlechte Zähne, wie Rosalie.

Papa Saltenberger hatte böse Tage; während er auf dem Bureau weilte, sammelte sich daheim eine unglaubliche Menge Sprengstoff an, welcher regelmäßig beim Mittagstisch explodierte.

So ging das nicht. Die Eltern beschlossen, die drei Herren als Ganzes zu bescheren und die Wahl den Kindern zu überlassen.

Auf diese Weise hatten wenigstens sie Ruhe gefunden, wenngleich der Krieg unter den Schwestern fortdauerte. Emerentia stickte in heimlicher Abgeschlossenheit an einem Paar Pantoffeln, und bei jedem Stich wurde sie fester entschlossen, dieselben nur dem zweiten Staatsanwalt Mollwinkler zum Zeichen ihrer Liebe an die Füße zu stecken.

Rosalie häkelte einen Tabakbeutel, Marie strickte wollene Handschuhe.

Und jede wußte, wem sie die Gabe weihen würde. Alle drei zogen die Mutter ins Vertrauen, und da Frau Saltenberger einen gutmütigen Charakter hatte, sagte sie zu jeder verstohlen: »Kindchen, Kindchen, ich seh' dich noch als Frau Staatsanwalt.«

Und jede war glücklich darüber. Erstens überhaupt, und dann, weil die zwei anderen Maulaffen vor Neid bersten würden.

So kam allmählich das heilige Weihnachtsfest heran mit seinem unvergeßlichen Zauber für die Familie, jener Tag, an welchem die Junggesellen so ganz besonders Sehnsucht empfinden nach einem schöneren Lose, nach einer liebenden Gattin und nach Kindern, welche mit ihren Spielzeugen um den Christbaum tanzen.

O, welche Gefühle walteten in dem Hause des Oberstaatsanwalts Andreas Saltenberger!

Das war ein Raunen und Flüstern, ein geheimnisvolles Weben, ein Hin und Her, von einem Zimmer in das andere, bis endlich um sieben Uhr Vater, Mutter und die drei Töchter sich im Salon versammelten, festlich geschmückt und sehr erwartungsvoll.

Jede der Schwestern erregte durch ihr reizendes Aussehen die Freude der Eltern und das verächtliche Mitleid der beiden anderen.

Es läutete. Das Dienstmädchen eilte zur Türe, im Salon hielten fünf Menschen den Atem an. Wer kam? Eine tiefe Stimme, unverständlich, dann schlurfte das Mädchen zurück und übergab dem hastig öffnenden Papa einen Brief. Aufreißen und lesen. Sekretär Schneidler sagt mit bestem Dank ab, da er heimreise. Die drei Schwestern atmeten auf. Auf diesen Menschen hatte keine reflektiert. Es läutete wieder. Das Dienstmädchen überbrachte einen zweiten Brief.

Die Absage des Herrn Staatsanwalts Mollwinkler wegen Unwohlseins.

Drei Lebenshoffnungen waren vernichtet; der Vater blickte die Mutter an, die Schwestern bissen sich auf die Lippen, und ihr Schmerz wäre unerträglich gewesen, wenn sich nicht ein klein wenig Freude an der Enttäuschung der anderen darein gemengt hätte.

Was tun? Papa Saltenberger raffte sich auf und sagte mit erzwungener Höflichkeit: »Wozu auch fremde Menschen? Nun wollen wir das Fest so recht unter uns begehen!«

Da läutete es wieder. Und diesmal kam der königliche Postadjunkt Geiger, welcher noch niemals abgesagt hatte.

Er hatte es nicht zu bereuen. Er war der verhätschelte Liebling der Familie; er bekam ein Paar Pantoffeln, einen Tabakbeutel und wollene Handschuhe, viele Süßigkeiten, Äpfel und Nüsse.

Er trank einen sehr guten Wein und einen famosen Punsch, er aß Rheinsalm, Rehbraten und Pudding und bewunderte die Freigebigkeit der Familie, welche für ihn allein so reichlich auftragen ließ.

Er sagte allen Damen Liebenswürdigkeiten und ließ sich von jeder in der gehobenen Stimmung auf die Füße treten.

Und als er ziemlich betrunken den Heimweg antrat, sagte er sich, daß das Familienleben doch sein gutes, besonders hinsichtlich der leiblichen Genüsse habe.

Und er verlobte sich am Sylvesterabend mit der wohlhabenden Witwe Reisenauer, welche ein gutgehendes Geschäft am Marktplatz hatte.

Die Weihnachtsfeier des Seemanns Kuttel Daddeldu

Joachim Ringelnatz

Die Springburn hatte festgemacht
Am Petersenkai.
Kuttel Daddeldu jumpte an Land,
Durch den Freihafen und die stille heilige Nacht
Und an dem Zollwächter vorbei.
Er schwenkte einen Bananensack in der Hand.
Damit wollte er dem Zollmann den Schädel spalten.
Wenn er es wagte, ihn anzuhalten.
Da flohen die zwei voreinander mit drohenden Reden.
Aber auf einmal trafen sich wieder beide im König von Schweden.

Daddeldus Braut liebte die Männer vom Meere,
Denn sie stammte aus Bayern.
Und jetzt war sie bei einer Abortfrau in der Lehre,
Und bei ihr wollte Kuttel Daddeldu Weihnachten feiern.

Im König von Schweden war Kuttel bekannt als Krakeeler.
Deswegen begrüßte der Wirt ihn freundlich: »Hallo old sailer!«
Daddeldu liebte solch freie, herzhafte Reden,
Deswegen beschenkte er gleich den König von Schweden.
Er schenkte ihm Feigen und sechs Stück Kolibri
Und sagte: »Da nimm, du Affe!«
Daddeldu sagte nie »Sie«.
Er hatte auch Wanzen und eine Masse
Chinesischer Tassen für seine Braut mitgebracht.

Aber nun sangen die Gäste »Stille Nacht, Heilige Nacht«.
Und da schenkte er jedem Gast eine Tasse
Und behielt für die Braut nur noch drei.
Aber als er sich später mal darauf setzte,
Gingen auch diese versehentlich noch entzwei,
Ohne daß sich Daddeldu selber verletzte.

Und ein Mädchen nannte ihn Trunkenbold
Und schrie: er habe sie an die Beine geneckt.
Aber Daddeldu, zahlte alles in englischen Pfund in Gold.
Und das Mädchen steckte ihm Christbaumkonfekt
Still in die Taschen und lächelte hold
Und goß noch Genever zu dem Gilka mit Rum in den Sekt
Daddeldu dacht an die wartende Braut.
Aber es hatte nicht sein gesollt,
Denn nun sangen sie wieder so schön und so laut.
Und Daddeldu hatte die Wanzen noch nicht verzollt,
Deshalb zahlte er alles in englischen Pfund in Gold.

Und das war alles wie Traum.
Plötzlich brannte der Weihnachtsbaum.
Plötzlich brannte das Sofa und die Tapete,
Kam eine Marmorplatte geschwirrt,
Rannte der große Spiegel gegen den kleinen Wirt.
Und die See ging hoch und der Wind wehte.

Daddeldu wankte mit einer blutigen Nase
(Nicht mit seiner eigenen) hinaus auf die Straße.
Und eine höhnische Stimme hinter ihm schrie:
»Sie Daddel Sie!«
Und links und rechts schwirrten die Kolibri.

Die Weihnachtskerzen im Pavillon an der Mattentwiete erloschen.
Die alte Abortfrau begab sich zur Ruh.
Draußen stand Daddeldu
Und suchte für alle Fälle nach einem Groschen.
Da trat aus der Tür seine Braut
Und weinte laut:
Warum er so spät aus Honolulu käme?
Ob er sich gar nicht mehr schäme?
Und klappte die Tür wieder zu.
An der Tür stand: »Für Damen«.

Es dämmerte langsam. Die ersten Kunden kamen,
Und stolperten über den schlafenden Daddeldu.

Theodor an Emilie Fontane

Theodor Fontane

London 25^{t} Dezember 1855.
23 New Ormond Street
Queens Square

Meine liebe Frau.

Heute früh (also einen Tag zu spät) erhielt ich Deinen liebenswürdigen Brief, den ich nur halb erwartet hatte. Ich bedaure aufrichtig, daß ich ihn nicht in bessrer Stimmung beantworten kann; aber Du wartest auf Nachricht und so bleibt mir keine Zeit eine bessre Laune abzuwarten. Auch muß ich jede Minute wahrnehmen, um nur *überhaupt* zum schreiben zu kommen und es ist mir nicht gestattet, unter den Minuten eine Auswahl zu treffen. Denke nur, wir haben heut am *ersten* Feiertag auch eine Correspondenz machen müssen und morgen am zweiten versteht es sich von selbst. Ich bekenne diese völlige Mußelosigkeit ist doch unbequem. Es ist jetzt 9½ Uhr und nun höre wie ich bis zu dieser Stunde den ersten Feiertag zugebracht habe. Aufgestanden, ein mäßiges Frühstück genossen und Deinen Brief – da mir Wenzel 2 engl. Artikel vortrug – kaum gelesen, jedenfalls nicht mit Muße und Freude. Dann gearbeitet bis 4¾; dann in einem Cab zur Druckerei gefahren; in der Druckerei (weil heut am Feiertag keine Leute da waren) mit dem Besitzer derselben den Druck besorgt; dann mit dem Cab zur Post; und doch noch – trotz der doppelt Cab-benutzung – *zu spät* gekommen. Also alles umsonst. Nun zu Fuß nach Haus und aufgeräumt und *ordentlich* angezogen; zu schreiben versucht, aber durch Hunger von der Arbeit weggetrieben; zu Fuß nach dem Strand; *nirgends* eine Kneipe offen gefunden und so denn wieder nach Haus. Müde und hungrig sitz' ich nun hier und schreibe Dir diese Zeilen. Ich frage Dich, ist das ein erster Festtag! Hätte diese Abhetzerei ein Resultat, schüfe sie mir und andern einen Segen – à la bonne heure; aber von alle dem ist nicht die Rede. [...]

Nun zum Weihnachtsabend! Für Deine sehr schönen und liebenswürdigen Geschenke nochmals meinen allerherzlichsten Dank. Es war alles ganz prächtig. Morris hat sich gestern in einigen allerliebsten Zeilen bedankt. Der Dicke hängt, mit rothbeeriger Stechpalme geschmückt, an der Wand und wird von freundlichen Leuten seinem Vater ähnlich gefunden. Meinen Weihnachtsbrief habt ihr hoffentlich noch am 24[t], jedenfalls aber doch heute (1[t] Feiertag) erhalten. Die Gesandtschaftsgelegenheit ist immer unsicher (d. h. hinsichtlich der Zeit) und doch konnt' ich das Kistchen unmöglich zur Post geben.

Wir haben nun also einen heiligen Abend gehabt und er war, wenn man ehrlich sein will, nett genug. Metzel hatte uns ein wichtiges politisches Aktenstück zum Verkloppen geschickt (die *Sundzoll* Note, die Du in unsrer Correspondenz vom 21ten finden kannst) und die Times biß darauf an. Wir erhielten 5 £ St. Theilten uns darin und bestritten davon unsre Weihnachtsgeschenke. Aufgebaut wurde bei Schweitzer, 17 Bloomsbury-Square, der ein schönes, achteckiges, hohes, schloßthurmartiges Zimmer hat, mit einem guten Kamin und gaserleuchtet. Ich bedaure, daß es mir (es ist schon 1 ½ Uhr und ich habe noch viele Briefe bis morgen früh zu schreiben) noch mehr an Zeit als an Stimmung fehlt, Dir den ziemlich hübschen Abend seiner angemessen zu beschreiben. Wir waren 6 Männer: Dr Wentzel, Julius Schweitzer, Herr Dinkel aus Süddeutschland, Mr. Wood ein junger Engländer, Herr Dr Kauffmann unser Nebenbuhler von der Englischen Correspondenz und Herr Theodor Fontane, den Du kennst. Schweitzer, Wenzel, Wood und ich – wir beschenkten uns gegenseitig. Ich erhielt von Wentzel ein schönes engl: Pokalglas mit einem allerliebsten Gedicht; von Schweitzer allerhand Pomaden und Essenzen, und von Wood ein reizendes Schreibzeug. Ich schenkte an Schweitzer ein chemisches Werk (3 Bände; hatte mich sehr angegriffen) an Wentzel einen Shakespeare und an Wood ein Taschenbuch. Auf dem Tisch stand ein kleiner, allerliebster, *deutscher* Weihnachtsbaum. An Aepfeln, Kuchen und Apfelsinen war kein Mangel. Wir verspeisten eine Gans und einen brennend aufgetragenen Plumpudding und tranken 2 Gallonen Punsch dazu. Eine Gallone ist vier Quart. Wir brachten 3 Toaste aus, die Königin und der König, unser Gast (Kauffmann) und die Frauen (Wentzel's und meine) wobei ich eigens bemerke, daß dieser letztre Toast von *mir* ausgebracht wurde. Auf Augenblicke vergaß ich Hetzjagd und Trennung, vielleicht weil ich sie vergessen wollte, und war recht heiter. Ich dachte eurer oft und in aufrichtiger Liebe und Anhänglichkeit. Schenke uns Gott ein frohes Wiedersehn. Wie ihr den Abend verbracht habt, hoff' ich mit recht vielen Details aus Deinem nächsten Briefe zu ersehn. Der kleine Kerl wird sich gewiß recht gefreut haben. – [...]

Meiner lieben Mama sowie euch allen die herzlichsten Glückwünsche zum neuen Jahre und mög' es nicht jede unsrer Hoffnungen zu Schanden machen. Lebt alle wohl. Euer

Theodor.

Vom Christkind und der bösen Schlange

Jeremias Gotthelf

Die Großmutter hatte gehustet und die Kinder hatten gespielt. Da kam unser ältestes Mädchen weinend gelaufen, und das kleine watschelte ihm nach, weinend, und das ältere dolmetschte ihren Schmerz: »Mutter, der Peterli hat Pfefferkuchen und will uns keine geben. Großmutter sagt, das Weihnachtskind habe sie ihm gebracht und nicht uns, wären wir nicht unartig, hätte es uns auch gebracht. Wir sind nicht unartig, geh, Mutter, lauf geschwind dem Weihnachtskind nach und sag ihm, wir seien keine, und es solle uns auch Pfefferkuchen bringen!«

Die Mutter fühlte die Bitte im Herzen, aber in mütterlicher Besonnenheit nahm sie die beiden Kinder auf die Knie, wischte ihnen die Tränen ab und bat sie, doch zu schweigen.

Bis sie das konnten, dauerte es lange. Da konnten sie endlich sagen: »Mutter, wir wollen schweigen, aber spring, spring.«

Da sagte die Mutter: »Das Weihnachtskind mit seinem Esel ist schon gar weit weg. Als es das Weinen hörte, fing es an gar sehr zu springen, denn das Weinen und Klagen mag es nicht vertragen, nachspringen mag ich ihm nimmer. Und jetzt muß ich zur Nacht kochen, und habe ich gekocht, hat das Weihnachtskind sicher schon seine ganze Ladung verbraucht.« »Aber Mutter, warum gab uns das Weihnachtskind nicht auch Kuchen, als es dem Peterli gab? Damals weinten wir ja nicht«, sagten sie.

»Das Weihnachtskind wußte darum nicht, daß ihr auch da seiet, das erste Mal als es da war, war nur noch Peterli da«, antwortete Mädeli verlegen.

»Aber warum ließest du es ihm nicht sagen? Jetzt haben wir keinen Pfefferkuchen«, sagten sie und weinten wieder.

»Schweig, mein Kindlein, schweig«, sagte die Mutter, die keinen halben Batzen hatte, um den Lebkuchen nachzulaufen, »und wenn mein Kindlein schweigt, so will ich ihm was erzählen vom Weihnachtskind, woher es kömmt und wohin es geht.« Da schwiegen die Mädchen, lehnten ihre Köpfchen an der Mutter Brust und sahen ihr lauschend ins Auge. Die Mutter erzählte ihnen von einem frommen, frommen Kinde, das seinen Eltern nie Verdruß gemacht, nie mit seinen Geschwistern sich gezankt und geweint habe um nichts und wieder nichts. Alle Kinder habe das Kind gar lieb gehabt, und wenn es einem etwas zu Gefallen habe tun können, so sei dies seine größte Freude gewesen. Da habe einmal eine böse Schlange sich um viele, viele Kinder geschlungen und habe sie alle, alle fressen wollen.

Da sei das Kind gerade von ferne dazu gekommen und habe gesehen, wie die Schlange das Maul aufgetan, und wie es wie Feuer aus ihren Augen gefahren sei. Da habe das fromme Kind gar groß Erbarmen mit den anderen Kindern gehabt und sei herzu gesprungen und habe geschrien: »Friß, Schlange, friß mich, aber laß die andern gehen!« Da habe sich plötzlich die Schlange losgerollt, habe die anderen laufen lassen, sei auf das Kind gesprungen mit weit, weit offenem Maul und feurigen Augen, groß wie Pflugsräder. Und das Kind habe die Hände gefaltet und gebetet, die Augen zugetan und geglaubt, die Schlange habe es verschlungen in einem Schluck, und jetzt laufe sie davon oder fliege mit ihm durch die Lüfte. Da habe es endlich bei sich gedacht, es wolle doch die Augen auftun und sehen, wie es im Bauche einer Schlange sei. Und da sei es heiter und hell gewesen und eine

Sonne habe geschienen, aber eine viel schönere als die, welche hier scheine, und auf den Armen eines Engels sei es gewesen, und der Engel habe gar hold und freundlich es angelächelt und ihm gesagt: es solle sich gar nicht fürchten, er führe es an einen gar schönen und guten Ort, wo es Freude haben werde, wie noch nie, und wo keine böse Schlange sei. Weit, weit sei er mit ihm geflogen, immer der schönen Sonne zu, so daß das arme Kind vor lauter Glanz die Augen wieder habe zutun müssen.

Da habe der Engel es endlich abgestellt in einem gar herrlichen Garten, wo lauter Dinge gewesen, die es nie gesehen, und wo es Blumen gesehen habe, schön wie Morgenrot und Abendrot, die einen Glanz gehabt, wie gewoben aus Sonnenschein und Mondeslicht. Und viele tausend Engel seien ihm zugesprungen und hätten ihm ihre Hände gegeben und ihm gesungen so schön, daß es ihn dünkte, der liebe Gott habe diese selbst singen gelehrt. Aber unter all den Engeln sei keins der Kinder gewesen, die es hier von der Schlange gerettet, keins, das es gekannt. Da habe es zu weinen angefangen und gejammert, es möchte doch zu seinen kleinen Kindern, sonst könnte ja vielleicht die Schlange sie doch noch fressen. Da habe eine Stimme, die nicht von hierher, nicht von dorther, sondern aus jeder Blume, aus Abendrot und Morgenrot, aus Sonnenglanz und Mondschein zu kommen schien und die klang, wie Sonnenglanz klingen muß, es gefragt: »Aber gefällt es dir hier denn nicht, es ist doch so schön hier?«

»Ja«, habe das Kind geantwortet, »mir gefällt es hier, aber ich muß doch zu meinen Brüdern und Schwestern und den andern Kindern; was sollen die anfangen, wenn sie mich nicht mehr haben? Aber wenn ich die mitbringen darf, dann will ich mit ihnen kommen und mich freuen hier, o wie schön wäre das!«

Da habe es vernommen: das könne noch nicht sein; und wieder habe es geweint, daß man die Hände unter ihm hätte waschen können. »Liebes Kind!«, habe darauf die Stimme gesagt, »weine nicht, hier oben darf nicht geweint werden; aber wenn du nicht mehr weinen willst, so soll dir erlaubt sein, daß du hinunter kannst zu den andern Kindern, kannst ihnen bringen Pfefferkuchen und andere gute Sachen, aber nur denen, die auch gut sind und alle die, denen du das Weinen abgewöhnen kannst, die will ich dann auch hierher nehmen, und dann kannst du ja immer bei ihnen sein, und alle sollt ihr mir lieb sein. Und die Stimme tat dem Kinde so wohl, daß es nie mehr weinte und schön ward, wie die anderen Engelein. Dann zog es auf die Welt und kramte den Kindern (beschenkte sie) und immer mehr nur denen, die nicht weinen ohne Not und Schmerz, und ein Kind nach dem andern konnte hinauf zu ihm und wurde dann auch ein Engel. Aber es gab immer wieder Kinder auf der Welt und immer mehr, und alle diese liebte es und wollte sie zu sich führen in seinen schönen, schönen Garten, der Himmel heißt. Da mußte es einen Esel anstellen, um all den schönen Kram zu bringen, und weil es zu so vielen Kinder muß, so kann es nur einmal im Jahr zu einem kommen. Zuweilen reicht seine Zeit nicht einmal dazu aus. Und wenn es gar viele Kinder zu besuchen hat oder viel Schnee ist, daß der Esel nicht recht durch kann, da nimmt es denn von den Kindern mit, die ihm die liebsten Engel geworden sind, und gibt einem jeden ein Eselein und Kram dazu, und die gehen auch seinen Kindern nach und berichten ihm, wo sie gute und wo sie böse Kinder angetroffen, und welche einst in seinen schönen Garten kommen werden. Darum, liebe Mädchen, seid lieb, dann kommen die lieben Engel auch zu euch, bringen euch Kram Jahr um Jahr, und nehmen euch einst mit in den schönen Garten.«

Die Anbetung der Heiligen Drei Könige

Clemens Brentano

Als nun ihr Zug in das Tal hinter der Krippenhöhle bei dem Grabe Marahas gelangt war, stiegen sie von ihren Tieren, und ihre Leute packten vieles ab und schlugen ein großes Zelt auf, das sie bei sich führten, und trafen andere Einrichtungen zu einem Lagerplatz mit Hilfe einiger Hirten, welche ihnen die Stellen anwiesen.

Es war schon ein Teil des Lagers geordnet, als die Könige den Stern hell und klar über dem Krippenhügel erscheinen und den aus ihm strömenden Lichterguß senkrecht darauf niedersteigen sahen. Er schien, sich vergrößernd, zu nahen, und wuchs zu einer Lichtmasse, daß er mir wie ein Leintuch groß schien. Ich sah aber, wie sie anfangs sehr verwundert schauten. Es war schon düster, sie sahen kein Haus, sondern nur die Form eines Hügels, gleich einem Walle; plötzlich aber ergriff sie eine große Freude, denn sie sahen in dem Glanze die leuchtende Gestalt eines Kindes, wie sie dieselbe früher in dem Sterne gesehen hatten. Da entblößten sie alle ihre Häupter und bezeugten ihre Verehrung, und die drei Könige schritten zu dem Hügel und fanden die Türe der Höhle. Mensor öffnete die Türe und sah die Höhle voll von himmlischem Lichte und im Hintergrund die Jungfrau mit dem Kinde gerade so sitzen, wie sie dieselbe in ihren Gesichten gesehen hatten.

Sogleich trat er zurück und sagte dies seinen Gefährten; indes trat Joseph mit einem alten Hirten ihnen aus der Höhle entgegen, und sie sagten ihm einfältig, wie sie kämen, den neugeborenen König der Juden, dessen Stern sie gesehen, anzubeten und ihm Geschenke zu bringen. Joseph hieß sie freundlich willkommen, und der alte Hirte begleitete sie zu ihrer Schar und war ihnen bei ihren Einrichtungen behilflich; es räumten ihnen einige dort befindliche Hirten Schuppen ein.

Sie selbst rüsteten sich zu der feierlichen Handlung, die sie vorhatten. Ich sah sie große weiße Mäntel, welche eine lange Schleppe hatten, umlegen, sie waren gelblich schimmernd wie von roher Seide, und ungemein fein und leicht wehten sie um sie her. Es waren dies immer ihre Mäntel bei religiösen Feierlichkeiten. Sie hatten alle drei um die Mitte ihres Leibes an ihren Gürteln allerlei Beutel und goldene Büchsen, gleich Zuckerdosen mit Knöpfen darauf, an Kettchen hängen, und gingen deshalb ganz breit in ihren Mänteln einher. Jedem der Könige folgten die vier Begleiter aus seiner Familie. Außer diesen waren einige Diener Mensors dabei, welche eine kleine Tafel gleich einem Präsentierteller und einen Teppich mit Quasten und einige andere leichte Zeugbahnen trugen.

Als sie dem heiligen Joseph in schöner Ordnung unter das

Dach vor der Türe der Krippe gefolgt waren, bedeckten sie die Tafel mit dem Quastenteppich, und ein jeder der drei Könige stellte einige der drei goldenen Büchsen und Gefäße darauf, die er von seinem Gürtel löste, und dieses waren ihre gemeinschaftlichen Geschenke. Mensor und alle anderen lösten die Sandalen von ihren Füßen. Joseph öffnete die Tür der Höhle. Zwei Jünglinge von Mensors Gefolge gingen vor diesem her und breiteten eine Zeugbahn vor seinen Schritten auf den Boden der Höhle und gingen zurück, ihm folgten dicht zwei andere mit der Tafel der Geschenke, die er ihnen, vor der heiligen Jungfrau angekommen, abnahm und, auf ein Knie niederfallend, zu ihren Füßen auf ein niederes Gestell ehrerbietig hinsetzte. Die Träger gingen zurück. Hinter Mensor standen die vier Begleiter aus seiner Familie demütig vorgebeugt. Seir und Theokeno standen mit den Ihrigen zurück im Eingang bis unter dem Dach vor der Türe. Als sie eintraten, waren sie alle ganz trunken von Andacht und Rührung und wie durchleuchtet von dem Lichte, welches den Raum erfüllte, und doch war kein anderes Licht zugegen als das Licht der Welt. Maria lag mehr, auf einen Arm gestützt, als sie saß auf einem Teppich zur Linken des Jesuskindes, welches dem Eingang gegenüber auf der Stelle der Geburt in einer mit einem Teppich bedeckten Mulde lag, die auf einem Gestelle etwas erhöht stand. Im Augenblick ihres Eintritts aber richtete sich die heilige Jungfrau in sitzende Stellung auf, verschleierte sich und nahm das Jesuskind in ihren weiten Schleier vor sich auf den Schoß. Als Mensor kniete und, die Geschenke niedersetzend, rührende Worte der Huldigung sprach, indem er das unbedeckte Haupt demütig beugte und die Hände vor der Brust kreuzte, hatte Maria dem Kinde, welches rot und weiß darüber eingewickelt war, den Oberleib entblößt, und es sah lieblich schimmernd zwischen ihrem Schleier hervor. Sie stützte ihm mit der einen Hand das Köpfchen und hatte es mit der anderen umfaßt. Es hatte seine Händchen vor der Brust, als bete es, und leuchtete vor Freundlichkeit, und manchmal griff es auch lieblich um sich her.

O wie selig still beten die lieben Männer aus dem Morgenlande an! Da ich dieses sah, sprach ich zu mir selbst: O wie sind diese Herzen so klar und ungetrübt, voll Güte und Unschuld wie fromme Kinderherzen. Nichts Heftiges ist in ihnen, und doch sind sie ganz Feuer und Liebe! Ich bin tot, ich bin ein Geist, sonst könnte ich das nicht sehen, denn dieses ist doch nicht jetzt und ist dennoch jetzt. Das ist aber nicht in der Zeit, in Gott ist keine Zeit, in Gott ist alles gegenwärtig, ich bin tot, ich bin ein Geist. Als ich so seltsam dachte, hörte ich zu mir sprechen: »Was kümmert dich das, sieh und lobe den Herrn, der ewig ist, und alles ist in ihm.«

Ich sah aber nun, daß Mensor aus einem Beutel, der an seinem Gürtel hing, eine Hand voll fingerlanger, dicker, schwerer Stäbchen, oben spitz und in der Mitte goldfarbig gekörnt und blinkend, hervorzog und der heiligen Jungfrau als seine Gabe demütig neben das Jesuskind auf den Schoß legte. Sie nahm das Gold liebevoll dankend an und bedeckte es mit einem Zipfel ihres Mantels. Mensor gab diese gewachsenen Goldstängchen, weil er voll Treue und Liebe war und mit unerschütterlicher, angestrengter Andacht nach der heiligen Wahrheit forschte.

Nun aber zog sich Mensor mit seinen vier Begleitern zurück, und Seir, der Braune, trat mit den Seinigen heran und ließ sich auf beide Knie mit großer Demut nieder und bot mit rührenden Worten sein Geschenk dar, indem er ein goldenes Weihrauchschiffchen voll kleiner grünlicher Harzkörner auf die Tafel vor das Jesuskind niedersetzte. Er gab den Weihrauch, denn er war der, welcher sich willig und ehrerbietig anschmiegte und liebreich dem Willen Gottes folgte. Er kniete lange in großer Innigkeit da, ehe er sich zurückbegab.

Nach ihm nahte Theokeno, der weiße und älteste, er war sehr alt und dick und vermochte nicht niederzuknien; aber er stand tief gebeugt und stellte ein goldenes Gefäß mit einem feinen grünen Kraut auf die Tafel nieder. Es schien noch auf der Wurzel zu wachsen, es war ein ganz feines, grünes, aufrechtstehendes Bäumchen mit krausem Büschchen, worauf feine weiße Blümchen prangten. Es war Myrrhe. Er opferte Myrrhe, weil sie auf Abtötung und überwundene Leidenschaften deutet; denn dieser gute Mann hatte ungemeine Anfechtungen zum Götzendienst, zur Vielweiberei und Heftigkeit bekämpft. Er blieb sehr lange in großer Rührung mit seinen Begleitern vor dem Jesuskinde stehen, so daß mir um die anderen Diener vor der Krippe leid ward, daß sie so lange harren mußten, das Kindlein zu sehen.

Die Anreden der Könige und aller Nachfolgenden waren ungemein rührend und kindlich; indem sie sich niederließen und die Geschenke darreichten, sagten sie ungefähr: »Wir haben seinen Stern gesehen und daß er der König über alle Könige ist, und kommen, ihn anzubeten und ihm mit Geschenken zu huldigen …« Sie waren ganz wie entzückt und empfahlen dem Jesuskinde in einem kindlichen liebtrunkenen Gebet sich, die Ihrigen, ihr Land und ihre Leute, ihr Hab und Gut und alles, was ihnen auf Erden wertvoll war; der neugeborene König möge doch ihre Herzen, ihre Seelen und all ihr Denken und Tun hinnehmen; er solle sie erleuchten, ihnen alle Tugend und der Erde Glück, Frieden und Liebe schenken. Dabei glühten sie in Demut und Liebe, und die Freudentränen rollten ihnen über Wangen und Bart. Sie waren ganz selig, sie glaubten, in dem Sterne nun selbst angekommen zu sein, nach welchem ihre Vorfahren seit Jahrtausenden mit so treuer Sehnsucht seufzend geschaut hatten. Alle Freude der nach vielen Jahrhunderten erfüllten Verheißung war in ihnen.

Die Muttergottes nahm alles ganz demütig dankend an, sie sprach anfangs nicht, eine einfache Bewegung unter ihrem Schleier aber drückte ihre rührende andächtige Freude aus. Das nackte Leibchen des Kindes, das sie mit in den Schleier gefaßt hatte, sah zwischen dem Mantel so leuchtend hervor. Am Schlusse sprach sie jedoch einige freundliche, demütige Worte des Dankes zu jedem und schlug dabei ihren Schleier ein wenig zurück.

Oh, da habe ich wohl wieder etwas gelernt, ich sprach zu mir selbst: O wie süß und lieblich dankend nimmt sie jede Gabe an; sie, die nichts braucht, die Jesus hat, nimmt jede Gabe der Liebe mit Demut an, da kann ich wohl lernen, wie man die Gaben der Liebe empfangen muß, auch ich will künftig jede milde Gabe mit Dank in aller Demut annehmen; und ach! wie gütig sind Maria und Joseph! Für sich behielten sie schier gar nichts, sie teilten alles wieder den Armen aus.

Die Gebeine der Heiligen Drei Könige

Heinrich Heine

Er wird nicht vollendet, der Kölner Dom,
Obgleich die Narren in Schwaben
Zu seinem Fortbau ein ganzes Schiff
Voll Steine gesendet haben.

Er wird nicht vollendet, trotz allem Geschrei
Der Raben und der Eulen,
Die, altertümlich gesinnt, so gern
In hohen Kirchtürmen weilen.

Ja, kommen wird die Zeit sogar,
Wo man, statt ihn zu vollenden,
Die inneren Räume zu einem Stall
Für Pferde wird verwenden.

»Und wird der Dom ein Pferdestall,
Was sollen wir dann beginnen
Mit den Heil'gen Drei Kön'gen, die da ruhn
Im Tabernakel da drinnen?«

So höre ich fragen. Doch brauchen wir uns
In unserer Zeit zu genieren?
Die Heil'gen Drei Kön'ge aus Morgenland,
Sie können woanders logieren.

Folgt meinem Rat und steckt sie hinein
In jene drei Körbe von Eisen,
Die hoch zu Münster hängen am Turm,
Der Sankt Lamberti geheißen.

Fehlt etwa einer vom Triumvirat,
So nehmt einen anderen Menschen,
Ersetzt den König des Morgenlands
Durch einen abendländ'schen.

Ein kurz poetisch Christgedicht

Friedrich Spee von Langenfeld

Der Wind auf leeren Straßen
Streckt aus die Flügel sein,
Streicht hin gar scharpf ohn Maßen
Zur Bethlems Krippen ein;
Er brummlet hin und wider,
Der fliegend Winterbot,
Greift an die Gleich und Glieder
Dem frisch vermenschten Gott.

Ach, ach, laß ab von Brausen,
Laß ab, du schnöder Wind!
Laß ab von kaltem Sausen
Und von dem schönen Kind.
Vielmehr du deine Schwingen
Zerschlag im wilden Meer,
Allda dich satt magst ringen,
Kehr nur nit wieder her.

Brief an Johann Wolfgang von Goethe

Bettina von Arnim

Am Weihnachtsmorgen - das waren drei Jahre, eh' ich Dich gesehen habe, - gingen wir bei früher Zeit in die Kirche; es war noch Nacht, eine Laterne leuchtete voran, um durch den Schnee den Fußpfad zu finden, wir kamen an einer verödeten, verfallnen Klosterkirche vorüber, der Wind pfiff durch die zerbrochnen Fenster und klapperte mit den losen Dachziegeln; »in diesem Gemäuer hausen die Geister«, sagte der Laternenträger, »da ist unsicher!« - Am Abend, im Zimmer der Großmutter, wo eine ebenso *verödete* und *verfallene* Gesellschaft eine Spielpartie machte, erinnerte ich mich dieser Bemerkung; ich dachte, wie schauerlich es sein müsse, da allein zu sein, und wie ich um alles in der Welt jetzt nicht dort sein möchte. Kaum hatte ich mir dies überlegt, so war die Frage innerlich, ob ich's nicht wagen möchte? - Ich schüttelte den Gedanken ab, er kam wieder, immer furchtsamer war ich, immer mehr wehrte ich mich gegen diesen unausführbaren Einfall, immer dringender wurde die Aufforderung dazu. Ich wollte ihr entgehen und setzte mich in eine andere Ecke des wohlerleuchteten Zimmers, aber da war's grade der offnen Tür eines dunklen Raumes gegenüber, nun spielten sie und zingelten Winke in der Finsternis und schwebten bis an mich heran. Ich wickelte mich in den Fenstervorhang vor diesem Scheinwesen in der dunklen Kammer, ich drückte die Augen zu und träumte in mich hinein, da war ein freundlich Zureden in mir, ich solle an die Klostermauer gehen, wo die Geister spuken. Es war acht Uhr abends, ich überlegte, wie ich's wagen solle, in dieser Stunde einen einsamen weiten Weg zu gehen, den ich nicht genau kannte, und den ich selbst bei Tag nicht allein machen würde. - Es zog mich immer tiefer in einen vertrauten, abgeschlossenen Kreis; die Stimmen der Spielenden vernahm ich wie aus weiter Ferne, wie eine fremde Welt, die außer meinem Kreis sich rege.

Ich öffnete die Augen und sah die wunderlichen, unauflösbaren Rätselgesichter der Spielenden dort sitzen, vom hellen Kerzenschein beleuchtet; ich hörte die Ausrufungen des L'Hombrespiels wie Bannsprüche und Zauberformeln; diese Menschen mit ihrem wunderlichen Beginnen waren gespensterhaft; ihre Kleidung, ihre Gebärden unverständlich, grausenerregend; der Spuk war mir zu nahegekommen – ich schlich mich leise hinaus. Auf der Hoftreppe atmete ich wieder frei; da lag der reine Schneeteppich zu meinen Füßen und deckte sanft anschwellend alle Unebenheiten; da breiteten die bereiften Bäume ihre silbernen Zweige unter dem wandelnden Mondlicht aus. Dies Kälte war so warm, so freundlich, hier war nichts unverständlich, nichts zu fürchten, es war, als sei ich den bösen Geistern da drinnen entwischt; hier draußen sprachen die guten um so vernehmlicher zu mir, ich zauderte keinen Augenblick mehr, ihrem Geheiß zu folgen. Wie es auch werden mag, leise und behend klettere ich über das Hoftor, jenseits werf' ich mein Kleid über den Kopf, um mich zu verhüllen, und in flüchtigen Sprüngen setz' ich über den Schnee. Manches begegnet mir, dem ich ausbeuge, mit gesteigerter Angst und klopfendem Herzen komme ich an, scheu und furchtsam seh' ich mich um, aber ich zaudere nicht, den öden Platz zu betreten; ich bahne mir einen Weg durch das zusammengefallne, überschneite Gestein bis zur Kirchenmauer, an die ich den Kopf anlehne. Ich lausche, ich höre das Klappern der Ziegel im Dach, und wie der Wind in dem losen Sparrwerk rasselt; ich denke: »Ob das die Geister sind?« – Sie senken sich herab – ich suche meine Angst zu bekämpfen – sie schweben in geringer Höhe über mir – die Furcht beschwichtigt sich allmählich; es war, als ob ich die offne Brust dem Hauch des Freundes biete, den ich kurz vorher noch für meinen Feind gehalten hatte. [...]

Weihnachten

Johann Wolfgang von Goethe

Bäume leuchtend, Bäume blendend,
Überall das Süße spendend,
In dem Glanze sich bewegend,
Alt- und junges Herz erregend –
Solch ein Fest ist uns bescheret,
Mancher Gaben Schmuck verehret;
Staunend schaun wir auf und nieder,
Hin und her und immer wieder.

Aber, Fürst, wenn dir's begegnet,
Und ein Abend so dich segnet,
Daß als Lichter, daß als Flammen
Vor dir glänzten allzusammen
Alles, was du ausgerichtet,
Alle, die sich dir verpflichtet:
Mit erhöhten Geistesblicken
Fühltest herrliches Entzücken.

Die alte Uhr

Theodor Storm

Während der letzten Jahre meines Schulbesuchs wohnte ich in einem kleinen Bürgerhause der Stadt, worin aber von Vater, Mutter und vielen Geschwistern nur eine alternde unverheiratete Tochter zurückgeblieben war. Die Eltern und zwei Brüder waren gestorben, die Schwestern bis auf die jüngste, welche einen Arzt am selbigen Ort geheiratet hatte, ihren Männern in entfernte Gegenden gefolgt. So blieb denn Marthe allein in ihrem elterlichen

Hause, worin sie sich durch das Vermieten des früheren Familienzimmers und mit Hülfe einer kleinen Rente spärlich durchs Leben brachte. Doch kümmerte es sie wenig, daß sie nur sonntags ihren Mittagstisch decken konnte; denn ihre Ansprüche an das äußere Leben waren fast keine; eine Folge der strengen und sparsamen Erziehung, welche der Vater sowohl aus Grundsatz als auch in Rücksicht seiner beschränkten bürgerlichen Verhältnisse allen seinen Kindern gegeben hatte. Wenn aber Marthen in ihrer Jugend nur die gewöhnliche Schulbildung zuteil geworden war, so hatte das Nachdenken ihrer späteren einsamen Stunden, vereinigt mit einem behenden Verstande und dem sittlichen Ernst ihres Charakters, sie doch zu der Zeit, in welcher ich sie kennen lernte, auf eine für Frauen, namentlich des Bürgerstandes, ungewöhnlich hohe Bildungsstufe gehoben. [...]

Nun war es Weihnachten. Den Christabend, da ein übermäßiger Schneefall mir den Weg zur Heimat versperrte, hatte ich in einer befreundeten kinderreichen Familie zugebracht; der Tannenbaum hatte gebrannt, die Kinder waren jubelnd in die lang verschlossene Weihnachtsstube gestürzt; nachher hatten wir die unerläßlichen Karpfen gegessen und Bischof dazu getrunken; nichts von der herkömmlichen Feierlichkeit war versäumt worden. – Am andern Morgen trat ich zu Marthe in die Kammer, um ihr den gebräuchlichen Glückwunsch zum Feste abzustatten. Sie saß mit untergestütztem Arm am Tische; ihre Arbeit schien längst geruht zu haben.

»Und wie haben Sie denn gestern Ihren Weihnachtabend zugebracht?« fragte ich.

Sie sah zu Boden und antwortete: »Zu Hause.«

»Zu Hause? Und nicht bei Ihren Schwesterkindern?«

»Ach«, sagte sie, »seit meine Mutter gestern vor zehn Jahren hier in diesem Bette starb, bin ich am Weihnachtabend nicht ausgegangen. Meine Schwester schickte gestern wohl zu mir, und als es dunkel wurde, dachte ich wohl daran, einmal hinzugehen; aber – die alte Uhr war auch wieder so drollig; es war akkurat, als wenn sie immer sagte: Tu es nicht, tu es nicht! Was willst du da? Deine Weihnachtsfeier gehört ja nicht dahin!«

Und so blieb sie denn zu Haus in dem kleinen Zimmer, wo sie als Kind gespielt, wo sie später ihren Eltern die Augen zugedrückt hatte und wo die alte Uhr pickte ganz wie dazumalen. Aber jetzt, nachdem sie ihren Willen bekommen und Marthe das schon hervorgezogene Festkleid wieder in den Schrank verschlossen hatte, pickte sie so leise, ganz leise und immer leiser, zuletzt unhörbar. – Marthe durfte sich ungestört der Erinnerung aller Weihnachtabende ihres Lebens überlassen: Ihr Vater saß wieder in dem braungeschnitzten Lehnstuhl; er trug das feine Sammetkäppchen und den schwarzen Sonntagsrock; auch blickten seine ernsten Augen heute so freundlich; denn es war Weihnachtabend, Weihnachtabend vor – ach, vor sehr, sehr vielen Jahren! Ein Weihnachtsbaum zwar brannte nicht auf dem Tisch – das war ja nur für reiche Leute –; aber statt dessen zwei hohe dicke Lichter; und davon wurde das kleine Zimmer so hell, daß die Kinder ordentlich die Hand vor die Augen halten mußten, als sie aus der dunkeln Vordiele hineintreten durften. Dann gingen sie an den Tisch, aber nach der Weise des Hauses ohne Hast und laute Freudenäußerung, und betrachteten, was ihnen das Christkind einbeschert hatte. Das waren nun freilich keine teuern Spielsachen, auch nicht einmal wohlfeile, sondern lauter nützliche und notwendige Dinge, ein Kleid, ein Paar Schuhe, eine Rechentafel, ein Gesangbuch und dergleichen mehr; aber die Kinder waren gleichwohl glücklich mit ihrer Rechentafel und ihrem neuen Gesangbuch, und sie gingen eins ums andere, dem Vater die Hand zu küssen, der währenddessen zufrieden lächelnd in seinem Lehnstuhl geblieben war. Die Mutter mit ihrem milden freundlichen Gesicht unter dem eng anliegenden Scheiteltuch band ihnen die neue Schürze vor und malte ihnen Zahlen und Buchstaben zum Nachschreiben auf die neue Tafel. Doch sie hatte nicht gar lange Zeit, sie mußte in die Küche und Apfelkuchen backen; denn das war für die Kinder eine Hauptbescherung am Weihnachtabend; die mußten notwendig gebacken werden. Da schlug der Vater das neue Gesangbuch auf und stimmte mit seiner klaren Stimme an: »Frohlockt, lobsinget Gott«; die Kinder aber, die alle Melodien kannten, stimmten ein: »Der Heiland ist gekommen«; und so sangen sie den Gesang zu Ende, indem sie alle um des Vaters Lehnstuhl herumstanden. Nur in den Pausen hörte man in der Küche das Hantieren der Mutter und das Prasseln der Apfelkuchen. – –

Der Liebhaber zum Essen eingeladen

Volkssage, aufgeschrieben von den Gebrüdern Grimm

Zu Saalfeld in Thüringen war eine Schösserin (Steuereinnehmerin), die sich heimlich in ihren Schreiber verliebte. Durch Zauberei aber wollte sie ihn gewinnen, ließ ein frisches Brot backen und steckte mitten in der heiligen Christnacht kreuzweise zwei Messer hinein, indem sie etliche Worte dazu murmelte. Darauf kam der Schreiber aus dem Schlafe ganz nackigt zur Stube hereingesprungen, setzte sich nieder am Tisch und sah sie scharf an. Sie stand auf und lief davon, da zog er beide Messer aus dem Brot und warf sie hinter ihr drein und hätte sie bald sehr verletzt. Hernach ging er wieder zurück; eine Muhme, die in der Stube zugegen war, erschrak so heftig, daß sie etliche Wochen krank niederliegen mußte. Der Schreiber soll den folgenden Tag zu den Hausleuten gesagt haben: er möchte nur gern wissen, welche Frau ihn verwichene Nacht so geängstet habe; er wäre so abgemattet, daß er es kaum sagen könne, denn er hätte sollen mit fortkommen und sich nicht genugsam erwehren können; er hätte auch beten mögen, was er gewollt, so wäre er getrieben worden.

Dieselbe alte Frau, die diese Geschichte erzählte, fügte hinzu: Auch zu Coburg haben einmal einige Edeljungfrauen von neunerlei Essen etwas aufgehoben und um Mitternacht aufgestellt und sich dabei zu Tische gesetzt. Darauf kamen ihre Liebsten alle, jeder brachte ein Messer mit, und wollten sich zu ihnen niederlassen. Darüber entsetzten sich die Jungfrauen und flohen; einer aber nahm das Messer und warf hinterher; sie schaute um, blickte ihn an und hob das Messer auf. Ein andermal soll statt des eingeladenen Buhlen der leibhaftige Tod in die Stube gekommen sein und sein Stundenglas bei einer niedergesetzt haben, die denn auch das Jahr über verstarb.

In Schlesien haben sich drei Hoffräulein in einer heiligen Nacht an einen gedeckten Tisch gesetzt und ihre zukünftigen Liebhaber erwartet, deren jedem ein Teller hingestellt war. Sie sind auch auf diese Einladung erschienen, aber nur zweie, die sich zu zwei Jungfrauen gesetzt; der dritte ist ausgeblieben. Als nun die Verlassene darüber traurig und ungeduldig geworden, endlich nach langem vergeblichen Warten aufgestanden und sich ans Fenster gestellt, hat sie gegenüber einen Sarg erblickt, darin eine Jungfrau gelegen, ihr ganz gleich gestaltet, worüber sie erkrankte und bald darauf starb. Nach einer mündlichen Erzählung kommt die Totenlade in die Stube, sie geht darauf zu, die Bretter tun sich auf, und sie fällt tot hinein.

Das Hemdabwerfen

Volkssage, aufgeschrieben von den Gebrüdern Grimm

Zu Coburg saßen am Weihnachtsabend mehrere Mädchen zusammen, waren neugierig und wollten ihre künftigen Liebhaber erkündigen. Nun hatten sie tags vorher neunerlei Holz geschnitten, und als die Mitternacht kam, machten sie ein Feuer im Gemach, und die erste zog ihre Kleider ab, warf ihr Hemd vor die Stubentüre hinaus und sprach bei dem Feuer sitzend:

»Hier sitz ich splitterfasenackt und bloß,
wenn doch mein Liebster käme
und würfe mir mein Hemde in den Schoß!«

Hernach wurde ihr das Hemd wieder hereingeworfen, und sie merkte auf das Gesicht dessen, der es tat; dies kam mit dem überein, der sie nachdem freite. Die andern Mädchen kleideten sich auch aus, allein sie fehlten darin, daß sie ihre Hemden zusammen in einen Klump gewickelt hinauswarfen. Da konnten sich die Geister nicht finden, sondern huben an zu lärmen und zu poltern, dermaßen, daß den Mädchen grausete. Flugs gossen sie ihr Feuer aus und krochen zu Bette bis frühe, da lagen ihre Hemden vor den Türen in viel tausend kleine Fetzen zerrissen.

Heilig Abend eines Branntweinsäufers

Jeremias Gotthelf

Kein Lichtlein brannte mehr im Dorfe, kein Lichtlein brannte in Durslis Herzen, hohl heulte der Wind durch die Gassen und wirbelte Schnee und Regen herein. Ein furchtbarer Zorn brauste durch Durslis Adern über die Menschen, über die ganze Welt, über alles, alles; und daß ihm doch jemand begegnen möchte, den er halb totschlagen, daß ihn doch nur ein Hund anbellen möchte, den er erstechen könnte, war des gelben, wilden Mannes Gebet in der heiligen Nacht. Aber still bliebs auf der Straße, still um die Häuser, kein Mensch eilte durch die Nacht, in die Nacht hinein bellte kein Hund; Gott wacht auch über die Schritte der Menschen, über das Bellen der Hunde. Aber immer gewaltiger toste der Sturm von ferne her, gleich dem Donner des aufgeregten, tausendjährige Felsen stürmenden Meeres, und grauenvolle Finsternis lagerte über der Erde. Und immer finsterer wards, als er in die Einschläge kam, wo in dichten Reihen Bäume stehen, mit weit hinausreichenden Ästen den Boden berührend, als der mächtige Wald wie eine unendliche schwarze Wand immer näher vor ihn trat; und immer fürchterlicher heulte der Wind durch der Eichen spröde Äste, durch der Tannen biegsame Wipfel. Und immer heißer kochte in Dursli der Zorn über Gott und Menschen, immer wilder stürmte er weiter; da glitschte er aus auf dem schlüpfrigen Fußweg, und hart fiel er nieder. Fluchend, daß der Teufel alles nehmen möchte, sprang er auf, stürmte weiter, nach wenig Schritten hart an einen Baum und stürzte rücklings nieder, und wie höhnend und jubelnd sauste über ihn hin der Sturm. Da rieselte wie vom kalten Boden auf eine kältende Gewalt ihm durch die Glieder, und ohne Fluch, aber trotzig noch stellte er sich auf die Beine und schritt rasch alswie gegen einen Feind dem immer schwärzer, grauser sich darstellenden Walde zu.

Da schlug wie mit unsichtbarer Hand ein herabhängender Ast

das Gesicht ihm blutig; da fiel er halb betäubt über die Stapfeten in den Wald hinein, dicht bei der Bürgeln, und mit dem Kopf in eine Pfütze. Nun brach der ganze Trotz zusammen; das Bewußtsein, daß er ein Sandkorn sei in eines Allgewaltigen Hand, brach in ihm auf, ward aber zur schrecklichen Gespensterfurcht, die dicht vor sich in einem kleinen, dichten Tannenbaum des Teufels Großmutter sah und in einem jungen, schlanken Eichli den Teufel selbst. Höllenangst schnürte des Durslis kurz zuvor so trotzig Herz zusammen, die Lippen, die so frech gelästert hatten, bebten, und seine Zähne klapperten noch lauter als die Zähne seiner Kinder, wenn sie beteten, vom Frost geschüttelt.

Dursli, der lange nie zu seinem Gott gebetet, denselben verhöhnt hatte, derselbe Dursli betete jetzt in heißer Seelenangst zum Teufel und seiner Großmutter, bat seine Lästerungen ab, bat, daß sie ihn doch ruhig ließen, daß er ihnen ja gern wolle helfen Teufel sein und im Lande herum hausieren wolle mit Ausweisungen und Branntewein, und daß er ihnen helfen wolle den Leuten die Haare noch verflüchter zusammenknüpfen, als sie es bereits wären. Da schien es dem zum Teufel Betenden, als ob derselbe zu seiner Großmutter sich neige, als ob es darauf hinter ihnen zu seufzen und zu stöhnen beginne, als ob etwas schlüpfe zwischen beiden durch über ihn weg und wie Windeswehen hinaufeile gegen die Koppiger Gaß mit fliegendem Atem.

Aber nur einen Augenblick hörte er es, dann brach es los, als ob die ganze Hölle von dem Teufel und seiner Großmutter aufgerufen worden sei gegen ihn. Es heulte wie Hundegebell, es schmetterte wie Pferdewiehern und Hufengestampf, es klang wie das Hallo brünstiger Jäger, wie Sporengeklirr und Peitschenknall, es klang und tönte über den Boden hin, durch die Kronen der Bäume auf ihn ein. Ihm wollten die Sinne vergehen. Aber die wilde, gräßliche Jagd weilte nicht bei ihm, sie eilte dem seufzenden Windeswehen nach hinauf in den Wald dem Lindenhubel zu. Und wie der gräßliche Spuk weiter und weiter vertönte, ward freier und freier des wilden Mannes in Todesangst geklemmte Brust, höher und höher hob er sein Gesicht aus der Pfütze. Und als er nichts mehr hörte, als er mit seinen verkoteten Augen auch den Teufel und seine Großmutter nicht mehr sah, da begann es ihm zu wohlen, und er erhob sich. Schräg durch den

Wald der Ecke des Einschlags zu zielend, um auf die Gasse zu kommen, tappte er mit zitternden Beinen vorwärts und dachte bei sich, wenn er jetzt dem Teufel entrinne, so söll dä ne de gwüß nümme übercho.

Schwarz wie die Hölle war der Wald, den Weg fühlte er unter den Füßen, er sah nicht einmal die über einem Weg übliche Heiteri durch die Bäume. Vorsichtig tappte er auf dem bösen Wege, und er meinte schon, als heitere es ihm etwas gegen das Koppiger Türli zu, da ward oben im Walde gegen das Oberholz zu wieder hörbar ein seltsam Schnauben und Tosen. Als ob ein gespenstig Wild oberhalb dem Lindenhubel bei dem alten Jägern wohlbekannten Kreuzwege im Lohn sich gewendet und durch das Oberholz nieder dem verlassenen Lager zueile und hinter ihm drein die wilde Jagd, die Hunde und die Jäger, alles auf der Feldseite dem Bühl nach den Wald nieder, tobte es näher und immer näher, immer schauerlicher, immer grausiger. Kalt wurde es Dursli ums Herz, jetzt konnte er Glauben fassen, aber den gräßlichen Glauben, daß der Teufel ihn nicht lassen wolle, und dieser Glaube stellte ihm die Haare bolzgrade auf, und eisig faßte ihn der Gedanke, warum er früher nicht einen andern Glauben hätte fassen können? Als mit diesem eisigen Gedanken glühende Reue ihm in die Seele glitschte, rauschte wieder an ihm vorüber das frühere Windeswehen mit Seufzen und Keuchen, aber markdurchdringender, herzdurchschneidender, rauschte wie in letzter Anstrengung durch den offenen Wald, die alten Eichen hin, die Wolfrichti hinab dem Bachtelenbrunnen zu.

Aber hinter ihm heran stob das wütende Heer heulend durch die Bäume, wilder klafften die Hunde, wilder schnoben die Rosse; durch Sporenklirren und Peitschenknall wie Donner Gottes klang der Jagdhörner Geschmetter, wie das Bersten der Erde der wütenden Jäger Jagdruf, und hintendrein schien ihm auf haushohem Roß, schwarz wie die Nacht, lang und schwärzer wie die Nacht, der Teufel selbst zu reiten mit wildem Ruf und Peitschenknall. Hart an ihm vorüber stürmte die wilde Jagd, und noch näher an ihm vorbei sauste der schwarze, gewaltige Reiter, und unter seinem Kinn fühlte er dessen Stiefelspitze, fühlte unter seinen Füßen den Boden nicht mehr, und als führe er wie ein Stein von der Schleuder durch die Lüfte, ward ihm zumut.

Und mitten in der schwarzen Nacht schien plötzlich ein gräßlich Feuer vor ihm aufzuwallen, ein flutend Flammenmeer; eine unwiderstehliche Gewalt warf ihn mitten hinein in dasselbe, die Feuerwellen schlugen über ihm zusammen, brannten ihm bis ins Herz hinein, brannten ihn immer fürchterlicher, aber verbrannten ihn nicht. Alles ward an ihm zu Feuer, aus den Augen siedeten Feuerströme, aus den Ohren sprühten Flammenbogen, und doch sah er mit den Augen, hörte mit den Ohren. Er sah mit den Augen einen gräßlichen, glühroten Teufel mit feurigem Tannenbaum das Feuer schüren in dem ungeheuren Ofen, aus dem die Feuerwellen quollen häuserhoch, und in der Ofenglut schienen Tausende von Menschen sich zu winden, zu feurigem Knäuel geballt; und mitten hinein in diesen Ofen fühlte er sich selbsten fallen, und mit dem glühenden Tannenbaum rührte ihn der Teufel in den glühenden Knäuel mitten hinein. Da erfuhr er, was Höllenpein sagen will.

Und wie der Teufel ihn herumrührte im Ofen, daß das Feuer aufbrodelte mit wütender Gewalt und jedes Härlein an ihm zur eigenen Hölle wurde vor Hitze und Glut, so rollte die Worte in heiserem Donner der Teufel ihm zu: »Kennst du jetzt den Ofen, der dem Teufel seine Pinten heizt mit lauter Vätern, deren Kinder froren in schlechten Schuhen auf kaltem Ofen, während die Väter Branntewein soffen?« Und aufs neue rührte der Teufel von Grund auf die Glut, und Tausende von Menschenhäuptern wirbelten von neuem auf wie glühende Kohlen, und in den Häuptern glänzten die Augen, und aus ihnen quollen Feuerströme, die heißen Tränenströme der Väter, deren Kindern anfroren auf den kalten Backen ihre kalten Tränlein, während die Väter in warmen Pinten saßen. Und wie der Teufel den Knäuel wieder umrührte mit seinem Tannenbaum, das Feuer neu aufzischte, hob eine Flut ihn empor über den Ofen hinaus, und tiefer und tiefer sank er wieder ins Feuermeer. Für diese Hölle ward er zu leicht erfunden.

Bald sah er es unter sich glitzern und funkeln, wie Eisen im Feuer funkelt, wie gezückte Schwerter in der Sonne blinken, und wie ein Lanzensee bohrte es sich ihm entgegen. Millionen Hecheln warens, nebeneinander in unendlichen Weiten, weltenhoch aufeinandergetürmt; in diese Hecheln hinein regnete es

Menschen fort und fort, und er fiel hinein und durch eine Reihe nach der andern, und die Reihen nahmen kein Ende, und jede untere Reihe war feiner als die obere Reihe und durchbohrte, was die andere ganz gelassen. Billionenmal durchstochen von den feurigen Spitzen, zerriß er dennoch nicht, sein Leib war zäch geworden, wie es seine Seele war; aber unbeschreiblich war diese Pein und des feurigen Ofens Pein dagegen wie Hochzeitlust. Und mitten in den Hecheln rollten glühende Walzen, und zwischen die Walzen rollten die Zerfetzten und, zusammengedrückt in den Walzen, wieder in die Hecheln hinein, in feinere und immer feinere.

Das Fallen nahm kein Ende, und an jeder Walze stund ein rotglühender Teufel und wirbelte Wolken feurigen Pfeffers auf die Zermalmten und lachte ihnen zu mit teuflischen Gebärden: das sei des Teufels Truel, wo er für seine Pinten den Branntewein presse aus denen, welche auf Erden Herzen gepeinigt, gemartert, zerdrückt hätten, ihrer Weiber, ihrer Männer, ihrer Kinder Herzen. So fiel er von Hechel zu Hechel, von Walze zu Walze und endlich in eine, aus der er nicht wieder hinauskam; es ward wieder finster um ihn, durch die schwarze Nacht schien er wieder zu fahren und verlor sich selbst darin nach und nach.

Ausgetobt hatte der Sturm, durch zerrissene Wolken glänzte der untergehende Mond, gegen Morgen dämmerte Licht, und stille wars über der Erde; es war, als ob sie in tiefer Andacht lauschen wolle der frohen Kunde, daß ihr heute der Heiland geboren worden, der Ehre Gott in der Höhe bereiten werde und Friede den Welten.

Beim Koppiger Türli in der alten Griengrube regte es sich, und tiefes Stöhnen drang über die Ränder derselben. Dort lag Dursli, und in ihm dämmerte nach und nach wieder Bewußtsein empor, er begann zu fühlen, daß er noch lebe; aber schrecklich, in dumpfer Rückerinnerung des gräßlichen Traumes, schien ihm sein Zustand, wie Feuer brannte es ihn im Halse, in den Augen, allenthalben, zerstochen, zerfetzt schien ihm sein Leib, herumgewirbelt in feurigen Walzen. Er begann sich zu erinnern, wie ihn der Teufel mit seines Stiefels Spitze seiner Hölle zugeschleudert, und zu welchen Qualen er verdammt worden, weil er seine Kinder hungern und frieren ließ, während er in allen Kneipen schlemmte, weil er das Herz seines braven Weibes täglich gemartert hatte in scheußlicher Unbarmherzigkeit. Heiß brannte ihn der Angstschweiß, aber nicht auf der Stirne - wer sich in der Hölle glaubt, dem brennt der Angstschweiß auf dem Herzen - und im Frost klapperten seine Glieder.

So lag er lange in schauerlicher Stille und lauschte seiner Qual. Aber stille blieb es um ihn, er hörte nicht des Feuers Prasseln, nicht der Walzen zermalmend Knirschen, nicht des glühroten Teufels Hohn, nicht der zermalmten Menschen Angstgestöhn, und stille schien ihm sein Leib zu liegen, nicht herumgewirbelt zu werden im Ofen, nicht zu fallen von Hechel zu Hechel; er wußte nicht mehr, wo er war. Er versuchte, die Augen zu öffnen, lange umsonst, und als die verkleisterten Augenlider endlich sich trennten, sah er keine Nacht mehr, keine Teufel, kein Feuer, es flimmerten Sterne ihm in die Augen, und der stille Mond warf seinen lieblichen Blick ihm zu.

Da kam ein unbeschreiblich Gefühl über ihn, da wußte er, wie es einem armen, verdammten Sünder zumute wird, wenn ihn Gottes Hand aus der Hölle führt; denn das wußte er nun, in der Hölle war er nicht mehr, da glänzen Gottes Sterne nicht, da spendet nicht der stille Mond seinen tröstenden Schein. Aber wo war er: War er im Himmel? Er konnte es nicht glauben; er wußte nun, daß ein gewissenloser, unbarmherziger Vater nicht in den Himmel komme. Seinen schweren, zerschlagenen Kopf hob er mühsam auf, sah mit immer tieferem Staunen um sich, denn er sah Baumwipfel, sah eine Grube um sich, hörte Wasser rauschen dicht neben sich; mühsam hob er höher sich auf, da sah er sich im Walde, sah eine Straße, sah ein Türlein, Felder hinter demselben und hinter denselben ein langes Dorf, und endlich ward es ihm deutlich, daß er noch auf Erden sei und zwar in der alten Griengrube beim Koppiger Türli. Da saß er nun, der jämmerlich zerschlagene, im Froste klappernde Mann, verwirrt und betäubt; und ehe er zur Besinnung gekommen, wie er in diese Griengrube geraten, ob auf einem natürlichen Wege oder von guten Geistern aus der Hölle hieher getragen, übermannte ihn ein markdurchdringend Gefühl seiner Erbärmlichkeit, er weinte bitterlich, seit Jahren zum erstenmal. Seit Jahren zum erstenmal war der Feuergeist so recht gründlich aus seinem Leibe gewichen, und in seinem Leibe hatte er nichts mehr als seine arme Seele; seit Jahren war der Feuergeist, der Branntewein Meister in diesem Leibe gewesen, er hatte geredet und gehandelt, und seine arme Seele war in seinem Leibe nur gewesen, was ein arm, schitter, weinend Mutterli, das ein bös Söhnisweib nur in finsterem Winkel duldet und dort nicht einmal einen Seufzer verträgt.

Nun hatte die kühle, nasse Nacht den Feuergeist gänzlich aus dem Leibe gejagt, und draußen in der Griengrube war kein Branntewein. Dursli trug glücklicherweise kein Gütterli bei sich, den bösen Geist konnte er nicht zurückrufen. Nun begann seine Seele sich zu regen, die arme Seele aus ihrem finstern Winkel hervor; und diese arme Seele, nun nicht mehr unter der Gewalt des Feuergeistes verstummt, begann zu reden wie mit tausend Zungen von Weib und Kindern, von falschen Freunden und teuflischen Verführern, von Elend und Not, von Gott und dem Teufel, und tausend Ohren schienen ihm zu wachsen und zu vervielfältigen alles, was seine tausend Zungen sprachen. Was andern in Jahren Stunde um Stunde ihr Gewissen zuraunt, überflutete Dursli auf einmal in Sekunden. Diese Flut war nicht eine Rede, nicht ein langes Vorhalten vieler Dinge, es war das blitzartige Aufrollen seines ganzen Lebens, unverschleiert, unübertüncht, in seiner ganzen grellen Sündhaftigkeit. Wie er es gehabt, und wie er jetzt dran sei, was Weib und Kinder ausgestanden, und wie er selbst sein eigener Teufel gewesen, wie er aus dem fröhlich singenden Dursli einen wüsten, wilden Mann gemacht – das stund alles lebendig vor seinem inneren aufgegangenen Auge. Da durchdrang ihn, als das Bild so recht lebendig vor ihm stund, eine grenzenlose Mutlosigkeit, die tiefste Selbstverachtung; in so tiefes Elend hinein hatte er sich reißen lassen, mit so kleiner Mühe hatte er sich aus einem liebenden Gatten und Vater zum Peiniger seines Weibes, seiner Kinder umschaffen lassen! Da fühlte er den Sinn in sich, der betet: »Mein Gott, ich schäme mich, mein Angesicht aufzuheben zu dir, mein Gott! Meine Missetaten sind über mein Haupt gewachsen, meine Schuld ist groß geworden bis in den Himmel.« Da kamen von selbst aus seiner Seele die Worte: »Ihr Berge, fallet über mir zusammen, ihr Hügel, decket mich!«

Und in diesem Elend kam die Sehnsucht über ihn nach seinen Kindern, nach seinem Bäbeli; wenn er den Kindern nur noch ein Müntschi geben, wenn er Bäbeli nur noch einmal die Hand geben und ihm sagen könnte, wie leid ihm alles sei, dann, dünkte ihn, wolle er gerne sterben. Und wie er so sterbensmatt da schlotternd saß in der Griengrube, so dünkte ihn, er wisse nicht, wie weit noch sein Sterben sei, und wenn er noch einmal zu Weib und Kindern wolle, so müsse er eilen. Und so richtete er langsam sich auf; kein Glied war ihm gebrochen im Falle, aber gar langsam trugen ihn diese matten, zerschlagenen Glieder.

Schon beim Türli mußte er wieder stillestehen und sich lehnen an den Türlistock, sein Leib dünkte ihn viele, viele Zentner schwer, und als ob er mit den Beinen tief in der Erde ginge, war es ihm; und seine Seele war auch so matt und trostlos, daß er keinen Mut mehr darin fand, heimzugehen und sein Elend zu bekennen. Und als er so mutlos sich lehnte an den Türlistock, begann es im vor ihm liegenden Dorfe zu läuten. Es war das Zeichen, daß die Menschen erwacht seien, daß sie sich bereiten wollten, dem Herrn Lob und Ehre darzubringen an seinem heiligen Tage, und alsobald mischte diesem Geläute das Kirchlein des Dorfes, woher Dursli gekommen war, seine schwesterlichen Klänge bei; und so, wie es von beiden Kirchen her läutete hell und klar, so kamen aus weitern Kreisen her die Stimmen anderer Kirchen und bildeten zu den hellen Klängen den feierlichen Chor. Da ward ihm feierlich zumute; es war ihm, als riefe ihm dieses Läuten zu, heimzukehren, es war ihm, als ob auf dem Grunde seines Herzens sich ein Hoffen zu regen beginne auf eine neue, kommende Zeit, als ob ihm der Glaube käme, daß auch ihm heute nicht nur der Welt Heiland, sondern gerade sein eigener Heiland geboren worden, als ob jede Glockenstimme eine Mahnung sei, daß Freude im Himmel sei über jeden sich bekehrenden Sünder und ein Frohlocken bei den heiligen Engeln, als ob jeder Ton, der ihm in die Ohren dringe, eine Verheißung sei, daß die Kraft Gottes so gut in sein Herz kommen könne als seiner Glocken Stimme. [...]

Weihnachtslied

Clemens Brentano

Kein Sternchen mehr funkelt,
Tief nächtlich umdunkelt
Lag Erde so bang,
Rang seufzend mit Klagen
Nach leuchtenden Tagen,
Ach! Harren ist lang.

Als plötzlich erschlossen,
Vom Glanze durchgossen,
Den Himmel sie sieht;
Es sangen die Chöre:
Gott Preis und Gott Ehre!
Erlösung war da.

Es sangen die Chöre:
Den Höhen sei Ehre,
Dem Vater sei Preis,
Und Frieden hienieden,
Ja Frieden, ja Frieden,
Dem ganzen Erdkreis.

Wir waren verloren,
Nun ist uns geboren,
Was Gott uns verhieß,
Ein Kindlein zum Lieben,
Und nie zu betrüben,
Ach, Lieb' ist ja süß!

O segne die Zungen,
Die mit mir gesungen,
Du himmlisches Kind!
Und laß dir das Lallen
Der Kinder gefallen,
So lieblich und lind.

O Friede dem Zorne,
O Röschen, dem Dorne
So lieblich erblüht;
Süß lallende Lippe
Des Kinds in der Krippe,
Dir gleicht wohl dies Lied.

An Frau Constanze Storm in Husum

Theodor Storm

Berlin, den 24. Dezember 1852.

Reinhardts Hotel.

Deinen Brief, meine Constanze, erhielt ich gestern. Ihr seid ja, Gott sei Dank, alle wohl. Rührend war mir Dein sorgenvolles Aufzählen der kleinen Ausgaben, während das Geld mir hier so im großen durch die Finger fällt. Wie ich rennen und laufen und antichambrieren muß, ersiehst Du aus dem Reisebericht; diese offiziellen Visiten nehmen den Tag weg bis mittags 3 Uhr, nach dem Essen ist es dunkel.

Wir haben es daher noch nicht erreicht, die Museen sehen zu können, und Fritz wird am 26. ohne das abreisen; denn in den Festtagen ist nichts offen. Ballett und Schauspiel sahen wir. Davon zu Hause. Vorgestern trafen wir verabredetermaßen mit der Dunckerschen Familie in dem kolossalen Krollschen Etablissement zusammen, und aßen mit ihm, Frau (sehr feine, hübsche Berlinerin), Gouvernante und drei Töchtern (8 bis 12 Jahre) zu Abend; dann gingen wir im prächtigen Mondschein um 11 Uhr zusammen nach Hause. Übrigens bin ich heute abend auf drei Stellen, bei Kretzschmer, Duncker und durch ein zärtliches Billett von Mimi [geb. Esmarch, Frau Karl von Wartenbergs] bei Wartenberg zur Kinderfreude eingeladen. Zu den beiden ersten

Stellen, die ich zuerst zusagte, werde ich wohl ein Stündchen hingehen. Mimi liegt mir zu weit weg. Aber mein Herz ist mir inwendig recht ein bißchen entzwei. – Mein Ernemann, mein Bursche klein, Papa ist ganz allein, allein, er sitzt und denket immer an Mama und Hans und Ernemann. Auf den Straßen ist der schönste Wintersonnenschein, alles läuft mit Tannenbäumen und Pyramiden und Spielsachen, die aus den Taschen herausgucken, oder läßt es sich durch Bediente nachtragen. In einem Ladenfenster steht der Weihnachtsniklas in Lebensgröße, mit langem Bart und Rute und Spielsachen – und Du und meine kleinen Kinder, Ihr mit Eurer bescheidenen Weihnachtsfreude, zu der ich diesmal gar nichts beitragen kann, mein Herz, mein süßes Herz, ist mir recht schwer.

2. Weihnachtssonntag, 2 Uhr.

Der Weihnachtsabend wäre denn überstanden. Das war der trübseligste, den ich noch erlebt. Das Schattenbild unserer heimatlichen Weihnachtsfreude stand mir immer vor Augen; und mir war immer, als fühlte ich, Du seist nun tiefbetrübt; und es war auch nicht das kleinste Zeichen von mir auf Eurem Tisch, nicht einmal ein Brief. Könnte ich nur eine, eine Stunde bei Euch sein, um mein Herz zu stärken für diese fatale Geschäftigkeit. Wie bin ich hier so allenthalben übrig und lästig! Und doch werde ich so geliebt und bin Euer bestes Glück. Kretzschmers sind mir freilich mit alter Herzlichkeit entgegengekommen; sie haben jetzt nur so viele Kinder, sonst würde ich auch dort logieren. Ich blieb denn auch gestern abend da hängen, ich konnte mich nicht entschließen, von mir so vertrauten Menschen zu Dunckers zu gehen. Die Frau meinte, ich wäre ihr nun schon grad' wie ein Vetter und Verwandter.

Die Weihnacht war wie bei uns, teilweise etwas kostbarer, aber verständig und ohne alle Ostentation. Die Kinder waren selig, ein reizendes kleines Mädchen, Du hättest sehen sollen, wie sie mit ihrem Kochgeschirr hantierte; der älteste Junge, Theodor, gemütlich, wohl Hans ähnlich, küßte seine Eltern und versicherte einmal über das andre, bessere Eltern als seine gäbe es in der Welt nicht. Eine alte Dame mit ihrer Nichte (letztere Musikerin von Fach), getaufte Jüdinnen, sehr nett, die alte die hübscheste, liebenswürdigste Matrone, die ich gesehen, teilten die Freude als Hausgenossen und Bekannte. Zuletzt blieb ich bis 11 ½ Uhr allein bei Kr. und Frau; unser unerschöpfliches Thema waren unsre Kinder; Deine Gesundheit in sehr gutem Punsch wurde nicht vergessen.

Das wunderbare Schreibzeug

Heinrich Seidel

Es war einmal ein armer Student, der lebte in einer großen Stadt einsam und allein und hatte keinen Menschen, der sich um ihn gekümmert hätte.

Eines Tages im Sommer, als er in der Dämmerung durch die Straßen ging, begegnete ihm ein sonderbarer Mann mit einem Hundekarren. Der Mann war nicht groß und etwas buckelig, trug einen langen grauen Rock mit großen Taschen, und ein schwarzer Hut mit breiter Krempe verdeckte sein kleines graubärtiges Gesicht, so daß er, wenn er mit seinen tiefliegenden dunklen Augen jemand ansehen wollte, den Kopf ganz in den Nacken legen mußte. In dem zugeknöpften langen Rocke und dem breitkrempigen Hut sah er beinahe aus wie ein riesiger Pilz.

Der Mann ließ seinen Wagen auf der Straße stehen und ging in die Häuser, denn er kaufte Lumpen, Knochen und alle solche Dinge, die kein Mensch mehr gebrauchen konnte. Heinrich sah ihn eben in einer Haustür verschwinden, als ein Straßenjunge ankam und den armen grauen Hund, der sich nicht wehren konnte, mit einem Stocke neckte. Als der Hund knurrte und bellte und nach dem Stocke schnappte, fing er sogar an, ihn zu schlagen, indem er sich an dem Gewinsel des armen Tieres ergötzte. Heinrich geriet in gewaltigen Zorn darüber, riß dem Jungen den Stock aus der Hand, und indem er ihn herzhaft damit prügelte, sagte er: »Warte nur, du sollst auch einmal fühlen, wie das tut.« Der graue Mann war eben wieder aus der Tür getreten und bat

Heinrich, einzuhalten. »Lassen Sie den Jungen nur laufen, er wird es gewiß nicht wieder tun«, meinte er. Heinrich ließ den brüllenden und ganz verdutzten Jungen los und streichelte den Hund, der ihm dankbar die Hand leckte. Der Lumpensammler sah aber den armen Studenten freundlich an, drückte ihm die Hand und sagte: »Das will ich Ihnen gedenken… komm Bello!« Aber der Sommer verging, es ward Herbst, bald fielen die ersten Schneeflocken, und es kam die schöne Weihnachtszeit, ohne daß Heinrich den alten Mann wiedergesehen hätte.

Am Heiligen Abend, als es dunkel wurde, wanderte er durch die Straßen der Stadt durch das Treiben und Drängen des Weihnachtsmarktes und war traurig und allein. Er bog in eine dunkle Gasse, es wurde ihm so weh in dem bunten Gewirr; da hörte er sich plötzlich angerufen und sah den alten grauen Mann in der Tür eines verfallenen Hauses stehen. »Kommen Sie herein«, sagte der Mann, »heute will ich Ihr Weihnachtsmann sein.« Er führte ihn in ein kleines warmes Stübchen. Eine Lampe stand auf dem Tische, davor eine aufgeschlagene Bibel. An den Wänden waren auf Borten allerlei Gegenstände aufgestellt, brauchbare und nicht brauchbare Dinge: Bücher und Gläser, Kochgeräte und alte Bilder, zerbrochene Töpfe und tausend andere Gegenstände, wie sie sich im Laden eines Trödlers finden.

Heinrich und der alte Mann begaben sich an den Tisch. Dieser setzte eine große Hornbrille auf und las mit zitternder Stimme das Weihnachtsevangelium. Andächtig saß der Student und hörte zu, und Bello spitzte seine Ohren und sah seinen Herrn so klug an, als ob er alles verstünde. Die zitternde Stimme des Alten aber, hob sich mehr und mehr, und klar und deutlich schloß er mit dem Spruche der Engel: »Ehre sei Gott in der Höh' und Friede auf Erden und den Menschen ein Wohlgefallen.«

Dann kramte er in einem Auszuge und brachte eine Flasche Wein und einen großen Kuchen herbei. »Jetzt wollen wir Weihnacht feiern«, sagte er, »und Kuchen essen und Wein trinken. Heute ißt alle Welt Kuchen, und Bello bekommt auch welchen … das soll uns schmecken, nicht, Bello?« Er schenkte den Wein in zwei funkelnde geschliffene Kristallgläser und forderte Heinrich auf zu trinken. Wie das duftete! Feurig rollte ihm das Blut durch die Adern; es war ihm, als verdufte ihm der Wein auf der

Zunge, er glaubte lauter Geist zu trinken. Wie anders erschien ihm jetzt das ärmliche Gemach des Trödlers. Kostbare Vasen und herrliche Glasgefäße, die er zuvor für zerbrochene Töpfe gehalten hatte, schimmerten an den Wänden. In den Ecken und Winkeln raschelte und huschte es geheimnisvoll; zuweilen schien es ihm, als sähen bärtige Zwergenköpfe hinter den mächtigen goldverzierten Büchern hervor oder guckten aus den bunten Vasen heraus. Aber wenn er schärfer hinsah, war nichts Ungewöhnliches zu sehen. Der Alte hatte sich einen bunten Schlafrock angezogen und eine hohe spitze Mütze aufgesetzt, so daß er aussah wie ein Zauberer.

»Jetzt besehen wir Bilder«, sagte er und legte einen großen Folianten auf den Tisch. Dann schlug er das Buch auf und berührte die Bilder mit einem bunten Stäbchen. Da war es, als würde alles lebendig.

Wie das lebte und wimmelte; das war ein Weihnachtsmarkt. Da waren Läden mit Spielsachen und bunten Pyramiden. Wie die Lichter schimmerten! Die Menschen gingen und kauften.

Dort standen auch Tannenbäume. Eine arme Frau hatte sich einen ganz kleinen Tannenbaum gekauft. Ihre beiden kleinen Kinder hatten sie ans Kleid gefaßt und waren sehr glücklich; nun bekamen auch sie einen Tannenbaum. Heinrich glaubte das Rufen der Verkäufer und die klagenden Töne der Drehorgel zu hören. Gingen nicht die Leute durcheinander? Das war ja kein Bild, das lebte alles und war wirklich... »Umschlagen!« befahl der alte Mann, und Heinrich glaubte, einen Zwerg unter dem Blatte zu bemerken, der rasch umschlug und dann verschwand, als wäre er in das Bild hineingekrochen.

Ein Seesturm. Wie die Wellen wogten und schäumten! Ein Schiff tanzte auf den Wellen; das Wasser spritzte über das Deck hin.

Das war ein Weihnachtsabend auf der See. An der Lee-Seite, geschützt vor Wellen und Wind, saßen Matrosen und rauchten und schwatzten miteinander.

Den Arm um den Mast geschlungen, stand aber unbekümmert um Wind und Wetter der braune Schiffsjunge. War es Salzwasser oder waren es Tränen, die sein Gesicht benetzten? Jetzt sprangen seine Geschwister um den grünen strahlenden Tannenbaum, jetzt dachte seine Mutter an ihn und weinte wohl und betete für den Sohn auf der weiten, wilden See. Es war Weihnachtsabend, und er noch so jung.

Ein anderes Blatt ward aufgeschlagen.

Auf dem Tische stand ein Tannenbaum mit vielen Lichtern. Studenten saßen ringsum und tranken Punsch; die wollten auch Weihnacht feiern auf ihre Weise. An dem Tannenbaum hingen allerlei närrische Sachen: Kinderflöten, Hampelmänner und komische Puppen mit großen Köpfen. Darunter lag Papier, und Körbe standen umher. Da hatten sie ausgepackt, was ihnen aus der Heimat geschickt war. Briefe und Geschenke waren dabei gewesen von Eltern und lieben Verwandten und wollene Strümpfe und viele Pfeffernüsse. Der eine hatte eine Mettwurst gefaßt und sah sie an, als wolle er sagen: »Na, du sollst mir schmecken!« Es saß auch einer etwas an der Seite, der hatte eine bunte gestickte Brieftasche in der Hand und küßte sie heimlich, und es war Heinrich, als höre er Gläser klingen und fröhliches Gelächter.

Nun kam ein trauriges Bild.

Der Vater lag auf dem Sterbebette. Die Mutter hatte die Hände unter seinen Kopf gelegt und hielt ihn, daß er seine Kinder noch einmal sehe. Diese standen um das Bett herum und weinten. Es war auch ein kleiner blonder Krauskopf dabei, der weinte recht erbärmlich, aber er weinte wohl nicht um den Vater, denn sein kleiner Verstand begriff noch nicht, was sterben heißt, er weinte, weil er nicht lachen und springen durfte, und weil er keinen Tannenbaum haben sollte wie die anderen Kinder.

Und die Blätter wurden umgeschlagen, und Heinrich saß und schaute und vergaß alles um sich her und lachte und weinte vor Freude über alles Herrliche, was sich seinen Blicken zeigte.

Immer lebendiger wurden die Bilder; ihm war, als schaue er in einem Rahmen die wirkliche Welt.

Als nun das Buch zu Ende war, rauschten die Blätter und wuchsen und breiteten sich aus. Grüne Tannenzweige schossen daraus hervor, höher und höher, und lichte Funken sprühten dazwischen. Aus den Wänden sproßte grünes lustiges Gezweige, die Decke wuchs empor, es war, als drängten die Tannenzweige sie vor sich her. Lichter flimmerten auf den Zweigen, und aus dem Fußboden wuchsen mächtige Blumen mit geschlossenen

Knospen. Sie taten sich auf mit süßem Duft, und luftige Gestalten schwebten hervor mit zarten Flügelchen. Sie wiegten sich anmutig durch die Luft, und als der arme Student aufsah, war aus den Blättern des Buches ein mächtiger Tannenbaum hervorgewachsen mit tausend strahlenden Lichtern.

Heinrich bemerkte jetzt, daß er ganz allein sei. Plötzlich aber taten sich die Tannenzweige voneinander, und ein schönes Mädchen trat hervor in einem weißen Kleide mit einem Fichtenkranz im Haar. Sie nahm Heinrich bei der Hand, und sie stiegen auf den Zweigen wie auf einer Wendeltreppe empor in den mächtigen Tannenbaum, Heinrich wagte nicht zu sprechen; ihm war so feierlich zumute, und das Mädchen war so schön. Es war ihm immer, als höre er in der Ferne die mächtigen Töne einer Orgel und den Gesang andächtiger Menschen. Sie stiegen immer höher. Zuweilen sah er durch die Zweige den dunklen Nachthimmel mit seinen blitzenden Sternen. Oben aber blickte er plötzlich hinaus über die ganze Stadt. Die Häuser strahlten und leuchteten im Weihnachtsglanze, und fröhliche Stimmen drangen zu ihm herauf. »Sieh empor«, sagte das Mädchen.

Und er bemerkte einen weißen Nebel am Himmel, der zerriß plötzlich, und es war, als sähe er mitten in den Himmel hinein. Da schwebten in strahlenden Wolken Engel in weißen Gewändern auf und nieder und trugen Palmenzweige in den Händen und sangen: »Ehre sei Gott in der Höh' und Friede auf Erden und den Menschen ein Wohlgefallen.«

»Aber es ist nun hohe Zeit, daß Sie nach Hause gehen«, schnarrte ihm plötzlich die Stimme des alten Trödlers ins Ohr, »es ist bald Mitternacht!« Und da saß er wieder am Tische, und alles sah ganz gewöhnlich aus. Das Buch war fort, und der Alte kramte in einer Schieblade. »Sie schliefen wohl recht schön«, meinte er jetzt. – »Habe ich denn geträumt?« sagte Heinrich ganz verwirrt. – »Gehen Sie zu Bette, Sie sind müde«, sagte der Alte, »und hier will ich Ihnen auch etwas schenken, das kann ein fleißiger Student wohl gebrauchen.« Damit drückte er ihm ein altes, wunderlich geformtes Schreibzeug in die Hand und schob ihn zur Tür hinaus. Und als Heinrich durch die gasbeleuchteten Straßen nach Hause wankte, da war es ihm wie ein Traum.

Als Heinrich am anderen Morgen spät erwachte, glaubte er, er hätte alles geträumt; aber da sah er das Schreibzeug auf dem Tische stehen, das ihm der alte Mann geschenkt hatte. Alle die bunten Bilder zogen an seinem Geiste vorüber, die er am vergangenen Abend geschaut hatte. Er stand auf und sah aus dem Fenster. In der Nacht war Schnee gefallen. Die weißen Dächer lagen im Sonnenschein, der Himmel war klar, die Sperlinge zwitscherten, und die Luft war voller Glockenklang.

Am Abend saß Heinrich einsam in seinem Stübchen am Tische. Er hatte einen Bogen weißes Papier vor sich und betrachtete nachdenklich das Schreibzeug. Dieses war zierlich aus Metall gearbeitet, es befand sich ein Sandfaß, ein Tintenfaß und ein Behälter für Stahlfedern darin. Zierliche, von durchbrochenem Blätterwerk gebildete Ranken anmutig ineinander geflochten, bildeten das Gestell. Zwischen den Blättern saßen niedliche Eidechsen, Käfer und Schmetterlinge. Zwergengestalten mit bärtigen Gesichtern lugten hier aus den Ranken, und dort aus den Blumen neigten sich mit halbem Leibe leichte Elfchen vor. Ja, zuweilen war es Heinrich, als lebe alles und bewege sich durcheinander, aber dann war alles wieder starr und steif. In der Mitte aber, wie in einer kleinen Grotte, saß unter den Blättern ein feines, zierliches Mädchen mit einem Krönchen auf dem Haupte und einem Stäbchen in der Hand; das war so fein und zart gearbeitet, daß Heinrich kein Auge davon verwenden konnte.

Ihm war, als müsse er etwas schreiben.

Als er die Feder ins Tintenfaß tauchte, fühlte er einen leisen Schlag und ein Zucken in den Fingern, und jetzt sah er deutlich: der eine der Zwerge nickte ihm zu, und jetzt auch die anderen, und dann war alles Leben und Bewegung. Die Ranken dehnten sich aus und wuchsen und breiteten sich über den Tisch. Prächtige Blütenbäume schossen in die Höhe und sandten rankende Zweige und blumige Schlingen nach allen Seiten. Die Zwerge kamen hervor und verschwanden wieder zwischen den Ranken. Köstliche Blumen, rot, weiß und blau, taten sich auf; aus jeder schwebte ein Elfchen hervor und flatterte dann in das Blütengewirr hinein. Bis zur Decke hinauf war nun alles voller Blüten und Blätter und zierlicher Ranken. Schmetterlinge gaukelten dazwischen, große glänzende Käfer krochen an den Stengeln, und schillernde Eidechsen schlüpften durch die blumigen Gewinde.

Da taten sich die Zweige voneinander, liebliche, lustige Musik erklang, und hervor aus dem Blumengewirr kam ein wunderlicher Zug. Voran bärtige Zwerglein mit blitzenden goldenen Trompeten, gebogenen Hörnern, kleinen Pauken und lieblichen Flöten. Dann folgten andere Zwerge in goldblitzenden Harnischen, auf gewaltigen Hirschkäfern reitend. Sie trugen kleine Lanzen in den Händen, und es war lächerlich anzusehen, wie gravitätisch sie auf ihren braunen Rößlein saßen, und wie sich die dicken Käfer mit ihren sechs Beinen bemühten, nach dem Takte zu marschieren. Hinterher kam eine leichte Elfenschar marschiert mit spitzen Hüten, scharfe Grashalme als Schwerter in den Händen tragend. Aber die liefen ein wenig durcheinander, denn das Elfenvolk ist viel zu windig, um ordentlich zu marschieren.

Jetzt klangen silberne Glöcklein, und zierliche weiße Elfenmädchen tanzten herbei, kleine Glöckchen an schwanken Stielen in der Hand, und darauf folgte auf einem von Blüten geflochtenen Throne, getragen von zwölf Elfen, ein wunderschönes Mädchen, ein goldenes Krönchen auf dem Kopfe und ein weißes Stäbchen in der Hand. Zur Seite gingen graubärtige Zwerge in flimmernden Schuppenpanzern, mit blanken Hellebarden bewaffnet. Über dem Thron und hinter ihm, ihn von allen Seiten umschwärmend, tummelten sich lustig flinke Elfen auf prächtigen Schmetterlingen. Sie trugen blitzende Lanzen in den Händen, so fein und glänzend wie Sonnenstrahlen. Dann folgten wieder Mädchen mit Glöckchen in den Händen, dann eine Schar lustiger Elfen, und zum Schluß kamen auf flinken Eidechsen geritten schwarzbärtige Zwerge mit Turbanen und krummen Säbeln.

Der Thron wurde in die Mitte hingesetzt, und die bunten Scharen stellten sich zu beiden Seiten auf, bis auf die leichten Schmetterlingsreiter, die lustig in der Luft auf ihren bunten Pferdchen umherschwärmten. Jetzt bliesen die Musikanten einen dreimaligen Tusch, und alle Zwerge und Elfen riefen mit ihren feinen Stimmen dreimal Hurra, so laut sie konnten. Dann erhob sich das Mädchen von seinem Sitze, verneigte sich dreimal vor Heinrich und sprach: »Mein Gebieter und Herr, wirst du mir und meinem Volke erlauben, hier heute nacht ein Fest zu feiern?« – »Wer bist du?« fragte Heinrich, von all dem Wunderbaren ganz verwirrt. – »Ich bin das Märchen«, sprach sie, »und deiner Feder untertan, gnädiger Gebieter.« Und Heinrich nickte mit dem Kopfe, denn er wußte nicht, was er dazu sagen sollte.

Da bildete die lustige Schar einen Halbkreis, der an der Seite, wo Heinrich saß, offen blieb. Die Elfen und Zwerge hockten auf dem Boden, dahinter die Elfenmädchen auf einer Erhöhung, in der Mitte die Königin. Die Hirschkäfer und die Eidechsen wurden in das Moos gelassen, und die Elfen banden ihre luftigen Schmetterlings-Pferdlein mit Spinnenfäden an die Blumen, damit sie sich am Blumensaft erquicken möchten.

Nun begannen die lustigsten Spiele.

Da tanzten Elfen auf ausgespannten Spinnenfäden, kleine Mädchen liefen auf rollenden Tautropfen. Ein dicker Zwerg balancierte eine Königskerze in seinem Gürtel; Elfen kletterten hinauf, und ganz oben stand ein kleiner Knabe auf der Zehenspitze.

Das war ein Kraftstück, und alle klatschten in die Hände und riefen: »Bravo! Bravo!«

Dann wurden Kampfspiele aufgeführt.

Zwölf Mann von der Hirschkäferreiterei kämpften mit zwölf Mann von den Eidechsenreitern. Wie tapfer hieben sie aufeinander los! Die kleinen Säbel klirrten, und hageldicht fielen die Schläge auf die blinkenden Panzer. Die Hirschkäfer fochten eifrig mit und kniffen die armen Eidechsen ganz jämmerlich mit ihren harten Zangen. Der eine hätte eine Eidechse beim Schwanz gepackt. Diese suchte zu entfliehen, trotz allen Spornens; der Reiter aber hatte sich umgedreht und verteidigte sich gegen den Hirschkäferreiter; er bewies, daß er auch im Fliehen zu fechten verstand.

Jetzt folgte ein Luftgefecht. Da schwirrten die leichten Reiter auf ihren flinken Schmetterlingen durch die Luft, bald über-, bald untereinander, das war ein buntes Getümmel. Zuweilen stürzte einer nieder zur Erde, aber wie ein Blitz war er wieder auf den Beinen, bestieg ein anderes Pferdchen und war wieder mitten dazwischen.

Nun wurde getanzt. Das war einmal eine komische Musik. Da kamen die Zwerge angewackelt mit Hacken auf den Schultern und kleine blaue Lichter auf dem Kopfe tragend. Jeder hatte einen blitzenden Edelstein oder ein Stück schimmerndes Erz in der Hand. Sie bildeten einen Kreis, hüpften dann zur Mitte und legten die Steine alle auf einen Haufen. Dann tanzten sie mit wunderlichen Sprüngen umher, während sie mit brummenden Stimmen zu dem Takte der Musik sangen und dabei häufig mit dem Fuße stampften: »Kleine Zwerge, tief im Berge, müssen graben, müssen hacken und sich placken Tag und Nacht, auf und ab, Klipp und Klapp, Trapp, Trapp. Kleine Zwerge, tief im Berge...«

Und während sie so stampften und sprangen, sanken sie allmählich immer tiefer in den Boden. Bald sahen nur noch die bärtigen Gesichter hervor. Dann versanken sie ganz, und nur die blauen Flämmchen flackerten noch an den Stellen, wo sie verschwunden waren. Man hörte noch ganz dumpf unter der Erde den wunderlichen Gesang: »...Trapp, Trapp, auf und ab, graben, hacken...« dann war alles still, und die Lichtlein verlöschten.

Jetzt kam wieder eine leichte, lustige Musik. Da nahmen alle Elfen Blütenzweige in die Hände und schwebten und tanzten anmutig durcheinander, in der Mitte die holde Königin.

Darüber, wie eine bunte Wolke, flatterten die schimmernden Schmetterlinge. Dazu sangen die Elfen leise und anmutig:

»Tanzen, schweben, holdes Leben,
Elfenreigen in der Nacht.
Tanzen, schweben, holdes Leben
Bis der junge Tag erwacht.«

Und wie Heinrich das bunte Gewimmel anschaute, war es ihm, als würde es immer undeutlicher vor seinen Augen, als wäre ein Schleier davorgezogen. Wie im Nebel sah er die zierlichen Gestalten durcheinanderwogen, und wie aus der Ferne hörte er den Gesang:

»Tanzen, schweben, holdes Leben,
Elfenreigen in der Nacht. Tanzen, schweben...«

Dann war alles still, und wie ein dunkler Schleier senkte es sich vor seine Augen.

Als er seine Augen wieder aufschlug, war es Morgen, und er lag ganz ordentlich in seinem Bette. Vom nächsten Kirchturm schlug die Uhr acht. Er rieb sich die Stirn, richtete sich im Bette auf und sah nach seinem Tintenfaß. Das stand auf dem Tische und sah gar nicht anders aus als sonst.

Als er aufgestanden war und sich seinem Tische näherte, da wunderte er sich, denn das ganze Blatt, das er am gestrigen Abend vor sich gelegt hatte, war eng beschrieben, und zwar von seiner Hand.

Als er anfing, das Geschriebene zu lesen, da fand er, daß es eine ganz genaue Beschreibung des Elfenfestes war. Nun erkannte der arme Student, welchen Schatz der alte Mann ihm geschenkt hatte.

Er machte sich sogleich auf, ihn zu besuchen und ihm für sein Geschenk zu danken.

Als er aber in die Straße kam, wo er ihn damals gefunden hatte, war nirgends ein solches Haus zu entdecken, und niemals hat er den alten Trödler wieder gesehen.

Aber noch an manchem Abend stellte er das Tintenfaß auf den Tisch, legte ein Blatt Papier vor sich hin, nahm die Feder in die Hand, und dann geschahen die wunderbarsten Märchen.

Die Kinder aber, die in dem Hause wohnten, hatten es sehr gut, denn des Abends, wenn es dunkel ward, kamen sie zu Heinrich und setzten sich um ihn herum, und dann erzählte er ihnen alle diese schönen Geschichten. […]

Die Weihnachtsfee

Peter Hille

Und Frieden auf Erden den Menschen,
die eines guten Willens sind.

Suchende Sterne ins eilende Haar,
Frierende Sterne, schmelzend zergangen
Über den wunderfeiernden Wangen,
Und die Augen von Liebe so klar.

Wie Glocken klar, wie Reif so rein
Und so duft und so jung und blühend vor Güte
Tau der Frühe himmlische Blüte
Wie Rosen und wie Fliederschnein.

Da steigen die Hände, ein bettelndes Meer,
Augen dunkeln nach Geschenken,
Mir! Mir! Mir! Mich mußt du bedenken!
So steigen die bettelnden Teller her.

Dunkel wirds, ein Wunder steht
Strenge in der Feenseele,
Wie wenn rohe Nacht das Leuchten quäle
Und Ernst in die Güte der Augen geht.

Und es spricht wie klares Licht
Aus dem milden Angesicht:
Geben euch? Was soll ich euch geben,
Alle Wunder habt ihr ja hier,
Eine Erde, die könnt hegen ihr,
In euch selber will der Himmel leben.

Kinder, ihr wünscht,
So könnt ihr ja geben
Und selig sein und selig machen,
Und innig sein wie Kinderlachen
Und wie wir von Wundern leben.

Tuet frohe Liebesgaben
Einer in des anderen Hand,
Tuet ab das Geizgewand,
Und ihr pflücket alles Haben.

Weihnachten im Bahnwärterhäuschen

Hermine Villinger

Es war zur Nachmittagszeit: hoch droben an einem Bahnwärterhäuschen der Schwarzwaldbahn lag der Mann auf dem Bett und fieberte; es hatte ihn plötzlich angefallen, er wußte nicht, wie. Die Frau hatte einen heißen Tee gekocht und ihn dem Manne aufgenötigt, die hoffte, ihn damit munter zu machen; der Jockele, der einzige Bub, lag ihr schon den ganzen Tag in den Ohren: »Aber gelt, Mutter, jetzt gehst du hinunter und holst mir was zu Weihnachten?« Daß er am Heiligen Abend nichts als ein nacktes Bäumchen haben sollte, schien ihm das Schmerzlichste, was es auf dieser Welt gab.

Da raffte sich die Frau auf. »Mann«, sagte sie, »in zwei Stunden bin ich gut wieder oben; 's ist halt doch Weihnachten, da soll kein Kind leer ausgehn; meinst nit, daß ich dem Büble was holen könnt'?« – »Ja, ja«, nickte der Bahnwärter. »Hör, Jockele«, wandte sich die Frau an den Buben, »paß genau auf: wenn der Zeiger auf fünf Minuten vor fünfe steht, weckst den Vadder und holst ihm die Flagg' und ruhst nit, bis er draußen steht, wann der Zug kommt – hast gehört? Ruhst nit – ich bind' dir's auf die Seel.«

Jockele versprach: »Ich ruh' nit, Mutter, und gelt, vergiß nit: Äpfel brauch' ich und Nüß die Meng' und einen großmächtigen Herzlebkuchen.«

Die Frau kämpfte schon draußen mit Schnee und Wind, als ihr die helle Kinderstimme noch nachtönte: »Mit Mandeln drin, Mutter, und grüß mir's Christkindle schön, wenn's unterwegs ist.«

Dann saß Jockele vor seinem Bäumchen, starrte es an und klatschte von Zeit zu Zeit in die Hände: denn er sah im Geist schon alle Zweiglein voll Äpfel und Nüsse hängen. Die Mutter konnte zwar erst gegen sechs Uhr wieder oben sein, und es schlug eben vier: trotzdem lief Jockele schon jetzt vor die Tür und schaute nach ihr aus. Hierauf pflanzte er sich vor die gelb und rot gemalte Uhr und sah dem Perpendikel zu, der von außen über das Zifferblatt hing und im Ticktack von einem uralten, staub- und spinnendurchwobenen Dasein erzählte.

Endlich stand der Zeiger da, wo die Mutter es ihm gezeigt hatte, und Jockele verfügte sich zum Bett des schlafenden Vaters und rüttelte ihn an den Schultern. »Vadder«, schrie er ihm in die Ohren, »der Zug!«

Der Mann lag im tiefen Schlaf; ein schwerer Traum schien ihn zu belästigen, aber der Junge wusste, was auf dem Spiel stand, wenn der Vater seine Pflicht versäumte. Er holte die Flagge herbei und drückte sie dem Vater in die Hand; er schleppte den schweren Mantel durch die Stube zum Bett; er schrie und zerrte und riss an dem Schlafenden – vergeblich! Jetzt ertönte draußen das Signal. »Der Zug! Vadder«, schrie der Bub, »steh auf, schnell! Hör mich doch, so hör mich doch!«

»Ja, ja«, murmelte der Mann, »bin schon da« – und kehrte sich gegen die Wand.

»Da muß ich halt hinaus«, sagte sich der Bub, »denn einer muss draußen sein.« Kurz entschlossen fuhr er in den langen schweren Mantel des Vaters, zog sich die Kapuze über den Kopf, nahm die Flagge und kam gerade noch zur rechten Zeit an Ort und Stelle an; denn wenige Augenblicke später dampfte der Zug vorbei, an der wunderlichen kleinen Gestalt vorüber. Der Schnee hatte Jockele tief eingehüllt; mit großem Ernst präsentierte er die Flagge, und gar lieblich lugte sein rosiges Kindergesicht aus der schneebedeckten Kapuze heraus.

Als solches mochte er vielleicht der Dame erschienen sein, die hinter dem offenen Fenster eines Wagenabteils stand und in die stille Christnacht hinausschaute; denn sie winkte plötzlich mit der Hand, und im nächsten Augenblick flog dem Jockele aus dem vorüberfahrenden Zuge ein Gegenstand vor die Füße; er hob ihn auf und lief damit ins Haus. Dort ließ er den schweren Mantel fallen und eilte zum Fenster, um beim hellen Scheine des Mondes sein Geschenk zu betrachten.

Es war eine kleine, feine Ledertasche, mit lauter neuem Silbergeld angefüllt! Da schrie der Jockele vor Freuden laut auf; an einen Geber dachte er nicht; es war ja Weihnacht – kein Wunder also, wenn Geschenke vom Himmel fielen.

»So, jetzt putz ich's Bäumle«, sagte sich Jockele, »die Mutter wird schauen!« Und er begann, die Zweige der kleinen Tanne mit Silberstücken zu belegen, was keine geringe Mühe war; denn sie fielen immer wieder herunter, so daß der Junge schließlich ganz erschöpft den Kopf in die Arme legte und so unter seinem silberbestreuten Bäumchen sanft und fest einschlief.

Er hörte nichts von der Heimkehr der Mutter, die ganz beschneit und keuchend vor Anstrengung in die Stube trat. Erst setzte sie ihren Korb ab, dann eilte sie an das Lager des Mannes; er atmete ruhig und gleichmäßig; auf dem Boden lag sein Mantel. Er hatte also seiner Pflicht genügen können.

»Gott sei Dank!« stammelte das Weib und wandte sich zum Fenster, wo das Bäumchen stand und ihr Büblein saß und sich nicht rührte. Leise, auf den Zehenspitzen, trat sie mit ihrem Korb voll Äpfeln und Nüssen, den Herzlebkuchen in der Hand, hinter den Stuhl des Kindes.

Aber was war das? Schien der Mond so glänzend heute, daß es silbern aus dem Bäumchen schillerte und ebenso aus dem lockigen Haar des Jockele? Die Frau streckte die Hand aus und fuhr über das Haupt des Kindes – da flog es, rechts und links, silbern aufklingend zur Erde. »Was ist das?« schrie sie auf; der Jockele fuhr in die Höhe, starrte erst ein wenig verwundert drein und rief dann, indem er ganz losgelassen vor Freude von einem Bein aufs andere hüpfte: »Jawohl, jawohl, 's gehört alles mir – schau nur, schau, Mutter!«

Die Frau machte Licht; jetzt erwachte auch der Mann, mit beiden Füßen aus dem Bett springend.

»Herrgott«, sagte er, »der Zug ist vorbei – du warst doch draußen, Frau?«

Sie wurde kreideweiß: »Ich komm ja eben erst heim!«

»Aber ich war draußen«, erklärte Jockele! »Wie der Vadder gar nit hat aufwachen wollen, hab ich eben die Flagge genommen und den Mantel und hab's ganz recht gemacht, und niemand hat mich gekannt, aber 's Christkindle hat mir vom Himmel herunter einen Haufen Geld geworfen, lauter neues.«

Der Bahnwärter, noch ganz elend von seinem überstandenen Fieberanfall, ließ sich mit zitternden Knien auf den nächsten Stuhl nieder. »Bist du wirklich draußen gestanden?« fragte er. »Freilich«, versicherte Jockele, »kannst ganz ruhig sein, Vadder.«

»Das ist einer«, schluchzte die Frau auf, »der wird es noch einmal weit bringen – 's ist gewiß zehn Mark, Mann, schau her!«

Auf dem Tisch lag das lederne Täschchen, und Jockele erklärte: »Das Ding da ist auf mich zugeflogen, gerad wie ein Vogel vom Himmel.« Die Bahnwärterfrau untersuchte das Täschchen und fand darin eine Karte: »A merry Christmas« stand darauf. (Das ist englisch und heißt: Gesegnete Weihnachten!) Es dauerte lange, bis sie sich die Worte zusammenbuchstabiert hatte. Endlich meinte sie: »Aha, 's ist die Frau Mary Christmaß – Gott segne sie! 's muß eine seelengute Frau sein.«

»Halt wahrscheinlich dem Christkindle seine Mutter«, erklärte Jockele und machte sich über seine Äpfel und Nüsse her.

Die vier heiligen Dreikönige

Ludwig Ganghofer

Seit Wochen hatte der kleine Schluckerfranzl ein hartes Leben. Nicht etwa, weil er mehr als bisher die Bitterkeit des Daseins verspürte, das die nicht immer gut gelaunte Vorsehung ihm und den Seinen zubestimmt hatte. Und es wäre ihm ein bißchen Unzufriedenheit hierüber doch sicher nicht zu verdenken gewesen. Seine Mutter war die Schluckerbastlerin – ein Name, zu dem sich eine nicht sehr lustige Geschichte schreiben ließe. Ihr Mann hatte sich als Holzknecht im wahrsten Sinne des Wortes durch das Leben geschlagen, und da er Sebastian hieß und ein armer, notiger Schlucker war, nannten sie ihn im Dorfe den Schluckerbastl. Er war aber nicht nur ein armer, sondern auch ein braver Schlucker, der sich für Weib und Kind die Finger blutig arbeitete, bis ihn ein stürzender Baum erschlug und aller irdischen Plag und Sorgen ledig machte. Von nun an hatte die Bastlerin mit ihren Kindern ein noch härteres Beißen am Leben, und im Schluckerhäuschen gab es selten etwas anderes zu kosten als ungeschmalzene Brotsuppe und Erdäpfel mit der Montur.

Aber was für die Bastlerin Kummer und Bitternis war, das war ein Gleiches nicht auch für ihren Franzl. Sein leichtes Kindergemüt tauchte durch alles kalte Dunkel immer an die warme Sonne, sein unsterblicher Knabenhunger zauberte ihm Brotsuppe und Erdäpfel in die köstlichsten Leckerbissen um, und auch außerdem hatte er alle Ursache, sich als kleiner Herr und König zu fühlen. Waren doch im schönen Sommer alle Straßen und Pfützen des Dorfes sein unbestrittenes Erb und Eigen, der grüne weite Wald mit den singenden Vögeln, die blumigen Wiesen mit den schlupfigen Hecken und der silberne Bach mit den Weidenstauden, auf denen die Maienpfeifen wachsen. Und im Winter, der gerade weiß und glitzernd über dem Dorfe lag, gehörten dem reichen Schluckerfranzl alle Schleif- und Schlittenbahnen und die endlosen Felder mit dem vielen Schnee, den tausend Hände in tausend Jahren zu Schneeballen nicht völlig verarbeitet hätten.

Nein! Was dem Franzl seit einigen Wochen das Leben erschwerte, das war nicht aus dem dürren, knauserigen Boden des Daseins in ihm hineingewachsen - das kam nur von den Aufregungen her, die diese Wochen über ihn gebracht hatten. Zuerst die ebenso qual- und zweifelvolle wie hoffnungsreiche Frage, was ihm das Christkindl bescheren würde! Und als diese Frage mit einer grobwollenen Ohrenkappe, einem Fäustlingspaar, sechs Äpfeln und zwanzig Nüssen befriedigend gelöst war, stand Franzl in peinigender Spannung schon wieder vor einer zweiten Frage: was ihm wohl das Neujahrswünschen beim Pfarrer, Lehrer, Förster und Bürgermeister eintragen würde? Auch diese Aufregung löste sich zu Franzls Zufriedenheit. Nur mit der Pfarrersköchin verdarb er es dabei, denn in seiner siebenjährigen Unschuld wünschte er mit dem herkömmlichen Sprüchlein auch dem Hochwürdigen Herrn »ein guts neus Jahr und ein Christkindl mit Krausehaar«.

Aber gleich der Abend des Neujahrstages brachte eine dritte, nach Wichtigkeit der Sache entsprechend gesteigerte Aufregung über ihn. Da saß er in der von einem brennenden Kienspan trüb erhellten Stube träumend hinter dem rissigen, nicht allzu warmen Kachelofen. Und da fiel ihm plötzlich ein Gedanke an, und mit einem vor Erregung heiseren Stimmchen fuhr er in die

Höhe: »Mutterl! Du! Heuer möcht ich auch ein Heiligen Dreikönig machen! Jetzt bin ich alt gnug dazu, gelt, Mutterl, gelt?«

»Ja, Franzerl, ja!« sagte die Bastlerin, die mit schwerfälligen Händen an einem Strumpfe stopfte. Weshalb auch hätte sie ihrem Buben diese Freude versagen sollen? War's doch eine billige Freude. Auch dachte sie an die guten und nützlichen Dinge, welche Franzl für sich selbst, für seine kleinen Geschwister und fürs Haus vom »Dreikönigsritt« mit heimbringen konnte. »Ja, Franzerl, ja«, sagte sie, »mußt dich halt morgen gleich um die zwei anderen umschauen und mußt dein Königsprüchl recht schön und fleißig lernen!«

Franzls Augen leuchteten. Und nun half der Mutter kein Weigern, sie mußte gleich beginnen, ihm das Königssprüchlein vorzusagen, das er mit einer Andacht nachbetete, als wär's das heilige Vaterunser. Dann kam für ihn eine schlaflose Nacht; unermüdlich plapperte er die paar Reime herunter, die er sich schon gemerkt hatte, träumte sich dabei in seinen Königsstaat hinein und sah sich schon mit Schätzen reich beladen am Abend des Dreikönigstages heimkehren von den Nachbardörfern und den einsam liegenden Bauernhöfen. Aber die stille Freude dieser Nacht wandelte der nächste Tag in bittere Kümmernis. Am Morgen rannte Franzl davon, um sich zwei Könige als Kameraden zu suchen –und kam gegen Mittag mit verweinten Augen zurück.

»Franzerl, geh, weswegen weinst denn?« fragte die Bastlerin.

»Weil mich keine net mitgehn lassen mögen!« schluchzte das Bürschlein in untröstlich scheinendem Jammer. »Ich tät ihnen z'lumpig ausschaun, haben s' alle gsagt. Und überall sind schon alle drei beinander!«

Die Mutter tröstete ihren Schmerzenreich, versprach ihm Hilfe, und richtig, am Abend schon brachte sie ihm die gute Nachricht heim, daß der Schreiner ihr zugesagt hätte, den Franzl mit seinen zwei Buben gehen zu lassen. Und sogar den allerschönsten unter den Heiligen Drei Königen dürfe er darstellen: den schwarzen, den Mohrenkönig! Wenn jetzt der Teufel in Gestalt des Schreiners dem Schluckerfranzl erschienen wäre und gefordert hätte: bete mich an – der Franzl hätt' es ohne Zögern getan.

Drei Tage vergingen, reich an Spannung, Sorgen und Aufregungen. Das Königssprüchlein war in seiner ganzen Länge zu lernen, und der Ornat des Mohrenfürsten mußte genäht, gewaschen und gekleistert werden. Endlich war alles in Ordnung und auch die letzte Nacht vergangen. Grau lag der Wintermorgen noch vor den Fenstern, da hatte Franzl schon seine Suppenschüssel ausgelöffelt und stand nun vor der Mutter, um sich als Mohrenkönig »gwanden« zu lassen. Vor allem wurde er nach Möglichkeit warm angezogen. Er hatte ja vom frühen Morgen bis in den späten Abend umherzustapfen in Schnee und Kälte. Dann wurde ihm der weiße, den übrigen Anzug völlig verhüllende Königstalar angezogen, den die Bastlerin aus einem Hemde ihres seligen Mannes zurechtgeschnitten, und dessen verwaschene, zundermürbe Leinwand sie über und über mit roten, blauen und gelben Papiersternchen beklebt hatte. Gegürtet wurde er mit einem Stricklein, in das die Henkel der blechernen Sparbüchse und des kleinen Schmalztopfes eingeschlungen waren. Das frische, hübsche Bubengesicht wurde ihm mit Kienruß angestrichen, so daß es seltsam zu den blonden Ringelhaaren kontrastierte; auf den Kopf bekam er die wollene Ohrenkappe, auf der die goldene Papierkrone festgenäht war, an den linken Arm ein mit Heu gefülltes Körbchen für die Eier, auf die rechte Schulter den kleinen Zwerchsack für die Wecken, Kletzen, Äpfel und Nüsse – und Balthasar, der heilige Mohrenkönig, war fertig.

Als Franzl das Schluckerhäuschen verließ, da strahlte er, als wäre er nicht einer der »Magier«, sondern leibhaftig ihr goldener Stern. Dieser strahlende Glanz aber wurde zu trübem Wasser, als Franzl den Schreinerhof erreichte und dort erfuhr, daß die anderen Könige schon auf und davon wären ins nächste Dorf.

»Jessas, Franzerl«, sagt die Schreinerin, »ich hab glaubt, du bist schon dabei, weil schon drei beinand waren … und ein Schwarzer auch!«

Wie versteinert starrte das Schluckerle, vom Bock gestoßen, eine Weile vor sich hin, bis es die Frage herausgurgelte: »Wo zu … sind s' denn … gangen?«

»Da, d' Straßen gradaus!«

Jetzt fing Franzl zu laufen an, was ihn seine kurzen Beinchen nur trugen. Das machte sich, soweit die Häuser reichten, noch ohne Mühe. Draußen auf dem offenen Feld aber, wo der Schnee tiefer lag und die Straße häufig ganz verweht war, hatte er ein bitteres Marschieren. Endlich sah er hinter einer dichten Hecke den goldenen, vom König Melchior auf einer dünnen Stange getragenen Kometen glänzen. Franzl lief, was er laufen konnte – jetzt schwenkte er um die Ecke – und richtig, es waren ihrer drei: die zwei Schreinerbuben und der zehnjährige Schustermichel als Mohrenkönig. Anfangs schien es, als wollten die drei Weisen aus dem Morgenlande vor dem Schluckerle Reißaus nehmen; aber sie besannen sich eines anderen. Sie ließen den Franzl herankommen, und bevor er noch ein Wörtl herausbrachte, begannen ihn die zwei Schreinerbuben wegen seines Zuspätkommens – und er war doch früher als ausgemacht gekommen! – in einer Weise abzukanzeln, daß ihm vor Angst und Schrecken das Zäpflein hinunter fiel. Als sie ihn nun so zerknirscht vor sich stehen sahen, fingen sie wieder gütlich mit ihm zu reden an und erlaubten ihm großmütig das Mitgehen.

»Ja, aber da muß der Michel wieder heimgehen!« schmollte das Schluckerle.

Davon aber wollte keiner der drei Weisen etwas wissen; und so entschied man sich, daß die Heiligen Drei Könige für diesmal eben zu vieren ausrücken sollten – aber, sagte der Schustermichel unter lebhafter Zustimmung der beiden Schreinerbuben, eine Bedingung wäre noch dabei; es wäre von jeher so gewesen, daß der jüngste König das Reisegepäck seiner gekrönten Kameraden getragen hätte.

»No ja, wann's halt sein muß!« stotterte das Schluckerle und lud die Eierkörbe und Zwerchsäcke der anderen auf seine Schultern und keuchte hinter den dreien einher, wie das gute Eselein, von dem in der Heiligen Schrift des öfteren zu lesen steht. Wollten seine Beinchen ermüden, dann wurde er mit Schneeballen gespornt, aber nicht etwa in den Flanken, sondern hinter den Ohren und im Nacken. Batsch! Wie das klatschte! Und es klebte, wie angefroren. Ein Gutes war aber doch bei der Sache: daß dem Schluckerle hübsch warm blieb, derweil die anderen Könige vor Kälte mit den Zähnen klapperten. Die Felder nahmen ein Ende, es kam der Wald, durch den sie ein halbes Stündlein zu wandern hatten, dann zeigten sich zwischen Hecken und beschneiten Bäumen die Dächer des Dorfes, in dem sie das »Königsreiten« beginnen wollten.

Nun nahmen die drei Weisen dem Franzl ihre Sachen ab.

»Sooodala!« sagten sie – das heißt soviel als: jetzt sind wir fertig miteinander –dann rannten sie über Kopf und Hals davon, und der Schustermichel gab dem Schluckerle noch aus privatem Konkurrenzneid einen Stoß vor die Brust, daß es in einen mit Schnee überwehten Graben purzelte.

Als Franzl wieder auf die Füße kam, sah er, daß der Schmalztiegel zerbrochen und die goldene Krone bedenklich zerknittert war. Bitterlich hub er zu weinen an, und dabei trollte er langsam dem Dorf entgegen, obwohl er nicht wußte, was er dort eigentlich suchen sollte. Er als einschichtiger König konnte doch nicht ans »Reiten« denken. Aber die Vorsehung dachte für ihn. Denn als er zu dem ersten Hause kam, guckte die Bäuerin aus dem Fenster, ein altes Weiblein mit freundlichem Runzelgesicht. Und da entspann sich folgendes Zwiegespräch:

»Büble? Wer bist denn? Und wo kommst denn her?«

»Der Schluckerfranzl heiß ich, und ein Heiliger Dreikönig bin ich.«

»Wo hast denn deine zwei anderen König?«

»Die sind mir davonglaufen und haben mich in die Gähwinden einigworfen.«

»Ja warum denn?«

»Weil s' mich net mögen haben.«

»Ja geh! Das sind aber Schlankln! Aber schau, mußt net heinen, Büble! Bist ja so ein schöner König, ah, ah, gwiß, ein mordsschöner noch dazu! Und kannst ja allein umreiten auch! So geh, komm her und fang zum Singen an!«

Mit nassen, schüchternen Augen kam das Schluckerle näher, machte, wie es die Sitte von einem Dreikönigsreiter heischt, vor dem Fenster der Bäuerin ein paar Galoppsprünge, die freilich recht müd und traurig ausfielen, und begann, von Schluchzen immer unterbrochen, sein Königssprüchlein herzusingen:

»Die Heiligen Drei König mit ihrem Stern,
Die essen und trinken und zahlen net gern,
Sie reiten auf ein weißen Roß
Vor jedes Haus, vor jedes Schloß
Und tragen um zum Stopfen
Ein leeren Sack und klopfen

An alle Fenster, alle Türn,
Ob s'et ebbes kriegen wern.
Drauß in Tenna
Laufn die fettn Henna,
Droben in First
Hangen die Würst
Gebts mir die langen,
Laßts die kurzen hangen!
Kletzen raus, Küechle raus
Oder ich schlag ein Loch ins Haus,
Apfel raus, Birn raus,
Geh mer in ein anders Haus!
Klopf an, klopf an,
Die Bäurin hat ein schöna Mann,
Die Bäuerin is die schönste Frau
Was sie hat, das gibt s'mir a… a… a…«

Gerade beim Schluß seines Liedes stieß ihn der Bock noch einmal, so daß er das letzte Wort ausquiekte, wie eine stehenbleibende Spieluhr ihren letzten Ton.

Die Bäuerin lachte, daß ihr die Schultern wackelten. »Ja, Büble, geben tu ich dir, was ich hab!« Sie verschwand und erschien nach einer Weile mit gefüllter Schürze in der Tür. Einen Wecken, eine dicke Wurst, einen Rinken Kletzenbrot, zwei Eier, Äpfel und Nüsse, das alles gab sie dem Schluckerle, und zu guter Letzt ließ sie noch einen Sechser in seine Sparbüchse klappern.

Franzl weinte noch immer, aber jetzt vor Freude. Und so zog er weiter mit seinem scheckigen Gesicht, von Haus zu Haus, und überall beschwerte ihm die rührende Geschichte seines einschichtigen Königtums den Korb, die Klapperbüchse und den kleinen Zwerchsack. Im Wirtshaus bekam er, da es gerade Mittag war, eine warme Suppe und ein riesiges Stück Guglhupf, das er mit Ehrfurcht verzehrte. Dann ging das »Reiten« von neuem an, von einem Bauernhof zum andern. Korb und Zwerchsack wurden immer schwerer, so daß er sie kaum mehr zu schleppen vermochte. Und wenn ihm das Tragen auch Stirn und Wangen mit Schweiß übergoß, so machte ihm doch die Kälte alle Finger starr, das Waten im Schnee die Füße steif und schwer. Er war plötzlich darüber erschrocken, daß sich der Himmel mit einmal so dunkel ansah. Und da gab er das »Reiten« auf, obwohl noch einige große Bauernhöfe verlockend in der Nähe standen, und keuchte über einen Feldweg der heimwärts führenden Straße zu. Als er sie erreichte, fing es zu schneien an. Alle hundert Schritte verhielt er sich, um zu rasten und den Schnee von sich abzuschütteln. Sein gestirntes Königshemd war bis auf die Hüften durchnäßt und wickelte sich beim Gehen hindernd um seine Knie. Er quälte sich ab mit seiner Last, und stechend drang ihm die Kälte in alle Glieder. Einmal kam ihm der Gedanke, Korb und Zwerchsack auf der Straße hegen zu lassen und nur heimzulaufen, was er noch laufen konnte. Aber es war ihm leid um die guten Sachen, und so schleppte er sich frierend mit ihnen weiter und weinte dazu ein Gesetzlein ums andere. Bis in die Mitte des Waldes kam er. Dann war seine Kraft zu Ende.

Eine Weile blieb er zwischen Korb und Zwerchsack laut schluchzend auf der verschneiten Straße sitzen; dann tat er einen tiefen Atemzug und verharrte still.

Dicht fielen die Flocken, ein Viertelstündchen um das andere verstrich, und immer noch hielt das Schluckerle die Augen geschlossen wie in tiefem Schlaf.

Aber nein! Wie konnte Franzl schlafen, wie konnte er die Augen geschlossen halten? Er sah ja doch – sah wirklich und wahrhaftig, wie statt der grauen Nacht, die just noch über allen Bäumen gelegen, ein helles Licht den ganzen Wald durchzitterte. Nur so kalt war dieses Licht – es leuchtete so schön und goldig wie die Sonne, und dennoch war dem Franzl, als hätte er statt der Arme und Beine vier große, lange Eiszapfen am Leibe hängen. Nur um die Stirne ging es ihm wie ein feuriger Kreis. Das war wohl die Königskrone, die ihn so drückte, und ihr »fuiriges« Gold! Er wollte mit beiden Händen nach seinem Kopfe fassen – und konnte kein Fingerlein rühren.

Nicht rühren können! Das ging ihm ins Herz, als hätte sich eine kalte Hand darum gelegt. Wenn jetzt der Schustermichel und die Schreinerbuben kämen, um sich über seinen Korb und seinen Zwerchsack herzumachen – er müßte zusehen und könnte sich nicht wehren. Angstvoll starrte er in den wie Feuer leuchtenden Wald, und da war es ihm, als vernähme er Schritte und laute

Stimmen. Und wahrhaftig, dort kamen sie – drei Könige, mit goldenen Kronen und schneeweißen Kitteln angetan.

»Mutter! Mutter!« wollte das Schluckerle schreien. Aber seine Lippen blieben stumm, nur seine Zähne klapperten.

Jetzt standen sie vor ihm – aber das waren nicht die Schreinerbuben und der Schustermichel, sondern drei große, großmächtige Könige, noch größer ein jeder, als dem Schluckerle sein Vater gewesen war, und der allergrößte war der Mohrenfürst. Sie hatten lange, weiße Bärte, und ihre Kronen schimmerten, als wären sie aus der Sonnenscheibe herausgeschnitten.

»Jeh, Melcher, da schau her«, sagte der schwarze König zu einem seiner Kameraden, »das Büble da schau an!«

Und der Melcher beugte sich über das Schluckerle, streichelte ihm mit eiskalter Hand die Wangen und fragte: »Büble, wer bist denn und wo kommst denn her?«

»Ein Heiliger Dreikönig bin ich.«

Da lachten die drei Könige, und der schwarze sagte: »Wie kannst denn du ein Heiliger Dreikönig sein? Die Heiligen Drei König sind ja wir. Ich bin der Balthasar, und das da is der Melcher, und der ander is der Kasper.«

»Ich möcht aber auch einer sein. Ich hab mich so viel drauf gfreut.«

»So schau, es geht halt net. Wir täten dir gern den Gfallen. Aber vier Heilige Drei König kann's ja nie net geben. Aber, weißt was … mir fallt was ein … der Schustermichel, so ein Lausbub da, der hat uns unsern Stern davontragen! Und wir können doch net heimgehn ohne Stern. Magst unsern Stern net machen, Büberl? Ein ganz ein schönen Stern?«

»Ja, gern, ich mag schon, ja! Aber wer tragt denn nachher mein Körbl und mein Sack?«

»Der Melcher und der Kaspar. Is dir's recht?«

»Ja, ganz recht. Und ich mach den Stern. Ganz lüftig wird's mir schon … ganz warm … ich spür schon, wie ich brennen tu als Stern …«

»No also, komm!« Dazu winkte der Mohrenkönig, und Franzl fühlte, wie die Eiszapfenarme und Eiszapfenbeine von ihm abfielen. Er sah sich mitten in einer Kugel sitzen, die ganz aus Feuer war und doch so hell wie Glas. Nach allen Seiten schossen die

Strahlen, und mitten aus seinem heißen Herzen kams herausgewachsen, eine lange, lodernde Garbe.

»Jegerl, jegerl«, lachte der Schluckerle, »mir wachst die fuirig Ruten schon!«

»Gelt, das ist schön!« nickte der Mohrenfürst. Und dann fingen die drei Könige zu wandern an, aber nicht die Straße entlang, sondern aufwärts von der Erde, über die Gipfel der Bäume hinaus, immer höher. Und das Schluckerle flog ihnen voran und jubelte: »Ein Stern! Ich bin ein Stern! Und fliegen kann ich! Fliegen ...«

Und irgendwo im Walde war ein ruheloser Laut. Immer und immer wieder klagte diese Stimme: »Franzele? ... Franzele?«

In der Neujahrsnacht 1839-1840

Nikolaus Lenau

Fahr wohl, fahr hin, o Jahr! nimm fort mit dir im Scheiden
All deine Lust, nur laß nicht liegen mir die Leiden!

O könnt ich hinter dir die Pforte schließen - hören,
Wie deine Tritte sich in stiller Nacht verlören!

Jetzt nah und schon so fern, wie auf der Flucht ein Reiter,
Daß mein Gedächtnis, müd, nicht folgen könnte weiter,

Wie einem Reitersmann des Weges noch ein Stücke
Nachbellend folgt der Hund und still dann kehrt zurücke!

Doch ist dies eitler Wahn; des Weges nimmer müde,
Folgt deinen Spuren nach, wohl bis er stirbt, mein Rüde.

Fahr hin, unholdes Jahr! mir warst du von den schlimmen;
Es mögen andre dir ein Liedlein Dankes stimmen.

Die andern?! - strafend will die Scham mich überkommen,
Daß ich, was andern frommt, nicht mir auch ließe frommen.

Was gilt mein Körnlein Schmerz, was gilt mein Lüftchen Klage,
O scheidend Jahr, wenn ich den letzten Gruß dir sage?

Doch läßt mein Herz auch nur vom Weltgeschick sich führen,
Kann mich dein Scheiden nicht zu Dankestränen rühren.

Zwar hieß dein wahres Wort manch Lügenbild erblassen,
Doch war dein Lieben matt, doch war zu kühl dein Hassen.

Zwar hast du unserm Heil den Weg gebahnt von Eisen;
Doch eisern mochte nicht dein Wille sich erweisen.

Noch fährt der Nachtgeist fort zu siegen und zu schrecken,
Auf neuen Feldern stets sein Lager abzustecken.

Eins sei gebeten, Jahr: was du getan, gesonnen,
Verlaufe nicht im Sand wie Wein zerschlagner Tonnen.

Wenn die Ablöse kommt, das neue Jahr von Osten,
Und nimmt an deiner Statt den Erdenwacheposten,

So murmle nicht zu dumpf die geltende Parole
In den bereiften Bart, daß sie der Wind nicht hole;

Damit dein Nachmann fein einhellig sich gebare,
In deinem Segensspruch nicht fluchend weiterfahre,

Und nicht, wo du geflucht, ins Knie anbetend sinke,
Und nicht, was du verscheucht, zurück liebkosend winke;

Und wo du Funken warfst, die glücklich schon gezündet,
Wo schon der Rauch für bald den Flammenschlag verkündet,

Da soll das neue Jahr nicht schrecken vor dem Rauche,
Nicht löschen feig stupid mit seinem Wasserschlauche!

Allgemeine Ratschläge für Gastgeber und Gäste.

Eine freundliche
Unterweisung unseres
Adolph Freiherr von Knigge

1.
In alten Zeiten hatte man hohe Begriffe von den Rechten der Gastfreundschaft. Noch pflegen diese Begriffe in Ländern und Provinzen, die weniger bevölkert sind, oder wo einfachere Sitten, bei weniger Reichtum, Luxus und Korruption herrschen, sowie auf dem Lande, in Ausübung gebracht und die Rechte der Gastfreundschaft heiliggehalten zu werden. In unsern glänzenden Städten hingegen, wo nach und nach der Ton der feinen Lebensart allen Biedersinn zu verdrängen anfängt, da gehören die Gesetze der Gastfreundschaft nur zu den Höflichkeitsregeln, die jeder, nach seiner Lage und nach seinem Gefallen, mehr oder weniger anerkennt und befolgt oder nicht. Auch ist es wahrlich zu verzeihn, wenn, bei immer zunehmendem Luxus und dem mannigfaltigen Mißbrauche, den man in unsern Zeiten von der Gutherzigkeit der Menschen macht, man vorsichtig in Erzeigung solcher Gefälligkeiten wird und wenn man genauere Rücksprache mit seinem Geldbeutel nimmt, bevor man jedem Müßiggänger und freundlichen Schmarotzer Haus, Küche und Keller öffnet. Von der Gastfreundschaft der Großen und Reichen rede ich gar nicht; Langeweile, Eitelkeit und Prachtliebe ordnen das alles aufs beste, und der, welcher gibt, weiß, sowohl wie der, welcher empfängt, auf welche Rechnung er die zu schreiben und wie er sich dabei zu betragen hat. Aber von der Gastfreundschaft unter Personen vor mittlerm Stande will ich doch etwas sagen und einige allgemeine Regeln geben, die auf diesen Gegenstand anwendbar sind.

2.
Man reiche das wenige, was man der Gastfreundschaft opfern kann, in gehörigem Maße, mit guter Art, mit treuem Herzen und mit freundlichem Gesichte dar! Man suche bei Bewirtung eines Fremden oder eines Freundes weniger Glanz als Ordnung und guten Willen zu zeigen! Fremde Reisende kann man sich vorzüglich durch gastfreundschaftliche Aufnahme verpflichten. Es kommt ihnen nicht auf eine köstliche freie Mahlzeit, aber darauf kommt es ihnen an, daß sie Eingang in guten Häusern und dadurch Gelegenheit erhalten, sich über Gegenstände zu unterrichten, die zu dem Zwecke ihrer Reise gehören. Gastfreundschaft gegen Fremde ist desfalls sehr zu empfehlen. Man sehe nicht verlegen aus, wenn uns unerwartet ein Besuch überrascht! Nichts ist unangenehmer und peinlicher, als wenn wir merken, daß es dem Manne, der uns bewirtet, sauer wird, daß er ungern und nur aus Höflichkeit hergibt oder daß er mehr Aufwand dabei verschwendet, als seine Umstände leiden; wenn er ohne Unterlaß seiner Frau oder seinen Bedienten in die Ohren flüstert oder mit ihnen zankt, sobald eine Schüssel unrecht gestellt oder etwas vergessen worden: wenn er selbst im Hause herumlaufen, alles anordnen muß und also an den Freuden der Gesellschaft gar nicht teilnimmt; wenn er zwar gern gibt, seine Frau hingegen uns jeden Bissen in den Mund zählt; wenn so wenig in den Schüsseln liegt, daß der, welcher vorlegt, unmöglich herumreichen kann; wenn der Wirt und die Wirtin uns ungestüm zum Essen und Trinken nötigen oder auf eine Weise geben, die uns zu sagen scheint: »Es ist nun einmal angeschafft; also fresset euch den Balg voll! Werdet recht satt; so habt ihr auf lange Zeit genug, und brauchet sobald nicht wiederzukommen!« Endlich wenn wir Zeugen von Familienzwist und der Unordnung, die im Hause herrscht, sein müssen. Mit einem Worte! Es gibt eine Art, Gastfreundschaft zu erweisen, die dem wenigen, das man darreicht, einen höhern Wert gibt, als große Schmausereien haben. Vieles trägt hierzu die Unterhaltung bei. Man muß daher die Kunst verstehn, mit seinen Gästen nur von solchen Dingen zu reden, die sie gern hören, in einem größern Zirkel solche Gespräche zu führen, woran alle mit Vergnügen teilnehmen und sich dabei in vorteilhaftem Lichte zeigen können. Der Blöde muß

ermuntert, der Traurige aufgeheitert werden. Jeder Gast muß Gelegenheit bekommen, von etwas zu reden, wovon er gern redet. Weltklugheit und Menschenkenntnis müssen hier in den besondern Fällen zum Leitfaden dienen. Man muß nichts als Auge und Ohr sein, ohne daß dies mühsam aussehe, ohne daß man an uns Anstrengung wahrnehme, oder als geschähe dies nur aus Pflicht, nur, um zu zeigen, man wisse zu leben, nicht aber von Herzen. Man bitte nicht Menschen zusammen oder setze solche an Tafeln nebeneinander, die sich fremd oder gar feind sind, sich nicht verstehen, nicht zueinander passen, sich Langeweile machen! Alle diese Aufmerksamkeiten aber müssen auf eine solche Art erwiesen werden, daß sie nicht mehr Zwang auflegen, als sie Wohltat für den Gast sind. Haben die Bedienten aus Versehn den unrechten Mann oder haben sie einen Gast auf den unrechten Tag gebeten, so muß der Fremde doch nicht merken, daß er uns unerwartet kommt, wenigstens nicht, daß er uns in Verlegenheit setzt, uns unwillkommen ist.

Manche Menschen unterhalten sich und andre am besten, wenn man sie zu großen Zirkeln bittet andre muß man, wenn sie glänzen oder sich an ihrem Platze finden sollen, ganz allein oder nur zu einem kleinen Familienmahl einladen. Auf dies alles muß man achthaben. Jeder, der auf kurze oder lange Zeit in Deinem Hause ist, und wäre er Dein ärgster Feind, muß daselbst von Dir gegen alle Arten von Beleidigungen und Verfolgungen andrer, soviel an Dir ist, geschützt sein! Es müsse jeder unter unserm Dache sich so frei als unter seinem eigenen fühlen! Man lasse ihn seinen Gang gehn, renne ihm nicht in jeden Winkel nach, wenn er vielleicht allein sein will, und verlange nicht von ihm, daß er für die Kost, welche er genießt, uns unterhalten und dadurch seine Zeche bezahlen solle; endlich lasse man nicht nach, in Gefälligkeit und Bewirtung, wenn der Freund sich längere Zeit bei uns aufhält, sondern erzeige ihm gleich in den ersten Tagen nicht mehr und nicht weniger, als man in der Folge fortsetzen kann!

3.

Der Gast aber hat gegen den Wirt auch gegenseitig Rücksichten zu nehmen. Ein altes Sprichwort sagt: »Ein Fisch und ein Gast halten sich beide nicht gut länger als drei Tage im Hause.« Diese Vorschrift leidet nun wohl Ausnahmen; allein so viel Wahres steckt doch darin, daß man sich niemand aufdrängen und Überlegung genug haben soll, zu bemerken, wie lange unsre Gegenwart in einem Hause angenehm und für niemand eine Bürde ist. Nicht immer ist man so aufgelegt, nicht immer in seinen häuslichen Angelegenheiten so eingerichtet, daß man gern Gäste bei sich sieht oder lange beherbergt. Bei Leuten, die nicht auf einem sehr großen Fuß leben, soll man daher nicht leicht unvermutet kommen oder sich selbst einladen. Dem Manne, der uns Gastfreundschaft erweist, sollen wir, zum Lohne seiner Güte, so wenig Last als möglich machen. Hat der Wirt mit seinen Leuten zu reden oder sonst häusliche Geschäfte, so schleicht man davon, bis er fertig ist. Wir sollen ruhig und still unsern Gang gehn, uns nach den Sitten des Hauses richten, den Ton der Familie annehmen, als wenn wir Glieder derselben wären, wenig Aufwartung fordern, genügsam sein, uns nicht in häusliche Angelegenheiten mischen, nicht durch unsre Launen den Ton verstimmen, und wenn es unsrer Meinung nach irgendwo in der Bewirtung gemangelt hat, nicht undankbar hinter dem Rücken her darüber oder über das, was wir sonst etwa in dem Hause gesehn haben, unsern Spott treiben.

4.
Es gibt aber auch Menschen, die einen so gewaltig hohen Wert auf die Gastfreundschaft setzen, welche sie uns erweisen, daß sie dafür gelobt, geschmeichelt, bedient, häufig besucht, und wer weiß was sonst alles? sein wollen. Das ist nun freilich nicht billig. Ein mäßiger Mann verlangt doch nicht mehr, als sich satt zu essen, und das kann er ja leicht um geringern Preis. Das Mehr oder Weniger ist so viel nicht wert, und ich halte wahrhaftig meine Gesellschaft und meine verlorne Zeit ebenso teuer als Ihro Hochmögenden Dero Pasteten und Braten.

Quellenverzeichnis

ALMSLOH, ERNST
Was im Weihnachtsbaum erzählt wird
Aus: Für unsere Kinder. Weihnachtsbuch der »Gleichheit«. Verlag und Druck von Paul Singer, Stuttgart 1906.

ALTENBERG, PETER
Winter auf dem Semmering
Aus: Ders.: Extrakte des Lebens. Gesammelte Skizzen 1898-1919. Löcker / S. Fischer Verlag, Wien, Frankfurt a. M. 1987.

(Anonyme Verfasser siehe bitte unter »Volksdichtung«)

ANZENGRUBER, LUDWIG
Märchenhafte Zeit [Auszug]
Aus: Ders.: Vereinsamt. In: Ders.: Gesammelte Werke in zehn Bänden. Bd. 4. Verlag der J.G. Cotta'schen Buchhandlung Nachfolger, Stuttgart 1897.

ARNIM, BETTINA VON
Brief an Clemens Brentano [Auszug] (1)
Brief an Goethe [Auszug] (2)
(1) Aus: Clemens Brentanos Frühlingskranz.
(2) Aus: Goethes Briefwechsel mit einem Kinde.
(1, 2) In: Bettina. Ein Lesebuch für unsere Zeit. Hrsg. von Gerda Berger, Lore Mallachow und Gertrud Meyer-Hepner. Thüringer Volksverlag, Weimar 1953.

BECHER, JOHANNES R.
Brief an Katharina Kippenberg
Aus: Ders.: Briefe. 2 Bände in Kassette. Bd. 1: Briefe 1909–1958. Aufbau-Verlage GmbH, Berlin 1993. © Aufbau Verlage GmbH & Co. KG, Berlin

BRENTANO, CLEMENS
Die Anbetung der Heiligen Drei Könige [Auszug] (1)
Weihnachtslied [Auszug] (2)
(1) Aus: Das Marienleben. In: Der gestohlene Weihnachtsbaum. Die schönsten deutschen Weihnachtserzählungen. Evangelische Verlagsanstalt, Leipzig 2003.
(2) Aus: Clemens Brentano: Gedichte. Nach kürzlich entdeckten Handschriften und Plänen des Dichters. Hrsg. von Hartwig Schulz. Paul Pattloch Verlag, Aschaffenburg 1979.

BUSCH, WILHELM
Der Stern
Aus: Ders.: Gesamtausgabe. Bd. 5: Schein und Sein. Nachgelassene Gedichte. Verlag Braun & Schneider, München 1943.

DEHMEL, PAULA
Weihnachtsschnee
Aus: Dies.: Auf der bunten Wiese. Kindergedichte. Hahn, Leipzig 1912.

DROSTE-HÜLSHOFF, ANNETTE VON
Am Weihnachtstag
Aus: Alle Jahre wieder. Die beliebtesten Geschichten und Gedichte zum Weihnachtsfest. Benno-Verlag, Leipzig 2003.

EBNER-ESCHENBACH, MARIE VON
Das Weihnachtsfest war nahe (1)
Fräulein Susannens Weihnachtsabend (2)
(1) Aus: Dies.: Erzählungen. Autobiographische Schriften. Winkler Verlag, München 1958. (2) Aus: Dies.: Fräulein Susannens Weihnachtsabend und andere Erzählungen. Ausw. von Hanns Georgi. Union Verlag Berlin, 1967.

EICHENDORFF, JOSEPH VON
Weihnachten
Aus: Eichendorffs Werke in einem Band. Ausw. und Vorw. von Manfred Häckel. Bibliothek deutscher Klassiker. Aufbau-Verlag Berlin und Weimar, 1967.

EISNER, KURT

Der heiligste Abend

Aus: Welt werde froh! Ein Kurt-Eisner-Buch, zum 10. Jahrestage der Ermordung Kurt Eisners. Hrsg. von der Büchergilde Gutenberg, Berlin 1929.

FEUCHTWANGER, LION

Brief an Thomas Mann

Aus: Lion Feuchtwanger: Briefwechsel mit Freunden in zwei Bänden. Hrsg. von Harald von Hofe und Sigrid Washburn. Bd. 1. Aufbau-Verlage Berlin und Weimar, 1991. © Aufbau Verlage GmbH & Co. KG, Berlin.

FONTANE, THEODOR

Verse zum Advent [Auszug] [Titel vom Herausgeber] (1)

Die Feuersbrunst [Auszug] [Titel vom Herausgeber] (2)

Aber diesmal wird es eine Freude sein [Titel vom Herausgeber] (3)

Effis erstes Weihnachtsfest in Kessin [Auszug] [Titel vom Herausgeber] (4)

An Emilie. Zum 24. Dezember 1859 (5)

Theodor an Emilie Fontane [Auszug] (6)

(1) Aus: Ders.: Unwiederbringlich. In: Romane und Erzählungen in acht Bänden. Hrsg. von Peter Goldammer, Gotthard Erler, Anita Golz und Jürgen Jahn. Bd. 6: Unwiederbringlich, Frau Jenny Treibel. Aufbau-Verlag Berlin und Weimar, 1969.

(2) Aus: Ders.: Ellernklipp. Nach einem Harzer Kirchenbuch. In: Romane und Erzählungen in acht Bänden. Hrsg. von Peter Goldammer, Gotthard Erler, Anita Golz und Jürgen Jahn. Bd. 3: Grete

Minde, L'Adultera, Ellernklipp, Schach von Wuthenow. Aufbau-Verlag Berlin und Weimar, 1969.
(3) Aus: Ders.: Autobiographische Schriften in 4 Bänden. Hrsg. von Peter Goldammer, Gotthard Erler und Joachim Krueger. Bd. 1: Meine Kinderjahre. Aufbau-Verlag Berlin und Weimar, 1982.
(4) Aus: Ders.: Effi Briest. In: Romane und Erzählungen in acht Bänden. Hrsg. von Peter Goldammer, Gotthard Erler, Anita Golz und Jürgen Jahn. Bd. 7: Effi Briest, Die Poggenpuhls, Mathilde Möhring. Aufbau-Verlag Berlin und Weimar, 1969.
(5) Aus: Ders.: Große Brandenburger Ausgabe (GBA). Gedichte in drei Bänden. Hrsg. von Joachim Krueger und Anita Golz. Bd. 3: Gelegenheitsgedichte aus dem Nachlaß, Hamlet-Übersetzung, Dramenfragmente. Zweite, durchgesehene und erweiterte Auflage. Aufbau-Verlag GmbH, 1995. © Aufbau Verlag GmbH & Co. KG, Berlin
(6) Aus: Ders.: GBA. Der Ehebriefwechsel in drei Bänden. Hrsg. von Gotthard Erler unter Mitarbeit von Therese Erler. Bd. 1: Dichterfrauen sind immer so. Der Ehebriefwechsel 1844–1857. Aufbau-Verlag GmbH, Berlin 1998. © Aufbau Verlag GmbH & Co. KG, Berlin.

FREYTAG, GUSTAV
Wenn die Lichter brannten [Titel vom Herausgeber] (1)
Weihnachtsvorbereitung in der Parkstraße [Auszug] [Titel vom Herausgeber] (2)
(1) Aus: Ders.: Gesammelte Werke. Bd. 8: Erinnerungen aus meinem Leben. G. Hirzel, Leipzig, Verlagsanstalt Hermann Klemm, Berlin Grunewald o. J.
(2) Aus: Ders.: Verlorene Handschrift. Roman in fünf Büchern. Droemersche Verlagsanstalt, München 1955.

GANGHOFER, LUDWIG
Die vier heiligen Dreikönige
Aus: Ders.: Es war einmal ... Moderne Märchen. Adolf Bonz & Comp., Stuttgart 1898.

GERHARDT, PAUL
Ich steh an deiner Krippen hier
Aus: Deutsche Weihnachtslieder. Eine Festgabe. Hrsg. von Karl

Simrock. (Unveränd. Neudr. d. Ausg. von 1865). Sändig Verlag, Walluf (bei Wiesbaden) 1973.

GOETHE, JOHANN WOLFGANG VON
Einen heiligen Christ vor Deine Kinder [Auszug] [Titel vom Herausgeber] (1)
Daß Sie nicht eher kommen als Weihnachtsabend [Auszug] [Titel vom Herausgeber] (2)
Weihnachten (3)
(1) Aus: Ders.: Wilhelm Meisters theatralische Sendung.
(2) Aus: Ders.: Die Leiden des jungen Werther.
(1, 2) In: Goethe. Berliner Ausgabe. Bd. 9: Romane und Erzählungen I. Aufbau-Verlag Berlin, 1961
(3) Aus: Ebd. Bd. 1: Gedichte und Singspiele. Aufbau-Verlag Berlin und Weimar, 1976.

GOTTHELF, JEREMIAS
Vom Christkind und der bösen Schlange (1)
Heilig Abend eines Branntweinsäufers [Auszug] (2)
(1) Aus: Alle Jahre wieder. Die beliebtesten Geschichten und Gedichte zum Weihnachtsfest. Benno-Verlag, Leipzig 2003.
(2) Aus: Ders.: Dursli der Branntweinsäufer oder Der heilige Weihnachtsabend. In: Sämtliche Werke in 24 Bänden. Bd. 16: Kleinere Erzählungen. Erster Teil. Eugen Rentsch Verlag, Erlenbach, Zürich 1928.

GRILLPARZER, FRANZ
Dezemberlied
Aus: Ders.: Sämtliche Werke. Bd. 10/11: Gedichte. Teil I. Verlag Anton Schroll, Wien 1932.

GRIMM, JACOB UND WILHELM
Der goldene Schlüssel
Aus: Kinder- und Hausmärchen. Gesammelt durch die Brüder Grimm. Aufbau-Verlag Berlin, 1955.

GRYPHIUS, ANDREAS
Am Tage der Geburt des Herrn, Lucä 2

Aus: Ders.: Werke in einem Band. Ausw. und Einl. von Marian Szyrocki. Bibliothek deutscher Klassiker. Aufbau-Verlag Berlin und Weimar, 1966.

HEBBEL, CHRISTIAN FRIEDRICH
Die Weihe der Nacht
Aus: Ders.: Werke. Bd. 3. Carl Hanser Verlag, München 1965.

HEINE, HEINRICH
Altes Kaminstück (1)
Die Gebeine der Heiligen Drei Könige [Auszug] [Titel vom Herausgeber] (2)
(1) Aus: Ders.: Sämtliche Werke in vier Bänden, Bd. 1: Gedichte. Winkler-Verlag, München 1969.
(2) Aus: Ders.: Deutschland, ein Wintermärchen. In: Heines Werke in fünf Bänden, Bd. 2. Bibliothek deutscher Klassiker. Aufbau-Verlag Berlin und Weimar, 1964.

HILLE, PETER
Die Weihnachtsfee
Aus: Ders.: Ich bin, also ist Schönheit. Verlag Philipp Reclam jun., Leipzig 1981.

HOFFMANN VON FALLERSLEBEN, AUGUST HEINRICH
Nußknacker (1)
Vom Honigkuchenmann (2)
Der Traum (3)
Der Weihnachtsmann (4)
(1–4) Aus: Ders.: Gedichte und Lieder. Im Auftr. d. Hoffmann von Fallersleben-Gesellschaft hrsg. von Hermann Wendebourg u. Anneliese Gerbert. Hoffmann und Campe, Hamburg 1974.

HOFFMANN, E. T. A.
Der Weihnachtsabend und Die Gaben [Auszug]
Aus: Ders.: Nußknacker und Mausekönig. In: Märchen der deutschen Romantik. (Sammlung Dieterich 200). Sammlung Dieterich Verlagsgesellschaft Leipzig, 1992.

HOFMANNSTHAL, HUGO VON
Weihnacht
Aus: Ders.: Sämtliche Werke. Bd. 1: Gedichte I. S. Fischer Verlag, Frank-furt a. M. 1984.

HÖLDERLIN, FRIEDRICH
Liebste Mamma!
Aus: Briefe Hölderlins. Insel Verlag, Frankfurt a. M. 1947.

HOLZ, ARNO
Weihnachten
Aus: Ders.: Buch der Zeit, J. H. W. Dietz Nachfolger, Berlin 1924.

HORVÁTH, ÖDÖN VON
Wintersportlegendchen
Aus: Ders.: Gesammelte Werke. Hrsg. von Traugott Krischke unter Mitarbeit von Susanne Foral-Krischke. Suhrkamp Verlag, Frankfurt am Main 1988.

JEAN PAUL
Weihnachten im Dorf meiner Kindheit [Auszug, gekürzt] [Titel vom Herausgeber]
Aus: Selberlebensbeschreibungen. In: Jean Pauls Werke in zwei Bänden, Bd. 1. Bibliothek deutscher Klassiker. Aufbau-Verlag Berlin und Weimar, 1987.

KELLER, GOTTFRIED
Weihnachtsmarkt (1)
Brief an Marie von Frisch [Auszug, gekürzt] (2)
(1) Aus: Ders.: Werke in fünf Bänden. Bd. 1. Bibliothek deutscher Klassiker. Aufbau-Verlag Berlin und Weimar, 1988.
(2) Aus: Ders.: Kellers Gesammelte Briefe in vier Bänden. Hrsg. von Karl Helbling. Benteli Verlag, Bern 1950–1954.

KEYSERLING, EDUARD VON
Eine folgenschwere Offenbarung [Auszug] [Titel vom Herausgeber]
Aus: Ders.: Beate und Mareile. Eine Schloßgeschichte. Rütten & Loening, Berlin 1994.

KLEIST, HEINRICH VON
Weihnachtsausstellung
Aus: Ders.: Werke und Briefe in vier Bänden, Bd. 3: Erzählungen, Gedichte, Anekdoten, Schriften. Hrsg. von Siegfried Streller. Aufbau-Verlag, Berlin 1993.

KNIGGE, ADOLPH FREIHERR VON
Allgemeine Ratschläge für Gastgeber und Gäste. Eine freundliche Unterweisung unseres Adolph Freiherrn von Knigge [Titel vom Herausgeber]
Aus: Ders.: Über den Umgang mit Menschen. (Sammlung Dieterich 108). Dieterich'sche Verlagsbuchhandlung Leipzig, 1964.

KRAUS, KARL
Weihnacht
Aus: Ders.: Schriften. Bd. 2: Die Chinesische Mauer. Suhrkamp Verlag, Frankfurt am Main 1987.

KÜGELGEN, WILHELM VON
Hofrat Näcke [Auszug] [Titel vom Herausgeber] (1)
Onkel Leis [Auszug] [Titel vom Herausgeber] (2)
Hauslehrer Senff [Auszug, gekürzt] [Titel vom Herausgeber] (3)
(1–3) Aus: Ders.: Jugenderinnerungen eines alten Mannes. Hrsg. von Christfried Coler. (Sammlung Dieterich 162). Dieterich'sche Verlagsbuchhandlung Leipzig, 1954.

LENAU, NIKOLAUS
Winternacht (1)
Brief an Sophie Löwenthal (2)
Brief an Emilie von Reinbeck [1836] (3)
Brief an Emilie von Reinbeck [1843] (4)
In der Neujahrsnacht (5)

(1) Aus: Ders.: Blick in den Strom. Ausgew. von Werner Birker. Stiasny Verlag Graz und Wien, 1961.
(2–4) Aus: Ders.: Sämtliche Werke und Briefe in zwei Bänden. Hrsg. von Walter Dietze. Bd. 2: Briefe. Insel Verlag, Leipzig 1970.
(5) Aus: Ders.: Lenaus Werke in einem Band. Bibliothek deutscher Klassiker. Aufbau-Verlag Berlin und Weimar, 1981.

LÖNS, HERMANN
Der allererste Weihnachtsbaum (1)
Der Wicht vom Heidegrab (2)
(1, 2) Aus: Ders.: Sämtliche Werke in acht Bänden. Bd. 1: Sagen und Märchen. Hrsg. von Friedrich Castelle. Hesse & Becker Verlag, Leipzig 1923.

LUTHER, MARTIN
Mariä Verkündigung [Lukas, 1, 26–38] (1)
Die biblische Weihnachtsgeschichte [Lukas, 2, 1–20] (2)
Ein Lobgesang von der Geburt Christi (3)
(1, 2) Aus: Die Bibel oder die ganze Heilige Schrift des Alten und Neuen Testaments. Nach der Übersetzung Martin Luthers. Evangelische Hauptbibelgesellschaft, Berlin und Altenburg 1982.
(3) Aus: Deutsche Weihnacht. Spiel und Lied aus alter Zeit. R. Riper & Co., München und Leipzig o.J.

LUXEMBURG, ROSA
Weihnachten im Kittchen [Auszug aus einem Brief, vor dem 24. Dezember 1917, an Sophie Liebknecht; gekürzt] [Titel vom Herausgeber]
Aus: Dies.: Gesammelte Briefe. Bd. 5. Dietz Verlag, Berlin 1984.

MANN, THOMAS
Brief an Lion Feuchtwanger, Erlebach-Zürich, vom 28. Dezember 1953.
Aus: Lion Feuchtwanger: Briefwechsel mit Freunden in zwei Bänden. Hrsg. von Harald von Hofe und Sigrid Washburn. Bd. 1. Aufbau-Verlag Berlin und Weimar, 1991.

MAY, KARL

Weihnacht!

Aus: Ders.: Weihnacht. Illustrierte Reiseerzählungen. Illustriert von Claus Bergen. Friedrich Ernst Fehsenfeld, Freiburg im Breisgau 1911.

MÖRIKE, EDUARD

Der Liebsten zum Heiligen Christ 1829 (1)

Christbescherung (2)

(1, 2) Aus: Ders.: Sämtliche Gedichte. Hrsg. von Herbert G. Göpfert. Carl Hanser Verlag, München und Wien 1977.

Morgen Kinder wird's was geben

(die ursprüngliche Textfassung dieses bekannten deutschen Kinderliedes stammt von Martin Friedrich Philipp Bartsch; mittlerweile existieren diverse Fassungen; die hier abgedruckte »Berliner Fassung« wurde übernommen)

Aus: Weihnachtsgeschichten aus Berlin. Hrsg. von Gundel Paulsen. Husum Druck- und Verlagsgesellschaft, Husum 1981.

MORGENSTERN, CHRISTIAN

Das Weihnachtsbäumlein

Aus: Ders.: Gesammelte Werke in einem Band. R. Piper & Co. Verlag, München 1965.

NERWALD, H.

Der Heiland ist tot (Der Wahre Jacob, Stuttgart 1909)

Aus: Dieses Jahr schenken wir uns nichts. Verlag Klartext, Essen 2005.

NIETZSCHE, FRIEDRICH

Weihnachten macht alles gut [Titel vom Herausgeber]

Aus: Ders.: Werke in drei Bänden. Bd. 3: Briefe. Carl Hanser Verlag, München 1956.

RAABE, WILHELM

Weihnachten mit der Base Schlotterbeck [Auszug, gekürzt] [Titel vom Herausgeber] (1)

Jahre später, Hans führt zur Weihnacht seine geliebte Franziska heim [Titel vom Herausgeber] (2)
Weihnachten in der Sperlingsgasse (3)
(1, 2) Aus: Ders.: Raabes Werke in fünf Bänden. Ausw. von Anneliese Klingenberg. Bd. 2: Der Hungerpastor. Bibliothek deutscher Klassiker. Aufbau-Verlag Berlin und Weimar, 1972.
(3) Aus: Ders.: Die Chronik der Sperlingsgasse. Aufbau-Verlag Berlin und Weimar, 1980.

RICHTER, LUDWIG
Weihnachten in Rom [Auszug] [Titel vom Herausgeber]
Aus: Ders.: Lebenserinnerungen eines deutschen Malers. Hrsg. von Erich Marx. (Sammlung Dieterich 118). Dieterich'sche Verlagsbuchhandlung Leipzig, 1954.

RILKE, RAINER MARIA
Advent (1)
Die hohen Tannen atmen heiser (2)
Es gibt so wunderweiße Nächte (3)
Brief an Clara Rilke-Westhoff (4)
(1, 3) Aus: Ders.: Sämtliche Werke. Bd. 1: Gedichte. Erster Teil. Insel Verlag, Wiesbaden 1955.
(2, 4) Aus: Ders.: Weihnachten mit Rilke. Aufbau-Verlag, Berlin 2004.

RINGELNATZ, JOACHIM
Vorfreude auf Weihnachten (1)
Weihnachten (2)
Einsiedlers Heiliger Abend (3)
Schenken (4)
Die Weihnachtsfeier des Seemanns Kuttel Daddeldu (5)
(1–5) Aus: Ders.: Und auf einmal steht es neben dir. Gesammelte Gedichte. Karl H. Henssel Verlag, Berlin 1950.

ROSEGGER, PETER
Der Niklo (1)
In der Christnacht [Auszug, gekürzt] (2)
Als ich Christtagsfreude holen ging (3)

Zum Weihnachtsbaum (4)
Der erste Christbaum in der Waldheimat (5)
(1, 4) Aus: Alle Jahre wieder. Die beliebtesten Geschichten und Gedichte zum Weihnachtsfest. Benno-Verlag, Leipzig 2003.
(2, 3) Aus: Ders.: Als ich noch der Waldbauernbub war. L. Staackmann Verlag, Bamberg 1962.
(5) Aus: Ders.: Weihnachten mit Peter Rosegger. Loewe Verlag, Bindlach 1990.

SAAR, FERDINAND VON
Winter in Wien [XII. Elegie] [Titel vom Herausgeber]
Auf dem Weihnachtsmarkt [V. Elegie, gekürzt] [Titel vom Herausgeber]
Aus: Ders.: Wiener Elegien. Verlag von Georg Weiß, Heidelberg 1893.

SCHEFFEL, JOSEPH VICTOR VON
Erlesene Geschenke [Auszug, gekürzt] [Titel vom Herausgeber]
Aus: Ders.: Ekkehard. Eine Geschichte aus dem zehnten Jahrhundert. Rothgießer und Possekel, Berlin 1925.

SCHNITZLER, ARTHUR
Weihnachtseinkäufe [Auszug]
Aus: Ders.: Anatol. In: Ders.: Gesammelte Werke in neun Bänden. Abt. 2: Theaterstücke. Bd. 1. S. Fischer Verlag, Berlin 1922.

SEIDEL, HEINRICH
Das wunderbare Schreibzeug
Aus: Ders.: Das wunderbare Schreibzeug. Märchen. Hera-Verlag, Berlin und Buxtehude 1950.

SPEE VON LANGENFELD, FRIEDRICH
Ein kurz poetisch Christgedicht [Auszug]
Aus: Ders.: Die Trutz-Nachtigall. Auswahl mit einem Essay von Reinhold Schneider. Zusammengest. und hrsg. von Dr. Rudolf Jardon. Balduin Pick Verlag, Köln 1947.

STIFTER, ADALBERT
Kirchenfeste [Auszug]

Aus: Ders.: Werke in vier Bänden. Bd. 2: Der Hagestolz, Der Waldsteig, Bergkristall, Nachkommenschaften. Bibliothek deutscher Klassiker. Aufbau-Verlag Berlin und Weimar, 1988.

STINDE, JULIUS
Der Weihnachtsmarkt
Aus: Ders.: Der Familie Buchholz zweiter Theil. Aus dem Leben der Hauptstadt. Verlag von Freund & Jeckel, Berlin 1885.

STORM, THEODOR
Knecht Ruprecht (1)
An die Braut Constanze Esmarch in Segeberg (2)
An Frau Constanze Storm in Husum (3)
Weihnachtslied (4)
Weihnachtsabend (5)
Wie es daheim Weihnacht wird [Titel vom Herausgeber] (6)
Die alte Uhr [Titel vom Herausgeber] (7)
(1) Aus: Ders.: Gedichte. Ausw. von Carl Seelig. Feuer-Verlag, Leipzig 1925.
(2, 3) Aus: Ders.: Briefe an seine Braut. Hrsg. von Gertrud Storm. Westermann, Berlin, Braunschweig 1915.
(4, 5, 7) Aus: Ders.: Unter dem Tannenbaum. In: Sämtliche Werke in vier Bänden. Hrsg. von Peter Goldammer. Bd. 1: Gedichte, Märchen und Spukgeschichten. Aufbau-Verlag Berlin, 1956.
(6) Aus: Ebd. Bd. 2: Novellen. Aufbau-Verlag Berlin, 1956.

TIECK, LUDWIG
Weihnachtsabend
Aus: Ders.: Gesammelte Novellen. Bd. 5. G. Reimer, Berlin 1855.

THOMA, LUDWIG
Die Nacht war klar und kalt [Auszug] (1)
Der Christabend. Eine Familiengeschichte (2)
(1) Aus: Ders.: Andreas Vöst. Bauernroman. Aufbau-Verlag Berlin und Weimar, 1976.
(2) Aus: Ders.: Gesammelte Werke in sechs Bänden. Bd. 3: Erzählungen. R. Piper & Co. Verlag, München 1968.

TRAKL, GEORG
Ein Winterabend
Aus: Ders.: Dichtungen und Briefe. Otto Müller Verlag, Salzburg 1969.

TUCHOLSKY, KURT
Weihnachten (1)
Groß-Stadt-Weihnachten (2)
(1, 2) Aus: Ders.: Gesammelte Werke in zehn Bänden. Bd. 1. Rowohlt Verlag, Reinbek bei Hamburg 1960.

VILLINGER, HERMINE
Weihnachten im Bahnwärterhäuschen
Aus: Alle Jahre wieder. Die beliebtesten Geschichten und Gedichte zum Weihnachtsfest. Benno-Verlag, Leipzig 2003.

VOLKSDICHTUNG (anonyme Verfasser)
An den lieben Weihnachtsmann (1)
Weihnachtserwartung (2)
Weihnachtsfrage an die Kleinsten (3)
Weihnachts-Wiegenlied (4)
(1–4) Aus: Das große Buch der Vorträge. Hrsg. von Reinhold Berger. Verlag von W. Herlet, o. J.

VOLKSDICHTUNG (anonymer Verfasser)
Weihnachtswunsch
Aus: »Simplicissimus«, München 1899.

VOLKSSAGEN
Frau Holla zieht umher (1)
Andreasnacht (2)
Der Liebhaber zum Essen eingeladen (3)
Die Christnacht (4)
Das Hemdabwerfen (5)
(1–5) Aus: Deutsche Sagen. Zwei Bände in einem Band. Hrsg. von den Brüdern Grimm. Rütten & Loening, Berlin 1956.

WALTHER VON DER VOGELWEIDE
An die Jungfrau
Aus: Ders.: Die Gedichte. Übersetzt von Karl Simrock. Texte neu ausgew. u. durchges. von Christian Morgenstern. Julius Bard, Berlin 1920.

WOLF, FRIEDRICH
Die Weihnachtsgans Auguste
Aus: Ders.: Die Weihnachtsgans Auguste. Aufbau-Verlage, Berlin 1951.

Zu dieser Ausgabe

Die in der vorliegenden Ausgabe enthaltenen Texte folgen in Orthographie, Grammatik und Interpunktion der jeweils zugrunde liegenden Quellenausgabe. Kürzungen des Herausgebers wurden durch [...] kenntlich gemacht. Erläuterungen und Begriffe des Herausgebers wurden ebenfalls in eckige Klammern [ ] gesetzt. Runde Klammern ( ) stammen von den Verfassern.

M. L.

Inhalt